Reino de Sombras
Cuando una víctima se convierte en verdugo

Reino de Sombras
Cuando una víctima se convierte en verdugo

Xavier Cruzado

2018

Primera impresión: 2018

ISBN 978-84-09-02864-1

contacto@xaviercruzado.com
www.xaviercruzado.com

Información sobre pedidos:
Para obtener más información, comuníquese con el editor a la dirección de correo electrónico que aparece arriba.
Librerías y mayoristas de comercio de resto de Europa y Estados Unidos:
Póngase en contacto con Xavier Cruzado
Teléfono: (+34) 670-233141 o correo electrónico: contacto@xaviercruzado.com

Dedicatoria

Dedicada a quienes les robaron
su Inocencia, su Infancia y su Dignidad

Introducción

Octubre de 2010. En las semanas previas a la visita del papa Benedicto XVI a España, varios asesinatos rituales de miembros de la Iglesia católica, bajo una escenografía macabra, ponen en jaque al dispositivo de seguridad de la comitiva papal.

La inspectora Candela Santos, de la Comisaría General de Seguridad Ciudadana de la Policía Nacional, al mando de un grupo especial de investigación creado a tal efecto, intentará resolver los casos contra reloj no sin enfrentarse a un poder en la sombra que conspirará para silenciar los peores pecados cometidos por algunos miembros de la Iglesia.

I

Hemos pecado y hecho lo malo; hemos sido malvados y rebeldes; nos hemos apartado de tus mandamientos y de tus leyes.

Daniel 9, 5

Miércoles, 13 de octubre de 2010. 7 de la mañana. Iglesia de Santa María Magdalena, Sevilla

Una mujer de mediana edad y apariencia sencilla rebusca en su bolso, saca un manojo de llaves y abre una de las puertas laterales de entrada a la iglesia. Entre la oscuridad, se dirige al cuadro de luces que hay en un armario al lado de la puerta y levanta varias filas de diferenciales, mientras el interior del recinto va recuperando su esplendor, para ir descubriendo, zona a zona, sus obras de arte barroco y mudéjar.

Recorriendo un largo pasillo, entre el silencio hueco que lo inunda todo, tan solo se perciben las pisadas de sus zapatillas sobre las losas de mármol pulido y piedra por las que pasa. Las diferentes imágenes de santos y vírgenes, testigos impertérritos ante el transcurrir de los tiempos, trascienden inmóviles a su paso rápido hacia la sacristía, mientras el olor a cera e incienso quemados, impregnado en cada poro de sus muros, oculta múltiples mensajes sellados de otras épocas.

Una vez en la sacristía, y después de colgar la chaqueta en una percha dentro de un viejo y oscuro ropero, saca de una bolsa de plástico una bata de trabajo que lleva bien limpia y doblada. Mientras acaba de abrocharse los pequeños botones anacarados, abre la puerta contigua del armario para coger unas bolsas de basura, además de algunos trapos para limpiar el polvo. Va con algo de prisa, pues debe asegurarse de que todo esté limpio y en orden para la misa de las ocho en punto.

De camino al altar mayor, pasa ante una pintura de gran antigüedad y en la que pocos feligreses reparan, el auto de fe en la plaza de San Francisco de Sevilla de 1660, crónica y testimonio mudo de otras épocas oscuras. En el transcurso del recorrido, al llegar a la altura de un confesionario, se da cuenta de que un charco de líquido oscuro ensucia el acceso.

De forma malhumorada, y creyendo vertido un refresco que alguien ha dejado en su interior, saca uno de los trapos que lleva sujetos al cinturón de la bata, se arrodilla en el frío suelo y empieza a recoger el líquido, sin darse cuenta de que las cortinillas del confesionario están echadas, cuando deberían estar abiertas y atadas a sus laterales.

—Vaya por Dios… ¡Qué poca vergüenza y respeto tienen algunos!

Al recoger el líquido, comprueba que, además de ser algo consistente, desprende un cierto olor férreo, por lo que, intrigada, levanta el trapo totalmente empapado y se lo lleva a la nariz para intentar averiguar mediante el olfato de qué se trata. Ante su asombro, lejos de parecer un refresco, la sustancia, de un color rojo muy oscuro, empieza a resultarle familiar, y un sudor frío empieza a recorrer todo su cuerpo, provocando que el vello de sus brazos se erice paulatinamente, mientras empieza a oír en su interior el latir cada vez más acelerado de su corazón.

Alzando la cabeza para mirar hacia el confesionario, a la vez que se levanta del suelo, con una mano temblorosa y el trapo húmedo en la otra, retira con temor una de las cortinas para descubrir en el interior el origen del líquido derramado.

Con un sobresalto, la visión de la dantesca escena le impacta de tal forma que lanza un grito de horror mientras da un paso atrás, sin darse cuenta de que pisa lo que al final resulta ser un charco de sangre, que le hace resbalar y caer al suelo, manchándose del líquido vital. Su grito es tan potente y desgarrador que resuena en todos los rincones de la iglesia y hace que decenas de palomas posadas en los ventanales, salientes y recovecos de la imponente fachada del sacro edificio salgan volando en todas direcciones.

Después de levantarse del suelo y limpiarse las manos como puede, entre sollozos y rezos, consigue echar mano del teléfono móvil que lleva en uno de los bolsillos de la bata. Recostada contra la verja que protege la imagen de un Cristo crucificado que parece mirarla con tristeza, casi no puede mantener una respiración acompasada, mientras intenta pulsar el número de emergencias.

Apenas unos minutos después, un vehículo de la Policía Nacional y una ambulancia llegan ante la puerta de la iglesia con sirenas y estroboscopios encendidos, acudiendo a la llamada de la destrozada testigo.

Mientras la policía bloquea la entrada a la iglesia, llega el párroco, un hombre mayor que, vestido de seglar, busca desesperadamente entre los agentes hasta dar con la mujer, sentada en uno de los bancos de madera, acompañada por personal sanitario que le proporciona protección y atención médica, intentando aliviar el impacto de las imágenes percibidas. Al encontrarla, y sin apenas mediar palabra, los dos se abrazan desconsolados por la magnitud del hallazgo y por el lugar donde ha sucedido.

A escasos metros se encuentra el confesionario, acordonado por las cintas de plástico de colores vistosos que usa la policía, que parecen intentar proteger a cualquiera de una visión nunca apta para ser recordada, pero que finalmente se convierten en anuncio y reclamo de una desgracia acontecida. En apenas una hora, el personal de investigación de escenas del crimen ya ha ocupado toda la zona, tomado muestras y fotografiado cualquier objeto o rincón que crean que puede ayudar a resolver el caso, a la vez que uno de los investigadores, ataviado de pies a cabeza con un mono para evitar contaminar cualquier rastro del crimen, guarda minuciosamente el trapo y la bata manchados de sangre dentro de sendas bolsas de pruebas.

El interior del confesionario recuerda a un cuadro de tortura medieval. Allí se encuentra, postrado en la vieja y oscura silla de madera forrada de tela oscura y encajes, el cadáver de un hombre muy anciano, desnudo, con la cabeza recta, fijada a la pared mediante una especie de horquilla de doble punta, con dos pinchos que le sujetan el mentón y otros dos clavados en la parte superior del esternón, en el mismo nacimiento de las clavículas, como si de un muñeco de guiñol se tratase, coronada con un capirote puntiagudo y hecho a base de telas viejas.

Como una figura de cera por la palidez y satinado de su rostro, con el visible paso del tiempo en su piel arrugada, tiene los ojos abiertos y una mueca de horror dibujada en la boca entreabierta, de la que parece habérsele arrancado la lengua, una mutilación que, sumada a la genital, explicaría la gran cantidad de sangre presente en las paredes y el suelo del confesionario, donde innumerables pecados han podido escucharse con el pasar de los años.

II

Lo que sale de la persona es lo que la contamina. Porque de adentro, del corazón humano, salen los malos pensamientos, la inmoralidad sexual, los robos, los homicidios, los adulterios, la avaricia, la maldad, el engaño, el libertinaje, la envidia, la calumnia, la arrogancia y la necedad. Todos estos males vienen de adentro y contaminan a la persona.

Marcos 7, 20-23

Sábado, 16 de octubre. 8 de la mañana. Museu Marès, Palau Reial, Barcelona

Un nutrido grupo de turistas japoneses que se disponen a visitar el Museu Marès, que ocupa el histórico Palau Reial, en el mismo corazón del Barri Gòtic de la ciudad condal, hacen cola con la paciencia y silencio que les caracteriza, tan solo interrumpido por los sonidos de las cámaras digitales, que intentan captar cuanta belleza arquitectónica, monumental y cultural puedan llevarse con ellos como recuerdo de su estancia cuando vuelvan a casa.

Hace un día espléndido, sin apenas nubes, con unos 8 °C de temperatura, y el olor a café y pan recién hecho discurre por las estrechas callejuelas del histórico barrio barcelonés. En ellas ha quedado impregnada la energía de dos mil años de historia, desde que las tropas romanas dejaron su arquitectura, estirpe y cultura, pasando por el acero, excesos y penurias del medievo, la contienda contra el francés con su expulsión a principios del siglo XIX, y por supuesto, nuestra historia más reciente, la que nos muestra las cicatrices de las bombas, la muerte y la miseria, hasta la rendición de la ciudad al final de la guerra fratricida.

La guía responsable del grupo de turistas nipones, después de haber acompañado al grupo al patio central del museo, un oasis de quietud y transporte en el tiempo, entre el canto de algunos gorriones que aparecen y desaparecen entre los árboles que lo circundan, está acabando de recoger los pases para la primera visita del día al museo. El silencio y armonía que la sociedad japonesa tanto admira, reinan en el ambiente.

Una vez está todo dispuesto, un guía del museo barcelonés los acompaña iniciando el recorrido, con la apertura de las puertas de cristal que dan acceso a las salas interiores, mientras la guía del grupo empieza con las explicaciones sobre la historia del edificio, obras de arte y autores que ocupan sus espacios de exposición.

Después de visitar algunas salas con excepcionales piezas escultóricas entre la colección de arte en piedra, entran en una de las salas de escultura sacra, en su mayoría tallas hechas en madera, en las que aún se observan intactos sus colores, pese al implacable paso del tiempo y gracias a las tareas de los conservadores del museo.

Los turistas, maravillados por las piezas de arte expuestas, sucumben ante su belleza mientras escuchan atentamente las explicaciones. Mientras tanto, una joven de unos quince años que acompaña a sus padres en la visita, y haciendo ademán de su curiosidad, decide separarse del grupo para descubrir en solitario una pequeña sala donde se expone una colección de cristos crucificados de distintas épocas.

Al llegar a la entrada del cubículo se da cuenta de que, además de las grandes tallas de crucifixiones colgadas en las paredes, hay una pieza en el mismo centro de la sala, que curiosamente no aparece en el catálogo que lleva en sus manos. Apenas está iluminada y un extraño y fuerte olor parece llegar a sus papilas olfativas. Se trata de una especie de rueda de carro de madera, dispuesta de forma vertical, anclada con un soporte, también de madera, y que la sostiene sin tocar el suelo. Saliendo del soporte, y perpendicular a la rueda, hay lo que parece ser una manivela. El artefacto es lo más parecido a la mitad de un carro dispuesto al revés. Sobre la rueda, y siguiendo su circunvalación, hay atado lo que cree una excelente recreación de un maniquí bastante maltrecho, sucio y desnudo. Ante el inesperado y extraño hallazgo, mira hacia atrás para saber si alguien la ve, pero todo el grupo sigue pendiente de las explicaciones de la guía que les ha llevado al museo.

Sabe que sus padres, unas personas mayores y de la vieja escuela, no aprobarían que se separase del grupo, por su propia seguridad, y porque sus estrictas normas de comportamiento y educación se lo impiden. No obstante, y haciendo gala de la curiosidad adolescente que corre por sus venas, no puede resistirse a la tentación del descubrimiento de algo nuevo, quizás prohibido. Por ello, se decide a pasar del umbral del arco que separa ambas salas y se dirige al centro de la sala de las crucifixiones, para ver más de cerca el extraño artefacto dispuesto en el mismo centro.

Cuando llega a él cree ver, efectivamente, el cuerpo desnudo, sucio y grotesco de un maniquí hiperrealista de un hombre anciano, atado a la rueda de pies y manos mediante cuerdas muy deshilachadas. En lugar de genitales hay una profunda herida, como si hubieran sido brutalmente seccionados, y de la boca, entreabierta, parece haber salido abundante sangre. Sorprendida por el hallazgo, decide recorrer con la mirada centímetro a centímetro de lo expuesto, sin saber ni entender qué hace semejante escultura tan extraña como prohibida para ella, pues la visión de un hombre desnudo de avanzada edad, aun siendo un maniquí, no sería en absoluto aprobada por sus padres.

El realismo la tiene fascinada y ello, sumado a la curiosidad inherente de una persona tan joven como inexperta como ella, la empuja a tocar suavemente la madera de la manivela, la cual parece que puede llegar a moverse. Le ronda por la cabeza tocar el maniquí, quiere sentir la sensación de palpar la piel desnuda de un muñeco inanimado, como si de un fetiche secreto se tratara.

Aislada totalmente del exterior y ensimismada con la figura, finalmente decide tocarlo, cuando en ese momento entra todo el grupo de turistas en la sala, precedidos de la guía que los acompaña. Con su entrada, la joven se asusta y da un manotazo a uno de los pies del cuerpo, sin darse cuenta de que acaba de desequilibrarlo sobre el eje de la rueda, y la fuerza de la gravedad acaba haciendo el resto. Inexorablemente, el cuerpo desnudo e inerte de un anciano gira por su propio peso en dirección al frontal donde se encuentra todo el grupo y la misma joven, que ve como el cuerpo recobra una verticalidad invertida. Justo ante ella se desvela el horror de la imagen de un cuerpo real que se encuentra abierto en canal y con la piel del tronco visiblemente chamuscada, desollado y expulsando literalmente todo su tracto digestivo sobre la joven por la enorme incisión desde los genitales, que parecen arrancados de cuajo, hasta la boca del estómago.

La muchacha cae al suelo, horrorizada entre gritos y literalmente bañada en sangre y vísceras malolientes, mientras su padre sale corriendo de entre el grupo al rescate de su hija para sacarla de semejante visión del inframundo. Inevitablemente, mientras parte del grupo prefiere taparse la cara ante tal escena inmunda, otros aprovechan para sacar cuantas fotografías puedan, como si se tratase de un instinto cazador del instante del horror.

En pocos minutos, y después de la llamada del personal del museo a emergencias, diversos efectivos de los Mossos d'Esquadra, la policía catalana, acompañan a los turistas y a la desdichada joven a otra sala para iniciar las pesquisas de la investigación. El museo ha sido tomado ya por la policía, que ha acordonado toda la zona.

Al contrario de lo que la joven podría creer, en lugar de reproches solo encuentra apoyo y protección por parte de sus padres. Mientras tanto, miembros de la Policía Científica, ataviados con sus equipos especiales de protección para evitar la contaminación de la escena del crimen, entran en el museo para buscar evidencias sobre tan cruel hallazgo.

III

Pero el que beba del agua que yo le daré, no volverá a tener sed jamás, sino que dentro de él esa agua se convertirá en un manantial del que brotará vida eterna.

Juan 4, 14

Martes, 19 de octubre. 7 de la mañana. Plaza do Toural, Fuente de los Condenados, Santiago de Compostela

Con la primera luz del día, Julia, una joven de unos treinta años, con un café para llevar en una mano y una pequeña mochila colgada del otro hombro, recorre una de las callejuelas que van a parar a la Plaza do Toural, donde se encuentra el histórico edificio del Pazo de Bendaña, sede del museo Eugenio Granell, del cual es la responsable de recepción. En esta fresca y húmeda mañana, y sin un alma en la calle, se oye un extraño silencio en toda la plaza y pronto echa a faltar algo cotidiano. No oye a los pájaros que acostumbran a revolotear entre los edificios para bajar a beber de la histórica fuente. A medida que su camino la conduce al centro de la plaza, en la dirección más corta hacia el edificio, ve lo que parece ser un largo saco atado por las puntas al pilón de la fuente.

Mientras se acerca a la fuente que tiene que circundar empieza a descubrir que, lejos de ser un viejo saco de un aspecto gris y blanquecino, se trata del cuerpo sin vida de un hombre muy mayor, desnudo y atado de forma invertida a la Fuente de los Condenados, con la cabeza bajo el agua.

Al contemplar tan macabra escena, la joven queda paralizada y deja caer el vaso de café, derramando todo su contenido aún caliente al frío piso de la plaza, y lanza un grito de horror y espanto que despierta a todo el vecindario. Como si de un panal de abejas se tratase, va oyéndose la apertura de pórticos y ventanas, de los que aparecen las cabezas de los vecinos para comprobar con sus propios ojos, estupefactos y horrorizados, el origen de semejante grito.

Bajo el ruido del silencio tan solo se oye un murmullo en el ambiente, tal vez recordando épocas pasadas, cuando se ajusticiaba a algún reo en la plaza y el pueblo observaba, unos, complacientes por haberse hecho justicia, otros, indignados por la falta de ella, y otros, como simples espectadores del circo de la vida, con toda la indiferencia de lo que ya se acepta como algo cotidiano.

En un par de minutos, el cartero por todos los vecinos conocido, que se disponía a entrar en la plaza para empezar su jornada, al encontrar tan cruenta escena al lado de la joven saca su móvil del bolsillo y llama inmediatamente a emergencias. Después de realizar la llamada, Julia, la paralizada recepcionista, se abraza al cartero, dando la espalda a la fuente, tal vez en un intento de eliminar de su mente tal visión, trasladándola a un mal sueño, una horrenda pesadilla sacada de una película de terror.

Poco a poco la plaza empieza a ser ocupada por vecinos y turistas, entre la estupefacción y el horror de la escena, mientras en unos minutos llegan un vehículo de la policía local y unos minutos más tarde, dos más de la nacional.

Entre la multitud, los agentes tienen problemas para acordonar la plaza y facilitar las tareas de la Policía Científica, que empieza a obtener las primeras pruebas fotográficas del cadáver.

Al tratarse de un espacio público a la vista de viandantes, los agentes no pueden poner freno a la rápida propagación por internet de las impactantes imágenes tomadas por decenas de curiosos y medios de comunicación que han acudido al lugar de los hechos, con tan solo unos minutos de diferencia con los servicios de emergencia. El «condenado», apodo interpuesto por algún vecino que ha acudido como testigo de excepción, en alusión a la localización donde ha sido encontrado, ya es de dominio público entre todo el vecindario, y pronto lo será en toda la ciudad y el resto del país.

Una hora después, en San Sebastián

Gonzalo Sanmartín, de unos cincuenta años y en plena forma, disfruta de su sesión matinal de *footing* por el paseo marítimo de la playa de La Concha, en San Sebastián, donde reside con su esposa Carmen y su hija Andrea en una antigua casona de una zona residencial, al final del paseo.

Amenaza tormenta en esta fresca y nublada mañana en la costa de San Sebastián. Aun así, el paseo empieza a poblarse de vecinos y foráneos para disfrutar del paisaje que ofrece la bahía. Algunos, como si se tratase de un ritual, se dan un baño en las poco amables aguas del Cantábrico, mientras las gaviotas, como vigilantes alados, aprovechan el viento para surfear a escasos metros del mar, en busca del pescado que es desechado por las pequeñas barcas de pesca artesanal, que vuelven al puerto después de toda una noche de trabajo.

Como cada martes, día en que Gonzalo libra de sus clases en la universidad, finaliza su trayecto por el paseo donostiarra en el Haizea, un bar de *pintxos* de toda la vida, y del que es cliente fiel desde que llegó con su esposa a San Sebastián, hace unos veinte años. Gonzalo entra en el bar, ataviado con su ropa de deporte y un chubasquero para evitar la característica y húmeda brisa marina.

El inigualable olor a café recién hecho, así como la agradable temperatura del interior del local, le ayudan a recuperar el aliento. Mientras tanto, Gorka, el dueño del establecimiento, un vasco tan corpulento como de buena pasta y servicial, está preparando desayunos para la clientela que empieza a ocupar las antiguas mesas de mármol y forja. Patxi, un pescador jubilado y cliente habitual de toda la vida, de los que no se quita la *txapela* ni para dormir, está sentado en la barra tomándose un *txakoli*, impactado con las noticias que dan por televisión, apenas sin pestañear y aguantando un sobado mondadientes entre sus labios.

Gonzalo se desabrocha el chubasquero mientras se sienta en uno de los taburetes de la barra, interponiéndose entre Patxi y la televisión sujeta a la pared.

Gorka, con su sonrisa habitual, limpia el mostrador frente a Gonzalo y con un gesto de interrogación espera su respuesta.

—¿Qué ponemos hoy, profesor? ¿Lo de siempre?

—Buenos días, Gorka. Joder, hoy la humedad y el fresco empiezan a notarse... o cada vez hacen la ropa más fina.

—¡Venga ya! La culpa la tienen esos que han puesto de moda que la grasa es mala para el cuerpo. ¿No ha visto a todos estos que se bañan en la playa cada día del año, haga el frío que haga? ¿Ha visto a alguno que esté fino como un arenque? ¿A qué no? Tengo una clienta habitual, Ane Guisasola, una actriz, mayor ya, pero todo un personaje, que viene a merendar con sus amigas, que no hay día que no se pegue un baño. ¡A esta aún no hay Dios que la haya visto enferma!

Gonzalo asiente con una carcajada.

—Razón no te falta, compañero. Eso díselo a la jefa, que un día se miró al espejo y dijo que nos teníamos que poner a dieta, que era más sano y que viviríamos más años y mejor.

—Tócate los cojones... Las mujeres, menudas son para mandar —responde airadamente Gorka.

Con un golpe en la puerta basculante que da acceso a la cocina sale María, la mujer de Gorka, una mujer con tanta humanidad como carácter. Sale por detrás de la barra y se acerca a Gonzalo.

—¡A ver! ¡Qué pasa aquí, pues! ¡Mucha labia y poca teca! Que tienes aquí a Gonzalo *helao* de frío ¡y sin meter nada en el cuerpo!

—Lo que le digo… —Gorka hace un gesto con la cabeza y los ojos, señalando a su mujer.

—Qué te pongo, rey… que tengo al berzas este que parece que el frío me lo deja *atontao*.

—Ponme un pincho de esos calamarcitos rebozados que tienes por ahí, que tienen una pinta fantástica… y un café con leche… desnatada, por favor —responde Gonzalo guiñando un ojo a Gorka.

—¡Joder con la línea! —Gorka se gira y se dispone a preparar el café con leche.

Gonzalo, con una sonrisa de complicidad en la cara, da una caricia a María en un brazo.

—¿Cómo está tu madre? Hace días que no la veo por aquí.

—Bueno… anda bastante pachucha estos días. Ya sabes, la mujer tiene ya 85 años, con toda la medicación que tiene que tomarse y este tiempo, pues tú dirás… bastante ha tenido que pasar.

—Es normal, mujer… pero ya verás que en pocos días vuelves a tenerla por aquí, poniendo orden en el bar.

—¡Uy! Sí… eso que a mi Gorka le pone tan contento. ¿Verdad, *maitea*?

Gorka, mientras vierte la leche caliente y espumosa en el café con leche, levanta los ojos y responde con un apretar de morros y achinar de ojos, asintiendo de forma irónica.

María se da cuenta del inusual interés de Patxi por la televisión.

—¡Oye! ¿Y a ti qué te pasa hoy, que parece que se te ha *secao* la lengua?

Sin mediar palabra, Patxi se quita el mondadientes de la boca y señala la televisión con la cabeza, con cara de perplejidad. Ante el extraño interés de Patxi por las noticias, María, Gonzalo y Gorka, cogiendo el mando a distancia que tiene tras él para subir el volumen, desvían su atención hacia la televisión, donde aparece un boletín especial informativo con una conexión en directo.

—¡Eh! Bajad un poco la voz, que quiero oír lo que dicen en las noticias —exclama María al resto de clientes asiduos al Haizea, mientras hace señas a Gorka para que aumente el sonido de la televisión—. ¡Gorka! Venga, dale caña al trasto este.

Plaza do Toural, Santiago de Compostela

La periodista que aparece en la pantalla está relatando la noticia desde el lugar de los hechos.

—Como relatábamos en la anterior conexión, desde la céntrica Plaza do Toural, en el mismo corazón del casco antiguo de Santiago de Compostela y como único testigo la famosa Fuente de los Condenados, a primera hora de la mañana ha aparecido el cadáver desnudo de un hombre de avanzada edad, atado de forma invertida al pilar de la fuente, con la cabeza sumergida en el agua, según relatan los testigos.

»Consultadas las fuentes de la policía municipal, que han sido los primeros en llegar al lugar de los hechos, por el momento no disponen de ninguna información que pueda dar pistas sobre la identidad de la víctima, y tampoco del supuesto o supuestos individuos que han podido cometer este acto tan atroz.

La pantalla de la conexión en directo queda dividida en dos y aparece la presentadora de un conocido magacín matinal de televisión.

—Marta, perdona, ¿has podido hablar con los testigos? ¿Con la persona o personas que se han encontrado con esta horripilante escena a primera hora de la mañana?

El monitor de la conexión en directo vuelve a ocupar toda la pantalla.

—En efecto, Ana, aquí a mi lado tengo a Julia, que es la responsable de recepción del Pazo de Bendaña, un edificio histórico del siglo XVIII que hoy alberga la sede de la Fundación Museo Eugenio Granell.

Marta se gira hacia Julia y le acerca el micrófono.

—Julia, ¿puedes relatarnos qué has visto y que ha ocurrido?

Julia intenta recomponerse, y mientras se seca los ojos con un pañuelo, responde con voz temblorosa:

—Sí, bueno… yo me dirigía a la entrada de la sede, a primera hora, a eso de las siete de la mañana, como cada día, para ponerlo todo en marcha, antes de la apertura al público, y cuando venía desde el callejón… —Julia señala un callejón de enfrente— pues a esa hora, aunque entra la primera luz del día, entre las farolas y eso, pues la verdad, acostumbrada a verlo todo siempre igual, pues como que no te fijas mucho… El tema es que me percaté que en el pilar de la fuente había una especie de saco muy largo y atado por las puntas.

»Así que me acerqué a la fuente y entonces vi a un hombre, tal y como vino al mundo, madre mía… —Julia recuerda las imágenes y se echa la mano a la boca con amarga emoción, mientras la periodista hace un gesto tranquilizador, acariciándole el hombro.

—Tranquila, Julia, tomate tu tiempo… —la cámara se acerca más al rostro de la testigo, que se coloca la mano en el pecho.

—Perdón, bufff… es que la imagen me ha impactado mucho, no sé si es por la forma, que el hombre parecía muy mayor… tal y como estaba atado a la fuente, la expresión de su cara, cuando la he visto a través del agua, qué horror… no se me olvidará en la vida. Además, le faltaban sus partes… ha sido realmente horrible.

La reportera asiente con la cabeza, y mirando a cámara, sigue preguntándole:

—Ha tenido que ser realmente una escena muy impactante. Antes me contabas que esta plaza, y en especial esta fuente, tienen mucha historia, ¿no es cierto?

Julia asiente con la cabeza mientras contiene sus emociones.

—En efecto, la fuente cuenta con su pequeña leyenda. Fue construida hacia 1820, tras unos trescientos años desde su primera solicitud por parte del pueblo a las autoridades municipales. El retraso en su construcción fue debido a que no existía canalización de agua hasta aquí, ya que la Santa Inquisición, que poseía terrenos en las cercanías, recogía la canalización de agua... y de ahí... pues ya no llegaba a otros lugares del entorno. De hecho, hasta la desaparición de la Inquisición no se pudo traer el agua hasta aquí y dar vida a su fuente.

»La parte más oscura de la leyenda de la fuente, y es que aún se escucha de vez en cuando por Santiago la historia, dice que el punto donde emana el agua que alimenta a esa fuente es donde bebían los condenados por los tribunales de la Santa Inquisición.

Marta asiente con la cabeza ante Julia y con una sonrisa se dispone a terminar la conexión.

—Muchas gracias, Julia. Esta historia ha sido realmente interesante, a la vez que añade más incógnitas a lo que ha podido suceder aquí esta madrugada, y tal vez, podría tener alguna conexión con esta macabra escena.

La pantalla vuelve a ocupar la mitad de la pantalla y la presentadora del magacín despide la conexión.

—Muchas gracias, Marta, y sobre todo, muchas gracias a Julia por este desgarrador relato de lo que ha sucedido y de qué forma tan instructiva nos lo ha contado. Esperemos que pueda reponerse pronto del susto, y también, que las fuerzas de seguridad puedan encontrar al autor o autores de esta crueldad... Gracias, Marta.

»Como han podido ver en sus pantallas, la ciudad compostelana, donde descansan las reliquias del apóstol Santiago, y a tan solo unas semanas de la tan esperada visita del papa Benedicto XVI, ha despertado con la macabra escena de un cruel asesinato en el corazón de sus calles. Seguimos ahora con las noticias que han ido pasando en nuestro entorno…

Desde la Plaza do Toural, la periodista recoge y entrega el micrófono a su compañero, mientras comenta con Julia la historia.

—Madre mía, qué susto te has tenido que llevar. Créeme, en mi oficio ves un montón de cosas, unas más desagradables que otras, pero esto ha tenido que ser muy impactante.

—La verdad es que sí. Se me ha quedado muy mal cuerpo. La imagen me ha recordado a unos de esos cuadros antiguos de grandes autores, como Goya, que pintaban las atrocidades de la época, de forma oscura y con toda la crueldad que relataba el cuadro. Es una imagen que tardaré en borrar de mi memoria.

En ese momento se les acerca una mujer muy mayor, siendo visibles en su pálido rostro los efectos del paso del tiempo y experiencias vividas en sus carnes. Coge de la muñeca a Marta, la periodista, reclamando su atención y con una voz cabizbaja y ronca, le susurra casi al oído:

—*Isto ten que ser algo de meigas... os días escuros teñen que vir...*

Marta, entre perpleja e incrédula, responde a la anciana:

—Bueno, mujer, si usted supiera, hay mucha maldad por ahí fuera, pero esté tranquila, seguro que la policía los cogerá tarde o temprano.

Con un gesto vehemente, la anciana mira fijamente a Julia con los ojos entornados, se santigua murmurando algo inteligible y se marcha por donde ha llegado.

En ese momento se acerca un policía nacional de uniforme, dirigiéndose a Julia.

—Disculpe, si no le importa, necesitaría que me acompañase a comisaría para firmar su declaración.

—Sí, sí... se lo digo a mis compañeros de la sede y le acompaño. —Julia se despide de la periodista—. Tengo que irme... Muchas gracias, Marta, espero haberte podido ayudar, aunque creo que me he puesto un poco nerviosa ante la cámara.

—¡A ti, Julia! Lo has hecho fantástico. Eres muy valiente y lo has contado fenomenal —acaban las dos dándose un cálido abrazo—. Ya verás como pronto cogerán al enfermo que ha sido capaz de hacer esto, madre mía...

Bar Haizea, San Sebastián

Mientras tanto, en el bar Haizea comentan lo que ya se ha convertido en noticia del día. Gorka, apoyado de manos en el mostrador del bar, exhibe su perplejidad e indignación.

—Madre de Dios... esto cada día va a peor. Ya me dirá, profesor, qué tendrá en la cabeza la gentuza esta, que se dedica a hacer estas maldades. Nadie merece acabar su vida como este pobre hombre, haya hecho lo que haya hecho —y se gira mirando a Patxi, que sigue ensimismado con la televisión—. ¿Y tú qué dices, Patxi? ¿No te ha *sentao* bien el *txakoli* o qué?

Patxi, un viejo lobo de mar con muchas experiencias a sus espaldas, admite su preocupación.

—Dirán lo que quieran, pero esto... —dice con su voz ronca, señalando la televisión con el mondadientes recién sacado de la boca—. Esto tiene muy mala espina. No es una cosa cualquiera, ya me entiendes —y después de darse el último trago del *txakoli*, vuelve a meterse el palillo en la boca, coge uno de los periódicos del mostrador y se aísla en su lectura diaria.

Gorka lanza una mirada a Gonzalo, con expresión de perplejidad, mientras va secando unos vasos de cristal.

—¿Y usted, profesor? ¿Qué piensa de todo esto?

Gonzalo da un sorbo a la taza de café con leche humeante y se queda pensativo unos instantes.

—La gente nunca deja de sorprenderte, y por mucho que nos pese, muchas veces para mal. Créeme, la historia está llena de miles de formas inventadas por el hombre para hacer daño a otro. ¡A eso le llamamos inteligencia!

María da un golpe con la mano abierta en el mostrador y replica de forma vehemente a Gonzalo.

—Pues yo, qué quieres que te diga. Por desgracia, aquí hemos conocido muchas formas de hacernos mal los unos a los otros, y a eso no le llamaría yo inteligencia, sino mezquindad y falta de humanidad... y cosas como esas... —señala con el pulgar hacia la televisión tras ella— ¡no tienen perdón de Dios!

—Razón no te falta, María, razón no te falta —asiente Gonzalo mientras da un último sorbo al café con leche.

—Bueno, y a lo que importa, ¿cómo está tu hija? —pregunta María bajando la voz y reclinándose en el mostrador hacia Gonzalo.

—Sigue su curso, ya sabes —responde mirándola a los ojos—, es solo cuestión de tiempo. Carmen y yo le dedicamos todo el tiempo que podemos para hacerle la vida más fácil.

—Vosotros ya lo sabéis —asiente María—, lo que necesitéis, aquí estamos este mozo y yo para lo que haga falta... ¡y que buenamente podamos!

—Por supuesto, y nosotros os estamos muy agradecidos —responde Gonzalo sonriendo.

Gonzalo llega a su casa una hora más tarde, con un par de barras de pan bajo el brazo. El edificio unifamiliar es una casona de los años cincuenta, al final del paseo donostiarra, con un pequeño jardín a la entrada lleno de flores que cuida pacientemente Carmen, su esposa.

Mientras saca las llaves de casa del bolsillo, de una riñonera que lleva alrededor de la cintura, se da cuenta de que hay un coche oscuro que no le es familiar aparcado frente a la puerta. Pensativo, no recuerda que estuvieran esperando ninguna visita.

En el salón le espera Carmen, que se levanta de un sofá situado frente a la chimenea. También se levanta Candela Santos, una mujer de apariencia asiática de unos treinta y cinco años, con media melena morena lisa, recogida en una cola de caballo y vestida con una cazadora de piel marrón, camisa blanca y pantalones gris oscuro. En su rostro se refleja el cansancio.

Gonzalo deja las llaves en un cuenco plateado sobre el recibidor, justo al lado de la puerta, mientras observa detenidamente a la invitada.

—Gonzalo, tienes visita. Te presento a la inspectora Santos, de la Policía Nacional de Madrid.

—Un placer, profesor —Candela tiende la mano para saludar a Gonzalo, que le devuelve el saludo.

—Lo siento —responde—, vengo de hacer un poco de deporte y no voy muy presentable que digamos.

—No se preocupe, profesor, va a ser cosa de solo unos minutos y no le molesto más —dice la inspectora con una sonrisa.

Carmen cree que debe dejarles solos, por lo que se despide de la inspectora.

—Gonzalo, ¿quieres un café con leche?

—No, no, gracias, Carmen, acabo de tomarme uno en el Haizea —responde Gonzalo sonriente.

—Ya... Bien, os dejo solos para que podáis hablar tranquilos. Un placer, inspectora. Por cierto, si no se come esas galletas caseras me estará haciendo un feo, que además la veo con cara de cansada y seguro que le va a ir muy bien un subidón de azúcar —dice Carmen guiñando un ojo a Candela mientras sale del salón, cerrando las puertas correderas de cristal cuarteado.

Gonzalo señala con la mano tendida el sofá, invitando a Candela a retomar asiento, mientras él se sienta en un butacón que hay a su lado.

—Su esposa ha sido muy amable y tiene una casa preciosa —comenta Candela para romper el hielo.

—Gracias, inspectora. Ya veo que le ha caído bien a Carmen, le ha ofrecido lo que me tiene prohibido a mí. — Sonriente, señala con los ojos una bandeja de pastas de té recién hechas, acompañadas de una taza de café, a lo que Candela no puede dejar de esgrimir una sonrisa de complicidad—. ¿Y bien? ¿En qué puedo ayudarla? —pregunta Gonzalo, habiéndose fijado en una carpeta con el logotipo de la policía y que Candela ha dejado encima de la mesa de centro.

La inspectora le muestra su placa e identificación a Gonzalo, en señal de transparencia, y empieza a explicarse.

—Bien… disculpe, no me he presentado. Mi nombre es Candela Santos, inspectora de la Comisaría General de Seguridad Ciudadana de la Policía Nacional de Madrid —dice mientras Gonzalo, algo perplejo, observa su identificación—. Si no estoy mal informada, es usted uno de los mejores especialistas, si no el mejor, en historia medieval. Dirige usted el Departamento de Historia Medieval, Moderna y de América del País Vasco, además de tener en su haber múltiples artículos y estudios publicados en medios de referencia de alto prestigio. Las universidades de todo el mundo hacen cola para tener un hueco en su agenda para poder exponer a catedráticos y alumnos sus trabajos de investigación…

Gonzalo interrumpe la exposición de Candela alzando su mano derecha.

—No pretendo ser descortés, pero gracias a Dios por el momento aún recuerdo mi currículum.

—Disculpe. Precisamente su último libro, *Reino de Sombras*, en el que desgrana la evolución de la tortuosa relación entre el clero y la sociedad, desde la Edad Media hasta nuestros días con todo tipo de detalles, fue determinante para demostrar a mis superiores cuán valiosos son para nosotros en este momento su experiencia y el conocimiento de la materia que nos ocupa. En definitiva, necesitamos su ayuda.

—No sé cómo puedo ayudarles. Soy un simple profesor de universidad, que ama su familia y su trabajo —contesta sonriente Gonzalo, quitándose protagonismo.

—¿Ha oído las noticias de esta mañana o ha echado un vistazo a internet?

Gonzalo queda pensativo un instante, a la vez que perplejo.

—Algo he oído, pero sigo sin entender cómo puedo ayudarles.

Candela recoge la carpeta de la mesa de centro y la abre. En ella pueden entreverse un montón de fotografías de escenas del crimen y documentos oficiales.

—Para empezar, le pido disculpas, pues gran parte de las imágenes, como verá, son explícitamente violentas, pero comprenderá que deben forman parte de la investigación. Se lo resumo. En el transcurso de seis días, y en ciudades diferentes, se han hallado dos cadáveres que nos hacen creer que podrían tener alguna relación con el encontrado esta mañana, en Santiago de Compostela, donde ha sido hallado el cuerpo sin vida de un hombre anciano, totalmente desnudo, atado a la pila de una fuente y con la cabeza sumergida en el agua —Candela empieza a mostrarle las primeras fotografías inéditas, y con detalle, de un cuerpo sin vida atado a la fuente.

—Sí, lo he visto por televisión, debe de haber sido horrible. Aquí, y en nuestra época, no estamos acostumbrados a encontrarnos con estas atrocidades. Por cierto, si ha ocurrido en Santiago de Compostela, ¿cómo es posible que usted ya disponga de estas imágenes?

—Muy observador… Antes de venir a su casa me he pasado por la Comisaría Central, aquí, en Donosti, donde me han facilitado una copia de las fotos.

Candela le hace una seña con el dedo índice para indicarle que preste atención a lo que va a enseñarle. Empieza a sacar de la carpeta numerosas fotografías de los cadáveres encontrados en los días previos en Sevilla y en Barcelona.

—No es el único caso, profesor. Hace tres días fue descubierto otro cadáver en extrañas circunstancias en un museo de Barcelona, y tres días antes apareció otro cadáver en una iglesia de Sevilla. Además, hay un dato importante sobre la identidad de las víctimas que aún no ha salido a la luz.

Gonzalo se queda mirándola con atención.

—¿Y bien?

—Las víctimas formaban parte de la Iglesia católica, y por su edad, ya habían pasado a la jubilación.

Gonzalo, con cara de preocupación, se levanta del butacón de cuero y se dirige a la vieja repisa de madera, situada sobre la chimenea de piedra. Entre los objetos que hay encima de la repisa se fija en una foto de su hija Andrea, cuando apenas tenía cinco años. Ojea la repisa y se mete las manos en los bolsillos, sin encontrar lo que está buscando.

—Maldita sea, ¿dónde habré puesto mis gafas?

—¿Ha mirado encima del recibidor de la entrada? Creí ver unas gafas allí —dice Candela.

Gonzalo arquea las cejas y abriendo las puertas correderas se dirige a la entrada, donde efectivamente se encuentran sus gafas. Sonriente, las recoge de la mesita del recibidor y vuelve al salón, cerrando las puertas tras de sí, sin darse cuenta de que Inca, una preciosa rottweiler, se ha colado sigilosamente para sentarse justo ante Candela, escudriñándola con los ojos de forma paciente, entre la curiosidad y la necesidad imperiosa por la protección de la casa y sus amos.

Mientras vuelve a sentarse en el butacón, se coloca las gafas y recogiendo el montón de fotografías que Candela le ofrece, la perra y él se intercambian una mirada cómplice.

—¿Le gustan los perros? —interroga a Candela mientras Inca arquea su cabeza como si esperase una respuesta de la invitada. Candela sonríe.

—Me encantan. Lástima que por mi trabajo, y por donde vivo, no puedo tener ninguno, pero en general los animales me encantan, a veces incluso creo que más que algunas personas.

Candela dispone su mano ante el hocico de Inca, que la huele y le suelta un lametón, en señal de confianza, por lo que entiende que puede acariciarle la cabeza y lo hace de forma suave. La perra, confiada con las intenciones de Candela, acaba tumbándose en el suelo, tras un suspiro perruno, para acompañarlos.

—Es una lástima que se etiquete de forma tan cruel a un animal tan fiel y responsable como este por el mero hecho de pertenecer a una raza en concreto, cuando no hay perro peligroso, pero sí un amo que puede llevar la crueldad en su ADN, ¿no cree, inspectora? —pregunta Gonzalo, mirando por encima de las gafas de ver de cerca.

—Totalmente de acuerdo con usted, aunque al fin y al cabo, si lo hacemos con nuestra propia especie, tan iguales y diferentes como podemos llegar a ser, cómo no vamos a hacerlo con los animales. Una verdadera lástima —responde con el pensamiento en épocas pasadas.

Gonzalo ojea cuidadosamente las fotografías, tal vez leyendo entre líneas detalles que le son conocidos.

—Disculpe mi ignorancia, pero si los crímenes han ocurrido en Sevilla, Barcelona, y ahora en Santiago de Compostela, ¿qué tiene que ver la Comisaría General de Madrid en el caso? ¿No deberían ocuparse las comisarías competentes en cada ciudad?

—De hecho, así ocurrió en el primer caso registrado en Sevilla. Además, gracias al arzobispo y a la colaboración de los testigos, se pudo mantener cualquier detalle bajo secreto, y ni tan solo los medios llegaron a saber qué ocurrió realmente.

»Tres días después se descubrió el cadáver de Barcelona —dice Candela mientras le muestra varias fotografías—. Esto ya no fue tan fácil, pero gracias a las pesquisas y la coordinación con la policía catalana, del grupo de testigos, que eran ciudadanos japoneses, pudieron requisarse todas las imágenes de teléfonos móviles y cámaras antes de que pudieran ser públicas. El consulado japonés entendió la delicada situación y facilitó mucho las cosas, y aunque alguna imagen llegó a filtrarse en la red, se pudo intervenir rápidamente para eliminarlas.

—Ya… —asiente Gonzalo con una sonrisa algo cínica.

—Hoy, como bien ha podido comprobar, los medios de comunicación se han hecho eco del tercer cadáver, esta vez en Santiago de Compostela. Ante la opinión pública, los tres casos no tienen vinculación aparente, mientras el laboratorio forense ya está trabajando en la identificación del último cuerpo para poder empezar con algo tangible. Ahora mismo, la vinculación con el clero nos lleva a pensar en una posible relación entre los tres casos, además de los evidentes signos de tortura *pre mortem* a la que fueron sometidas las víctimas, sin muestras aparentes de uso de arma de fuego, y por tanto, su muerte parece estar directamente relacionada con dichas torturas. Los tres cadáveres eran de avanzada edad y cada crimen se ha perpetrado con tres días de diferencia. Y ahí es donde necesitamos su experiencia y conocimiento de la materia, ya que al menos en principio, las muertes han podido ser perpetradas como parte de algún ritual. Además, la puesta en escena de cada caso tiene un elemento en común, como el uso de instrumentos y parafernalia que parecen sacados de la Edad Media.

Gonzalo, que ha permanecido atento a la exposición de la inspectora, se quita las gafas y deja las fotografías encima de la mesa de centro.

—Bien. ¿Y cómo puedo ayudarles? ¿Creen que yo puedo encontrar al culpable? —pregunta de forma algo incrédula.

—Para poder encontrar al culpable, o culpables, necesitamos saber cómo lo hizo, qué le empujó a hacerlo usando estos métodos de tortura de otras épocas, cómo escogió a sus víctimas, sabemos que habían sido miembros de la Iglesia católica, pero desconocemos si había otras vinculaciones entre ellos, y sobre todo, necesitamos saber cuál es el objetivo del asesino o asesinos con todo esto. Con ello, cabe recordar que estamos a escasas semanas de la visita del papa de Roma, por lo que comprenderá que han saltado las alarmas en todos los niveles.

Gonzalo se levanta del butacón, decidido.

—Mire, inspectora Santos. De verdad, aprecio su interés por mis conocimientos y mi trayectoria profesional, pero no veo de qué forma puedo ayudarles a encontrar a un asesino. Afortunadamente, nunca me he visto en la necesidad de relacionarme con estos temas, sobre todo porque creo que en la historia de la humanidad hemos vertido sangre hasta la saciedad, algunos por ideas, otros por obtención de poder, y otros por maldad, algo inherente en nuestra especie.

—Profesor, si me permite... —Candela se levanta del sillón, intentando argumentar su petición—. Entiendo que es un campo, mi campo, que no es plato de buen gusto para nadie, pero usted, todo un erudito en la Edad Media, una de las épocas más oscuras de la humanidad, ¿acaso no ha visto lugares, leído textos antiguos, incluso tocado algunos objetos que habían formado parte de crueles asesinatos y masacres que quedaron impunes, muchos de ellos olvidados en los siglos posteriores? ¿No le hubiera gustado intentar evitar muchos de ellos? ¿Que gracias a sus conocimientos las víctimas hubieran podido descansar en paz, sabiendo que finalmente sus vidas y nombres no se esfumarían como si nunca hubieran existido?

—Inspectora, soy historiador, y eso comporta aceptar e intentar explicar la historia tal y como sucedió, no buscar la forma de cambiarla, ni tergiversarla, como parece que se han apuntado unos cuantos anteponiendo sus ideas políticas a la verdad —argumenta Gonzalo algo malhumorado.

—Tiene toda la razón, tal vez no he escogido el mejor argumento para pedirle su colaboración. Hoy, ahora, se trata de evitar que mañana la historia vuelva a repetirse, y sus conocimientos pueden ayudarnos a encontrar al culpable o culpables. Sé que puede tomárselo como una gran responsabilidad por su parte, pero al final de la escala nosotros no somos los máximos responsables, sino que lo es el asesino. Nosotros solo estamos para aunar esfuerzos y compartir conocimientos para evitar que siga actuando.

Gonzalo, pensativo, va hacia la repisa de la chimenea, y recogiendo uno de los retratos de su hija Andrea en la playa cuando era solo una niña, se acerca a uno de los ventanales del salón desde los que se puede ver la fuerza del mar y parte de la bahía.

—¿Puedo hacerle una pregunta, inspectora?

—Llámeme Candela, por favor —responde mientras se acerca también al ventanal.

—Mi profesión como historiador e investigador me ha enseñado que si bien la justicia y la educación son una de las mejores vacunas para evitar que el virus de la intransigencia y el olvido vuelvan a adueñarse de una sociedad, remover ciertos momentos de nuestra historia, sobre todo, partes de ella que sobrepasan nuestro conocimiento y mente científica, puede dejar aflorar monstruos que desconocemos o que teníamos olvidados.

»Además, desconozco si estará usted al tanto de que tengo una hija de veinte años, enferma, con el síndrome de Batten, una enfermedad degenerativa, considerada «rara», que le fue diagnosticada cuando solo tenía cinco años. Es un trastorno hereditario del sistema nervioso que comienza en la niñez y acaba siendo mortal. Los primeros síntomas aparecen cuando un niño aparentemente normal comienza a presentar convulsiones o problemas de visión. En algunos casos los primeros signos son sutiles, manifestándose en cambios de personalidad y del comportamiento, lentitud en el aprendizaje o tropiezos al caminar.

»Con el paso del tiempo, los niños afectados padecen incapacidades mentales, convulsiones más severas y la pérdida progresiva de la vista y de las capacidades motrices. En muchos de los casos, los niños que padecen esta enfermedad quedan ciegos, postrados en una cama y con demencia, hasta llegar a los últimos años de la adolescencia y, con suerte, a la edad de veinte años, en la que finalmente mueren, sin más.

»Como usted comprenderá, inspectora Santos, deseo y necesito invertir todo mi tiempo libre para estar al lado de mi niña, mi hija Andrea —Gonzalo le enseña de frente la foto de su hija—, que por designios de la naturaleza, y con tan solo cinco años, fue condenada a una cadena perpetua injusta, viendo cómo poco a poco su vida se iría apagando, sin derecho a una niñez como hubiera podido ofrecerle, sin derecho a poder hacer su vida adulta, a formar su propia familia, a disfrutar de este regalo que se nos ha otorgado de ser conscientes de nuestra propia existencia y procurar dejar nuestro legado, por pequeño que sea. Así que no me pregunte si cambiaría la historia, por favor.

Candela se estremece mientras toca con los dedos un pequeño colgante que pende de su cuello.

—Entiendo su posición, profesor, y como habrá podido darse cuenta, mi origen está a miles de kilómetros de aquí. Verá, yo nací en Vietnam hace 35 años, mis padres biológicos colaboraron al lado de los americanos frente a la invasión de las fuerzas comunistas del norte. Cuando los americanos tuvieron que huir del país en 1975, todo era un caos. Muchos de los vietnamitas que colaboraron con el ejército de Estados Unidos tuvieron que quedarse porque no había suficientes helicópteros para huir, y por supuesto, primero eran los ciudadanos estadounidenses y los periodistas occidentales.

»Yo solo tenía unos tres meses, y mis padres, habiendo obtenido visado para entrar en los Estados Unidos, no pudieron subir a los helicópteros y prefirieron dejarme en brazos de un desconocido, uno de los pocos periodistas que aún quedaban, antes que condenarme a un final incierto ante la entrada inminente de las tropas comunistas en Saigón. Si hubiera sido consciente, hubiera dado mi vida para que mis padres hubieran podido salvarse, pero no fue así. Ellos sacrificaron sus vidas para que yo tuviera la mía, lejos de la muerte ante un pelotón de fusilamiento del Vietcong, como a ellos les sucedió.

»Yo no recuerdo nada de mis padres, ni de mi vida allí. Solo me queda una foto con ellos que me acompañará siempre… y este colgante —le enseña una vieja moneda dorada, agujereada por el centro, por donde pasa el cordel que pende de su cuello—, mi único tesoro. Y nunca podré agradecerles lo que hicieron por mí para que yo pudiera salvar mi vida.

»A partir de aquel momento, un periodista de origen español se convirtió en mi padre adoptivo. Cuando volvimos a Estados Unidos, lo trasladaron a Madrid y me trajo con él, oficialmente como su hija adoptiva, y aquí he podido construir mi vida.

Candela acaba intentando disimular sus emociones, recordando a sus padres.

—Disculpe, profesor. Solo intentaba apelar a su sentido de responsabilidad. Nuestras acciones, a veces, por ínfimas que parezcan, pueden llegar a determinar que una persona viva o muera. Por eso me hice policía, para defender la justicia y evitar que personas inocentes se conviertan en víctimas de monstruos que hacen daño por poder o por maldad.

Gonzalo se queda pensativo unos segundos, mirando por la ventana.

—Mire, Candela, entiendo las razones que la han traído hasta aquí, y admiro su fortaleza y espíritu de superación tras haber perdido a sus padres de forma tan trágica, pero yo solo soy un profesor de historia medieval que ha dedicado gran parte de su vida a su trabajo, pero que por designios del destino ahora tiene que ocuparse de lo que realmente importa y que pasa por encima de todo, incluida mi vida, que es mi hija Andrea. Como usted bien ha dicho, ahora toca sacrificarme por ella, y darle las mejores atenciones, para que su marcha sea lo más apacible posible. Lo entiende, ¿verdad?

Candela asiente con la cabeza, con resignación, por la respuesta de Gonzalo.

—Está bien, no voy a molestarle más —dice mientras saca de un bolsillo interior de su cazadora una tarjeta y se la ofrece—. Por favor, si cambia de parecer, llámeme. El tiempo puede estar corriendo en contra para otra víctima inocente. Y créame cuando le digo que le necesito para poner fin a este sinsentido —Gonzalo coge la tarjeta y hace ademán de acompañarla a la salida—. No se preocupe, conozco la salida. Que pase un buen día. ¡Ah!, despídame de su esposa y dígale que las pastas de té estaban muy ricas. Muchas gracias por su tiempo.

Candela abre las puertas del salón y sale de la casa. Cuando entra en su coche, mira instintivamente la fachada de la casa y se da cuenta de que la esposa de Gonzalo la está observando desde una ventana del piso de arriba, por lo que la saluda con la mano, a lo que es correspondida por Carmen, que también la saluda y acaba alejándose de la ventana para sentarse en un lado de la cama donde está postrada su hija Andrea, de veinte años. La habitación, muy luminosa, aún conserva la decoración de cuando era una niña, tal vez como signo inequívoco de la suspensión del tiempo para ella y para sus padres, cuando vieron cómo su hija poco a poco iba desapareciendo para convertirse en un cuerpo que no puede moverse, en alguien que ya no les conoce, ni atiende por su nombre, ni tan siquiera puede llamarles si necesita algo. Al otro lado de la cama hay una bombona y una mascarilla de oxígeno, para cuando tiene crisis respiratorias, cada vez más recurrentes debido a su precario estado de salud.

En solo un par de segundos, tras marchar Candela, llega un pequeño utilitario de color azul. De él se baja Berta, una enfermera de mediana edad, que atiende a Andrea a tiempo completo debido a su creciente minusvalía. Berta, que se ha dado cuenta de la visita, observa cómo se aleja el vehículo de la inspectora mientras acaricia con sus dedos una pequeña cruz cristiana de plata que lleva colgada del cuello.

11 de la mañana. Aula Profesor Schüller de la Facultad de Medicina de la Universidad Complutense, Madrid

Los alumnos escuchan atentos y toman apuntes acerca de las explicaciones del catedrático que les imparte la asignatura de Psiquiatría Criminal y Forense, un hombre de mediana edad, con abundante cabello y barba canosa, mientras en la pantalla que tiene tras él las imágenes de los efectos en las víctimas de casos de violencia de género van sucediéndose una tras otra.

—Aquellos que puntualmente cometen un delito contra la libertad sexual, como quien violenta a su pareja en una fiesta, difícilmente reinciden. En cambio, los graves son quienes han hecho de la violación el eje de sus fantasías sexuales. En no pocos casos tienen episodios de impotencia, pero utilizan cualquier otro objeto para penetrar a su víctima. El caso es humillarlas. Si su pene no funciona, utilizarán un bate de béisbol. Ninguno tiene desórdenes psiquiátricos. Ni ellos ni los pedófilos. Simplemente el eje de su sexualidad se basa en la dominación y el sadismo —explica el profesor.

En ese preciso momento suena el timbre de cambio de clases.

—Recordad el trabajo estadístico sobre la reincidencia de los autores de delitos sexuales, para la semana que viene —advierte el catedrático a los asistentes, y mientras se despide de sus alumnos que van saliendo ordenadamente del aula aprovecha para guardar sus libros y apuntes en un viejo maletín de piel.

A la salida del aula aguarda un joven, atractivo y de apariencia atlética, de unos treinta y tantos, vestido con una cazadora de piel negra y unos vaqueros algo desgastados, mientras echa el ojo y sonríe a algunas estudiantes que le devuelven la sonrisa cuando pasan ante él.

En última instancia sale el profesor, que apaga las luces de la sala y se percata de la presencia del joven.

—Disculpe, ¿es usted el doctor Garmendia?, ¿Juan Miguel Garmendia? —pregunta el joven.

—Intuyo que no viene en calidad de alumno. ¿Y usted es? —pregunta el profesor mientras cierra la puerta tras de sí.

—Por supuesto… —dice mientras le enseña una placa con sus credenciales—. Mi nombre es Óscar Sánchez, inspector de la Comisaría General de Seguridad Ciudadana de la Policía Nacional de Madrid.

—Y bien, inspector, ¿he cometido algún delito? —responde sonriente Garmendia.

—¡No! ¡Qué va! Para nada, doctor. Solo necesito unos minutos para hablar con usted. Creo que no tiene clase hasta dentro de un par de horas, ¿no es así?

—Ciertamente, está bien informado —responde—. ¿Qué le parece si nos acercamos a la cafetería del profesorado de la facultad y hablamos mientras nos tomamos un café?

—Me parece perfecto, donde usted quiera, doctor —responde Óscar de forma servil.

Tras un largo paseo entre pasillos y escaleras, Garmendia y el inspector llegan a la cafetería del profesorado, una sala de dos alturas, rodeada de ventanales por encima de la pasarela que circunda el piso de arriba, lo suficientemente grande y tranquila como para poder entablar una conversación privada. Una vez en la barra del bar, se les acerca el camarero.

—Buenos días, señores. ¿Qué será? —pregunta mientras limpia el negro mármol que les separa. El doctor cede el turno de petición a Óscar con un gesto de cordialidad.

—Sí… mmm… un café con leche, por favor, ¡Ah!, en taza, no en vaso, gracias —responde Óscar al camarero—. Manías… no soporto que me sirvan los cafés con leche en cristal —le confiesa al doctor mientras este sonríe.

—Y para mí un café solo, gracias —dice el doctor mientras devuelve una sonrisa a Óscar.

—Muy bien, marchando. Ya pueden sentarse donde quieran, señores, que se los llevo ahora mismo —responde sonriendo el camarero.

—Muchas gracias —dice Garmendia.

Una vez sentados en una mesa lo suficientemente alejada del resto de clientes que hay en ese momento, Óscar se dispone a abrir una carpeta que lleva plegada dentro de un bolsillo de su cazadora.

—¿No prefiere quitarse la cazadora? Aquí hay una temperatura más que agradable —le aconseja Garmendia.

—No estaría nada mal, la verdad, pero supongo que no quedaría muy estético que me quite la cazadora y pueda verse

que llevo mi arma reglamentaria colgada del cinturón —
responde sonriendo Óscar.

—¡Ah! Claro, falta de costumbre, supongo. Bien, pues usted
dirá, ¿en qué puedo ayudarle?

En ese momento llega el camarero con una bandeja y sus
consumiciones, además de dejarles un platito con un par de
minicruasanes.

—Bueeeno… pues aquí lo tenemos, señores. La tapita dulce
va por cuenta de la casa —comenta sonriente el camarero.

—¡Muchas gracias, caballero! —agradece Garmendia.

—Bien, pues ya que estamos solos, voy a intentar robarle el
tiempo imprescindible —comenta Óscar, mientras abre la
carpeta de un expediente policial.

—Por favor, ¿en qué puedo serle de ayuda?

—Bien, no sé si habrá oído por los medios que en el plazo
de una semana se han encontrado tres cadáveres en diferentes
ciudades del país, con una increíble similitud en el *modus
operandi* en las escenas del crimen.

—Bueno, más que por los medios, sí que me ha llegado
información por varios colegas, ya sabe, cada profesión tiene su
mundillo.

—¡Claro! ¡Claro! Es de suponer. Bien, los homicidios,
aparte de tener una escenografía, digámoslo así, un tanto ritual o
teatralizada, han tenido como objetivo víctimas octogenarias,
miembros ya jubilados de la Iglesia católica. Como verá, que en
ciudades tan dispares como Sevilla, Barcelona y Santiago de
Compostela se hayan reproducido estos casos, considerados
aislados en sus inicios, han dejado de serlo en el momento en
que en las dos primeras autopsias han aparecido demasiadas
coincidencias, y el análisis preliminar del cadáver de Santiago
parece que va por el mismo camino.

—Entiendo. Si no me han informado mal, parece que hay un componente sexual o contra la sexualidad de las víctimas bastante marcado, ¿no?

—Bueno, más que haber un componente, digamos que precisamente han hecho desaparecer dicho componente, incluida la lengua —añade Óscar mientras devora de un bocado uno de los minicruasanes y se chupa los dedos.

—Bien, podríamos considerar que en el acto sexual la lengua es una herramienta más, ¿no? —dice Garmendia mientras Óscar asiente con la cabeza—. Disculpe, ¿puedo echarle un ojo a este informe?

—¡Por supuesto! Se trata de datos preliminares de la investigación en el lugar de los hechos, además de un informe visual del estado de cada cuerpo, con las fotografías digamos… más explícitas —explica Óscar mientras le señala varias fotografías.

—Ya veo… —comenta Garmendia mientras saca unas pequeñas gafas de una funda de piel que lleva en el bolsillo exterior de su chaqueta, y que acaba colocándoselas casi en la punta de la nariz, mientras mira detenidamente las imágenes—. Desde luego, a primera vista, como me explicaron, el componente sexual, o mejor dicho, contra la sexualidad de las víctimas, es muy marcado.

—Además de la variante geográfica y las coincidencias en la edad avanzada y que fueron miembros del clero, nos hace pensar que todo esto puede formar parte de una acción coordinada de uno o varios individuos —explica Óscar.

—Bien, ¿y en qué puedo serles útil? —pregunta el doctor mientras se quita las gafas y da un último sorbo al café.

—Sí… No sé si está al tanto de que estamos a pocas semanas de recibir la visita del papa.

—Mmm… no soy un ferviente seguidor, pero sí, leo las noticias —responde Garmendia.

—Pues seré breve. En las altas esferas hay un fundamentado temor a que estas acciones tengan algo que ver con la visita papal, o más bien, que sean un serio aviso ante un supuesto atentado contra la comitiva —explica Óscar.

—Entiendo. Vistas las coincidencias, yo también tendría mis reservas sobre el objetivo que pueden llegar a buscar.

—Correcto. Por ello, y a partir de la coincidencia entre los dos primeros cadáveres, desde el Ministerio del Interior, en coordinación con el resto de cuerpos de seguridad del Estado, se ha creado un grupo especial de investigación, dentro de la Comisaría General de Seguridad Ciudadana, para coordinar las acciones que permitan dar cuanto antes con el individuo o individuos que están perpetrando estos asesinatos, tan crueles como inusuales. En este grupo especial hay una serie de nombres, pedidos desde el ministerio y con la aprobación de Presidencia, para que formen parte de esta investigación— explica Óscar.

—Ahora es cuando me dice que mi nombre aparece en esta lista, ¿no? —responde sonriente Garmendia.

—En efecto, ya que es de sobrado conocimiento desde el ministerio la larga y fructífera carrera profesional que le precede, aparte de los artículos publicados en diferentes medios especializados de prestigio, tanto a nivel nacional como internacional. Por supuesto, y siempre y cuando dé su aprobación, ya se ha preparado todo para poder librarle de sus compromisos profesionales y pasar a formar parte de este grupo para ayudarnos a conformar el perfil o perfiles de los asesinos que estamos buscando. Además, se ha creído que.. la ausencia de responsabilidades familiares aumentaría las probabilidades de que accediera a ayudarnos con este caso, que ya se presenta bastante complejo y contra reloj —explica Óscar, casi excusándose.

—¡Vaya! Ya veo que no han perdido el tiempo —responde sonriente Garmendia—. Al menos, ¿tengo algo de margen para pensármelo?

—¡Por supuesto! No hace falta que me dé una respuesta ahora mismo, pero solo le pido que no demore mucho su respuesta, porque el grupo ya ha empezado a trabajar y hay muchos factores en juego, aparte de la vida de otras posibles víctimas, no sé si me explico bien —comenta Óscar de forma sutil.

—Entiendo. A ningún gobierno le hace gracia que atenten contra el Santo Padre dentro de sus fronteras, y menos en un país con la historia que nos precede —dice Garmendia.

—Correcto. Bien, pues no le molesto más —Óscar le deja una tarjeta de visita encima del informe y se despide estrechando la mano del doctor—. Por favor, en cuanto haya tomado una determinación, no tarde en llamarme a este número, a la hora que sea, ¿de acuerdo?

—No se preocupe, lo haré. Por cierto, se deja el informe —comenta Garmendia recogiendo el informe de la mesa para entregárselo.

—No, no. Quédeselo. Es una copia para usted. Así podrá ir echándole un vistazo mientras se lo piensa —dice Óscar mientras se acerca al doctor para hacerle un comentario en voz baja—. Solo he de pedirle un favor: su contenido no puede trascender bajo ningún concepto, ya que forma parte de una investigación policial. Si no estuviera dispuesto a ayudarnos, debe destruirlo, ¿de acuerdo?

—Claro, por supuesto —responde Garmendia.

—¡Ah! Le invito al café. ¡Faltaría más! —se despide Óscar mientras abandona la sala.

El doctor vuelve a ponerse las gafas y a revisar más a fondo el contenido y las fotografías del informe, mientras, pensativo, lee detenidamente la tarjeta que le ha dejado el inspector.

Una hora después. Autovía A-1, en dirección a Madrid

Mientras el vehículo de la inspectora Santos, de camino a Madrid, llega a la altura de Burgos, entra en una zona donde parece empezar a concentrarse la niebla. En ese instante Candela recibe una llamada a su móvil, por lo que saca el teléfono que lleva en el interior de su chaqueta para atenderla.

—Inspectora Santos…

—Te oigo mal, inspectora… —se oyen algunas interferencias—. Soy Juanjo… del lab… de la Unidad Central de Identifica…

—¡Hola Juanjo! Debe de ser la cobertura, que es una mierda. ¡Dime! ¿Tenemos novedades?

—¿Hola? ¡No te oigo! —siguen las interferencias.

—¡Que si tenemos novedades!

—¡Sí, sí! ¡En cuanto llegues tienes que ver esto! Hemos enc… —vuelve a perderse la cobertura.

—Me cago en la puta… —Candela hace más caso al móvil que al volante para intentar tener más cobertura.

—¿Hola? Candela, ¿me oyes? —vuelve a tener recepción de la llamada.

—¡Sí, sí! Juanjo… ¿Qué habéis encontrado? —pregunta nerviosa Candela.

—¡Esto es raro e increíble de cojones! En un ojo de cada u... de los cadá... había unas ma… en form… —finalmente, se pierde la conexión.

—¿Qué? ¿Qué dices? ¡No te he entendido! ¡Juanjo! ¿Juanjo? ¿Holaaa?

Candela, inmersa en su propia desesperación, realiza una llamada al número del compañero, pero solo escucha un mensaje de pérdida de cobertura.

—Joder con el puto teléfono y la puta cobertura —exclama quejosa mientras se dispone a enviarle un mensaje de texto para intentar averiguar de qué se trata.

Residencia del profesor Sanmartín, San Sebastián

Carmen entra en el salón, donde encuentra a Gonzalo observando a través un gran ventanal que da al mar Cantábrico, bastante crispado, mientras las nubes avanzan amenazando lluvia. Cuando llega a Gonzalo, le coge del brazo con un gesto cariñoso, acompañándole en su bucólica visión.

—Nunca seremos conscientes de la increíble fuerza de la naturaleza —piensa en voz alta Gonzalo mientras Carmen le observa embelesada.

—Y que por mucho que la humanidad lo intente, nunca será capaz de domarla —responde Carmen dándole un beso—. ¿Qué quería la inspectora Santos? Parecía importante —pregunta para tantear a Gonzalo.

—No te preocupes. Nada que yo pueda solucionar —responde mirándola a los ojos.

En ese momento, Carmen señala el dosier que Candela ha dejado sobre la mesa y Gonzalo se queda sorprendido al verlo.

—Pues parece que ella no lo cree así. Una inspectora de la policía nunca se dejaría olvidado un informe de este tipo si no fuera por una buena razón, ¿no?

—Ahora mismo estoy dando algunas clases en la universidad, tengo mis libros, mis estudios, además, no quiero dejar sola a Andrea —replica Gonzalo.

—Vamos a ver, Gonzalo. Sabes que Andrea nunca se queda sola, si no estamos tú o yo, tiene a Berta, que es una delicia con ella, ¿sí o no? —Gonzalo asiente resignado con la cabeza—. Y, por supuesto, las clases en la universidad es algo que haces como un plus para la cátedra, pero que no te obliga a seguir un patrón de estudios y que puedes aparcar en cualquier momento si tus obligaciones te reclaman en otro sitio, ¿no?

—Cómo no, me dejas sin argumentos —responde Gonzalo sin armas con las que contrarrestar.

—Entonces, no crees que si puedes ayudar en una investigación, como ya has colaborado otras veces con otras instituciones, ¿no deberías hacer un esfuerzo para poder echar una mano ayudando a los demás? —pregunta Carmen convencida—. Mira, haz lo que quieras, pero sabes que los retos te apasionan, y si además puedes ayudar para esclarecer un caso, ¿qué más quieres?

—Bueno, un caso no. Ya llevamos tres cadáveres de lo que puede ser un mismo caso.

—¿Lo ves? Si es que lo estás deseando, ya lo has hecho tuyo en una sola palabra, *llevamos* —Carmen sonríe y se marcha por donde ha llegado.

Gonzalo, sonriente, recoge el dosier de la mesa, se saca del bolsillo de la camisa la tarjeta de visita que le había dado Candela, la lee atentamente y la vuelve a meter dentro del bolsillo, volviendo a perder la mirada a través del ventanal mientras sonríe.

Autovía A-1 de Burgos a Madrid, cerca de Sarracín

Candela intenta devolver la llamada a Juanjo, de la Central, pero el móvil sigue fuera de cobertura, lo que le hace impacientarse.

—Joder, menuda mierda.

En ese preciso momento, entre la niebla, cree ver la silueta de lo que parece una persona en medio de la calzada, de la que se distinguen unos grandes ojos blancos y brillantes, por acción refleja de la luz de los faros de su vehículo. En décimas de segundo, y por instinto, acaba dando un golpe de volante hacia la derecha para intentar esquivar una colisión con aquella figura, lo que acaba catapultándola sin control fuera de la calzada, dando un par de vueltas de campana. Miles de cristales salen volando ingrávidos dentro del vehículo, mientras se precipita ladera abajo, llevándose por delante la vegetación. Tras unos treinta metros de la accidentada salida, el vehículo destrozado acaba postrado del revés. Solo queda la quietud de un campo invadido por la niebla, con las señales del accidente sobre el terreno.

29 de abril de 1975, Saigón, Vietnam del Sur

Como un antiguo y borroso recuerdo, casi olvidado en el tiempo, vemos a una pareja de vietnamitas, de unos veinticinco años de edad, un chico y una chica con el pelo largo y oscuro, que con una maleta atada a la espalda, corren a través de una callejuela con su hija de tres meses en brazos. El calor húmedo, una ciudad desierta que huele a queroseno mal quemado, mezclado con el dulzor empalagoso de las basuras amontonadas por las calles y el caos, envuelven el ambiente, mientras a lo lejos el ruido en forma de trueno que dejan las explosiones de las bombas, junto a un sonido hueco, como si de una batidora a baja velocidad que va y viene, anuncia la retirada del malogrado ejército estadounidense, pues el fin de la capital de Vietnam del Sur está cerca.

Al cruzar una esquina, una anciana que apenas puede andar sale a su paso para suplicarles ayuda, y acaba agarrando un pie de la pequeña Thien. La mujer parece totalmente ciega, pues no llega a distinguirse el iris entre el blanco brillante de sus globos oculares. Los jóvenes dudan solo unos instantes, pero saben que si quieren salvar sus vidas y la de su pequeña no pueden perder un minuto para ayudar a nadie. La madre, al forcejear con la anciana para que suelte el pie de su hija, provoca que la mujer caiga al suelo. Saben que no pueden hacer más por ella y que deben continuar su huida, no sin cargo de conciencia por dejar atrás a la pobre mujer.

Finalmente, ante ellos, a unos doscientos metros, su destino, pero la situación es mucho peor de lo que esperaban. La embajada de los Estados Unidos está rodeada de cientos de personas, muchas con lo poco que les queda, otras, solo con lo puesto, que intentan de forma desesperada acceder a la única salida posible del país, si no es por la puerta, saltando sus muros, para poder obtener plaza en uno de los helicópteros que van sucediéndose en lo más alto del edificio, salvando al personal de la embajada, ciudadanos estadounidenses, europeos y vietnamitas que han obtenido un visado gracias a su colaboración con los americanos.

El joven, con su hija en un brazo y cogiendo fuertemente con su otra mano la de su pareja, inician el intento por llegar a la puerta principal de la embajada, en medio de empujones, gritos y hasta agresiones por la desesperación por no perder la vida. En la puerta, un último grupo de Marines norteamericanos, totalmente desbordados por la multitud, intentan frenar la avalancha de gente como pueden, a veces incluso con violencia a golpe de culata de sus fusiles M16.

En un forcejeo con la muchedumbre, un mal golpe provoca que la pareja se separe, quedando atrás la muchacha, en total inferioridad de condiciones físicas respecto al resto de hombres que intentan entrar. El chico, casi llevado por el grueso del grupo, no puede hacer nada por intentar esperar a su mujer, por lo que ella le indica a gritos que siga adelante, que no se pare, que lo primero es su hija y que ella irá después.

Entre lágrimas, el joven sigue adelante usando todos sus medios físicos, hasta que llega a la puerta, donde les espera el pelotón de soldados, que no dejan pasar a los vietnamitas aunque tengan visado. Han llegado demasiado tarde. Solo veinticuatro horas antes las autoridades norteamericanas habían anulado los visados. La situación es de extrema urgencia, los medios muy escasos, y primero son los ciudadanos norteamericanos y resto de occidentales.

Se había quedado sin opciones. Si no conseguía llegar a ese helicóptero, nadie de su familia se salvaría y todo esfuerzo habría sido en vano. La violencia empleada por el grupo de soldados va en aumento, los culatazos se suceden y hasta algún tiro al aire de la poca munición que les queda en sus M16 se convierte en una opción totalmente inútil para intentar amedrentar al tsunami de personas desesperadas.

De pronto, un hombre caucásico de unos cuarenta años, con signos evidentes de haber estado en primera línea de combate, ataviado con una mochila de lona vieja y protegiendo su cámara réflex en el pecho, golpea por detrás al joven que tiene a su hija en brazos, haciéndole caer al suelo mientras protege a su hija con el cuerpo. El hombre, que se da cuenta, intenta ayudar al joven, que, roto de dolor, le indica que acaba de romperse el brazo en la caída. En solo unos segundos sabe que todo ha terminado para él, pero su hija aún puede tener una oportunidad lejos de todo aquello, por lo que le pide de forma encarecida al periodista, y enseñándole el visado, que se lleve a su hija, que la salve de aquella guerra, prefiriendo sacrificar su vida para que su hija pueda sobrevivir.

El periodista, que mira a su alrededor el tumulto de gente enfurecida y desesperada, adivinando que los Marines no podrán aguantar mucho más a la creciente ola de refugiados que intenta acceder a los últimos helicópteros que despegan sobrecargados de la azotea del edificio, accede a llevarse a la niña, que llora desesperada ante la incomprensión de lo que está sucediendo. El joven padre, entre lágrimas y una sonrisa, se desata un colgante que lleva en el cuello y se lo cuelga a través de la pequeña cabeza de su hija antes de entregársela al hombre desconocido, no sin antes darle un abrazo y un beso, un último adiós. Sus destinos y sus vidas se separarán aquí definitivamente.

Marcus F. Santos, un experimentado periodista de un prestigioso periódico estadounidense, sabe que es cuestión de minutos obtener o perder su único billete de vuelta a casa, así que descuelga su mochila y vacía de inmediato su contenido en el suelo. Ropa, enseres personales y algún libro caen sobre el mugriento suelo. Recoge a la niña y la mete de pie en la mochila, mientras se da cuenta de que entre sus cosas está su diario, testigo de papel, tinta y lápiz, que acumula todas sus vivencias en la peor guerra que su país ha conocido, así que lo recupera del suelo, igual que recoge el visado que le entrega el joven desconocido. Ambos acaban dándose la mano por primera y última vez. En ese momento, con solo una mirada, los dos saben cuál será su destino más probable.

Sin mirar atrás, y haciendo uso de su superioridad física, Marcus va abriéndose paso entre la multitud hasta que llega a uno de los soldados. En su cara hay marcada la desesperación y desgaste de una cruenta guerra. Lo que muchos creían un paseo triunfal cuando se alistaron, se ha convertido en un brutal castigo, más parecido a los horrores de la Edad Media que a una guerra moderna. Cuando el periodista le enseña su pasaporte y el visado de la pequeña, el soldado le deja paso para que puedan salvar sus vidas. Mientras sube las escaleras del edificio, tan solo una mirada hacia atrás para comprobar lo que ya es una situación que puede explotar en cualquier momento.

Todo es un caos, personal de la embajada corriendo por los pasillos, habitaciones donde se están quemando y destruyendo en papeleras metálicas documentos que no pueden caer en manos del enemigo, e incluso algún soldado sentado en una esquina de un pasillo, con las manos en la cabeza, puede que en un intento de huir y olvidar por unos instantes esa guerra, o tal vez llorar la pérdida de un compañero.

Marcus y la pequeña llegan por fin al pie de la estrecha escalera que conduce a la azotea. Mientras hacen cola para poder subir al próximo transporte, aprovecha para ver cómo está la niña, a la vez que echa un vistazo al visado que la acompaña, el único salvoconducto para poder salir del país, y con ello, poder convertirse en una ciudadana libre de los Estados Unidos de América. Además de los datos de los padres, está también el nombre de la pequeña, Thien, de apenas tres meses de edad, aunque por su aspecto debido a las penurias pasadas, parece más pequeña.

Por fin, se acerca uno de los que pueden ser los últimos helicópteros del ejército norteamericano en tomar tierra en Vietnam del Sur. El sonido ensordecedor de unas aspas inmensas repiquetean en el ambiente y levantan una nube de polvo a su alrededor. Todo el grupo se agacha instintivamente, protegiéndose de los efectos de su acercamiento y aterrizaje en no más de veinte metros cuadrados. El miedo y las prisas por subir al helicóptero se apoderan de la docena de personas que esperan huir con vida de aquel infierno.

—Go! Go! Go!... Everybody up!

Un sargento de los Marines norteamericanos, al pie de la escalera, acaba de gritar las palabras mágicas. Marcus, abrazado a la mochila con la pequeña Thien dentro, y el resto del pasaje, deben subir a toda prisa a través de las escaleras metálicas que les conducen a la apertura lateral de un helicóptero Bell UH-1, apodado Iroquois, una de las aeronaves de transporte de tropas que ha sido crucial para poder librar esta guerra, aunque sea para perderla con tanto deshonor.

En solo dos minutos, el helicóptero, al que se le han arrancado los asientos para aligerar peso con el fin de darle mayor capacidad de carga, ya está al completo, y Marcus ha podido pertrecharse en una esquina, justo al lado de la puerta entreabierta, con la pequeña dentro de la mochila ante sí, a la que protege la cabeza con sus manos, contra el ruido, el viento y el polvo que vuela violentamente a su alrededor.

Una vez subido todo el pasaje, el sargento al pie de la escalera hace una señal al piloto, alzando las dos manos por encima de sus hombros, con los pulgares hacia arriba, señal inequívoca de que puede despegar de inmediato. En solo unos segundos se oye el aumento de revoluciones del motor y una súbita sensación de vacío en el estómago. Por fin, el edificio de la embajada empieza a hacerse pequeño y a sus puertas parece que haya mil personas, disparos al aire, una ciudad desolada, abandonada a su suerte después de diez años de ocupación, primero por los franceses, después por los norteamericanos, y al final, la tozuda realidad de un enemigo subestimado que acaba imponiéndose como un martillo de hierro que golpea un cristal que parecía irrompible, un duro golpe a la dignidad de dos potencias militares y un futuro incierto para millones de vietnamitas del sur, que quedarán abandonados a su suerte.

El helicóptero empieza a abandonar la ciudad, cruzando por uno de los pocos pasillos aéreos seguros que quedan hasta llegar a la costa. Nadie del grupo de supervivientes se atreve a mediar palabra, solo algunas miradas huidizas de miedo entre algunos, otros, con una mirada melancólica, dan el último adiós a una tierra tan imponente como hostil, perdiéndose por el horizonte, donde un sol menguante pero cegador da el último y característico brillo anaranjado del día.

Jueves, 21 de octubre de 2010. 9 de la mañana. Hospital Universitario de Burgos

Una luz cegadora proveniente de un lápiz linterna despierta a Candela, repleta de pequeñas cicatrices en la cara y postrada en una cama del hospital. Entre la confusión de un despertar hipnótico, hace ademán de taparse los ojos con una mano, en la que lleva puesta una vía intravenosa, tratando de evitar la primera luz del día que entra por la ventana de la habitación.

—Candela, ¿cómo se encuentra? —le pregunta el médico que la está tratando.

Candela, que aún no sabe dónde se encuentra y qué ha ocurrido, se pasa la punta de la lengua por los labios, por la sequedad del ambiente y la sed acumulada en su estado.

—Tengo sed... ¿puede darme un poco de agua? —suelta sus primeras palabras con voz de ultratumba.

—No se preocupe, ahora le diré a una enfermera que le traiga un poco de agua. Le vendrá bien. ¿Cómo se encuentra?

—¿Que cómo me encuentro? Como si me hubiera pasado un camión por encima... ¿Dónde estoy? —responde mirándose la vía de la mano y echando un ojo a su alrededor, volteando la cabeza de lado a lado de forma un tanto caótica.

—Está en la planta de neurología del Hospital Universitario de Burgos. No se preocupe. En un par de días estará preparada para volver al servicio. Afortunadamente, aparte de algunos moratones y una pequeña conmoción cerebral, sin más complicaciones, no tiene nada roto. ¿Se acuerda de lo ocurrido?

—Creo que iba en coche... había mucha niebla... y algo cruzó por la autovía... después, un volantazo... y ya está... solo alguien intentando dejarme ciega con una linternita... —relata de forma irónica.

—¡Ja, ja, ja! Ya veo que tiene sentido del humor, signo inequívoco de una rápida recuperación. Además, no hay signos de amnesia de ningún grado —responde el médico tocándole un antebrazo en señal de confianza.

—¿Cuándo voy a poder irme de aquí? —Candela denota algo de prisa por salir de allí.

—Eso dependerá de una última prueba que vamos a hacerle esta tarde. En los análisis realizados hemos detectado una anemia moderada y un ligero descenso de linfocitos, así que vamos a esperar un poco, y si todo sale como esperamos con la medicación que tiene, mañana por la mañana podrá irse a su casa a descansar, al menos, veinticuatro horas más. Piense que, aunque por suerte, no se ha hecho prácticamente nada, una pequeña conmoción cerebral puede convertirse en algo serio que hay que dejar reposar. Ha permanecido inconsciente unas cuarenta y ocho horas, y eso quiere decir que debe dejar tanto a su cuerpo como a su cerebro recuperar el tono vital para poder volver a su día a día, que ya me consta que es bastante movidito. No se preocupe, sus jefes saben que está aquí y que lo primero es su recuperación, así que céntrese ahora en descansar y recuperar fuerzas.

Candela comprueba que lleva puesto un camisón de hospital, de color blanco y de manga corta, que llega hasta la rodilla. Rápidamente se lleva las manos al cuello y echa en falta su colgante, el único recuerdo de su primera infancia. Mira a su alrededor, nerviosa, buscándolo.

—¿Dónde están mis cosas? ¿Y mi móvil? —pregunta algo agobiada.

—No se preocupe, todas sus cosas están dentro de una bolsa, en el armario. ¿Necesita que llamemos a alguien de su familia o a un amigo? En la ficha proporcionada por la comisaría no consta ningún teléfono de contacto para emergencias.

—No, no… Solo tengo a mi madre, pero es muy mayor y está en una residencia, así que a nadie, gracias —responde negando al mismo tiempo con la cabeza—. Por favor, revise en la bolsa si hay un colgante con una moneda, no puedo haberla perdido —dice mientras hace ademán de levantarse.

—¡Espere! ¡Espere! Ya se lo busco yo, no se levante aún de la cama.

El médico abre la bolsa de plástico donde habían guardado las pertenencias de Candela y encuentra el colgante.

—¿Supongo que es esto a lo que se refiere? —pregunta mientras se lo entrega.

—¡Sí! Muchas gracias, es muy importante para mí… —responde reconfortada mientras vuelve a ponerse el colgante en el cuello.

—Muy bien, pues entonces la dejo descansar y llamo a una enfermera para que le traiga un poco de agua, ¿de acuerdo?

—Muy bien, gracias.

Candela cierra los ojos y queda adormilada por el cansancio.

Al cabo de unas horas, un celador se acerca por el pasillo con una silla de ruedas hasta llegar a la habitación de Candela, custodiada por un joven agente de policía uniformado.

—Vengo a llevar a la paciente a resonancia —explica el celador al agente.

—Bien, bien, pase…

Candela vuelve a despertarse con la entrada del celador.

—¡Hola! Vengo a llevarla a hacer un TAC. ¿Puede levantarse y sentarse en la silla?

—Sí, supongo que sí —Candela retira las sábanas que la cubren e intenta sentarse al borde de la cama a toda prisa, lo que le provoca un buen mareo y tiene que agarrarse con las dos manos a la cama.

—¡Uou! ¡Uou! ¡Con un poco de calma, que no queremos que se me caiga al suelo! —advierte el celador acudiendo en su ayuda de inmediato—. ¿Está lista? Mejor la ayudo a levantarse, poco a poco, ¿eh? —el celador la coge de una mano y el antebrazo para ayudarla a levantarse de la cama y sentarse en la silla—. Muy bien… Espere, no se me escape, que voy a coger el gotero —dice mientras descuelga el gotero de la percha de la cama y lo coloca en lo alto de la silla. Coge después una sábana que había traído y se la coloca sobre las piernas—. ¡Venga, pues! Vámonos para allá… —exclama mientras abre la puerta y saca a Candela hacia el pasillo.

Al salir, el agente de policía de uniforme que custodia la habitación saluda a Candela.

—Hola, inspectora. ¿Cómo se encuentra?

—Bien, bien... por suerte, solo ha sido un susto. A ver cuándo me sueltan y otra vez al lío —responde Candela con una sonrisa al joven agente—. ¿Vamos a tardar mucho? —pregunta al celador mientras empiezan a recorrer los pasillos.

—Solo serán unos minutos y enseguida volvemos a la habitación. ¿Tiene hambre?

—Pues bastante, la verdad —responde tras pensar unos segundos.

—Bueno, pues luego avisaré para que le traigan algo de merienda en cuanto volvamos, ¿de acuerdo?

—Bien, gracias.

Una vez en la sala del TAC, entre el celador y el técnico ayudan a Candela a tumbarse en la fría plancha de plástico que hace las veces de camilla de la máquina.

—Vengo a buscarla en unos minutos —dice el celador mientras sale y entra en su lugar el técnico del TAC.

—Hola. Necesito que se quede lo más quieta posible para que salga bien la foto, ¿de acuerdo? —explica el técnico a Candela.

—Bien, bien.

—Esto que lleva atado al cuello, ¿es metálico? —Candela asiente con la cabeza—. Bueno, pues voy a quitárselo solo un momento mientras dura la prueba y se lo devuelvo enseguida. No se preocupe, que no se va a perder, ¿ok? —dice mientras Candela le entrega el colgante.

Candela padece algo de claustrofobia, y sentirse literalmente insertada en el tubo de la máquina mientras oye el estruendo del repiqueteo de las tomas de imagen de su cabeza, que parece recordarle viejos y sinuosos momentos de su infancia, añadido a los movimientos desacompasados con el ruido, no influyen en reducir su estrés, por lo que decide cerrar los ojos para intentar tranquilizarse, a la vez que respira profundamente. La tortura no puede durar mucho.

IV

El Señor mismo descenderá del cielo con voz de mando, con voz de arcángel y con trompeta de Dios, y los muertos en Cristo resucitarán primero. Luego, los que estemos vivos, los que hayamos quedado, seremos arrebatados junto con ellos en las nubes para encontrarnos con el Señor en el aire. Y así estaremos con el Señor para siempre.

1 Tesalonicenses 4, 16-17

Viernes, 22 de octubre. 5 de la mañana. Plaza de Santa Catalina, Murcia

Un grupo de chicas jóvenes vuelve de una noche de fiesta de despedida de soltera, con claros signos de embriaguez, ataviadas con los habituales *gadgets* de una salida de este tipo y con sus camisetas a juego con el nombre de la novia, haciendo jolgorio por la calle Marquesa, una de las callejuelas que van a parar a la plaza de Santa Catalina, nombre que le da la iglesia ubicada en la misma plaza.

—¡Shhht! ¡Tías! Callaos, que como despertemos al vecindario, ¡después me las cargo! —comenta una de las chicas, la novia, primera en dejar el grupo que, como un ritual, va acompañando a todas a sus casas.

—¡Venga ya, tronca! ¡Que es tu última noche de soltera! ¡Que mañana te casas aquí mismo! —grita una de sus amigas.

Una de las chicas se da cuenta de que entre la oscuridad de la plaza hay una luminaria que envuelve uno de los árboles centenarios, justo enfrente de la iglesia.

—¡Ey, ey, ey! Tías, o a esta le han organizado una fiesta delante de la iglesia o alguien ha movido la fiesta de san Juan ¡a octubre!, ¡ja, ja, ja! —todas ríen a carcajadas, menos la novia, que se acerca al final de la calle para ver qué ocurre delante de la iglesia donde va a casarse en unas horas.

Una gran luminaria de fuego quita protagonismo a las farolas instaladas alrededor, provocando que la novia deje tras de sí una larga y oscura silueta a medida que va acercándose al centro de la plaza.

Al llegar justo enfrente de la iglesia es testigo de una gran pila de fuego iniciada alrededor de uno de los árboles centenarios. Atado a este hay lo que parece ser una persona, con las ropas calcinadas, que se entremezclan entre las carnes rojas y negras por el efecto de la feroz combustión que la envuelve, y coronada con un capirote que va perdiendo sus telas mientras las llamas lo consumen. El olor a carne quemada se introduce y queda adherido a las fosas nasales e impregna el ambiente, mientras puede oírse el chispeo de la madera a medida que se consume.

La chica, que se queda literalmente clavada ante el atroz espectáculo, es incapaz de reaccionar, a la vez que llega el resto del grupo, momento en que cunde el pánico ante el horror que están presenciando. Rápidamente se dan cuenta de que no se trata de una broma y los gritos de desesperación dan paso a una llamada a emergencias.

En solo unos minutos, un par de vehículos de los bomberos, una ambulancia y diversas unidades de la policía local y nacional hacen acto de presencia. La policía acordona toda la plaza mientras los sanitarios se encargan del grupo de chicas. La novia está en *shock* y dos de sus compañeras han tenido que ser sedadas por sendos ataques de ansiedad. Los bomberos ya han desplegado el material de extinción y están reduciendo rápidamente las llamas, mientras la primera luz del alba está dejando al descubierto la dantesca escena que acontece ante la iglesia de Santa Catalina, entre los restos aún humeantes que envuelven la plaza.

A diferencia de los casos anteriores, las fuerzas de seguridad han circundado la escena del crimen, colocando una especie de paneles portátiles para evitar que periodistas y curiosos puedan tomar testimonio gráfico de tan cruenta escena. En pocos minutos la plaza ya está repleta de vecinos y ha acudido un equipo de televisión que intenta entrevistar a testigos y tomar buena cuenta de todo lo acontecido durante la madrugada.

8 de la mañana. Habitación de Candela. Hospital Universitario de Burgos

Candela despierta de un plácido y reparador sueño en su no muy espaciosa pero exclusiva habitación. Aún un poco aletargada, comprueba que ya no tiene el suero conectado a la vía que lleva clavada al dorso de su mano derecha desde que llegó al hospital, señal de una rápida recuperación de su aparatoso accidente setenta y dos horas antes, por lo que decide incorporarse, esta vez con lentitud, en el borde de la cama, donde se queda unos instantes mirando a través del ventanal que da al exterior. Los rayos de un anaranjado y radiante sol atraviesan los cristales del ventanal, acompañando la quietud y el silencio, solo interrumpidos algunas veces por los ruidos de pisadas y conversaciones tras la puerta de la habitación.

Empieza a fijarse en su habitación de derecha a izquierda, su cama, un pequeño armario ropero, la puerta, una televisión colgada en una esquina, bajo ella un sofá reclinable, una mesa bajo el ventanal, y encima de esta, el mando a distancia del televisor. Con cierto aburrimiento, finalmente decide levantarse para coger el mando. Baja de la cama con los pies desnudos y se pone en pie. El suelo está frío, pero ello no le impide llegar hasta el ventanal para poder aprovechar los rayos de sol que lo atraviesan. En ese momento oye hablar tras la puerta y alguien da un par de toques, pidiendo permiso para entrar.

—Adelante —dice en voz alta Candela mientras coge el mando del televisor y vuelve a la cama.

En ese momento entran Francisco Redondo, comisario jefe de la Comisaría General, y Óscar Sánchez, compañero e inspector de la Policía Nacional.

El comisario jefe, un hombre alto de 48 años, con pelo canoso algo desaliñado y con aspecto de tener en su haber muchas vivencias, lleva puesto un traje gris oscuro y una gabardina gris colgada de un brazo. Óscar, su compañero de unidad, de 33 años, lleva puestos unos pantalones vaqueros, una camisa a cuadros y una chaqueta de piel de color cuero, y lleva una bolsa de deporte en una mano.

—¡Hombre, Candela! ¡Me alegra verte despierta y entera! ¿Te tratan bien? —pregunta el comisario jefe mientras Óscar la saluda con una sonrisa.

—Hola, jefe… Óscar… Bien, no me puedo quejar. Por cierto, ¿por qué un agente en la puerta? ¿Ocurre algo? —pregunta sonriente al comisario jefe.

—Creemos que no. Estás al cargo de una investigación y has tenido un aparatoso accidente donde parece ser que la providencia ha jugado a tu favor. Consideré que no estaba de más mantener un dispositivo de vigilancia hasta tener claro lo ocurrido. ¿Recuerdas qué sucedió?

—Bueno, nada inusual. Volvía de San Sebastián, de entrevistarme con Gonzalo Sanmartín, el catedrático de historia medieval del que le hablé. No me dio una respuesta inmediata, así que estoy esperando una llamada por su parte —responde Candela, esperando un cambio de idea del profesor.

—Sí, sí… estoy al tanto —asiente el comisario jefe.

—Bien, pues volvía por la autovía, a la altura de Burgos… Me acuerdo porque vi la indicación de la salida. Unos diez minutos después me llamó Juanjo, del laboratorio forense, intentando contarme algo que había descubierto en el último cadáver. Se oía fatal y finalmente perdí la cobertura. Un par de minutos después la autovía empezó a llenarse de una niebla que se hizo espesa enseguida. Fue curioso, porque venía de todo un tramo donde la visibilidad era excelente, ni una nube, nada.

—¿Y entonces? —pregunta intrigado el comisario jefe.

—Bueno, pues la verdad, creo que debió de cruzarse un animal o una persona, no me acuerdo bien, pero llegué a ver que la altura de sus ojos brillantes era bastante alta. Era como una gran sombra. Estaba parado ahí en medio, ¡como esperándome! Fue todo muy rápido, y como no podía estar segura de que no fuera una persona, no me dio tiempo más que a dar un volantazo a la derecha, un golpe lateral. Después, vueltas de campana, un montón de cosas y cristales volando a mi alrededor, una locura a cámara lenta —relata gestualizando—. Y después desperté en esta cama. No me acuerdo de nada más. Lo siento.

El comisario jefe y su compañero se lanzan una mirada el uno al otro, entre la incredulidad y la sorpresa por lo que les acaba de contar Candela. El comisario se sienta a un lado de la cama.

—¿Estás segura de lo de la niebla? —pregunta mirándola fijamente.

—Por supuesto. A partir del golpe no recuerdo nada, pero hasta ese momento lo tengo todo muy lúcido, ya me conoce, jefe —el comisario se rasca el cogote con signo de preocupación.

—¿Qué ocurre? ¿Pasó algo que no sé? —pregunta intrigada Candela.

Óscar, su compañero, se acerca a Candela por el otro lado de la cama y saca del bolsillo interior de su cazadora de piel un pequeño dosier plegado.

—¿Qué es eso? —Candela no puede con su curiosidad.

—Quisimos hacer unas comprobaciones con la Guardia Civil, tanto sobre el estado de la calzada como sobre las condiciones meteorológicas… bueno, ya sabes, lo normal en estos casos.

—¿Y?

—Compruébalo por ti misma —contesta Óscar entregándole el dosier—. Según la Guardia Civil, era un día espléndido, como tú dices que era al principio, pero según ellos, también lo fue en el momento del accidente y hasta que te encontraron.

Candela revisa un tanto confusa el informe pericial y las fotos del atestado que lo acompañan. Comprueba que tal y como aseguran su jefe y su compañero, no había problemas de visibilidad en el momento del accidente. Las fotografías del punto kilométrico, en una recta muy larga, la frenada en seco, el guardarraíl totalmente arrancado y el estado en el que quedó su vehículo apoyan la tesis de que se salvó de milagro, más aún cuando el único daño que sufrió fue una salpicadura de cristales en la cara y una pequeña conmoción cerebral sin más consecuencias.

—Jefe, estoy segura de que había niebla. Si no, ¿cómo explica que viera aquella imagen y el volantazo para evitar el atropello? Y antes de que lo pregunte, no, ni me dormí, ni había bebido ni nada por el estilo. Ya sabe que no soporto ni el alcohol ni el tabaco.

—No te preocupes, el análisis de tóxicos dio negativo. Mira, Candela —el comisario jefe se pone serio—, vamos a obviar el tema de la niebla, al menos por el momento. Tenemos otro cadáver, esta vez en Murcia, y mucho me temo que no va a ser el último.

—Yo ya puedo incorporarme al servicio, jefe. El médico ha dicho que estoy bien, y que si las pruebas salen bien, podré marcharme mañana —responde Candela con toda predisposición.

—Lo sé. Pero a partir de ahora debemos extremar las precauciones. Parece que el círculo se ensancha y el trabajo se nos acumula. Óscar... —el comisario jefe gira la cabeza hacia el inspector y señala la bolsa de deporte con la mano.

Óscar pone la bolsa sobre la cama y saca un dosier, que entrega a Candela mientras le hace algunos comentarios.

—Esta madrugada, un grupo de chicas que iban de despedida de soltera se han encontrado con una barbacoa un tanto peculiar... —explica Óscar mientras Candela ojea al detalle las fotografías realizadas por la unidad de la Policía Científica.

En ellas puede entreverse el cadáver de un hombre anciano abrasado por las llamas, atado a un árbol, también bastante afectado por el poder del fuego. Por la expresión de su rostro, una mueca de terror, parece indicar que fue presa de las llamas aún vivo. Candela lee por encima el informe de la Científica.

—Joder, jefe. Vuelve a repetirse el patrón. Hombre muy mayor, puesta en escena de una muerte horrenda, y la simbología eclesiástica a su alrededor —comenta Candela mientras hojea el informe pericial. Óscar abre la bolsa con las manos y se la entrega a Candela.

—Nos hemos tomado la libertad de entrar en tu apartamento y traerte algo de ropa. También te hemos traído un móvil nuevo. El anterior salió despedido del vehículo y fue encontrado a unos cincuenta metros de donde acabó tu coche, por supuesto totalmente inservible. Por cierto, te regué las plantas, que daban pena— comenta Óscar sonriente mientras Candela le lanza una mirada con una mueca de mofa.

—¿Cómo fue la entrevista con el profesor Sanmartín? ¿Accedió a ayudarnos? —pregunta el comisario.

—Bueno, estoy casi segura de que accederá. Es un hombre de fuertes convicciones y apasionado por su trabajo de investigación —responde Candela.

—Así lo espero. Si no, solo estamos dando palos al agua— comenta el comisario.

—¿Y qué tal con el doctor Garmendia? —pregunta Candela—. ¿Ha accedido a formar parte del grupo? ¡Este hombre es una eminencia en su campo!

—Lo fui a ver a la universidad y le expuse el caso —responde Óscar—. Yo creo que aceptará. Vi que la historia le interesaba, así que me juego algo a que tendré una llamada suya en breve —dice sonriente.

En ese momento dan un par de golpecitos en la puerta y entra el neurólogo que la está tratando. El comisario jefe se levanta de la cama y se retira un par de pasos.

—¡La veo bien acompañada! ¿Cómo está? —pregunta el médico.

—Estoy perfecta, con ganas de irme ya —responde Candela gestualizando con los brazos.

—¡Bien, bien! Buena señal. ¿Les importa salir un momento de la habitación? Tengo que reconocer a la paciente —dice al comisario jefe y a Óscar.

—¡Sí, sí! Por supuesto… de hecho, ya nos íbamos. Candela, lo dicho, descansa, y si tu médico da el permiso, mañana Óscar pasará a recogerte, ¿de acuerdo? —comenta el comisario jefe mientras se dirige hacia la puerta.

—¡Qué bien!, servicio de taxi —responde Candela sonriente mientras Óscar se despide con un guiño y el comisario y él salen de la habitación.

El neurólogo abre el dosier para explicarle el resultado del último TAC y los análisis de sangre.

—¿Y bien? ¿Todo correcto, doctor?

—Como le dije, ha tenido mucha suerte. En los resultados no se aprecia ni aneurisma, ni derrame, ni daños de los que nos tengamos que preocupar en un futuro, aunque… —el doctor revisa a fondo su análisis de sangre— parece que tiene unos índices preocupantes de anemia y un nivel bastante alto de leucocitos. ¿Sabe si ya se lo habían detectado con anterioridad?

—Bueno, en cuanto a la anemia, puede que sea en parte culpa mía. Últimamente tenemos mucho trabajo y a veces te absorbe tanto que te olvidas de que tienes que comer, no sé si me entiende —el doctor asiente con la cabeza y sonríe—. En cuanto a los niveles altos de leucocitos, lo sé desde hace años, parece que forma parte de mí desde pequeña. Mi padre me adoptó en Vietnam al acabar la guerra, y me dijeron que eran algunas secuelas por haber estado expuesta al agente naranja, usado para deforestar la selva durante la contienda.

El médico se sorprende ante tal revelación.

—¡Vaya! Entonces en este caso puedo afirmar que tuvo usted mucha más suerte que muchas criaturas que nacieron con malformaciones, o murieron años después, tras desarrollar un cáncer fulminante debido a la guerra química a la que estuvieron expuestos. Hoy en día siguen sufriendo las consecuencias —explica el doctor.

—Sí, sí, lo sé. Realmente, tuve mucha suerte —responde Candela con aceptación.

—Bien, en cuanto a los niveles altos de leucocitos, ya sabe a lo que se expone, ¿verdad? —pregunta el médico cerrando la carpeta de los resultados.

—Lo sé, doctor —afirma Candela con resignación—. Tener los leucocitos altos puede asociarse con daños en los tejidos y ciertos problemas en el funcionamiento de la médula ósea, como es el caso de la leucemia, que aunque parece que, por el momento, no la he desarrollado, sí que podría manifestarse en un futuro… o no. ¿Me puedo ir ya? Tengo trabajo acumulado.

—¡Bueno, bueno! —interrumpe el doctor—. Se queda esta noche aquí, como control, y mañana tendrá el alta a primera hora de la mañana, ¿de acuerdo? Las prisas no son buenas consejeras y es preferible agotar los plazos. Veo que está bien informada. No obstante, ya sabe lo que tiene que hacer, ¿verdad?

—En efecto, no falto a mis análisis periódicos de seguimiento, por si la «bestia» se despierta —afirma Candela con una sonrisa mientras traza las comillas en el aire con sus dedos.

—Bien, bien, pues viendo que lo tiene controlado y es consciente de ello… ha sido un placer y espero no verla por aquí en mucho tiempo, ¡al menos como paciente! —dice el doctor mientras se despide de Candela dándole la mano.

—Muchas gracias, doctor. ¡Esperemos que así sea!

El doctor se dispone a marcharse cuando en el momento de agarrar el pomo de la puerta, se detiene pensativo, se gira y pregunta a Candela:

—Disculpe, si no es indiscreción —Candela consiente con un gesto de la cabeza—, ¿puedo preguntarle qué fue de su padre, ya que no aparecían datos de contacto en su ficha?

—Pues murió diez años después, de un cáncer de pulmón. No por el dichoso agente naranja ni nada parecido, sino porque fumaba tres cajetillas diarias de tabaco, ya sabe, el tabaco también mata —responde Candela, lo que genera un largo silencio en la habitación.

—Lo siento. Seguro que fue una persona fantástica, le salvó la vida y ahora usted hace lo mismo por los demás. Aunque no fuera su padre biológico, eso se lleva en los genes, y ahora, con su profesión, honra lo que hizo su padre por usted. La felicito.

El doctor se despide sonriente mientras abre la puerta y sale de la habitación. En ese momento entra el agente uniformado y se acerca hasta los pies de la cama.

—Disculpe, inspectora. Desde comisaría me informan de que se da el servicio por terminado. Si no necesita nada, me marcho ya. Que vaya muy bien —dice con un saludo marcial.

—Muchas gracias, agente. Buen servicio —se despide Candela con una sonrisa y finalmente el agente cierra la puerta tras de sí.

Candela aprovecha entonces para vaciar la bolsa de deporte que le ha dejado Óscar encima de la cama. «Una camiseta, un chándal, unas deportivas… braguitas, calcetines… cepillo de dientes y pasta… ¡mira que *apañao*! ¡Ah!, perfecto, un móvil nuevo», piensa mientras sonríe y extrae el móvil de la caja. Ve que están también la tarjeta SIM y la batería, que monta y enciende enseguida.

«Vamos, vamos… ¡arranca, pequeñín!», exclama para sí, impaciente por comprobar que el móvil funciona correctamente.

Al encenderlo, ve que tiene varias llamadas perdidas, y dos mensajes recibidos que se dispone a reproducir.

«Mensaje recibido... martes... a las... 18... horas... 6 minutos...

»¡Hola, inspectora! Soy Juanjo, del laboratorio forense, que al final se ha colgado. Te he llamado por algo que hemos descubierto tanto en el cadáver de Sevilla como en el de Barcelona. Ahora es un poco difícil de explicar si no puedes verlo en imágenes. Bien, lo tendrás todo en el informe que vamos a intentar acabar lo antes posible. ¡Un saludo!».

«Mensaje recibido... hoy... a las... 9... horas... 30 minutos...

»Buenos días, inspectora. Soy Gonzalo Sanmartín. Acabo de ver las noticias de lo ocurrido en Murcia. Bueno, es para comentarle el tema. Si puede, llámeme... Gracias. Un saludo...».

Candela pone cara de satisfacción mientras mira el móvil.

Sábado, 23 de octubre, 9 de la mañana

Óscar y Candela salen del Hospital Universitario de Burgos, atravesando los jardines que presiden la entrada al recinto, hasta llegar al aparcamiento para recoger el coche.

—¿Preparada? —pregunta Óscar una vez dentro del vehículo y antes de arrancar.

—Al lío —responde Candela con contundencia.

Mientras Óscar conduce en dirección a Madrid, por la autovía, Candela aprovecha para hacer una llamada ineludible.

—Residencia Nuestra Señora de la Antigua, ¿dígame?

—Hola, buenos días, soy Candela Santos, la hija de Teresa Martínez. ¿Pueden decirme cómo se encuentra?

—Un momento, le paso con la supervisora.

—Hola, Candela. ¿Qué tal? —responde la supervisora del geriátrico donde reside su madre.

—¡Hola, Beatriz! Llamaba para saber qué tal está mi madre y si se ha levantado con ánimos para ponerse al teléfono.

—Bien, dentro de su estado. La verdad es que hace unas tres de noches se despertó un poco agitada... tuvo terrores nocturnos y se levantó con gritos, preguntando por ti. Pero bueno, le dimos un calmante muy suave para ayudarle a conciliar el sueño y ya pasó bien el resto de la noche. Si te esperas un momento, voy a ver si la encuentro en la sala de estar, a ver si se puede poner al teléfono ¿Te esperas un par de minutos?

—¡Sí, sí, claro, espero!

Óscar mira a Candela con una sonrisa.

Dos minutos después una voz temblorosa y algo tomada coge el teléfono.

—¿Hola? ¿Hola?

—¡Mamá! ¡Soy Candela! ¿Cómo estás? ¿Hola?

—¡Hola, mi niña! Se te oye lejos... Oiga... este teléfono no va bien...

La voz de la supervisora se escucha de fondo:

—No, Teresa, el teléfono va bien, debe de ser su hija, que no tiene buena cobertura.

—¡Mamá! ¿Cómo estás? Que me han dicho que últimamente no duermes bien. ¿Cómo te encuentras?

—¿Ah, síí? ¿Que no duermo bien? ¿Por qué?

La supervisora la ayuda a hacer memoria:

—Sí, Teresa, que hace unos días se despertó con gritos llamando a su hija y me alborotó al resto de sus compañeras.

—Ah, es verdad, perdón, yo no quería...

—Mamá, ¿y qué te pasó? ¿Tuviste una pesadilla? ¿Me escuchas?

—Síí... ¡Que no estoy sorda!... Bueno, Cande, es que vino a verme tu padre, estaba tan guapo... Le dije que ya estaba bien, que hacía tiempo que no venía a verme... pero si lo hubieras visto, qué mocetón, venía con el traje de la boda, el muy zalamero... —relata Teresa como un dulce recuerdo de enamorados.

Candela tapa un momento el auricular de su teléfono con una mano, al no poder contener las lágrimas y no querer que su madre la oiga.

—Qué bien, mamá. Bueno, ¿y qué te dijo?

—Ya sabes, niña, tu padre y sus bromas. ¡Será *jodío* el tío que me dijo que habías tenido un accidente y te habías hecho daño! Porque tú estás bien, ¿verdad, hija?

—Sí, sí, mamá, estoy perfectamente. Estos días voy un poco liadilla, pero te prometo que en cuanto pueda voy a verte, ¿eh?

—Tranquila, mi niña, que aquí tu padre y yo estamos muy bien. Nos cuidan mucho y la comida es buena. Lo que dan en la tele no vale para nada, todo el santo día gritándose, qué pena, de verdad... Así que les pido a las chicas que me lleven a dar paseos al jardín.

—Tienes razón, mamá, tú aprovecha para darte unos buenos paseos y para leer, que tienes unos cuantos libros de papá que a ti siempre te han gustado, ¿no?

—Sí, sí, pero es que últimamente ni con las gafas veo... Además, no sé qué me pasa, que leo un par de párrafos, y cuando voy al tercero, ya no me acuerdo de lo que he leído en el primero. En fin, hija, que me hago mayor... ¡Que son ya ochenta años los que tengo!

—Bueno, mamá, me alegro de que estés bien. Un beso muy, muy grande, ¿vale?

—Igualmente, Cande. ¡Un besazo!

—Mamá, pásame con la supervisora. La tienes por ahí, ¿no?

—¡Sí, sí! Ahora te la paso, venga, ¡adiós, adiós!

—Adiós, mamá.

Se oye ruido en el auricular y se pone la supervisora.

—¿Hola?

—Hola... Bueno, solo era para decirte que finalmente hoy no podré pasarme. He tenido unos días bastante liada, la verdad, y me es imposible...

—No te preocupes, mujer… bueno, ya sabes que tu madre está un poco más sensible estos días, y aunque la enfermedad avanza, a veces tiene episodios como los de hace unas noches.

—Ya… me sabe muy mal, porque no he faltado nunca por estas fechas. Ayuda recordar a mi padre y se le ilumina la cara. Bueno, no quiero hacerme la pesada, nos vemos más adelante… Gracias por todo.

—No te preocupes, hija, que para eso estamos. Venga, que vaya bien… adiós.

Candela oye cómo se corta la llamada desde el otro lado del teléfono, y se queda pensativa, con la cabeza apoyada sobre el cristal de la ventanilla del coche y con el móvil recostado contra su pecho. Le resulta imposible contener las lágrimas, recordando a la persona y periodista brillante que llegó a ser su madre, y lo que el maldito alzhéimer le está arrebatando poco a poco. Óscar se da cuenta de que Candela no pasa por su mejor momento y decide salir de la autovía para descansar unos minutos en un área de servicio, a medio camino de Madrid.

—¿Paramos? —pregunta Candela.

—Sí, claro. Necesitamos estirar las piernas, y no sé tú, pero mi cuerpo me reclama azúcar de forma urgente. Que tengo hambre, vamos. ¿No te apetece tomar algo calentito?

—Pues sí, la verdad es que entre el día en blanco que tengo y la insulsa comida del hospital, necesito algo decente en el cuerpo.

Óscar aparca justo enfrente de la entrada del restaurante del área de servicio, al lado de un vehículo de la Guardia Civil de Tráfico. Salen del coche, y traspasada la puerta, ven a un par de agentes sentados en la barra, tomándose un café. Óscar hace un guiño a Candela y les señala con la mirada, mientras se sientan en una mesa justo al lado de una ventana que da a la zona de aparcamiento.

Mientras Candela se queda mirando unos instantes por el ventanal, Óscar repasa con ansia el tríptico en el que están anunciadas algunas de las especialidades del restaurante. En un par de minutos se les acerca un camarero.

—Buenos días, pareja. ¿Qué será?

Candela se gira hacia Óscar con cara de interrogación e indignación al mismo tiempo, mientras él no puede contener la risa.

—Póngame un café con leche, por favor, y un bikini de jamón york y queso —responde Candela.

—Pues para mí un café con leche y un cruasán de chocolate. ¡Ah! Y el café con leche en taza, por favor —dice Óscar mientras señala el tríptico.

—Lo siento, caballero, pero se me han acabado los cruasanes de chocolate. Si quiere, tengo napolitanas.

—Vaya, pues venga... Lo que sea, pero que tenga chocolate. Gracias.

—Muy bien, pues ahora mismo se lo sirvo.

Mientras el camarero manipula la cafetera, Candela se fija en los guardias civiles y decide levantarse hasta la barra.

—Buenos días, disculpad, soy compañera —interrumpe a los agentes mientras les enseña su placa.

—Buenos días —le contestan mientras la saludan.

—Me preguntaba si estuvisteis por esta zona el pasado martes.

—Sí, sí, claro. Y ahora que lo dice, me acuerdo de usted. Fuimos precisamente nosotros los primeros en llegar al lugar del siniestro. ¿Cómo se encuentra? —contesta el agente más cercano a ella en la barra.

—Ah, ¿sí? Bien, bien, gracias. Me haríais un favor si pudierais responderme a un par de preguntas.

—Por supuesto, pregunte.

—¿Hubo algún testigo del accidente?

—Sí, hubo un conductor que circulaba por la otra vía, en dirección a Burgos, que avisó al 112. Un francés, que recuerde, ¿verdad, Pablo? —pregunta dirigiéndose a su compañero, que asiente con la cabeza.

—Ya. ¿Y qué dijo?

—Bueno, dijo que vio el vehículo con las luces encendidas, a unos doscientos metros, por delante de él, por la otra vía, y que de repente desapareció. Cuando llegó a su altura, solo vio rota la barrera del otro lado y algo de humo que se veía fuera de la calzada. Entonces llamó a emergencias. El hombre iba con su familia hacía el País Vasco, de regreso a Francia.

—Ya. ¿Os contó algo sobre si había niebla, humo o algo parecido que dificultase la visibilidad? —los dos agentes se miran entre sí mientras ponen cara de sorpresa.

—Pues no, la verdad, hacía un día cojonudo, con el sol arriba, porque eran las doce del mediodía ya pasadas. ¿Por qué lo pregunta?

—¿Y no hubo ningún otro testigo presencial? ¿Alguien que hubiera cruzado la autovía o que estuviera andando por ahí?

—Pues no, nadie. Solo los franceses fueron testigos presenciales. Después, otros vehículos pararon, pero desde luego, nadie a pie. Es una zona en la que no hay nada alrededor en varios kilómetros, ni casas, ni caminos, ni nada.

—Cuando llegamos al lugar del accidente se veían perfectamente las marcas de neumáticos del volantazo hacia la derecha. Ni siquiera hubo frenada —explica el compañero mientras el otro agente paga la cuenta al camarero.

—Bien, bien, pues gracias de todas formas. Buen servicio.

—¡Gracias! ¡Y conduzcan con cuidado! —dicen los agentes al despedirse mientras salen del restaurante en dirección a su vehículo.

Candela vuelve a la mesa donde está sentado Óscar, que aún tiene la boca llena después de haber devorado, de forma literal, la napolitana de chocolate que le sirvió el camarero.

—Qué, ¿sigues con lo de que la niebla provocó el accidente? —pregunta todavía masticando.

—Joder, me tiene mosca. Te juro que no se me ha ido la olla. De golpe es como si hubiera entrado en una puñetera nube a ras de suelo, y después aquella figura grande con esos ojos blancos y brillantes.

—Déjalo, Candela, ya has visto que el jefe ha dado carpetazo al asunto. Seguro que fue producto del cansancio, porque desde que empezó esta mierda llevamos varias noches en blanco. No le des más vueltas, porque no sacarás nada en limpio.

—¿Limpio? Eso es lo que deberías hacer tú, zampabollos, que te han quedado restos de chocolate en la boca —replica Candela en tono irónico antes de dar un par de bocados al bikini que ha pedido.

—Joder, déjame que disfrute de lo rico que está —remuga Óscar mientras se limpia la boca con una servilleta de papel.

—Venga, nos acabamos esto y volvemos a Madrid, que hay mucho por hacer. Primero necesito que me dejes en mi casa para quitarme de encima este olor a hospital que no aguanto y cambiarme de ropa, que voy hecha una gitana —indica Candela.

Una vez ya en camino hacia Madrid, Candela realiza otra llamada.

—Buenos días, soy la inspectora Santos. ¿Me puedes pasar con Juanjo Andreu, del laboratorio forense?... Gracias.

—¡Candela! ¡Buenos días! ¡Vaya susto nos has dado! ¿Cómo estás? —responde Juanjo.

—Buenos días, Juanjo. Pues, bien, bien, ya con ganas de volver al lío. Estoy con Óscar, de regreso a Madrid. Oye, que había una cobertura de mierda cuando me llamaste y no llegué a oír lo que me decías. Espera, que te pongo en manos libres, para que Óscar también te oiga. A ver, sorpréndeme.

—¡Óscar! ¡Me debes veinte pavos! ¡Ja, ja, ja!

—Síí… no me olvido —responde Óscar mientras Candela lo mira con estupefacción.

—Bueno, no sé si os va sorprender o no, pero raro es de cojones. Os cuento: estuve presente en el Anatómico Forense mientras se le practicaba la autopsia al segundo cadáver, el de Barcelona. Pues bien, examinando los ojos pude ver unas pequeñas marcas en el iris derecho, alrededor de la pupila.

—¿Unas pequeñas marcas? ¿Una lesión? —pregunta Candela.

—No exactamente. Es habitual que muchas personas tengan en el iris una acumulación de pigmentación en uno o incluso en los dos ojos. Mi novia, sin ir más lejos, tiene una marca en forma de corazón en el ojo derecho…

—Venga, colega, al grano… —interrumpe Óscar.

—Vale… Hasta ahí, todo correcto. Pero se me ocurrió revisarlo con el microscopio especular que tenemos en el laboratorio…

—Juanjo, ¿qué tenía en los ojos? —pregunta Candela.

—Pues tenía cuatro puntos distales alrededor de la pupila, dentro del iris, formando una cruz entre ellos. Al principio creí que se trataban de puras manchas de melanina en el iris, que acostumbran a ser de color marrón oscuro o negro. Al tratarse de pigmentos oscuros, por lo general se les relaciona con una tendencia hacia el cáncer por una acumulación tóxica muy crónica, aunque en este caso, y vista también la disposición de las manchas, estoy seguro de que han sido provocados por acción humana, o sea, totalmente intencionados.

—¿Cómo que cuatro puntos? No me jodas, Juanjo. ¿Por qué debería tener cuatro puntos haciendo una cruz en el ojo? —pregunta Candela mirando a Óscar con cara de incrédula.

—Eso es cosa tuya, Candela. Cuando vengáis por aquí os lo enseño con pelos y muchos detalles, pero espera, que aquí no acaba todo.

—Venga, sorpréndenos, ¿alguna otra rareza de las tuyas?

—No, no, otra no. La misma marca se encuentra en el primer y el segundo cadáver, de Sevilla y Barcelona, respectivamente. Y aún tengo el asado de Murcia por empezar, aunque no sé si podré sacar algo bueno del churrasco.

—Joder, me dejas de piedra, y a la vez parece confirmarnos que al menos los tres cadáveres tienen alguna conexión aparente — comenta Candela.

—Eso lo acabas de decir tú, pero sí, indicios hay. De todas formas, al menos en los otros dos casos también voy a extraer el glóbulo ocular para el microscopio, a ver si encuentro el método que han usado para hacer estas marcas. Eso descartando por completo, y de antemano, que no se trata de una marca natural, como os he dicho, claro. Pero personalmente ya no creo en las casualidades en dos... y con tres, impensable.

—Ok, Juanjo, muchas gracias. Por la tarde vamos a estar por ahí y nos cuentas a fondo —responde Candela.

—Hasta luego, compañeros, nos vemos luego —dice Juanjo antes de colgar el teléfono.

—¿Cómo lo ves? —pregunta Óscar.

—Pues que podemos llegar a tener lo que nadie quiere: un asesino en serie. Eso sí, el cabrón o juega al despiste o le gusta viajar.

—Bueno, eso si no son varios, seguramente coordinados, porque no me pasa por la cabeza que el de Santiago haya actuado al ver lo de Barcelona o lo de Sevilla. Al menos, la prueba de los cuatro puntos en forma de cruz parece confirmarlo, ¿no? Y estamos esperando a los resultados del de Murcia —comenta Óscar.

Candela se sobresalta y vuelve a marcar de nuevo en el teléfono móvil.

—¿A quién llamas?

—Joder, qué cabeza tengo. Esta mañana tenía una llamada del profesor Sanmartín y con todo el trajín no he podido devolvérsela —responde Candela mientras oye el tono de llamada y espera respuesta.

—¿Sí?

—¿Profesor Sanmartín?

—Sí, sí, dígame.

—Hola, soy la inspectora Candela Santos... estuvimos hablando en su casa el martes pasado...

—Correcto, me acuerdo. Por cierto, se dejó usted en mi casa, supongo que muy conscientemente, el dosier sobre el caso que está llevando.

—Bueno, profesor, lo siento, debía intentarlo de todas las formas posibles y le dejé una copia. Como le dije, necesitamos su ayuda —dice Candela mientras le hace una mueca y un guiño a su compañero.

—Ya, ya... entiendo. Bien, le hice una llamada el viernes porque, después de valorarlo, finalmente intentaré ayudarla en lo que esté en mi mano —Candela hace un gesto de alegría—. ¿Hola? ¿Está ahí? —pregunta Gonzalo al no escuchar respuesta.

—Sí, sí, disculpe, debe de haber mala cobertura, pero le he podido oír perfectamente. Le agradezco mucho su ofrecimiento, bueno, se lo agradecemos muchísimo todo el equipo. Bien, vamos a necesitar que se desplace a Madrid, espero que para pocos días. ¿Cómo lo tiene usted?

—Bien, no se preocupe. Puedo hablar con el decano de la Universidad y amarrar otros temas personales, pero estoy disponible a partir de mañana.

—Perfecto, profesor. Pues entonces esta tarde voy a hacer gestiones para que le reserven un billete de avión a Madrid para mañana, y le pasaremos a recoger en el aeropuerto, si le parece bien. Siento que sea todo tan rápido, pero el caso lo requiere.

—Sí, sí, me hago cargo. Correcto, pues espero la información.

—Gracias, esta misma tarde le enviaremos un correo electrónico con todos los datos. ¡Ah! Y muchas gracias, profesor. Va a sernos de gran ayuda.

—Bueno, mejor dejar las felicitaciones para cuando todo haya terminado, esperemos que con el resultado esperado.

—Por supuesto, creo que va a ser intenso. Nos vemos mañana entonces. ¡Adiós!

—¡Adiós, adiós!

—A este hombre no le has dicho que vamos a tener que coger más de un avión —comenta Óscar.

—¿Qué quieres, que se me arrugue antes de empezar? Espero que pueda ayudarnos con el perfil de este cabrón, la verdad — contesta Candela.

—Bueno, lo buscaste y escogiste tú, ¿recuerdas? Yo creo que sí, que va a ser una pieza clave para el lío que nos ha montado este cabrón o quien sea.

Óscar y Candela llegan finalmente a Madrid, frente al edificio de apartamentos donde ella reside. La inspectora se baja del coche con la bolsa de deporte que le llevó su compañero.

—¿Puedes hacerme un favor? Llama de inmediato a secretaría y que arregle lo del billete del primer vuelo para mañana para el profesor Sanmartín. ¡Ah! Y que le busquen una habitación en el hotel de siempre. Dame un par de horas que me adecente y voy a la comisaría, ¿ok?

Óscar responde con un gesto afirmativo y se marcha.

Candela entra en el portal del edificio y aprovecha para revisar su buzón, lleno del correo que tiene acumulado desde hace días. Una vez en su casa, deja la bolsa en la entrada, se descalza y va desnudándose a medida que va hacia el cuarto de baño para tomar una ansiada ducha caliente. Aprovecha los minutos de relajación, apoyando las manos contra la pared de pizarra negra, dejando que el chorro de agua caiga libremente sobre su cabeza, mientras el cubículo, cerrado a base de mamparas de cristal, va llenándose del vapor de agua hasta que llega a hacerse prácticamente imposible ver tras él.

Se da la vuelta lentamente, para apartarse la melena de la cara, cuando al abrir los ojos, cree volver a ver, solo durante un par de segundos, la negra figura con los ojos luminosos ante ella, entre la densa nube de vapor. La imagen la sobresalta y acciona el grifo para cerrar la salida de agua de inmediato. La imagen ha desaparecido. Sale de la ducha y se viste con un albornoz de color crema que tiene colgado en la pared del al lado, mientras pasa la mano por el espejo incrustado en la pared, justo encima de la encimera de mármol del baño.

Poco a poco el vapor va despejando la visión y puede mirarse a los ojos a través del espejo, acercándose todo lo que puede, sin saber lo que está buscando, o tal vez no queriendo encontrar lo que cree que está buscando.

«Vale, date tiempo, joder... cabeza fría... observa... escucha... analiza... actúa», murmura mientras se mira al espejo.

Comisaría General de la Policía Nacional de Madrid

Unas horas después, Candela entra en la gran sala de la Comisaría General de Seguridad Ciudadana ataviada con unos vaqueros, camisa azul celeste y chaqueta de cuero negra. Lejos quedan aquellas comisarías de policía con olor a rancio de los muebles viejos y vidas pasadas, con humo del tabaco que no cesaba, con olor a compañerismo de policías y ladrones, unos porque por su trabajo no les daba tiempo ni de asearse una vez al día, y otros, por mil y una razones, siendo difícil identificar cuáles eran los unos y los otros, así como lejos queda también ese ruido incesante del crepitar de las teclas de las antiguas máquinas de escribir, sustituidas hoy por terminales de ordenador.

La Comisaría General es ahora un edificio con modernas instalaciones, llenas de tecnología de última generación, sin humos, con personal joven y sangre nueva, muchos con carreras técnicas que tienen la difícil tarea de encontrar lo que a veces es imperceptible por el ojo humano.

Los compañeros van saludando a Candela a medida que pasa al lado de sus mesas en dirección a la *pecera*, el despacho del comisario jefe.

Al llegar a la puerta del despacho pide permiso para entrar con un par de toques en el cristal, a lo que el jefe responde con un gesto de la mano mientras habla por teléfono en un tono muy serio y no para de repetir a su interlocutor las palabras «sí, señor... por supuesto...». Por fin, cuelga el teléfono y señala asiento a Candela en una de las sillas que hay delante de su mesa.

—Por su expresión no parece que sean buenas noticias — comenta Candela.

—Bueno, antes de nada, ¿cómo te encuentras? —dice mientras da un rodeo a la mesa para sentarse cerca de ella.

—Muy bien, gracias, jefe. A punto para el servicio —afirma decidida.

—¿Dónde coño está tu compañero? —pregunta muy serio.

—Pues... no lo he visto al entrar. Espere, que le llamo...

Candela saca el móvil del bolsillo interior de la cazadora de piel y marca el número de su compañero. Óscar, que está flirteando con una joven y rubia agente uniformada en una salita donde se encuentran las máquinas de *vending*, coge el móvil de su bolsillo mientras le pide a la joven agente que le sujete el café.

—¡Hombre, Candela! ¿Por dónde andas? —pregunta sonriente mientras hace un guiño a su acompañante.

Candela, que reconoce cuándo la situación está candente, gira un poco la cabeza y con voz baja y tono serio reclama la presencia de su compañero.

—Pues estoy en el despacho del jefe y te reclama... ¡ya!

—Mierda... ehhh... vale, estoy en un parpadeo —dice Óscar con cara de preocupación mientras sale corriendo por el pasillo, sin siquiera haberse despedido de la joven ni haber recogido su café. La joven se queda con cara de sorpresa con los dos cafés en la mano.

—Bueno, supongo que habrás seguido las indicaciones del médico, ¿no? ¿Seguro que estás bien? —pregunta el comisario a Candela.

—Bien, bien, jefe, a punto para intentar resolver esto lo antes posible.

—No espero menos, nos jugamos mucho.

Candela pone cara de circunstancias y en ese preciso momento entra Óscar en el despacho, algo sofocado por la carrera que le ha tocado hacer.

—Perdón, jefe... Estaba en el archivo, revisando una documentación —se excusa mientras toma asiento al lado de Candela y el comisario empieza a dar vueltas al despacho.

—Ya... bueno. Os he citado porque justo cuando entraba Candela estaba hablando con el ministro y ya os podéis imaginar que no era para quedar a jugar una puta partida de golf de los cojones —Óscar no puede contener una sonrisa jocosa—. En fin, que llevamos diez días, ¿y qué tenemos? ¡Cuatro cadáveres! Nada menos que miembros de la puñetera Iglesia católica, apostólica y romana, ¡Y sorpresa! ¡A pocas semanas de recibir la visita del papa en dos de las ciudades donde han aparecido los cuerpos! Decidme que tenemos algo más. Necesitamos saber si se puede tratar de una seria amenaza para la visita del papa, ¡ya! —asevera el jefe mientras se sitúa tras los inspectores y apoya sus manos en sus hombros.

—Bueno, finalmente vamos a tener ayuda del profesor Sanmartín —dice Candela—, el catedrático de historia medieval del que le hablé. Nos va a ayudar a identificar los escenarios donde aparecieron las víctimas, así como la presunta relación que puede tener con la Iglesia, ya que al menos en tres de los cuatro escenarios parece clara su vinculación, aunque desconocemos causa o efecto.

—En efecto —interrumpe Óscar—, además en el laboratorio forense han empezado a identificar algunos detalles, que no han aparecido en prensa, y por tanto, nadie puede haber copiado, que parecen indicar que al menos los tres primeros cadáveres podrían estar relacionados.

—¡No me jodas, Óscar! ¿Me estás diciendo que podemos estar ante un asesino en serie? ¿Qué detalles? —pregunta insistente el jefe mientras vuelve a sentarse en su silla del despacho, tras la mesa.

—Puntos en forma de cruz... —responde Óscar cabizbajo.

—¿Qué? —pregunta el jefe con estupefacción.

—Exactamente eso, jefe —interviene Candela— En el laboratorio forense han encontrado unas manchas casi imperceptibles en un iris de los tres primeros cadáveres, lo que se ha identificado como cuatro puntos que conforman una cruz.

—Vamos a ver. ¿Me estáis diciendo que me plante ante el ministro la próxima vez que vuelva a llamarme para recordarme que tiene mis bolas en sus manos y que le responda que un hijoputa psicópata se dedica a matar gente con cuatro puntos en el ojo?

—No exactamente. Creemos que el asesino o los asesinos podrían estar marcando a sus víctimas, como si se tratase de una firma —responde Candela mientras Óscar la mira con cara de «¡oye, qué buena idea!».

—Bueno, ¿cuándo vamos a tener al profesor aquí? —pregunta el jefe mientras coge el teléfono y empieza a marcar un número.

—Mañana mismo vamos a recogerle al aeropuerto —responde Óscar.

—¿Alicia?... Hola, Alicia, soy Redondo, oye, mira a ver si puedes acompañar al doctor Garmendia hasta mi despacho en cuanto puedas... Perfecto, gracias... hasta ahora —a Candela se le ilumina la cara al oír ese nombre—. Bien, que sepáis que en el ministerio, y con el «inestimable» apoyo de la prensa, que está inundando los informativos, este caso ya ha sido considerado de interés nacional, y tiene prioridad por parte de la fiscalía, por lo que se ha constituido una comisión de seguimiento de las operaciones que está llevando a cabo este grupo especial, al que a un servidor han puesto al mando. La primera reunión será mañana por la mañana a las nueve horas, en la sala de crisis de la tercera planta sótano.

—¿Quién va a formar parte del grupo, jefe? —pregunta Óscar.

—Mañana vamos a tener como invitados especiales al ministro del Interior y al juez instructor, que con una sonrisa en la boca nos dirán lo buenos que somos, y lo rápidos y diligentes que vamos a ser en la investigación para pillar a los malos. Por suerte, si todo va bien, solo los veremos al principio y al final. Si los vemos más a menudo... —el jefe hace un gesto de cortarse la cabeza, pasando una mano de un lado a otro de su cuello—. Sobre el resto, contaremos con el profesor Sanmartín, lo tendremos aquí mañana. ¿Alguna pregunta?

—No, de momento —responde Candela.

En ese momento llega Alicia, responsable de Prensa y portavoz de la Comisaría General.

—Buenos días, ¿se puede?

Alicia entra en el despacho después de haber dado un par de toques en la puerta para pedir permiso, acompañada del doctor Garmendia.

—Creo que ya conocéis a Alicia Fernández, responsable de Prensa y portavoz de la Comisaría General —Candela y Óscar la saludan tímidamente con la mano—. Ya lo digo desde ahora: Alicia es la única voz autorizada para hablar con la prensa y con cualquiera que no esté en la investigación. Os presento también a...

Candela interrumpe al comisario, levantándose de la silla casi de un salto y entusiasmada por el invitado que acompaña a Alicia.

—Por supuesto, el famoso doctor en Psiquiatría y Medicina Forense, el doctor Juan Miguel Garmendia, supongo —dice Candela emocionada mientras le tiende la mano.

—Bueno... je, je, eso de famoso... —responde el doctor quitándose protagonismo mientras Óscar sonríe ante la idolatría de Candela.

—No se quite méritos, doctor, que soy una fiel seguidora de su programa de radio nocturno, *Más allá de los límites*. La verdad es que sigo de cerca todas sus publicaciones —dice Candela con devoción por el doctor.

—¡Vaya! Pues muchas gracias, es todo un halago por su parte. Pero por favor, llámeme Juan Miguel. Disculpe, ¿su nombre es?

—Perdón... Candela Santos, inspectora de la Comisaría General de Seguridad Ciudadana, y mi compañero, a quien ya conoce...

Óscar se levanta de la silla y también estrecha la mano al doctor.

—Un placer tenerle entre nosotros, doctor —dice Óscar con una sonrisa en la boca.

—Espero estar a la altura para poder ayudarles —responde el doctor.

—Bien, señores —interrumpe el comisario—. Hechas las presentaciones, el doctor Garmendia pasa a formar parte, a partir de ya, del operativo para poder acabar con esta pesadilla. Como psiquiatra forense de reconocida experiencia en el estudio de casos de muertes violentas, nos ayudará con el perfil del asesino o asesinos, y con ello, poder darles caza lo antes posible. Por supuesto, ya está al tanto de los hechos y detalles de los que hasta ahora disponemos.

—Va a ser todo un honor poder trabajar a su lado y aprender todo lo posible —afirma Candela.

—Por cierto, como ya sabéis, el juez Moreno ha decretado secreto de sumario, por lo que cualquier filtración a la prensa puede acabar con nuestras cabezas rodando por la Castellana. No sé si ha quedado lo suficientemente claro, inspectores —advierte el comisario.

—Sí, por supuesto —responde Candela.

—¡Pues venga! ¡A trabajar! Todo un placer tenerle entre nosotros, doctor. Le dejo en buenas manos, se lo aseguro —el comisario se despide del doctor Garmendia, estrechándole la mano, y este le devuelve el saludo con una sonrisa.

—Sí, señor —responde Óscar mientras los dos inspectores se levantan y salen por la puerta acompañados del doctor.

Candela, Óscar y el doctor Garmendia atraviesan la sala y entran en uno de los ascensores.

—Bien, doctor... eh... Juan Miguel, perdón, es la costumbre. Si le parece, vamos a pasar primero por los compañeros del forense para que podamos ver los cuerpos y nos den más detalles de a qué nos enfrentamos. Ha visto ya algunos cadáveres, ¿no? —pregunta Candela de forma irónica.

—Sí, lamentablemente sí. No se preocupe, estoy ya curado de espantos —responde Garmendia con una sonrisa mientras suena el ¡ding! de llegada a la planta sótano donde trabaja la unidad de forenses.

Sala de trabajo de la Unidad Central de Análisis Científicos de la Comisaría General de la Policía Nacional

Juanjo, jefe del laboratorio forense, observa atentamente a través de un microscopio de alta tecnología mientras toma notas y realiza comparaciones de las imágenes que aparecen en el ordenador. En ese momento, Candela, Óscar y el doctor Garmendia entran en la sala y se acercan a él por detrás.

—¡Hombre, Candela! ¿Cómo te encuentras? Ya me contaron lo de tu accidente, ¿qué acojone, no? —dice sin siquiera levantar los ojos del microscopio.

—Joder, tío, ¿tienes un ojo en el cogote? —pregunta Óscar en tono jocoso mientras Juanjo se da la vuelta hacia ellos.

—Bueno, cuando tus papilas olfativas se acostumbran a oler múltiples fluidos corporales de todo tipo, aunque la temperatura ambiente no pase de los diez grados para minimizar algunos hedores, cualquier aroma a perfume de un ser vivo, como el de

Candela, que por cierto, siempre usa la misma esencia de vainilla, es de agradecer, aunque en tu caso... mmm... no sabría cómo clasificarlo —responde Juanjo, bromeando, mientras simula que huele a Óscar.

Candela, con cara de sorprendida, se huele el pelo y las manos, poniendo caras raras.

—Muy gracioso —dice Óscar dándose por aludido.

—Juanjo —interviene Candela—, te presento al doctor Juan Miguel Garmendia, psiquiatra forense que nos ayudará a realizar el perfil del asesino o asesinos.

—Un placer, doctor. Le auguro un montón de trabajo —dice Juanjo mientras saluda a Garmendia estrechándole la mano.

—Bien, para eso estamos. Cuanto más difícil, mayor será el reto —responde el doctor devolviéndole el saludo.

—Anda, ¿qué querías enseñarnos? —pregunta Óscar.

—Bueno pues... algo realmente alucinante. No había visto nunca nada igual. Candela, haz los honores —Juanjo le indica que se siente en el taburete para poder observar a través del microscopio, a lo que accede, y empieza a observar atentamente a través de las ópticas.

—Joder, ¡es cierto! ¡Es alucinante! —exclama Candela.

—Esperad, eso no es todo, amigos. Voy a cambiar la imagen. Este que has visto es el de Sevilla —dice Juanjo mientras teclea en el ordenador—. ¿Lo ves? Este es el de Barcelona... Ahora, el de Santiago... Y, por último, el de Murcia... Hemos tenido suerte y parece que las llamas no llegaron a afectar los tejidos blandos de las cuencas oculares. ¿Qué te parece?

Candela está sin palabras. Mantiene la vista fija en el microscopio. Ante ella, la sucesión de imágenes tridimensionales del iris de los cuatro cadáveres. Se trata de cuatro puntos idénticos, que tienen forma de cruz, dentro del iris y alrededor de la pupila, perfectamente alineados, y en todos los casos, exactamente iguales.

—Amiguitos —explica Juanjo—, estamos ante algo antes nunca visto. Si tuviéramos que hablar de genética, tal vez la madre naturaleza no hubiera creado réplicas tan exactas de lo que parece una cruz en el iris de cuatro personas totalmente diferentes, entre los que aparentemente no parece haber parentesco de primer, segundo o tercer grado.

—Vale. Y ahora el cómo. Porque según tú, no se trata de algo natural, ¿no? —pregunta Candela.

—Por supuesto que no. Es miel oscura, al parecer inyectada directamente en el iris, aunque la córnea está intacta, así que a no ser que la córnea haya sido retirada, realizada la inyección, y después vuelta a colocar, pues qué queréis que os diga… no puedo dar ninguna versión concluyente.

—Miel oscura ¿inyectada? Se supone que si es inyectada es porque en el momento de hacerlo estaba en formato líquido, y por tanto, a una temperatura elevada, ¿no? —pregunta Candela.

—A ver… La temperatura aproximada de licuado de la miel de abeja, de ser buena, para que no se degrade, no debe sobrepasar los 50 °C, por lo que debió de ser inyectada con una aguja con el suficiente caudal para no obturarse y con una jeringa metálica para mantener la miel a esa temperatura —explica detalladamente Juanjo—. Después, cuando la temperatura baja de los 21 °C, la miel ya vuelve a tender a su cristalización, en función de su pureza.

—¿Puedo preguntarle si ha podido determinar si la víctima aún estaba con vida mientras se le practicó esta intervención? —interviene el doctor Garmendia.

Juanjo revisa sus notas y acaba asintiendo con la cabeza.

—Es muy curioso, porque aunque sí he descubierto que parte de esta miel oscurecida empezó a rellenar la fibras de músculo liso de las que se compone el iris, es como si algo estuviera controlando la temperatura, y desde luego, la víctima no respondía a los estímulos lumínicos, ya que hubiera sido imposible conseguir que las marcas estuvieran justo en su sitio —explica Juanjo—. Parece como si antes de pinchar hubieran inyectado un paralizante a la víctima, hubieran hecho descender la temperatura del ojo de alguna forma, aunque no he encontrado ningún líquido ni restos de hidrógeno con el que hubieran podido bajar la temperatura de forma drástica, pero sí he encontrado leves quemaduras por congelación en el párpado superior, por lo que lo más probable es que sencillamente le hubieran puesto hielo sobre el párpado para enfriar rápidamente el glóbulo ocular antes de inyectar. Desde luego, lo que sí puedo afirmar es que eso sería imposible a no ser que la víctima estuviera inconsciente, bajo efecto de anestesia, o bien que sufriera una parálisis de los pares craneales.

—Un momento, un momento… ¿lo puedes traducir al cristiano para que los mortales lo entendamos? —interrumpe Óscar, que parece no entender nada, mientras gesticula con las manos.

—Bueno —interviene el doctor—, lo que acaba de explicar el compañero es que es probable que sufriera una parálisis de los músculos que llevan a cabo el movimiento del ojo hacia arriba y hacia abajo, a la derecha y a la izquierda y en diagonal. En definitiva, los que controlan el movimiento ocular.

—Demasiadas molestias para una puñetera e insignificante firma, ¿no? —pregunta Óscar.

—O quiere dejar bien claro de quién se trata. ¿Sabemos la procedencia de la miel? —indaga Candela.

—Amiga, a no ser que se trate de esa clase de glucosa coloreada y adulterada con un montón de espesantes y químicos, como las que venden en la mayoría de supermercados, con los cuales podemos llegar a comparar por lotes y saber de dónde puede proceder, es como empezar a contar cuántos panales de abejas productoras de miel hay en todo el país. Eso si es que la miel, como así parece, no está cosechada fuera de España. Lo que sí puedo deciros es que por su tonalidad oscura, más bien diría que se trata de miel de mielada, o más conocida como de bosque, que es multifloral más roble y encina, ya que acostumbra a ser de color oscuro, de negro a negro vinoso, sabor persistente y aroma característico muy intenso…

—Por favor —interrumpe Óscar con cara de asco—, dime que no la has probado.

—¿Por quién me tomas? —exclama Juanjo—. Bien, para terminar, este tipo de miel se caracteriza por su alto contenido en sales minerales, por lo que es buena para la anemia, la disentería y la diarrea crónica, así como para uso externo contra hemorroides y fisuras anales.

—Joder, curiosa coincidencia, ¿no? —comenta Óscar.

—Vaya, son datos para tener en cuenta, pero que por el momento poco pueden ayudarnos. ¿Podemos ver los cadáveres? —pregunta Candela.

—¿Habéis desayunado?

—Bueno, hace unas horas. Yo ya ni lo noto —contesta Óscar.

—Mejor que os pille con el estómago vacío —afirma Juanjo—. Hemos visto cosas verdaderamente asquerosas, pero estas se llevan la palma. Como he conseguido programar una visita en el Anatómico Forense, ¿qué os parece si nos vamos? En diez minutos nos plantamos allí, donde nos están esperando para que podáis ver los cuerpos.

—Pues entonces no les hagamos esperar, ¿no? —comenta Candela.

—Venga, de visita a la casa del terror… ¡qué divertido! —comenta Óscar con ironía.

Tras volver a coger el ascensor y recoger sus chaquetas, los cuatro salen de la Comisaría General y suben a uno de los vehículos que tienen a su disposición para los desplazamientos.

Instituto Anatómico Forense de Madrid

Tras pasar los controles rutinarios de identificación, Juanjo acompaña a Óscar, Candela y Garmendia, a través de un largo y frío pasillo, hasta la antesala de autopsias. En su interior les está esperando el doctor Julián Estrada, un joven médico forense de cabellera escasa y desarreglada, tez pálida y oscuras ojeras, tal vez por haber pasado más horas entre cadáveres que disfrutando de la luz del día.

Tras un grueso cristal que les separa, puede verse la sala donde se acumulan varias filas de neveras y la mesa donde se realiza todo el procedimiento *post mortem*.

—¿Qué tal, Julián? Ya estamos aquí, disculpa el retraso —comenta Juanjo al entrar.

—¡Hombre! Ya creí que no vendríais —responde Julián.

—Lo sé, lo sé… La cosa se nos ha complicado un poco —se disculpa Juanjo—. Os presento al doctor Julián Estrada, responsable de las autopsias de este caso.

—Inspectores… —se presenta Julián dando la mano a todos—. Bien… Lo siento, pero se me ha hecho tarde y no puedo quedarme a daros las explicaciones. —Cuando Julián ha estrechado la mano de Óscar, este ha notado un exceso de sudoración, a lo que el inspector, con cierta cara de póquer, no sabe qué hacer—. Como Juanjo ha estado presente en todas ellas, conoce bien los detalles. Juanjo, son las neveras seis, siete, ocho y nueve, siguiendo la cronología de los casos. Aquí tienes las fichas de cada uno. Cuando acabes me las dejas en la cubeta azul y las neveras bien cerradas, que no quiero que se me escape nadie.

—No te preocupes, todo bien cerradito y en su sitio —responde Juanjo.

—¡Ah! Por cierto, en el armario inferior tenéis los equipos de protección y después, ya sabes, en la cubeta de desechos biológicos —comenta Julián.

—Sí, señor, tranquilo, que te lo dejamos todo limpio como una patena —añade Juanjo.

—Perfecto entonces, me marcho. ¡Señores, ha sido un placer! —se despide Julián mientras abandona la sala y se quita la bata blanca.

—Óscar, ¿se puede saber qué haces? —pregunta Candela, visiblemente nerviosa, mientras ve a su compañero como si buscase algo, con la mano derecha extendida.

—Joder, este tío no suda. ¡Es lo siguiente! —exclama Óscar.

—Anda, ahí tienes el dispensador de gel desinfectante. La verdad es que el pobre tiene un problema de hiperhidrosis palmar —dice Juanjo mientras le indica el producto en la pared.

—Tío, ya te vale, como se haya dado cuenta... —comenta Candela con tono de reprimenda.

—No os preocupéis, ya está acostumbrado —responde Juanjo con una sonrisa mientras se saca del bolsillo un pequeño envase parecido a una crema labial y se lo ofrece a Candela.

—¿Y eso? —pregunta Óscar.

—Una mezcla de mentol y otros compuestos. Es para evitar que el hedor que desprenden se os quede en las fosas nasales. Creedme, el peor olor a muerto se lo lleva la gente mayor, por una descomposición más acelerada debido a la vejez celular, pero esto sobrepasa cualquier límite —explica Juanjo mientras Candela se lo pone justo debajo de la nariz y se lo ofrece a Óscar.

—Mmm... No, gracias. De momento, paso —se excusa Óscar con cierto asco por el contenido del frasquito mientras se lo pasa al doctor, quien sí sabe aprovechar el ofrecimiento.

Juanjo abre un armario y saca unos monos plastificados de cuerpo completo como los que usa la Policía Científica, así como unas mascarillas, unas gafas antifiltraciones y unos guantes para evitar cualquier contacto o contaminación.

—¿En serio? —pregunta Óscar.

—Tío, pareces un niño. Póntelo y calla —dice Candela en tono de hartazgo.

—Hasta que no determinemos los últimos resultados de tóxicos, y finalice la investigación, no podemos estar seguros de nada. Es solo por precaución.

—Joder, macho, ¡me siento como Mulder y Scully antes de ver el cadáver de un extraterrestre!, ¿no? —exclama Óscar, excitado, mientras Candela lo mira con condescendencia, haciendo signos de negación con la cabeza, y Garmendia no puede evitar sonreír por la situación.

Una vez están los cuatro vestidos con los equipos de protección correspondiente, Juanjo abre una sala cerrada electrónicamente por la que se accede con una tarjeta identificativa.

Finalmente se abre la puerta, que parece blindada, igual que los cristales que permiten ver su interior desde la sala de autopsias. La puerta se cierra tras ellos, de forma hermética. Es una sala más parecida a una nave espacial, por la luminosidad reflejada en techos, paredes y suelos que componen su interior. Juanjo se acerca y abre una de las portezuelas laterales, donde se encuentran los cuerpos de los cadáveres, de donde extrae una camilla con un cuerpo encerrado en una bolsa de plástico semirrígida.

—Acercaos, que este ya no puede morder, ni aunque quisiera, aunque no me extrañaría que alguno de los cuatro se levantase para intentar pegaros un mordisco —dice Juanjo con una sonrisa.

—¿Y eso? —pregunta Candela.

—Pues porque ninguno de los cuatro presentaba restos orgánicos en el contenido de sus estómagos. La parálisis de su tracto intestinal bien podría deberse a un ayuno de unos siete días, más o menos, y no creo que fuera por decisión propia, al menos a estas edades. Porque que yo sepa, no eran precisamente maestros yoguis.

Garmendia y Candela se sitúan a un lado del cadáver, mientras Óscar se sitúa a la cabeza y Juanjo, desde el otro lado, abre el cierre de la cremallera, desde la cabeza hasta los pies.

—Joderrr... —exclama Óscar casi girando la cabeza hacia un lado.

—Os presento al cadáver número uno. Amador Romero, de 85 años, 1,75 de altura, 70 kilos de peso en el momento de la muerte. Su último domicilio conocido es en Sevilla capital.

—¿Causa de la muerte? —pregunta Candela.

—Como es evidente, le faltan los genitales y la lengua.

Juanjo abre totalmente la bolsa, señalando con la mano la zona de los genitales, y abre también la boca del cadáver para enseñarles las heridas.

—Todo parece indicar que tanto los genitales como la lengua fueron literalmente seccionados con unos alicates de hoja plana, como los que se utilizan para extraer los clavos de la madera. Por las marcas realizadas en los cortes, por decirlo así, parece que se hicieron con la misma herramienta, y que además no era nueva, sino que había sido usada previamente, ya que la hoja estaba bastante dañada. Además, las heridas fueron hechas *pre mortem*. La víctima murió desangrada a causa de la magnitud de las heridas.

—Diosss... qué sufrimiento. Y qué olor tan asqueroso —comenta Óscar.

—Las dos primeras víctimas desprenden un olor parecido. Al tratarse de personas muy mayores, el proceso de descomposición del cuerpo es más acelerado, empezando por el aparato digestivo. De ahí ese nauseabundo olor a huevos podridos. Imaginaos si no estuvieran en estas cámaras frigoríficas. Bien, como dato curioso e importante, la hora de la muerte fue más o menos a las tres de la madrugada del 13 de octubre, pero no le infligieron las heridas mortales en la escena donde fue encontrado, sino que se las hicieron por etapas.

—¿Cómo que por etapas? —pregunta Óscar.

—Sí. La primera mutilación fue la de la lengua, puede que para asegurarse de que no soltase palabra. Además, aunque pueda ser muy espectacular, puedes sobrevivir perfectamente a una mutilación de este tipo. Por las muestras de necrosis de la lengua, podría haberse realizado tres días antes de la muerte. Ya el mismo día del crimen le fue practicada la mutilación de los genitales, dejando el agujero que podéis ver. Primero le arrancaron el escroto con los testículos, y después el pene, ojo al dato, en erección, que le fue introducido en la tráquea, cuando aún contenía el líquido seminal en el conducto uretral, mientras se producía la exanguinación definitiva.

Todos se quedan estupefactos, sin apenas mediar palabra; parecen imaginarse el sufrimiento de la víctima.

—¿Y los dientes? Parece que se los hayan roto —pregunta Candela.

—En efecto. Por las partículas metálicas incrustadas en algunas piezas dentales es de suponer que la víctima intentó oponer resistencia a la mutilación. Aun así, por el tamaño de la hoja, podría decirse que él o los asesinos tuvieron que forzar la introducción de la herramienta, ya que era de un tamaño considerable, mayor que la apertura bucal, lo que coincide con la dislocación mandibular. Como os comentaba antes, se usó la misma herramienta para la mutilación genital que para la lingual, ya que aparte del característico corte, hemos encontrado restos de tejido lingual en la base del escroto. Desde luego, este hombre tuvo una muerte terriblemente dolorosa.

Juanjo saca una de las manos de la bolsa para enseñarla a sus compañeros.

—Como veis por las marcas en la muñeca, la víctima fue atada, en este caso a unas barras de madera, puede que de una silla, para inmovilizarlo. Lo mismo ocurre con los pies y el cuello —explica mientras les enseña las marcas—. Y ahora viene lo más curioso.

Juanjo se aleja un par de metros del cadáver y abre una portezuela más pequeña, de la que extrae una bolsa transparente de pruebas, y vuelve a acercarse a los inspectores y al doctor.

—Parece una cuerda similar al esparto, aparentemente normal, ¿no? Pues bien, por su torsión, esta cuerda o bien es una fiel y muy precisa reproducción hecha con materiales de originales o se trata de una cuerda de hace cuatrocientos años, más o menos con un cinco por ciento de margen de error.

—¿Perdón? —pregunta Candela sorprendida—. Pero ¿cómo podemos saber esto?

—Para empezar, por la posición de las fibras, así como por su estado, en muy buena conservación, la verdad. En la comparativa hecha en ordenador no había coincidencia alguna con ningún fabricante conocido que pueda realizar cuerdas con esta técnica. Como el tema me mosqueó, empecé a echar mano de los archivos digitalizados que hay en la red central…

—No me jodas. ¿Se pueden encontrar cosas como estas en el ordenador? —pregunta Óscar, ante lo que Candela le lanza una mirada con cierto desprecio.

—Gracias, Óscar, eres un pozo de sabiduría —responde Juanjo—. Los primeros archivos digitalizados datan de finales del siglo XVI, y ahí encontré el dibujo de una cuerda con una torsión casi idéntica. Como curiosidad, os diré que Carlos V encargó su flota de guerra a los astilleros barceloneses y las cuerdas, como la usada en este caso, se confeccionaron con cáñamo de Tarragona, Lleida y Balaguer, por su resistencia a la intemperie y al agua salada. De ahí su buena conservación.

—Vale, vale, pero lo de los cuatrocientos años... —incide Candela.

—Por supuesto, podemos dar esa cifra más o menos exacta porque pedí al laboratorio del CSIC que realizaran por vía de urgencia la prueba del carbono 14, que ya sabéis que se trata del test más irrefutable en esos casos de datación de pruebas.

—Vamos a ver… —interrumpe Óscar—. Una iglesia, un confesionario, herramientas poco convencionales, incluso elementos de hace cuatro siglos para someter a tortura a este pobre hombre, pero tanto circo, ¿para qué? —pregunta mientras dirige la mirada al doctor.

—Desde luego, he de ser sincero —dice Garmendia, totalmente estupefacto—. Nunca me he encontrado con un caso parecido, con esta casuística y ritual por el que parece que tuvo que padecer este hombre hasta morir.

—Tenéis el informe con todos los detalles, fotografías y resultados analíticos en la ficha del caso. O mucho me equivoco, o vais a necesitar ayuda para todo este tipo de temas, porque creo que el que ha organizado esta fiesta *gore* juega en otra liga —expone Juanjo.

—La tenemos, la tenemos. Mañana estará aquí el mejor especialista en historia medieval del país. Espero que nos ayude a descubrir el cómo y el porqué, y sobre todo, a anticiparnos a sus siguientes pasos —comenta Candela.

—El profesor Sanmartín, ¿verdad? —pregunta Garmendia.

—¡En efecto! ¿Se conocen? —Candela parece sorprendida.

—Bueno, he de decir que el comisario ya me informó de que formaría parte del equipo, y sí, en efecto, nos conocimos hace unos cinco años, durante un simposio en Seattle sobre rituales en los enterramientos durante la Edad de Bronce. Creo que éramos los únicos españoles —sonríe mientras lo recuerda.

—A mí estas cosas de la Edad Media me acojonan —murmura Óscar—, que eran todos unas malas bestias, que lo sé yo por *El Señor de los Anillos*.

—Tío, eres un puto *crack*, ¡ja, ja, ja! —ríe Juanjo.

—Bueno, Juanjo, ¿algo más de este pobre hombre? —pregunta Candela.

—¿Te parece poco? Vamos a por el siguiente, que no tiene desperdicio.

Juanjo cierra la cremallera del primer cadáver y empuja la camilla metálica hacia dentro del nicho, para cerrar después la portezuela que lo deja enclaustrado herméticamente. Acto seguido, se dirige a la portezuela de al lado y realiza la acción contraria, sacando la camilla metálica hacia afuera y abriendo la bolsa que contiene los restos mortales del segundo cadáver.

—Bien, os presento a lo que queda de la segunda víctima, la de Barcelona. Se trata, o se trataba, de Gregorio Salgado, 80 años, 1,60 de altura, 50 kilos de peso cuando lo recogimos… sin tener en cuenta lo que salió de su interior, que fueron unos tres kilos más. Hora de la muerte, tres de la madrugada del 16 de octubre, podría decirse que casi idéntica que la del anterior —explica Juanjo.

—Pobre hombre… y qué peste, joder —murmura Óscar.

—Que no se diga que no te avisé. Su muerte no fue, ni de lejos, menos dolorosa que la de su antecesor. Para empezar, mismo *modus operandi* en cuanto a la fijación de extremidades, o sea, tobillos y muñecas, y a este tenemos que añadirle el cuello, ya que por la posición en que fue encontrado era imprescindible sujetárselo a la rueda de madera a la que estada atado. Por supuesto, como en la víctima anterior, se usó la misma cuerda, y cuando digo la misma, me refiero a la misma cordada, ya que pudo comprobarse que en uno de los tramos utilizados el corte de fibras coincidía con otro de los tramos de la víctima anterior y la prueba del carbono 14 demostró que era también de la misma época —explica Juanjo—. Como podéis ver, él o los asesinos tienen alguna fijación con los genitales y la lengua, ausentes, como en la primera víctima.

—Signos de poder, el sexo y la palabra, y no sabría deciros en qué orden —murmura Garmendia.

—Ciertamente, tampoco sabría decir en qué orden —asevera Juanjo—. Fue usada la misma herramienta que en el caso anterior, ya que los daños en el corte coinciden de forma fidedigna. A este pobre hombre, además, lo abrieron en canal *pre mortem*, mientras estaba atado y fijado a la rueda donde fue encontrado, pues todo el contenido de su abdomen, y cuando digo todo es que no quedó nada en su sitio, salió del cuerpo en el momento de perder el equilibrio.

—Como si fuera un truco preparado. ¿Qué quieres decir con lo de «todo el contenido»? —pregunta Candela.

—Parece como si el asesino quisiera que quien encontrase a la víctima contemplase cómo quedaba literalmente desollada ante sus ojos. Acercaos un poco —indica Juanjo mientras abre el abdomen de la víctima. Candela y Óscar se acercan con cierto asco.

—Joder, pero si está prácticamente vacío, ¿no? —exclama sorprendido Óscar.

—Exacto. El que hizo esto, después de abrirlo en canal, sin sacar nada, se dedicó a cortar de forma casi quirúrgica, y una a una, todas las conexiones del aparato intestinal. Todo, si sacar nada de dentro. De esta forma se aseguraba que en cuanto el cuerpo cambiase de posición la fuerza de gravedad haría el resto. Evidentemente, la víctima murió en pocos minutos, después de los cortes intestinales, pero haciéndolo coincidir con la hora de la muerte de la anterior, justamente a las tres de la madrugada. No creo que sea necesario que os enseñe la bolsa con el contenido que le falta, ¿no?

—¿Estás de coña, tío? —pregunta Óscar con cara de asco.

—Vale, suficiente. ¿Qué nos dices del tercero? —dice Candela.

Juanjo vuelve a recolocar las carnes abiertas para cerrar el abdomen de la víctima, cierra de abajo a arriba la cremallera de la bolsa y devuelve el cadáver al nicho del que había sido extraído.

—Muy bien, veo que os va la marcha —comenta Juanjo mientras abre el tercer nicho metálico de la pared, saca una camilla con una bolsa cerrada, como la de los otros dos casos, y baja la cremallera desde la cabeza hasta los pies.

Ante ellos se encuentra el cuerpo de un anciano muy delgado, también desnudo, con la cabeza amoratada y rostro de terror, con evidentes signos de haber sido atado y mutilado, como sucedió con las otras dos víctimas.

—Aquí tenemos a la víctima número tres, como sabéis y es de dominio público, encontrada el martes, 19 de octubre, con la cabeza sumergida en la Fuente de los Condenados de la Plaza do Toural, en el mismo centro de Santiago de Compostela.

—Y aquí empezó el espectáculo —comenta Óscar.

—En efecto. Las imágenes ya han dado la vuelta al mundo y eso quiere decir que han añadido presión mediática al caso, o sea, a vuestro jefe y al jefe de todos los jefes, a pocas semanas de la visita del papa.

—Y de carambola, a todos nosotros, incluido tu departamento —dice Óscar.

—¿Me lo dices o me lo cuentas? Ya he oído que se han recibido llamadas de más de un ministerio, del que nos paga y de media curia apostólica y romana —explica Juanjo.

—Manda cojones la cosa, estos se piensan que aún pueden influir en el gobierno —dice Óscar.

—Qué iluso, nunca han dejado de hacerlo. Bueno, Juanjo, al lío —añade Candela dándole prisa.

—Bien, qué puedo deciros que no sepáis ya. Sí, el nombre… Edelmiro Rial, de 88 años, 1,65 de altura y 55 kilos de peso. Como sus compañeros de profesión, fue atado de pies, manos y cuello, con una soga de las mismas características que las anteriores, en este caso, al pilón de piedra de la fuente, con la cabeza sumergida bajo el agua. Igual que en los otros dos cadáveres, y usando la misma herramienta, fue mutilado *pre mortem*, tanto los genitales como la lengua. En este, la causa de la muerte fue por inmersión en el agua de la fuente, la misma que encontramos en el interior de sus vías respiratorias e incluso en el estómago. Hora de la muerte...

—No me digas… tres de la madrugada del 19 de octubre —interrumpe Óscar.

—¡Bingo! Veo que has estado atento en clase. Es curioso, pero el agua dulce tiene más similitud con nuestra sangre que el agua salada. Cuando se introduce en los pulmones, pasa al torrente sanguíneo a través de la ósmosis. Y cuando la sangre se diluye de manera tan radical, las células revientan, lo que lleva a una insuficiencia orgánica. Todo el proceso tarda entre dos y tres minutos. Con estos datos, el asesino o asesinos calcularon el tiempo que tardaría en ahogarse para que la muerte de nuestro amigo sucediera en esa fatídica hora —afirma Juanjo.

—¿Qué nos dices de los ojos? ¿Tenía la misma marca? —pregunta Candela.

—En efecto, la misma, idéntica y curiosa marca de cuatro puntos en forma de cruz en el iris. Mirad, no sé qué coño ha hecho esta gente para cabrear a alguien de esta manera, para que lleguen a hacerles algo como lo que hemos visto hasta ahora, pero ha tenido que ser algo muy jodido. Pensad que no se ha encontrado nada de ADN del asesino ni en las víctimas ni en las escenas del crimen —explica Juanjo.

—Esto es como un puto circo —comenta Candela—, de los que van de ciudad en ciudad para enseñar su espectáculo, pero aquí hay algo más, algo que aún no vemos. Es una puesta en escena demasiado cuidada.

Juanjo cierra la cremallera de la bolsa que contiene el cuerpo de la tercera víctima y lo devuelve a la oscuridad del interior del depósito, cerrando tras él la portezuela metálica para presentarles el último cadáver.

—Bien, os aseguro que después de ver a este se os quitarán las ganas de comer hamburguesas durante una temporada —comenta Juanjo mientras Óscar y Candela se lanzan una mirada.

Juanjo pide permiso a Óscar, ya que está ante el nicho metálico que tiene que abrir para sacar al cuarto cadáver, y procede del mismo modo que con los tres anteriores. Una vez ha extraído la camilla metálica con la bolsa, se dispone a abrir la cremallera.

—Que conste que os he avisado —dice mirándolos mientras baja la cremallera lentamente.

Ante sus ojos se descubre una esperpéntica figura, más parecida a un muñeco abrasado que al cadáver de un ser humano. Muchas de sus carnes, abiertas por las altas temperaturas, aparecen cocidas desde su interior, mientras otras aún conservan su rojo e intenso color característico, a la vez que un olor nauseabundo a carne humana quemada invade el ambiente, ya enrarecido por el olor a huevos podridos que han dejado los cadáveres anteriores.

En ese momento, Óscar se queda paralizado, a la vez que su cara va perdiendo el color moreno rosado para adquirir cada vez más un tono pálido, casi blanquecino.

—Tío, ¿estás bien? —pregunta Juanjo—. Ni se te ocurra vomitar o caerte encima del cadáver, que me contaminarías las pruebas.

—¿Qué dices? —pregunta Candela mientras se gira hacia su compañero, que ya ha perdido todo el color de su tez y ni siquiera pestañea—. Óscar, te encuentras...

Apenas le da tiempo de acabar la pregunta cuando Óscar se desmaya perdiendo la verticalidad en solo un par de segundos, golpeándose la cabeza contra una de las manecillas de apertura de los nichos metálicos de la pared. A nadie le ha dado tiempo de cogerlo al vuelo para evitar el accidente.

De inmediato, tanto Garmendia como Candela socorren a Óscar, desvanecido y con una brecha considerable en la coronilla, de la que empieza a salir sangre de forma algo escandalosa. Mientras le incorporan para mantenerlo sentado contra la pared, Juanjo sale de la sala para ir a buscar asistencia sanitaria.

—Mantengámoslo incorporado —afirma Garmendia presionando la herida con la mano—. No debemos dejar que se duerma, ¿de acuerdo? No es grave, pero si le baja rápidamente la tensión, la cosa podría ir a peor.

Candela responde afirmativamente con la cabeza mientras intentan mantener a Óscar consciente.

Después de un minuto, Óscar vuelve en sí.

—Joder… ¿Qué coño ha ocurrido? —murmura, dolorido y viendo la sangre que le mancha parte del mono blanco que lleva puesto.

—No te preocupes, te has mareado y te has dado un golpe. Ahora vienen los del SAMUR —contesta Candela con cara de preocupación mientras tapa la herida de la cabeza de su compañero con su propia mano, sintiendo como el líquido vital recorre su antebrazo para acabar chorreando sobre el suelo inmaculado de la sala de la morgue.

—Mierda, por lo que más queráis, no me dejéis aquí, no quiero morir aquí, y así, aquí no, joder —ruega Óscar.

—¡No me seas llorica! No te vas a morir, ni aquí ni ahora, que primero nos tienes que ayudar a coger al hijoputa que está haciendo esto, ¿me oyes? Óscar, tío, ¿me oyes?

Candela intenta mantener despierto a Óscar mientras ve que le es imposible mantener los ojos abiertos y los labios van adquiriendo una tonalidad morada. Las constantes vitales de Óscar se van ralentizando.

—Voy a ver si tenéis alguna bolsa de suero y le pinchamos una vía para mantenerle la tensión —dice Garmendia mientras empieza a buscar en todos los cajones y armarios de la sala.

—¡Mierda! ¡La ambulancia! ¿Dónde coño está la ambulancia? —grita Candela desesperada al ver que el estado de su compañero empeora.

Unos instantes después, acompañada por Juanjo, llega una pareja de sanitarios del SAMUR con una camilla y un par de mochilas con material de primeros auxilios. Mientras le monitorizan las constantes vitales, intentan contener la abundante sangre que brota de la brecha de su cabeza. Tras tapar la hemorragia, le colocan una especie de casco protector en la cabeza para inmovilizarlo y lo suben a la camilla.

—Venga, tío, que te vas a poner bien, ¿me oyes? —murmura Candela a su compañero mientras le coge de la mano, visiblemente afectada.

—¡Nos lo tenemos que llevar ya! Tranquila, va a salir de esta —comenta el médico de emergencias a Candela, mientras la coge del hombro, para tranquilizarla.

—Sí, sí, perdón... —Candela suelta la mano de su compañero mientras ve cómo se lo llevan a toda prisa por los pasillos.

—Vaya susto, joder, vaya susto —dice Juanjo tomando por el hombro a Candela en señal de apoyo—. No te preocupes, le coserán la cabeza y volverá a estar por aquí en un par de días, ya verás.

—Qué mala suerte, pobre chaval. Es muy aparatoso, pero por suerte no parece nada grave. Tranquila, se pondrá bien en seguida —dice Garmendia intentando calmar a Candela.

—No podemos continuar, mañana os explico el resto en la reunión. Con todo este lío podríamos contaminar las pruebas —dice Juanjo mientras cierra la cremallera del último cadáver y lo devuelve al frío agujero del nicho.

—Bien, bien, voy a deshacerme de esto. Gracias, Juanjo —dice Candela mientras mira el mono blanco teñido de rojo de la sangre de su compañero.

Tras deshacerse de los trajes de protección, Juanjo, Candela y Garmendia se dirigen al vehículo situado en el aparcamiento, para volver a la Comisaría General.

—Vaya susto, en fin... Supongo que ya le han reservado habitación en el hotel, ¿verdad? —pregunta Candela.

—Sí, sí, en efecto, a unos quince minutos en taxi desde la comisaría —responde Garmendia.

—Perfecto entonces. Juanjo, si te parece, dejamos al doctor en el hotel y nos volvemos a la *comi*.

—Ok, es el de siempre, ¿no? —pregunta Juanjo.

—Si no me equivoco, debería ser el Senator —responde Candela.

—En efecto, el Hotel Senator —dice Garmendia—. ¿No se va a casa? Ya veo que no existen horarios para una inspectora.

—¡Qué remedio! Aún me queda un rato largo. Tengo trabajo acumulado y quiero estar preparada para la reunión de mañana. Recuerde, a las nueve es la reunión, por lo que es importante que esté al menos unos diez minutos antes, ¿de acuerdo? —dice con cara de cansada.

—Por supuesto, nos vemos mañana. Buenas noches. ¡Cuídese! ¡Gracias, Juanjo! —dice Garmendia mientras sale del vehículo para entrar en el hotel.

—¡No hay de qué! ¡A descansar! —responde Juanjo.

Comisaría General de la Policía Nacional de Madrid

Es tarde en la oficina. La mayoría de las mesas ya están vacías, aunque algunos investigadores siguen aún pendientes de sus ordenadores o haciendo llamadas de última hora. Candela llega a su mesa mientras se arregla la cola del pelo. Conecta su tarjeta identificativa al lector del teclado para tener acceso a su plataforma personalizada, escribe su contraseña y en unos segundos reaparecen los múltiples iconos de su escritorio.

Entra en la base de datos de los casos y busca las pruebas forenses. Parece que la noche va a ser larga.

«Vamos a ver, Candela, pongamos esto en orden», murmura para sí.

Aparece la ficha de la primera víctima, Amador Romero, de 85 años, 1,75 de altura, 70 kilos de peso en las pruebas forenses. Encontrado a las 7 horas, 15 minutos del miércoles, 13 de octubre, en la iglesia de Santa María Magdalena de Sevilla. Candela revisa a fondo los datos forenses, así como las múltiples fotografías tomadas en la escena del crimen y durante el proceso de la autopsia, así como de las imágenes aumentadas de uno de los enigmas y, tal vez, de uno de los signos inequívocos de que los cuatro casos podrían estar relacionados. Empieza a reabrir ficheros y noticias recabadas en internet, mientras los revisa y va tomando notas.

Una primera identificación de la víctima lo relaciona con una congregación religiosa ultracatólica llamada Legionarios de Cristo, que tiene una de sus sedes en Salamanca. Su gestión es tan opaca como el conocimiento ante el público en general, al menos hasta el año 2006, cuando por parte de algunos exseminaristas salieron a la luz acusaciones de abusos sexuales contra algunos miembros de la congregación, especialmente contra su fundador, el padre Maciel.

«Una investigación sobre la Congregación para la Doctrina de la Fe llega a una certeza moral suficiente como para imponer sanciones canónicas graves al padre Marcial Maciel, hasta entonces único objetivo público de las acusaciones hechas por los exseminaristas. Debido a la avanzada edad del padre Maciel, y teniendo en cuenta su delicada salud, la Congregación para la Doctrina de la Fe decide "renunciar a un proceso canónico e invitar al padre a una vida reservada de oración y de penitencia, renunciando a todo ministerio público". Según el portavoz de la congregación, el Santo Padre, Benedicto XVI, aprobó estas decisiones, y con ello, la Iglesia católica no dejaba aflorar uno de los muchos escándalos de abusos sexuales que estaban empezando a hacerse públicos gracias a la valentía de las víctimas», lee Candela.

«La visita apostólica del papa Benedicto XVI, en marzo de 2009, a las instituciones de los Legionarios de Cristo, para ayudar a la congregación a superar las dificultades existentes, parece que no fue suficiente para acallar las críticas y acusaciones contra varios miembros de su congregación, por lo que el 25 de marzo de 2010 los superiores de la Legión de Cristo y del Regnum Christi, creado después del fallecimiento del padre Maciel, volvieron a expresar, en un comunicado público, su profundo dolor por las conductas gravemente reprobables de su fundador, pero sin referirse en ningún momento a otros antiguos miembros de su congregación en España, sobre los cuales se sucedieron diversas acusaciones de abusos que en ningún momento pudieron probarse.

»Según está previsto, el próximo 20 de octubre, al concluir la audiencia general en la plaza de San Pedro, el Santo Padre anunciará la celebración de un consistorio público para la creación de 24 nuevos cardenales que tendrá lugar el 20 de noviembre. Entre los nuevos cardenales estará monseñor Velasio de Paolis, un destacado miembro de la Legión de Cristo. Por tanto, una vez más, el máximo exponente de la Iglesia católica apoya incondicionalmente a los Legionarios de Cristo».

Uno de los miembros de la congregación había sido forzado a jubilarse, meses después de destaparse el escándalo, aduciendo una grave enfermedad. Se trataba de Amador Romero, la primera víctima, que se había retirado a su Sevilla natal. Vivía solo, y alejado de toda vida social, excepto de su asistencia a las misas diarias que se ofrecen en la iglesia de Santa María Magdalena de Sevilla, donde fue encontrado. Según declaraciones del actual párroco, «solo lo conocía de vista, ya que no era normal ver a un hombre, aunque de avanzada edad, que no faltara a una misa», por lo que entendió que era un ferviente devoto.

Candela sigue buscando información sobre la congregación e imprime copias de todos los documentos que cree vitales para poder seguir con la investigación. Entre las declaraciones de la veintena de víctimas «oficiales» del padre Maciel, hubo quien no tuvo reparos en etiquetar a la congregación de «secta donde te lavaban el cerebro con prácticas alejadas de la palabra de Dios».

En cuanto la víctima número dos, encontrada el sábado, 16 de octubre, en Barcelona, en la sede del Museu Marès, en el Palau Reial: tal y como detalla el informe pericial de los Mossos d'Esquadra, se trataba de Gregorio Salgado, un octogenario de 1,60 de altura y 50 kilos de peso. Según los archivos, también formó parte de los Legionarios de Cristo entre 1960 y 2005, cuando se jubiló y volvió a Barcelona, la ciudad que lo vio nacer. Candela, que se da cuenta de la aparente relación entre las víctimas, vuelve a revisar el historial de la primera para comprobar las fechas en que estuvo ligado a la congregación y la intuición no le falla. Amador Romero permaneció en la congregación entre 1950 y 2005, año en que se jubiló, precisamente un año antes de que los medios destaparan el escándalo.

Candela leyó también los pocos archivos policiales de la época que habían sido digitalizados, pero no había ni rastro de los dos nombres, tal vez porque si algo había no había sido digitalizado aún, o puede que algo peor, y es que los datos se hubieran «perdido» convenientemente para limpiar sus nombres de cualquier sospecha. No era la primera vez que se había encontrado con un muro laberíntico que no conducía a ninguna parte, precisamente por culpa de datos curiosamente desaparecidos.

Con la tercera víctima, Edelmiro Rial, de 88 años, 1,65 de altura y 55 kilos de peso, esta vez la osadía en el arte de la escena había subido un peldaño. El martes, 19 de octubre, una de las plazas más céntricas de Santiago de Compostela se había despertado con el cadáver de la víctima atado y verticalmente invertido a la Fuente de los Condenados. Al igual que las otras dos víctimas, el padre Rial había formado parte activa de los Legionarios de Cristo, coincidiendo en época de servicio y lugar, el noviciado de Salamanca y Ontaneda, entre 1952 y 2004, cuando finalmente dejó la congregación para retirarse a su casa natal en la ciudad del apóstol Santiago.

Ninguna de las tres víctimas tenía familia conocida y sus vidas transcurrían como la de cualquier jubilado, bien con los compañeros de juegos de cartas, paseando por algún parque y alimentando a las palomas, o bien como el más atrevido de los tres, el padre Rial, que había sido un gran aficionado a la pesca. ¿Tal vez acabar su vida en el medio acuático había sido cosa del karma?, se pregunta Candela. Oficialmente, ese habría sido el peor «pecado» que habrían cometido entre los tres, evidentemente con un trágico, doloroso y deshonroso final, totalmente desmesurado.

Son las tres de la madrugada y Candela, aunque algo cansada, necesita analizar a fondo qué pueden tener en común las cuatro víctimas, cosa que aparentemente puede empezar a tener claro, y lo más importante, en qué pueden estar relacionadas para llegar a un final apocalíptico para ellas, más parecido a las peores escenas de las pinturas de Goya en su época más oscura.

Finalmente, llega a la ficha de la cuarta víctima, encontrada el viernes, 22 de octubre, en Murcia, en la céntrica plaza de Santa Catalina. El asesino o los asesinos vuelven a retar a la suerte y nada les impide presentar públicamente, tal y como se hacía siglos atrás, el escarmiento y ajusticiamiento de los reos en las plazas y ante el populacho. La lección estaba servida para unos, y para otros, era tal vez una de las pocas formas de evitar caer en el pecado capital, seguramente ante el temor de sufrir semejante y letal castigo.

José Domingo Rey Godoy, de 83 años, 1,55 de altura, 50 kilos de peso, según estimaciones, pues el fuego había consumido parte de sus carnes, llegando a pesar menos de 40 kilos al cesar las llamas por acción de los bomberos, atónitos y pensando que se trataba de una broma pirómana. El padre Rey, tal y como supone Candela, también había servido en los Legionarios de Cristo, como las otras tres víctimas. Por tanto, el hecho se focalizaba en una institución eclesiástica muy opaca en sus actividades, y por otra parte, una de las preferidas del ministerio papal. Seguramente la Iglesia católica nunca había renunciado a sus soldados, a los que derramarán sangre propia y ajena si así lo consideran. Por algo el papa Benedicto XVI alabó el «dinamismo y fuerza con que Maciel construyó a los legionarios».

Son las cuatro de la madrugada y Candela tiene mil piezas de un puzle que debe reconstruir con ayuda de sus compañeros: Óscar, que a pesar de sus formas un tanto grotescas tiene el olfato de un sabueso, además de ser un experto tirador y en la lucha cuerpo a cuerpo. Con él, sabe que tiene las espaldas cubiertas. También con el profesor Gonzalo Sanmartín, un reputado experto sobre temas relacionados con la Edad Media y los estamentos eclesiásticos, de quien esperan conocer la naturaleza de las acciones del asesino, y finalmente, con uno de sus ídolos intelectuales, el doctor Juan Miguel Garmendia, el psiquiatra forense que deberá ayudarles a construir el perfil y el *modus operandi* del asesino, y con ello, intentar adelantarse a sus actos. Tan solo le quedan unas pocas horas para la reunión del grupo especial. Debe terminar de recabar toda la documentación que necesita y estar lista a las nueve de la mañana, cuando se deberá definir una línea de investigación veraz que ayude a resolver el caso.

Domingo, 24 de octubre, 8 horas y 50 minutos de la mañana. Comisaría General de la Policía Nacional de Madrid

Candela espera impaciente en la puerta de la Comisaría General. En un par de minutos aparece un coche patrulla. De él se bajan Sanmartín y Garmendia. Candela desciende las escaleras para recibirles.

—¡Buenos días, señores! ¡Qué suerte que ya se conozcan! Profesor Sanmartín, ¿ha tenido un buen vuelo?

—¡Buenos días! Sí, gracias, aunque no he podido pasar por el hotel para dejar mis cosas. Con Juan Miguel, ciertamente hacía unos cuantos años que no nos veíamos. Quién nos iba a decir que después de este tiempo nos encontraríamos en una situación de este tipo —responde Gonzalo mientras ambos se sonríen.

—No se preocupe, mis compañeros se ocupan de todo, aunque es probable que no pise mucho el hotel en los próximos días —dice Candela a Gonzalo.

—Buenos días, inspectora. ¿Ha dormido algo? —pregunta Garmendia de forma irónica al verla con cara trasnochada.

—Buenos días, doctor. En cuanto a mi sueño, el suficiente para que sea reparador y de paso asearme y cambiarme de ropa —responde con una sonrisa mientras le guiña un ojo.

Después de identificar debidamente a Gonzalo y a Juan Miguel en la recepción, entran en el ascensor y Candela pulsa el botón de la tercera planta sótano. El silencio solo se ve truncado por el sonido del motor del ascensor, mientras los tres miran al frente con aire pensativo, hasta que Gonzalo rompe el silencio.

—¿Puedo preguntar a dónde vamos?

—Por supuesto. Después de que apareciera el tercer cadáver, en el Ministerio del Interior se decidió formar un comité de crisis. Con la que se nos viene encima por la visita del papa, era de esperar que los de arriba se metieran en el caso. Por cierto, ¿ha visto alguna vez un cadáver? —pregunta Candela.

—Bueno… —responde Gonzalo—, alguno me ha tocado ver por circunstancias familiares, y alguna que otra momia, si puede considerarse un cadáver. ¿Por qué?

—No te preocupes, son prácticamente iguales —responde Garmendia a Sanmartín con una sonrisa mientras le da un par de golpecitos en el hombro.

—Ayer por la tarde estuvimos viendo los resultados preliminares de los tres primeros cadáveres y hay detalles que seguro que le serán interesantes —dice Candela a Gonzalo.

—¿Tres? Tenía entendido que hasta ahora había cuatro cadáveres —dice Gonzalo.

—Tiene razón. No llegamos a ver al cuarto, el que estaba en peor estado. Tuvimos un percance con mi compañero, pero no se preocupe, si hace falta podremos verlo hoy —responde Candela a Gonzalo, que se queda intrigado.

Finalmente, se abre la puerta del ascensor y sale Candela, seguida de Gonzalo y Juan Miguel, que llegan juntos a una de las puertas blindadas de la sala de crisis. Los tres enseñan su identificación al agente uniformado que hay en la puerta, quien les da acceso. Sanmartín y Garmendia se quedan impresionados por los medios de que la sala dispone. Ante cada silla hay una pequeña tarjeta con el nombre de cada asistente, y al lado un pequeño micrófono de mesa, un botellín de agua mineral y un vaso de cristal vuelto hacia abajo, tapado con un posavasos de cartón.

La sala de crisis de la tercera planta sótano es una sala especial que, tal y como indica su nombre, se usa solo para casos de crisis que pueden afectar o bien a grandes personalidades, o bien a casos de interés nacional. El centro de la sala está ocupado por una gran mesa ovalada de madera, en las paredes transversales hay grandes pantallas para presentar todo tipo de imágenes de monitorización, y presidiendo una de las puntas, una pantalla con una moderna cámara de videoconferencia. Las dos puertas de acceso, una en cada lado, son blindadas y solo se pueden abrir mediante tarjeta personal, en caso de tener autorización para ello. No hay ventanas, y dispone de un sistema de climatización y comunicación autónoma para evitar la dependencia del exterior.

Cuando los tres han encontrado sus sillas, poco a poco la sala va llenándose de altos cargos policiales uniformados, asesores, miembros del laboratorio forense, entre los que se encuentra Juanjo, y finalmente llega el comisario jefe, acompañando al ministro del Interior y al juez instructor del caso, mientras comentan cosas banales.

Todos los asistentes acaban de tomar asiento. A un lado se encuentran sentados todos los mandos y autoridades del gobierno, empezando por el ministro del Interior, el director general de la Policía, el secretario de Estado y director del Centro Nacional de

Inteligencia (CNI) —un militar uniformado y de alta graduación—, dos individuos sin identificar con sendos trajes de colores negro y gris, el mando responsable del Grupo Especial de Operaciones de la Policía (GEO), el comisario jefe de los Mossos d'Esquadra y los mandos policiales de las provincias en las que han sido hallados los cuerpos. Al otro lado de la mesa están sentados la inspectora Santos, el profesor Sanmartín, el doctor Garmendia, el doctor Julián Estrada, médico forense responsable de las autopsias, Juanjo, el responsable del laboratorio de pruebas forenses, y otros expertos internos y externos que trabajan en la investigación. Presidiendo la mesa se encuentra el juez Moreno, el fiscal asignado por el Estado y el comisario jefe.

Cuando todos han tomado asiento, el comisario jefe hace una señal a los agentes que hay en la puerta y empiezan a cerrar las puertas, que quedan selladas herméticamente. En ese preciso momento, y justo antes de acabar de cerrar la segunda puerta, entra de forma abrupta Óscar, enseñando su identificación a los agentes. Finalmente, se sienta al lado de Candela, que le sonríe. Gonzalo echa un vistazo a su cabeza, donde luce varios puntos que le tapan una considerable cicatriz en la parte derecha de la coronilla.

En ese momento toma la palabra el comisario jefe.

—Buenos días a todos. Gracias por su asistencia. Bien, después de los acontecimientos de los últimos días, con un recuento hasta el momento de cuatro cadáveres, y después de los informes periciales llevados a cabo de forma eficiente por los diferentes inspectores con jurisdicción en las escenas del crimen, así como la eficacia de los diferentes equipos forenses que han participado, se ha puesto en marcha este dispositivo especial que tiene dos objetivos primordiales. El primero es que, como todos saben, la visita del papa a nuestro país está a tan solo unas semanas, y las evidencias que nos indican que las muertes tienen una vinculación, por otra parte, aún por definir —el jefe echa una mirada a Candela— con el estamento eclesiástico, debemos discernir si puede tratarse de una clara amenaza para la integridad de Su Santidad y el resto de la comitiva. Y segundo, por supuesto, nuestro trabajo es encontrar al individuo o individuos que han podido perpetrar estos crueles asesinatos. Como saben, el juez Moreno, aquí presente, ha decretado el secreto de sumario, con todas las implicaciones que ello conlleva. Es tan importante coger al asesino o asesinos como evitar que pueda cundir el pánico entre la población provocado por la, digámoslo así, espectacularidad de los crímenes hasta ahora acontecidos.

»Antes de empezar, quiero agradecer personalmente la incorporación e inestimable colaboración de los únicos miembros civiles de este operativo —dice mientras señala con la mano tendida en señal de gratitud—, el profesor Gonzalo Sanmartín, catedrático de Historia Medieval en la Universidad del País Vasco, así como autor de numerosos artículos y otras publicaciones relacionadas con la Edad Media, en el *modus operandi* de lo que parece la puesta en escena del asesino o asesinos, que podríamos resumir como «el cómo», así como el doctor Juan Miguel Garmendia, catedrático en Psiquiatría de la Universidad Complutense de Madrid, también con una larga trayectoria profesional en el campo de la investigación de la conducta y numerosos trabajos científicos que le avalan, que sin duda nos ayudará a dilucidar el perfil del sujeto o sujetos que nos conciernen, lo que también podríamos resumir como «el porqué».

»Terminadas las presentaciones, quiero informarles también de que a partir de este momento en toda la Comisaría General de Seguridad Ciudadana queda cancelado cualquier permiso de la índole que sea, excepto por fuerza mayor, habiendo procedido a dar orden de volver al servicio de inmediato a todos aquellos agentes que se encontrasen en dicha situación hasta la resolución de esta crisis. Por cierto, y de cara a las personas externas a los cuerpos de seguridad, les informo de que las imágenes que vamos a proyectar son muy impactantes.

En ese momento, el jefe se levanta y saca de uno de los bolsillos de la americana un pequeño mando a distancia. Después de hacer una señal a uno de los agentes que hay al lado de una de las puertas, la luz de la sala baja en intensidad y acto seguido empiezan a aparecer imágenes fotográficas en una gran pantalla situada al frente de la mesa.

—Bien, a modo de recordatorio, vamos a realizar una cronología sobre los acontecimientos, desde que el pasado 13 de octubre, miércoles, apareció el primer cadáver en la iglesia de Santa María Magdalena de Sevilla. Vamos a hacer un repaso de los informes forenses con los inspectores que se han hecho cargo de cada investigación por separado y después la inspectora Santos, jefa del equipo de investigación, expondrá las primeras hipótesis. Seguramente saldrán dudas y preguntas, que si no les parece mal y para evitar interrupciones en la exposición, dejaremos para el final, una vez hayan concluido las exposiciones —la mayoría de los presentes asienten con la cabeza.

»Tenemos aquí al inspector Sanchís, que se hizo cargo de la escena del crimen de Sevilla y que nos contará los detalles de la investigación que se ha llevado a cabo. Inspector…

El comisario hace el gesto de pasarle el mando a distancia al inspector Sanchís, de la Policía Nacional de Sevilla, que se levanta de su silla y se dirige a la cabecera de la mesa.

—Gracias. Buenos días a todos. Como todos saben, el pasado 13 de octubre, en la iglesia de Santa Magdalena de Sevilla, la mujer que se encarga desde hace años de las tareas de limpieza y asistencia en la iglesia para que el capellán pueda realizar el oficio diario, encontró dentro de un confesionario de uno de los laterales del edificio el cadáver del señor Amador Romero, de 85 años de edad —el inspector va presentando en pantalla las fotografías tomadas por el equipo de investigación—. Como pueden ver, la víctima presentaba claras señales de tortura *pre mortem*, confirmadas por el equipo forense, habiéndosele amputado los genitales y gran parte de la lengua. Las heridas, aunque no mortales inicialmente, provocaron una hemorragia masiva que finalmente le provocó la muerte, según el equipo forense, a las tres de la madrugada del mismo 13 de octubre.

»Cabe destacar que la víctima había sufrido ayuno y deshidratación de al menos siete días, pues el tracto intestinal estaba totalmente vacío y empezaba a tener señales de bloqueo, por lo que creemos que podría haber sido objeto de secuestro al menos una semana antes de su muerte. Al vivir solo y no tener familia, solo podemos fiarnos de las declaraciones del párroco de la iglesia, que aseguró que iba cada día a misa, pero que faltó en la última semana.

»Por otra parte, según el equipo forense, había claros indicios de haber tenido relaciones sexuales previas, al haberse encontrado restos de líquido seminal en los conductos urinarios, lo que provocó que al realizarse el corte en el pene la gran afluencia de sangre acelerase el proceso. Como pueden ver en la fotografía —el inspector señala con el puntero láser del mando a distancia la zona de la boca—, tras el corte realizado con unos alicates metálicos, como los usados para extraer clavos por los carpinteros, se le introdujo el pene, aún en erección, en la garganta de la víctima, ocupando toda la tráquea, lo que seguramente también provocó la aceleración en la causa de la muerte. Por una parte, la hemorragia masiva, y por otra, la asfixia con su propio miembro. Cabe destacar que el trozo de lengua seccionado no fue encontrado ni en la escena del crimen ni dentro de su cuerpo.

En ese momento, el ministro del Interior le dice algo al oído del comisario jefe, se levanta y sale de la sala, excusándose ante los presentes, ya que parece indispuesto, tal vez por no poder aguantar la crueldad y violencia explícita de las imágenes que se exponen en la pantalla. Mientras tanto, Gonzalo y Juan Miguel no dejan de hacer anotaciones en sus libretas.

—Bien, pues en cuanto al informe forense se refiere, esto es todo. Tal y como ha dicho el inspector, podrán realizar todas las preguntas pertinentes al final. Gracias.

El inspector Sanchís termina su intervención y cede el mando a distancia al sargento Giralt, responsable de la investigación del homicidio de Barcelona.

—Buenos días. Soy el sargento Jaume Giralt, del cuerpo de los Mossos d'Esquadra, responsable de la investigación del homicidio del pasado 16 de octubre, sábado, en las dependencias del Museu Marès de Barcelona. No sé si debemos esperar al regreso del ministro —dice dirigiéndose al comisario jefe y al juez, esperando instrucciones.

—Prosiga, por favor, volverá enseguida —indica el comisario jefe al sargento.

—Gracias. Bien... Como saben, el cuerpo sin vida del señor Gregorio Salgado, de 80 años de edad, fue hallado maniatado a esta especie de rueda de carro invertida —explica el sargento mientras se exhiben diversas fotografías en la pantalla y va señalando con el puntero láser—. Se calcula que la hora de la muerte fue a las tres de la madrugada, debido a una hemorragia masiva provocada por el corte del principio y el final del intestino grueso y delgado, lo que le llevó a una muerte lenta y dolorosa. Previamente, se le había seccionado la lengua con una herramienta metálica, cuyo corte se corresponde con unos alicates, como los usados por los carpinteros para extraer clavos. El miembro extraído no fue encontrado ni en la escena del crimen ni en el interior de la víctima.

»Los genitales habían sido literalmente seccionados y arrancados con la misma herramienta. Los testículos no fueron encontrados, pero sí el pene, ocupando el conducto traqueal, en el que habría sido introducido a la fuerza, cuando aún estaba en erección. Según el análisis del pene, al igual que en la primera víctima, parecía haber tenido relaciones sexuales, pero sin rastros de ADN exógenos a la víctima. A su vez, presentaba los mismos signos de deshidratación y evidencia de ayuno durante al menos siete días, por lo que, como ha dicho el inspector Sanchís, la opción del secuestro previo, sin confirmar, podría ser una opción válida. Nadie había denunciado su desaparición, ya que vivía solo y periódicamente iba una señora a su casa para hacer las tareas domésticas, aunque muchas veces él no se encontraba en su piso, por lo que a ella no le extrañó la ausencia. Esto es todo por el momento, gracias.

El sargento Giralt termina su intervención y hace el gesto de traspasar el mando a distancia del proyector al siguiente ponente, que se levanta y se dirige a la cabecera de la mesa, recoge el testigo y agradece al sargento su gesto.

—Buenos días. Soy el inspector Ulloa, de la Policía Nacional de Santiago de Compostela. Bien, tenemos aquí a la tercera víctima —el inspector pulsa el botón equivocado del mando a distancia y apaga el proyector—. Lo siento… esta tecnología punta, ya se sabe —se excusa mientras se levanta el comisario jefe y le indica qué teclas debe pulsar—. Muchas gracias —dice al comisario con una sonrisa—. Bien, después de mi demostración de conocimientos tecnológicos, sigo con mi explicación. La tercera víctima apareció atada de forma invertida en la fuente de la Plaza do Toural, de Santiago. Su nombre, Edelmiro Rial, también una persona de avanzada edad, de 88 años. Según el equipo forense, la víctima falleció a las tres de la madrugada del día 19 de octubre, siendo la causa de la muerte el ahogamiento por acumulación de agua dulce, la misma que la contenida en la citada fuente, que llenó sus pulmones. Aun así, presentaba la lengua seccionada desde la base, que no se encontró, y que fue realizada con una herramienta metálica, unos alicates de los que se usan en carpintería para extraer los clavos. También habían sido seccionados los testículos y el pene, que fue encontrado en estado de erección dentro de la tráquea. Al igual que los resultados forenses de los compañeros, todo indica que había mantenido relaciones sexuales, aunque sin ningún rastro de ADN que no fuera el suyo propio. Por cierto, por su delgadez y ausencia de alimentos, tanto en estómago como en el tracto intestinal, el forense determinó que había sufrido un ayuno de al menos siete días, lo que refuerza la hipótesis del secuestro previo al homicidio —explica el inspector mientras va presentando diversas fotografías realizadas durante la autopsia de la víctima—. Al igual que las otras dos víctimas, nadie había denunciado su desaparición. Bien, pues nada más por el momento. Gracias.

El inspector Ulloa hace la entrega del mando a distancia al inspector Cadenas, de la Policía Nacional de Murcia, que previamente se ha levantado para relevarle al frente de la exposición.

—Buenos días. Bien, soy Francisco Cadenas, inspector de la Policía Nacional de Murcia, donde ocurrió el cuarto homicidio, exactamente el viernes 22 de octubre. A las cinco de la mañana fue descubierto el cuerpo, o lo que quedaba de él, en una pira ardiendo, alrededor de uno de los árboles centenarios de la plaza de Santa Catalina —el inspector presenta un vídeo de la actuación de los bomberos mientras apagan el intenso fuego que consume el cuerpo de la víctima—. Se calcula que el señor José Domingo Rey Godoy, de 83 años, o lo que quedaba de él, falleció a las tres de la madrugada del mismo viernes, dos horas antes de ser encontrado por un grupo de jóvenes que venían de fiesta por el centro, a las que los servicios sanitarios tuvieron que atender por sufrir crisis nerviosas o de ansiedad.

»Debido a la elevada temperatura producida por la combustión del cuerpo y el efecto del agua para apagar dicho incendio, se hicieron muy complicadas tanto la identificación del cuerpo como su posterior autopsia. No obstante, gracias a la profesionalidad de nuestro equipo también pudimos cerciorarnos de que tanto los órganos sexuales de la víctima, como una gran parte de la lengua, habían sido seccionados, aunque fue imposible determinar qué método se usó para realizar dicha atrocidad. En este caso no se pudo determinar si la víctima había sido objeto de torturas o privación de agua y comida, aunque la mueca en su cara, como podemos apreciar en la foto —el inspector expone varias fotos del cuerpo carbonizado de la víctima, así como el detalle de su cara, dejando al descubierto el horror—, parece indicar que estaba vivo mientras las llamas le consumían. Esto es todo. Muchas gracias.

El inspector Cadenas vuelve a sentarse en su sitio y el silencio impera entre los asistentes, solo interrumpido por el sonido del ventilador del proyector y el del agua que cae dentro de un vaso. En ese momento, el ministro del Interior vuelve a entrar en la sala, limpiándose la cara con un pañuelo. Toma asiento de nuevo y se dirige al foro:

—Les pido disculpas por mi indisposición. Al contrario que la mayoría de ustedes, tengo la suerte de no estar familiarizado con este tipo de casuística —explica antes de tomar un largo trago de agua—. Bien, ¿ha podido determinarse si se trata de casos aislados? ¿Estamos ante un solo individuo o ante un grupo organizado? Hasta ahora tenemos cuatro cadáveres y ninguna respuesta, y como saben, en pocas semanas tenemos la visita del papa, y es necesario saber si estos casos podrían estar relacionados, si se trata de una seria amenaza para el pontífice y su comitiva, con las consecuencias que ello derivan, o bien se trata de un loco sanguinario que ha decidido implantar su particular terror en este país

El comisario jefe mira a Candela, que se da por aludida y toma la palabra.

—Señor ministro, voy a intentar responder a su pregunta. Para los que no me conozcan, mi nombre es Candela Santos, inspectora de la Comisaría General de Seguridad Ciudadana, y se me ha asignado el mando del grupo de investigación de este caso. Para empezar, nuestro propio equipo de forenses, con la inestimable ayuda de los colegas que realizaron la primera autopsia a las víctimas, descubrieron un detalle que podría confirmarnos que no se trata de casos aislados, sino que entre todos hay un punto de unión, además de la que ya conocemos, y es la de haber pertenecido a una congregación específica de la Iglesia católica. Ahora mismo no puedo afirmar ni desmentir que pueda tratarse de un solo individuo, ante la ausencia de restos de ADN, tanto en las víctimas como en los cuatro escenarios del crimen...

—Disculpe, inspectora... Santos, ¿verdad? —interrumpe el ministro—. Bien, acaba de afirmar que además de pertenecer a la Iglesia, hay un nexo. ¿Qué nexo?

—En efecto —el comisario jefe mira y asiente con la cabeza a Candela, que se dispone a responder la pregunta—. Como les comentaba, sabemos que las cuatro víctimas habían pertenecido a la congregación ultracatólica de los Legionarios de Cristo, poco conocida hasta hace pocos años, cuando empezaron a ser noticia en los medios por el escándalo de los casos de presuntos abusos sexuales a menores y seminaristas, tanto en su sede central, en México, como en varios de los colegios y seminarios que tienen en nuestro país. Las cuatro víctimas tenían edades similares, por encima de los ochenta años, y los cuatro habían coincidido tanto en la sede que tiene su congregación en Salamanca como en la de Ontaneda, en Cantabria, donde se formaba a los seminaristas, para luego repartirlos por las sedes que tienen por todo el mundo.

—Un momento, un momento... —interpela el juez Moreno—. Le aconsejo que antes de crear ese tipo de conexiones entre las víctimas que nos competen y los presuntos casos de pederastia, tenga información fiable sobre ellas, porque le recuerdo que, al menos en España, no ha habido ninguna condena en firme al respecto sobre unas pocas acusaciones, probablemente de exalumnos descontentos o que simplemente querían aprovecharse de la situación suscitada desde el otro lado del Atlántico. Además, sus palabras podrían ser tomadas como una forma de intercambiar los papeles entre víctimas y verdugos, por lo que le pido que mida sus palabras e insinuaciones al respecto.

—Por supuesto, señoría, a los datos me remito. Según un estudio publicado en 1995 sobre el comportamiento sexual del clero en España, el periodista y escritor José Rodríguez, conocido por ser muy crítico con la Iglesia, trabajando con una base de datos escasa y estadísticas en las que constan pruebas del historial sexual de cerca de 350 sacerdotes, se documentó que un siete por ciento cometía abusos sexuales graves con menores —argumenta Candela antes de ser interrumpida de nuevo por el juez.

—Disculpe, inspectora, pero sabe perfectamente que una estadística no puede usarse para infundir sospechas sobre un colectivo. Le aconsejo que sus datos se ajusten a la veracidad y no a meras especulaciones y acusaciones que no recuerdo que hayan llegado a juicio —vuelve a advertir el juez.

—Señoría, en cuanto a datos se refiere —Candela empieza a revisar las pestañas de colores adheridas a varios documentos—, le diré que la Asociación de Víctimas de los Legionarios de Cristo denunció a mediados del año pasado más de doscientos casos de abusos ante el Vaticano, lo que no deja de ser una cifra considerable. Entre los más de doscientos presuntos casos de pederastia, debidamente documentados, al menos una veintena de ellos se habrían producido en España. Según relató el secretario de la Asociación, Patricio Cerda, en aquel encuentro, celebrado en la sede de la Conferencia Episcopal, le hicieron entrega de la documentación a Ricardo Blázquez, vicepresidente de la Conferencia Episcopal y uno de los cinco obispos designados por el papa para investigar a la congregación en todo el mundo, porque recordemos que el caso de los Legionarios de Cristo procede de 2005, desde que estalló el escándalo en la sede central de México, con su fundador, el padre Maciel, como principal inductor y sospechoso...

—Disculpe, inspectora —vuelve a interrumpir el juez—, que yo sepa, esos casos a los que usted se refiere corresponden a víctimas de presuntos abusos cometidos en un seminario cántabro y en un colegio de Madrid, ambos en las décadas de los ochenta y noventa. Nunca fueron denunciados ante la justicia ordinaria y tampoco fueron objeto de sanciones por parte de la congregación que, en el caso del colegio madrileño, se limitó a trasladar a Estados Unidos al presunto autor de los abusos, que se dedicaba a fotografiar desnudos a los niños. Por lo tanto, volver a destapar o intentar vincular el caso que nos atañe con el que menciona es buscar donde no hay, y con ello, perder un tiempo valioso, por lo que le pido que busque otras vías de investigación que nos permitan acabar con esta pesadilla.

En ese momento Juanjo se acerca a Candela para susurrarle algo al oído.

—Cuidado, no sigas por ahí, que la cosa parece que quema.

Candela realiza una inspiración y reagrupa el manojo de papeles que estaba sujetando con las manos, mientras el hombre del traje gris, de forma discreta, dice algo al oído del individuo del traje negro. Finalmente, Candela vuelve a exponer sus razones.

—Disculpe, señoría, Solo estaba basándome en casos públicamente denunciados en el pasado para tratar de no cerrarnos a cualquier vía de investigación que pueda llevarnos al culpable o culpables. No obstante, les diré que el equipo del Anatómico Forense encontró una marca aparentemente idéntica en el iris del ojo derecho de las cuatro víctimas.

—¿Una marca? ¿Qué marca? —pregunta el ministro, demostrando atención e inclinándose hacia delante.

—Explíquese, inspectora —dice el jefe intentando echar un cable a Candela.

—Como decía, se trata de unas marcas diminutas, casi imperceptibles al ojo humano. Nuestro equipo de forenses ha descartado que hubieran sido realizadas tras un error durante una cirugía ocular con láser, ya que no se sostiene dada la repetición y precisión de forma con las que se han hecho, y descartando también que hayan podido ser producto de la naturaleza o tras un accidente ocular. Además, que sepamos, ninguna de las víctimas se había practicado ninguna cirugía ocular. La mayoría de ellos tenían algunas o bastantes dioptrías, incluso principio de cataratas, pero nunca llegaron a pasar por quirófano.

—Disculpe, inspectora —interpela el director del CNI—, ¿su equipo forense ha determinado cómo se hicieron las marcas?

Candela dirige la mirada al doctor Estrada para que responda adecuadamente a la pregunta.

—Buenos días. Mi nombre es Julián Estrada, jefe médico del área de autopsias del Instituto Anatómico Forense. Disculpen, con su permiso, voy a explicarles brevemente cómo se realizó la intervención y con qué materiales —dice mientras se levanta y desplaza una pizarra blanca que hay en un lado de la pared, situándola en una esquina de la cabecera de la mesa para que puedan verla todos los asistentes.

Mientras Julián va usando rotuladores de colores para explicar a todos los asistentes cómo se hicieron las marcas y los materiales inyectados, el doctor Garmendia centra su atención en el lenguaje corporal, tanto del ministro del Interior como del juez Moreno, sin dejar de tomar notas sobre su comportamiento en un cuaderno.

—¿Una cruz? ¿Está de broma? ¿Quién y por qué alguien haría algo parecido? —pregunta el ministro.

En ese momento, Gonzalo, que escucha atentamente la revelación del doctor Estrada, pide la palabra.

—Disculpen... Buenos días. Solo a modo de explicación sobre el uso de marcar con símbolos a los condenados o, en este caso, a las víctimas que nos atañen. Durante la Edad Media circulaba el rumor de que las auténticas brujas o brujos tenían marcada en la piel, comúnmente en la zona del hombro, imágenes que podían corresponderse con animales o con signos como la estrella de cinco puntas, una marca que se decía que había sido realizada por el demonio. Digo que es rumor porque no se ha encontrado prueba ni testimonio escrito oficial que lo afirme. De todas formas, creo que podría tratarse de algo parecido, pero trasladándolo a la actualidad, con los instrumentos que hoy en día un especialista puede tener a su disposición. Debemos tener en cuenta también la, por decirlo así, puesta en escena de los crímenes que se han producido, como por ejemplo, «el método del agua», sufrido por la víctima de Santiago, pasando por la «rueda de la verdad», en Barcelona, y el último, el mismo destino que les esperaba a muchos condenados por herejía o brujería, que era morir quemados en la hoguera. Y, por supuesto, la más que inevitable conexión o claras vinculaciones que podría tener este caso con esta congregación en concreto…

—Vamos a ver —interrumpe el ministro—, ¿está intentando hacernos creer que en pleno siglo XXI han vuelto la brujería y la Santa Inquisición? ¿No les parece un poco fantástico todo esto y, sobre todo, poco serio?

Se oyen algunas risas y Gonzalo, muy cauto, pone cara de circunstancias y mira a Candela, que intercede por él.

—Sobre lo que acaba de comentar el profesor Sanmartín, solo es la apreciación de una similitud con los casos que estamos tratando. Piensen que la investigación por parte de nuestra unidad, aunque con bastantes datos concluyentes, está justo en sus inicios, partiendo de las diferentes investigaciones realizadas por la Policía Nacional de cada circunscripción de las escenas donde se han producido los crímenes. Con el debido respeto, no creo que podamos rechazar cualquier línea de investigación, por fantasiosa que les parezca —argumenta Candela, algo molesta por las risas de los asistentes—. Además, sobre el artefacto en el que la víctima de Barcelona fue atada de pies, manos y cuello, se ha constatado que se trata de una pieza de museo, ya que el análisis de la madera indica que tiene una antigüedad aproximada de unos cuatrocientos años. Incluso la cuerda de cáñamo usada para atar a la víctima pertenece a la misma época. Demasiadas molestias se ha tomado el asesino, o los asesinos, para no ver este caso bajo todas las fuentes y apertura de miras que hagan falta, ¿no les parece?

—Bien, inspectora —dice el ministro—, lo único que se está pidiendo desde esta mesa son causas concretas y reales para dar con él o los responsables, y sobre todo, obtener las herramientas que hagan falta para evitar que estos crímenes vuelvan a repetirse. Creo que todos los presentes estamos de acuerdo con el objetivo de este grupo especial, por lo que pedimos profesionalidad y celeridad para acabar con esto —afirma mirando a todos los asistentes y gestualizando de forma vehemente.

—Por supuesto —replica el comisario jefe dirigiéndose al ministro—, y por ello la jefatura de esta comisaría ha designado a los mejores especialistas para dar con los responsables y llevarlos ante la justicia. Esta jefatura va a poner todos los medios necesarios para clarificar estos homicidios y evitar que pueda convertirse en un problema para la visita papal.

En ese momento, el doctor Garmendia pide la palabra, a lo que el comisario jefe le tiende la mano para cedérsela.

—Por favor, doctor, si tiene algo que aportar, estamos ansiosos por conocer su opinión.

—Disculpen, creo que no vamos para nada desencaminados sobre la naturaleza de estos crímenes, que puede que escondan cierta simbología ancestral o religiosa, tal y como apuntaba mi colega —refiriéndose con una mirada a Gonzalo—, además de lo que parece, a simple vista, sin haber entrado en detalles del perfil o perfiles que estamos buscando, uno de los instintos básicos más antiguos de la humanidad: la venganza, aparte de intentar dar un mensaje que el asesino quiere que sirva de ejemplo.

En ese momento toma la palabra el director del CNI, tras leer un mensaje que acaba de recibir en el móvil.

—Disculpe, doctor, pero por las fechas en que estamos, y vistos los acontecimientos hasta ahora, si no he errado en las cuentas mañana podemos volver a tener otro cadáver en cualquier plaza pública de cualquier ciudad del Estado, que seguramente habrá sido objeto de secuestro hace seis días. Con todo respeto, creo que todos estamos de acuerdo en que vamos a necesitar algo más que suposiciones para poder determinar si se trata de un individuo enajenado que intenta llamar la atención o de una organización interna o externa que pueda poner en peligro la vida de un jefe de Estado de visita en nuestro país. Y solo tenemos unas pocas semanas.

—Por supuesto, general —interrumpe el comisario jefe—, es crucial para la investigación saber a lo que nos enfrentamos, pero lamentablemente no disponemos aún de una máquina que nos diga cuándo va a suceder el próximo delito, pero de lo que sí disponemos es de los mejores expertos en la materia, que junto a nuestros inspectores y al resto de cuerpos de seguridad del Estado en total coordinación, harán lo imposible para poder cazar al culpable. Señor ministro, señoría y resto de mandos operativos, les mantendremos informados ante cualquier avance o eventualidad en el caso.

—Por nuestra parte, tenemos a su disposición los medios necesarios para poder afrontar esta situación —añade el director del CNI.

—Lo mismo digo —expone el mando de los GEO—. Mantenemos la comunicación abierta y con un equipo operativo las 24 horas, que podemos hacer llegar a cualquier punto de la península en un par de horas.

—Disculpe, sargento Giralt —interrumpe Candela—, ¿no saltó ninguna alarma en el museo ni disponemos de ninguna imagen de las cámaras de seguridad?

—No, inspectora. La alarma está diseñada para una irrupción en el museo desde fuera, y ninguna puerta ni ventana al exterior había sido forzada. En cuanto a las cámaras de vigilancia del circuito interior de televisión, solo está activado durante las horas de visita, por lo que durante la noche está apagado. Tenemos evidencias de que el individuo u individuos autores del homicidio entraron a través de uno de los pasadizos que unen la inmensa mayoría de los edificios colindantes, que se construyeron durante el siglo XIII, cuando el centro de la ciudad medieval era el principal núcleo de actividad judía, y a menudo era objeto de ataque de muchos de sus detractores. El Museu Frederic Marès no está exento de una de esas entradas a este entramado de túneles. Algunos de ellos fueron usados durante la guerra civil para esconder a miembros del clero junto a algunas piezas de valor para evitar que acabasen en manos de los milicianos. Después de la guerra, estos túneles quedaron en el olvido, pero nunca llegaron a ser cerrados. Sabemos que usaron uno de esos túneles para acceder al museo, pero no hemos encontrado ninguna prueba que permita identificar a los autores. El único dato que tenemos es que el recorrido lo hicieron desde la catedral de Barcelona, porque aunque sin huellas, pudimos determinar que las losas de piedra habían sido movidas recientemente —explica el sargento.

—Gracias, sargento. Entiendo que también entrevistaron al personal de la catedral, por si habían detectado algo anómalo.

—Por supuesto. En total unas veinticinco personas, entre las que estaban de servicio el día anterior, el mismo día y las que no estuvieron de servicio. Ninguna de ellas vio ni oyó nada, y todas tienen una coartada razonable, por lo que creemos que el autor o autores pudieron entrar en la catedral como turistas y esconderse en algún sitio hasta que cerrasen las puertas.

—Pero entonces, ¿cómo se entiende todo el montaje que se hizo en la escena del crimen? Por las imágenes que tomaron, se trataba de un artilugio que difícilmente podría haber cabido por cualquier agujero hecho en el suelo, ¿no?

—Correcto. No lo llevaron de fuera, sino que todo el material utilizado lo usaron desmontando piezas de gran valor histórico ya existentes en el museo para montar la mencionada rueda. Desde luego, quien lo hizo no solo era un *manitas*, sino que además sabía exactamente cómo montarlo con las piezas que encontraría en el museo.

—Y en cuanto a la soga utilizada para atar a la víctima, ¿también estaba entre los materiales encontrados dentro del museo?

—No. Este material fue robado una semana antes de las Reales Atarazanas de Barcelona, como saben, uno de los museos navales más importantes y con las piezas mejor conservadas de la época. Revisando la denuncia, fue robada una única pieza, sesenta metros de soga usada en los barcos de la época, con una antigüedad de unos cuatrocientos años.

—Muchas gracias, sargento. Un excelente trabajo —concluye Candela mientras Gonzalo toma notas en su cuaderno.

—Bien, señores, ministro, señoría, muchas gracias a todos y si no hay ninguna pregunta más damos por terminada esta reunión —dice el comisario jefe.

Finalizada la reunión, los asistentes van abandonando la sala comentando lo expuesto. Convenientemente, el juez, el ministro del Interior y el director del CNI se marchan juntos ante la atenta mirada del doctor Garmendia.

—Candela y compañía, quedaos un momento, que quiero hablar con vosotros —dice el comisario jefe mientras los asistentes terminan de abandonar la sala.

Candela, Óscar, Gonzalo y Juan Miguel esperan en pie ante la mesa, mientras el jefe se acerca para saludar a Gonzalo.

—Buenos días, profesor. No hemos tenido ocasión de presentarnos antes de la reunión. ¿Cómo ha ido el viaje? —pregunta el jefe mientras tiende la mano a Gonzalo.

—Bien, bien, gracias, esperando poder ayudar en lo posible.

—Sobre eso ahora hablaremos. Por cierto, me han comentado la situación de su hija, por lo que le estoy doblemente agradecido por haber atendido nuestra petición de ayuda. Como habrá podido comprobar —explica mientras señala con la mano la pantalla—, este va a ser un caso complicado como pocos, y sobre el que planean muchas incógnitas, por las cuales es usted una pieza clave para poder despejarlas. —Y mirando a Juan Miguel, añade—: No sé si ustedes dos se conocían con anterioridad. Siento no haberles podido presentar antes, pero ya ven que vamos contra reloj.

—Pues el mundo es un pañuelo —responde Gonzalo—. Casualmente nos conocimos en un simposio hace unos años, así que va a ser un placer, dadas las circunstancias, poder compartir esta investigación con el doctor Garmendia y el resto del equipo — afirma mientras da unos golpecitos en la espalda a Juan Miguel.

—Por favor, el placer es mutuo —añade Garmendia con una sonrisa de complicidad.

—Díganme, señores, a simple vista, ¿cuál es su opinión? — pregunta el comisario jefe.

—Bien, verá —responde Gonzalo mientras sonríe y coge la libreta de la mesa—, es muy aventurado emitir un dictamen tras haber leído el informe preliminar de las primeras tres víctimas. No obstante, a simple vista, como usted me ha preguntado, desde luego él o los que han cometido estos crímenes parecen conocer a fondo la historia de la época, tienen medios a su alcance y parece que quieren enviarnos un mensaje... por el momento bastante sangriento, la verdad.

»No obstante, necesitaríamos ver, si fuera posible, todos los escenarios, y por supuesto, los materiales que han encontrado en ellos. Desde luego, el hecho de que las cuatro víctimas hayan pertenecido a la congregación de los Legionarios de Cristo, últimamente en boca de muchos medios, ya es un dato relevante.

—Totalmente de acuerdo —añade Juan Miguel—. Además, va a ser muy importante reconocer el perfil del sujeto o sujetos. Adelanto que, vista la programación de sus actos, no parece fruto de un arranque de locura ni obra de un psicópata, quienes tienden a llevar un estilo de vida fundamentado en la inmediatez, por lo que el mañana les preocupa relativamente poco en comparación a objetivos más cercanos en el tiempo, especialmente si estos son muy primarios y basados en impulsos. De hecho, tienden a satisfacer sus necesidades más básicas: hambre, sexo, alojamiento, etcétera, por lo que no suelen planificar su futuro con meticulosidad, pero bueno, como decía, es pronto para sacar conclusiones. Hay que valorar todos los datos que tenemos hasta ahora e intentar cerrar la veda a esta especie de cacería que parece haberse abierto.

—De eso quería hablaros —indica el jefe mirando a Candela y a Óscar—. No me ha dado tiempo de avisaros, pero entre las personas que forman esta comisión especial hay un miembro de las fuerzas de seguridad del papa y un asesor del episcopado, así que cualquier tema que tenga que ver con la Iglesia vamos a tener que tratarlo con el máximo tacto. En el ministerio no quieren ningún tipo de ruido en este sentido, ya me entendéis.

Garmendia sonríe, habiendo detectado ya cierto resquemor por parte de las altas autoridades en indagar en heridas aún abiertas.

—Bueno, señores, cualquier cosa que necesiten solo tienen que pedirla, ¿de acuerdo? Les dejo en buenas manos —dice el jefe despidiéndose y dando la mano a Gonzalo y a Juan Miguel.

—Si os parece —comenta Candela—, vamos a trasladar nuestro centro de operaciones a la sala de reuniones que está al lado de mi mesa. Creo que está libre. Así será más sencillo poner en orden toda la información que tenemos, ¿ok?

En el momento de salir de la sala y dirigirse al ascensor, Gonzalo se da cuenta de que tiene una llamada perdida de su mujer, que mira con preocupación.

—¿Les gusta algún tipo de *pizza* en particular? —pregunta Candela a los dos catedráticos mientras suben hasta la planta donde se encuentra su departamento.

—Bueno, no tengo manías —responde Gonzalo, poniendo los ojos como platos—, aunque si lleva atún y mucho queso, pues mucho mejor.

—Coincido con Gonzalo, y mientras estén calientes, soy de buen comer —responde sonriente Juan Miguel.

—¡Eso está hecho! Otra cosa no, pero *pizzas...* se hartarán de comerlas —comenta Juanjo.

—¡Ja, ja, ja! Bueno, creo que podré aguantarlo —dice Gonzalo—. Mi mujer me ha puesto a dieta y hace tiempo que no huelo una *pizza*.

Los cuatro llegan a la sala de reuniones que queda tras la mesa de Candela, una pequeña habitación con una sola ventana que da al exterior del edificio, algunas sillas y una pizarra blanca de metal, para poder colgar fotografías y escribir anotaciones, además de una fuente de agua recargable con bidones de ocho litros de agua mineral y una cafetera.

—Bien, no necesitamos nada más. Estooo... Óscar... —dice Candela haciéndole una señal con la mirada.

—No te preocupes, llamo yo a la pizzería —dice Óscar mientras sale y coge el teléfono de su mesa, adyacente a la de Candela.

—Bien, señores, si les parece, vamos a crear un mural con las fotografías que tenemos y vamos a empezar a desarrollar un diagrama de flujo para saber las vinculaciones entre todos los hechos, testigos y víctimas. Voy a tardar un poco en dejarlo preparado, así que si necesitan hacer cualquier llamada o asearse, ahora es el momento —indica Candela.

—Muy bien, perfecto, ahora vuelvo —dice Gonzalo mientras sale de la habitación.

—Si te parece, bien, Candela, me quedo mientras lo vas preparando y así también vamos comentando sobre la marcha —comenta Garmendia con la sonrisa de complicidad por parte de Candela.

Gonzalo se aleja un poco del batiburrillo de la sala y entra en la estancia en donde están situadas las máquinas de *vending*, con algunas mesitas alzadas para tomarse un descanso con un café en la mano. Mientras pulsa el número directo de llamada a su casa en San Sebastián, aprovecha para buscar en el bolsillo unas monedas para sacar un café de la máquina. La respuesta a la llamada se demora unos segundos.

—¿Hola? —responde Carmen, la esposa de Gonzalo.

—¡Hola! ¿Cómo va todo por ahí? —pregunta algo preocupado.

—Tranquilo, no, no pasa nada, todo bien —dice Carmen con palabras tranquilizadoras—. Solo quería saber cómo va, si algo puedes decirme, claro, porque he visto las noticias… ahora mismo el caso es carnaza en todos los medios.

—Tú misma lo has dicho. La verdad es que pone los pelos de punta. No sé cuánto nos va a llevar este tema, pero mucho me temo que poco vamos a dormir —admite Gonzalo.

—Bueno, tú no te preocupes, que si puedes ayudar a pillar al Inquisidor podrás estar muy orgulloso, y si no puedes, pues chico, qué quieres que te diga, habrás hecho lo posible para hacerlo…

—Perdona, ¿has dicho «inquisidor»? —interrumpe Gonzalo—, ¿dónde has oído eso?

—¡Uy!, ya sabes que aquí se le saca mote en cuanto te das la espalda. A un tertuliano de los coloquios en la radio se le ocurrió soltarlo esta mañana y ya todo el mundo habla de lo mismo. Tú ve con mucho cuidado, ¿eh? —advierte Carmen con preocupación.

—Madre mía… Bien, bien, no te preocupes, que aquí estamos muy bien acompañados. Por cierto, ¿te acuerdas de aquel simposio al que asistí en Seattle hace unos cinco años, del que te comenté que solo habíamos asistido dos españoles?

—Ostras, pues no me acuerdo, la verdad —responde algo desconcertada.

—Bueno, la cuestión es que el otro español que conocí en ese simposio está aquí también como asesor, trabajando con nosotros, como psiquiatra forense, y no te digo nada más, no sea que me den un toque de atención, ya que el juez ha decretado secreto de sumario hasta que se resuelva el caso.

—¡Vaya pues! Bueno, al menos tendrás a alguien ahí para explicaros batallitas, Oye, que se me hace tarde para dar de comer a la niña, ¿oyes?

—¡Sí, sí, claro! Dale un beso de mi parte y otro para ti. Trataré de llamarte esta misma noche, ¿vale?

—Tú no te preocupes y a la tuya. Venga, hasta luego. ¡Cuídate!

—¡Igualmente! Un beso, adiós, adiós.

Gonzalo cuelga la llamada mientras acaba el café de la máquina.

Vehículo oficial del ministro del Interior

De camino a su oficina, el ministro atiende una llamada de la Moncloa.

—En efecto, presidente, sí, lo sé... lo sé, es una putada, justo ahora, a semanas de recibir al papa, pero... Correcto, solo nos faltaría que nos tildasen de anticlericales por meter el dedo en la llaga. Evidentemente, vamos a hacer lo imposible. Le mantengo informado... Gracias, adiós.

»Me cago en todo... manda cojones la cosa... ¡Menudo marrón! —murmura el ministro mientras se dirige a su casa.

Comisaría General de la Policía Nacional de Madrid

En la sala de reuniones, habilitada como centro de operaciones del caso, Candela ya tiene colgadas las fotografías de las víctimas y escenas del crimen, siguiendo una línea temporal, con las fechas de sus probables desapariciones, día de la primera amputación de la lengua o inicio de las torturas, posible traslado a los escenarios del crimen, hora de la muerte, testigos...

En ese momento entra Gonzalo, que queda impresionado por el mural que ocupa prácticamente toda la pared de la sala.

—¡Caramba! Todo un despliegue de datos. Si os parece, puedo añadir los métodos utilizados según cada escena del crimen.

—¡Por supuesto! —responde entusiasmada Candela mientras le ofrece un rotulador.

En ese preciso momento entra Óscar con cuatro cajas de *pizzas* recién hechas y algunas latas de refrescos.

—¡Quieto todo el mundo! ¡Que aquí no se rinde si primero no se come! —dice con prisa por dejar las *pizzas* sobre la mesa—. Joder, ¡cómo queman! ¡Comed ahora o morid de hambre para siempre!

—Bueno, pues por si las moscas, habrá que avituallarse, ¿no? —añade Juan Miguel mientras recoge una de las porciones con unas servilletas de papel que hay también sobre la mesa.

Candela se da cuenta de que Óscar se sienta de espaldas al mural.

—¿Se puede saber qué haces de espaldas a nosotros? —le pregunta.

—Lo siento mucho, pero no quiero que la comida me siente mal. Vamos, que no puedo comer y mirar a la vez las fotos de la pared. Y Candela, que es más rara que un perro verde, que haga lo que quiera, pero aconsejo a los señores que hagan lo mismo que yo si quieren volver a comer *pizza* algún día sin que les vengan a la mente estas imágenes —advierte Óscar mientras devora un pedazo de *pizza.*

—Lo siento, Candela. Creo que Óscar tiene toda la razón. Con tu permiso… —se disculpa Juan Miguel mientras Gonzalo y él cogen un par de sillas y se sientan al lado de Óscar.

—¿Perro verde? ¿Sabes que en mi país de origen nos comemos a los perros? —pregunta Candela pinchando a su compañero.

—Por Dios… qué he hecho yo para merecer semejante castigo… —murmura Óscar poniendo cara de asco.

Entre risas de todos, Candela coge también un trozo de *pizza* y se sienta con sus compañeros para reponer fuerzas.

En unos instantes el móvil de Candela recibe una llamada de un número desconocido. Lo mira y descuelga la llamada.

—Disculpadme un momento… ¿Sí? ¿Dígame? ¿Hola?

—¿Inspectora Santos? —dice una voz masculina electrónicamente manipulada.

—Sí, ¿quién me llama? ¿Hola?

—Esta noche, a las 22 horas, en la iglesia de San Manuel y San Benito, ante la estación de Retiro, hay una pequeña plaza que hace esquina entre Lagasca y Columela. ¿Me ha entendido bien?

— Le oigo, pero ¿esto de qué va? ¿Hola?

—Tengo información relevante sobre el caso del Inquisidor. Solo voy a estar hoy. Venga sola o me iré. Si detecto cosas raras, me iré.

—¿Hola? ¿Oiga? —Candela ha escuchado cómo su interlocutor ha colgado—. Pero ¿de qué coño va esto? Joder, tenemos un problema —dice seriamente preocupada.

—¿Qué ocurre? —pregunta su compañero, que da un último sorbo al refresco que tenía en la mano.

—¿Alguien sabe quién es el Inquisidor? —pregunta Candela de forma retórica.

Óscar se atraganta con el refresco y lo acaba expulsando de forma violenta.

—¿Qué dices? ¿Estás de broma? —responde su compañero contrariado.

—En efecto —responde Gonzalo—. Parece que en uno de esos magacines de televisión a alguien se le ocurrió ponerle este mote al individuo que está asesinando a estas personas. Me lo ha comentado mi mujer por teléfono hace solo un rato.

—Bendito país de motes y refranero —dice Garmendia.

—Disculpadme un segundo. Ven un momento, Óscar.

Candela coge a su compañero del brazo mientras se lo lleva fuera de la sala ante la mirada atónita de Gonzalo y Juan Miguel.

—¿Se puede saber qué te ha dicho? —pregunta Óscar.

—Bien, una voz modificada para no ser identificada me ha citado esta noche en una iglesia ante la estación de Retiro, ya que dice que tiene información para darme sobre el caso del dichoso Inquisidor. Y me ha dicho que vaya sola.

—Sí, y mis cojones también —interrumpe Óscar—. No vas a ir sola, Candela.

—Sí y no. Vas a estar camuflado, ya veremos dónde, con una cámara. Yo llevaré un micro, ¿de acuerdo? No va a pasar nada, es una zona bastante concurrida. Veremos qué información me da. A estas alturas no podemos rechazar cualquier información que pueda provenir de una fuente fiable.

—¿A eso llamas «fiable»?

—¿Llamándome al móvil de servicio? Como mínimo, se merece el beneficio de la duda. Piensa que lo ha obtenido de alguien que tiene mi número, o sea, o de la comisaría, o de alguien de arriba, así que no perdemos nada, ¿no? —Óscar pone cara de circunstancias—. Mientras tanto, ve preparando el material y revisa a ver si encontramos desde dónde ha podido realizarse la llamada y si tengo algo de información con la que presionarle.

—Ok, me pongo a ello.

Candela vuelve a entrar en la sala con Sanmartín y Garmendia.

—Disculpadme… Un tema que nos ha surgido y que hay que solucionar —comenta mientras se fija que en la pizarra han dibujado un mapa de España con los lugares en donde han aparecido las víctimas—. ¡Vaya! ¡Bien hecho! ¿Se supone que debe decirnos algo este mapa?

Gonzalo levanta uno de los rotuladores, pensativo, y acaba respondiendo:

—Sí y no. De hecho, si el asesino o asesinos tiene algún tipo de fijación por los métodos usados por la Santa Inquisición, y se ha tomado la molestia de firmar sus «obras», creo que los lugares escogidos pueden decirnos más cosas, incluso ya podría adelantaros que empiezo a verles relación.

Candela coge una silla, la coloca del revés y se sienta a horcajadas, pendiente de las explicaciones del profesor.

—Somos todo oídos.

—Bien, tenemos el primer cadáver en la iglesia de Santa María Magdalena de Sevilla, que antiguamente albergaba el convento de San Pablo, cuando en enero de 1482 se asentó allí el primer Tribunal de la Inquisición, siendo prior fray Alonso de Ojeda. Como es sabido, la Inquisición se propuso, sin olvidar otras razones, mantener la pureza de la fe, evitar que los españoles cayeran en la herejía y perseguía una serie de comportamientos y términos que mostrasen si alguien era judaizante, morisco, luterano o alumbrado o que manifestara cualquier desviación de la fe católica. ¿Os suena este último término? —pregunta Gonzalo mientras dibuja en el mapa una cruz roja sobre la ciudad de Sevilla.

—Qué *crack* —murmura Candela.

—Sigamos. Segundo cadáver. Museu Marès de Barcelona, justo al lado de la preciosa y santa iglesia catedral basílica de la Santa Cruz y Santa Eulalia, también llamada catedral o seo, la catedral gótica de Barcelona, sede del arzobispado. ¿La habéis visitado? —Garmendia contesta afirmativamente con la cabeza y una sonrisa, pero candela hace lo contrario con un tímido *no*—. Pues debes visitarla, Candela. Se trata de una de las maravillas y patrimonio arquitectónico más importante del país. La catedral mide 90 metros de longitud por 40 de ancho, y el jardín del claustro es de 25 metros de lado por 6 de anchura de cada galería de las cuatro que lo rodean…

—Disculpa, Gonzalo —interrumpe Candela—, en otro momento me encantará tu visita turística, pero necesitamos ir al grano… *please*… perdón —añade uniendo las manos en señal de disculpa.

—Sí, sí, perdonad… es que cuando estoy en mi salsa, me pierdo. Bien, a lo que iba, en la fachada del actual Museu Marès, hoy en día museo eclesiástico, queda el único recuerdo de la

Inquisición que ya casi nadie identifica, su escudo. Tras los muros se asentaba este tribunal, que evidentemente nunca fue del agrado de los barceloneses —explica mientras marca una segunda cruz roja, esta vez sobre Barcelona.

»Tercer cadáver. La ciudad del santo, Santiago de Compostela, en la Plaza do Toural, también llamada Fuente de los Condenados...

—Espera que lo adivine —interrumpe Candela—, ¿también fue sede de la Inquisición?

—Pues no. Cuando se habla de la Inquisición en Santiago normalmente se alude al antiguo edificio de la plaza de Galicia donde tuvo su sede, un edificio que se derribó y donde hoy creo que hay un hotel en su lugar. Una pena, la verdad. Sin embargo, no fue su única sede en la ciudad, sino que fue trasladada al palacio de los condes de Monterrey. Ahora bien, en el centro de la Plaza do Toural, donde se encontró a la tercera víctima, hay una fuente que, como no puede ser de otra manera, también cuenta con su pequeña leyenda, y es que fue construida hacia el año 1820, nada más y nada menos que unos trescientos años después de la primera solicitud por parte del pueblo a las autoridades municipales.

»El retraso en su construcción estaba motivado por la sencilla razón de que no existía canalización de agua hasta aquella zona, ya que la Santa Inquisición, que poseía terrenos en las cercanías, se trasladó en 1716 a la Casa Grande do Hórreo o de Calo, ubicada en la antigua Porta da Mámoa, cerca de allí. Así pues, en las propiedades inquisidoras se recogía la canalización de agua y de ahí... pues ya no llegaba a otros lugares del entorno.

»Hasta la desaparición de los inquisidores y el derrumbamiento de sus propiedades no se pudo canalizar el agua hasta la Plaza do Toural y dar vida a su fuente. Por eso aún se escucha de vez en cuando por Santiago la historia que dice que el agua que alimenta a esa fuente es la que bebían los condenados por los tribunales de la

Santa Inquisición —expone Gonzalo mientras marca otra cruz roja sobre la ciudad de Santiago.

—Lo que nos explica, en parte, la simbología en la escena de la muerte de la víctima —remata Candela.

—Realmente fascinante —comenta ensimismado Juan Miguel—, con perdón de las víctimas, por supuesto, pero es que parece la puesta en escena de una película de Hollywood.

—Lo que nos conduce finalmente a nuestro último condenado, si podemos llamarlo así, en la plaza de la iglesia de Santa Catalina de Murcia, fundada por el Rey Sabio. Esta iglesia fue la sede y monasterio de los caballeros templarios, pero de aquella época no quedó ni el menor rastro cuando se renovó a principios del siglo XV. Murcia era una ciudad importante en aquella época y sabemos que muchos de los ajusticiamientos públicos se realizaron en la plaza, ante la iglesia. Me acuerdo de haber tenido en mis manos un auto de fe, acontecido en la capital del reino de Murcia el 20 de mayo de 1718. Aquel día fueron quemados los médicos judíos Simón y Rafael, y relajados sus hermanos, los boticarios José y Pedro. Esto de relajar consistía en aliviar o disminuir la pena o castigo. Suponemos que, en vez de quemarlos, simplemente los torturaban o padecían penas de cárcel.

»¿Los motivos que llevaron a la hoguera a los dos médicos? Al parecer los condenados regentaban una botica en la calle Turroneros. Según las investigaciones del Santo Tribunal, se dedicaban a dar limosna a todo aquel que al entrar a pedirla pisaba casualmente una loseta blanca. Bajo esta losa tenían oculta una cruz, motivo más que suficiente para ser arrojado a las llamas. ¿Y qué hay ante la plaza de Santa Catalina?

—*Con trai cúa chó cái* —murmura Candela visiblemente molesta—. La fachada que seguramente vio arder a esos dos médicos y vete a saber cuántos más.

—¿Perdón? —pregunta Garmendia a Candela, como si hubiera oído chino.

—Mejor no saberlo. Mis padres no quisieron que perdiera mis raíces y me llevaron a clases particulares de vietnamita. Vaya época, ¿eh?

Candela se levanta de la silla y le pide el rotulador a Gonzalo, que se lo cede enseguida.

—Entonces, teniendo en cuenta los tempos y las ciudades donde ha ocurrido —dice mientras empieza a unir los puntos, desde Sevilla hasta Murcia, con el rotulador rojo—, queda... una chapuza, un garabato, no veo nada... —concluye mientras devuelve el rotulador a Gonzalo y regresa a su asiento.

—Perdón... —dice Juan Miguel, pensativo—. Y si no vemos nada, porque no lo estamos viendo, ¿cómo lo ve el asesino? Es decir, si nuestro sujeto o sujetos están poniendo en escena un castigo del pasado, ¿no deberíamos verlo con ojos del pasado?

—¡Claro! ¡Por supuesto! —exclama Gonzalo mientras Candela levanta las manos en señal de rendición, sin entender nada—. Para verlo como presumiblemente lo ven ellos deberíamos hacer el mismo ejercicio, pero con una reproducción de un mapa de la península ¡de la misma época!, ya que evidentemente en aquella época no disponíamos de satélites ni siquiera de los aparatos de mediciones para tener un mapa veraz y a escala de los territorios. Además, cada reino se hacía sus propios mapas, por lo que os podéis imaginar que por aquel entonces el tamaño también importaba.

—Bien, pues lo apunto y tratamos de encontrar una reproducción donde sea. Más o menos, ¿de qué año debería ser? —pregunta Candela.

—Bueno, teniendo en cuenta la connotación histórica, de 1700 o 1750 —responde Gonzalo.

—Ok, perfecto, pero a estas horas va a ser imposible encontrar nada parecido y de este tamaño. Tendremos que esperar a mañana a primera hora para que desde el Ministerio de Cultura nos envíen alguna reproducción, aunque sea escaneada.

—Seguro que esta noche, desde algún ordenador del hotel, puedo conseguir alguna reproducción que corra por internet —dice Gonzalo—. Mañana por la mañana la imprimimos a escala y tendremos… no sé lo que tendremos, pero algo tendremos.

—Yo no tengo plan para esta noche, así que me apunto mientras nos tomamos una cerveza en el hotel, ¿te parece? —pregunta Juan Miguel a Gonzalo.

—¡Hecho! —responde este efusivamente.

—Vale, parejita, pues hora de irse, se nos ha hecho algo tarde y seguro que las *pizzas* ya ni se notan, así que nos vemos mañana a primera hora, a las ocho en mi mesa. Los pases que os han dado no son de visitante, sino de interino eventual, así que no tendréis problemas para que os dejen pasar ¿de acuerdo? —pregunta Candela, a quien los dos responden afirmativamente—. Bien, pues recogemos vuestras cosas y os acompaño a la salida para que os pidan un taxi y mañana os pasará a buscar un coche patrulla, que a esas horas la cosa está fatal y no queremos llegar tarde, ¿verdad? —a lo que los dos responden con un *no* gestual.

Finalmente, Candela los acompaña hasta la salida y vuelve a su mesa para recoger su chaqueta. Frente a ella está Óscar, ya preparado con el material.

—¿Cómo lo llevas? —le pregunta.

—Pues aquí me tienes, esperándote para ver cómo lo hacemos. Tenemos aún una hora y media hasta el encuentro —responde.

—Digo la cabeza, melón, que cómo tienes la herida.

—¡Ah! Bien, ya sabes, tengo la cabeza muy dura. La piel me tensa un poco con los cinco puntos que me han dado, pero me han proporcionado unas pastillitas mágicas para el dolor y estoy divinamente.

—Si te hubieras visto en la sala de la morgue… «Que no me quiero morir, no me dejes morir…» —comenta Candela jocosa y de forma cómica.

—Qué cabrona. Joder, que soy *poli*, morirse desangrado por un desmayo al ver un cadáver no es precisamente morir con honor —argumenta Óscar.

—Menuda nenaza… —murmura Candela mientras ríen y recogen sus cosas.

21 horas y 50 minutos. Calle Lagasca, a 50 metros de la iglesia de San Manuel y San Benito, Madrid

Óscar y Candela esperan en un vehículo sin distintivos, a una distancia prudencial de la pequeña plaza que hace esquina entre las calles Lagasca y Columela. Aún hay bastante afluencia de peatones, al coincidir con la estación de metro de Retiro.

—¿Ves algo? —pregunta Candela a Óscar, que está mirando con unos pequeños prismáticos hacia la zona de encuentro mientras la inspectora se coloca el micro bajo el jersey que lleva puesto.

—¿Que qué veo? Una mierda, porque la única puta farola que hay está fundida, no te jode. Vamos a probar el micro. Espera que me ponga los cascos —responde mientras calibra el receptor de radio del micro—. A ver, di algo.

—Gilipollas —bromea Candela.

—¡Digo al micro! Me cago en la leche…

—Gi-li-po-llas —bromea de nuevo, redirigiendo esta vez su voz hacia el micro para comprobar la recepción correcta del audio.

—Lo que hay que aguantar. A ver, ¿me oyes a mí? —pregunta Óscar dirigiéndose al micro que llevan incorporados los cascos.

—Alto y claro, melón —responde mientras toca el diminuto receptor que lleva en un oído. Se deshace la coleta para que con el cabello suelto no pueda verse el receptor y comprueba el cargador de su pistola reglamentaria, que enfunda a continuación dentro de su chaqueta—. Vamos a ello… *Rock'n Roll!* —afirma decidida a salir del vehículo.

—¡Eh! ¡Eh! Cuidadito, ¿eh? A la mínima, ya sabes… Yo estoy a medio minuto a toda pastilla —advierte Óscar a su compañera tomándola del codo antes de salir del coche.

—Que sííí, *pesao*… Está todo controlado. Sobre todo, no hagas nada si yo no te lo pido. Si se da cuenta de que hay alguien más, se pirará, y no quiero que se nos escape el canario, ¿queda claro? —insiste Candela, a lo que su compañero responde con la señal de *ok*, con el pulgar derecho hacia arriba.

Candela deja el vehículo y se acerca paseando a un ritmo constante hacia la placeta que hay en la esquina donde ha sido citada por el presunto confidente. Gira la cabeza solo un instante para comprobar la posición de su fiel compañero y que va a estar cubierta por si las cosas se tuercen. Hace algo de frío y sopla algo de viento, que arrastra las hojas secas del otoño que circulan por toda la calle. Mientras tanto, Óscar, al ver la cara de su compañera, echa mano de su pistola reglamentaria en el interior de la chaqueta para comprobar también el estado del cargador.

—Candela, ¿todo bien? —pregunta a través del micro mientras se cerciora de que su conversación está siendo grabada.

—Todo bien. Aún no veo a nadie. Esperaré sentada en una esquina del banco que hay en la placeta. Te voy a tener a mis espaldas y unos arbustos detrás, así que solo verás nuestras cabezas —responde en voz baja.

—Ok, recibido alto y claro.

Son las 22 horas, la hora acordada, y aunque pasa algún transeúnte ante Candela, nadie se le acerca, por lo que permanece sentada pacientemente, esperando a su contacto.

El tiempo pasa. Son ya las 22 horas y 15 minutos y no hay ningún cambio. Nadie se ha acercado y Óscar se impacienta.

—Me parece a mí que el pájaro no va a aparecer, estamos perdiendo el tiempo —dice Óscar a través del micro.

—Unos minutos más, dale tiempo —murmura Candela simulando que se rasca la nariz.

Un par de minutos después aparece una figura que procede de la calle de Alcalá, con una chaqueta oscura y una gorra de béisbol, también oscura, que le tapa parcialmente la cara. Avanza por la misma acera de la iglesia hacia el punto donde Candela está esperando. Óscar, que está ojeando con los pequeños prismáticos de visión nocturna toda la zona, se da cuenta y avisa a su compañera.

—Creo que el pájaro se acerca a tu posición desde las 10. Lo tendrás ahí en un minuto. Lleva chaqueta larga oscura y una gorra de béisbol. Cuidado, porque lleva las manos en los bolsillos.

—Recibido… lo veo… —responde mirando de reojo.

Un hombre de estatura media, con la descripción dada por su compañero, llega hasta Candela y se sienta en el mismo banco. Ella permanece impasible, aunque atenta a sus movimientos. El hombre, con apariencia de mediana edad, mira a cada lado de la esquina. Al cabo de un minuto, mete la mano en su chaqueta, lo que Candela advierte enseguida. Sigilosamente, hace lo mismo y palpa su arma, por si tiene que usarla.

En unos segundos, el individuo saca una cajetilla de tabaco de un bolsillo interior de la chaqueta, lo abre pacientemente, coge un cigarrillo, se lo pone entre los labios y guarda la cajetilla en un bolsillo exterior.

—Disculpe, señorita, ¿tiene fuego? —pregunta el individuo con voz ronca y tras mirar a su alrededor.

Candela lo observa intentando escudriñar su rostro, del que no puede ver los ojos, pues la visera de la gorra los oculta convenientemente.

—¿Perdón? —pregunta en un intento de que el desconocido se acerque más.

—Que si tiene fuego, señorita —dice con tono de indiferencia.

—Pues no, lo siento. No fumo —replica Candela con amabilidad mientras el individuo se quita el cigarrillo de los labios.

Óscar, desde el vehículo, se da cuenta de que no recibe casi nada del audio, solo ruido, aunque con los prismáticos los ve conversar.

—Me cago en la puta... ¡este cabrón lleva un inhibidor! Candela, ¿me oyes? Lleva un inhibidor, repito, ¡lleva un inhibidor!

Candela percibe algo de ruido en el auricular que lleva puesto en el oído, algo imperceptible, y se da cuenta de que ha perdido la comunicación con su compañero. Tampoco puede mirar en su dirección para no descubrir su posición y, por tanto, que están siendo monitorizados y vigilados. En ese momento, el extraño se dirige a ella con el cigarrillo en la mano.

—Entonces, si no ha venido usted a fumar, está usted aquí para hablar, ¿verdad?

—Si lo que tiene que decirme me interesa, pues sí, he venido para hablar —responde.

—Buena chica. Hace bien en no fumar, por algo dicen que el tabaco mata, y no queremos morir hasta que nos llegue la hora, ¿no? —comenta el desconocido mientras guarda el cigarrillo en la cajetilla.

—Cierto —dice Candela, pendiente de los movimientos del extraño.

—Mire, como hace algo de fresco, vamos a dar una vuelta y así le voy contando —dice él mientras se levanta del banco.

—¿Tengo otra opción?

—No era una pregunta, señorita. Si quiere respuestas, tendrá que andar, ¿ok?

—Bien, pues vamos a caminar —responde Candela, que al levantarse mira la posición de su compañero y se rasca la oreja en señal de que no puede oír nada.

El desconocido señala con la mano el camino a seguir, por la calle Columela, alejándose del punto de encuentro, y los dos echan a andar pausadamente. Óscar, que se da cuenta del movimiento, se quita los cascos y sale del vehículo, pues no puede seguirlos al tratarse de una calle en dirección contraria.

—Si vamos a hablar, ¿puedo saber su nombre? —pregunta Candela.

—Le aseguro que mi nombre es lo menos importante de esta conversación. Siga andando sin mirarme. Estoy seguro de que le va a interesar mucho más lo que le voy a decir, así que preste mucha atención, porque como bien sabe, no va a quedar ningún registro de esta conversación —advierte mientras siguen andando pausadamente.

—Ya veo. Y bien, le escucho —dice Candela dándose cuenta de que han infravalorado a su interlocutor.

—Creo que están empezando a llegar a ciertas conclusiones con los casos del… ¿cómo le han llamado?, ¿Inquisidor?

—Bueno, ya sabe que a la prensa sensacionalista le encanta dar titulares de impacto.

—Y que han empezado a encontrar ciertas conexiones del caso con la congregación de los Legionarios de Cristo...

—¿Cómo sabe usted eso? —interrumpe Candela—. Hasta ahora no se ha hecho público.

—Creo que no ha entendido bien esta conversación. No tenemos mucho tiempo, así que lo ahorraremos si yo le transmito la información y usted hace lo que crea conveniente con ella, ¿está claro? —responde el individuo de forma pausada, pero vehemente.

—Totalmente, le escucho —replica Candela, dispuesta a aceptar toda la información que pueda facilitarle.

En ese preciso instante giran por la calle Claudio Coello, también en dirección contraria. Óscar, que les sigue a una distancia prudencial para no ser detectado, no pierde el contacto visual con ellos.

—Bien. En cuanto a los Legionarios de Cristo, debe saber que su presencia en España es amplia. Vinculados a esta institución, o alguna de las fundaciones y ONG para lavar parte del dinero que reciben, hay un gran número de políticos e intelectuales: Cayetana de Alba, Ana Botella, Alfonso Ussía, Jon Juaristi, Álex Rosal, Alicia Koplowitz, Eduardo Sotillos, Antonio García Trevijano, José Borrell, Manuel Toharia, Joaquín Araujo, Gustavo Villapalos y los exministros Ángel Acebes y José María Michavila.

—Joder... —murmura Candela.

—A propósito de los tejemanejes que se trajo en España el último gobierno del PP con la LOU y su impulso a la enseñanza privada, se cuentan muchas cosas interesantes sobre esta organización religiosa mexicana, radicada en España desde hace 55 años, que ha llegado a ser calificada como el «nuevo Opus» por su intervención en el negocio de la educación privada en más de veinte países y por su tendencia a captar a la gente con mayor poder político, económico y cultural. En 1992 miembros del PP, como el entonces ministro de Justicia, José María Michavila, y el rector de la Universidad Complutense de Madrid y exconsejero de Educación de la Comunidad de Madrid, Gustavo Villapalos, ayudaron a los legionarios a crear el Centro Universitario Francisco de Vitoria, el CUFVI, con la categoría de centro adscrito a la Universidad Complutense, es decir, con la posibilidad de ofrecer a sus alumnos titulaciones propias del centro y oficiales de la Complutense.

»Una vez creado el CUFVI como apostolado oficial de la Legión de Cristo, desembarcaron en él, en calidad de asesores académicos, el propio Michavila y el exconsejero de la Función Pública de Madrid, Carlos Mayor Oreja, por entonces, al igual que Michavila, alto cargo de la Complutense, y después fueron llegando al CUFVI otros dirigentes del PP, como Marcelino Oreja, Luis Eduardo Cortés, vicepresidente de la Comunidad de Madrid, etcétera. Con todo, llama todavía más la atención el hecho de que destacados dirigentes del PP y altos cargos de la Presidencia del Gobierno matricularon a sus parientes en el CUFVI, donde varios de ellos han sido objeto de privilegios que no están al alcance de todos los universitarios españoles.

»Por ejemplo, los Legionarios de Cristo eximieron de asistir a clases a Gema Ruiz, la segunda esposa del exministro de Fomento, Francisco Álvarez-Cascos, a quien permitieron que tan solo fuera a examinarse para terminar su carrera de Derecho tras contraer nupcias con el entonces poderoso vicepresidente del Gobierno. Pocos meses antes, Gema era una estudiante más de la Universidad de Córdoba. En el CUFVI, donde Álvarez-Cascos matriculó además a su hijo mayor, y Michavila a su propia esposa, también fue objeto de privilegios Borja Robredo Botella, un sobrino de Ana Botella, la esposa del expresidente José María Aznar. Alumno del CUFVI y captado por la Legión de Cristo como líder de uno de sus clubes juveniles, Borja Robredo fue seleccionado por los legionarios para obtener una de las becas que la Obra Social de Caja Madrid concede a algunos de los estudiantes de este centro universitario —sigue relatando el confidente mientras vuelven a girar a su izquierda, por la calle de Alcalá.

»Aparte de millonarias subvenciones y ayudas con dinero público que Villapalos, como consejero de Educación de la Comunidad de Madrid, Eduardo Zaplana, presidente de la Comunidad Valenciana, y José María Álvarez del Manzano, alcalde de Madrid, concedieron a diversas organizaciones directamente vinculadas a la Legión de Cristo, se pusieron al descubierto las profundas relaciones existentes entre esta orden religiosa, su brazo seglar, el Regnum Christi, y la Fundación IUVE, esta última una de las mayores ONG del ámbito universitario español que durante más de diez años ocultó sus vínculos con los legionarios. Muchos de los fundadores y antiguos máximos líderes de IUVE en la Complutense ocupan ahora altos cargos en el Centro Universitario Francisco de Vitoria, un centro privado independizado de la Universidad Complutense, con la que además compite para quedarse con los mejores estudiantes.

»Fue en la segunda legislatura de Aznar cuando los Legionarios de Cristo lograron introducir una cuña en el gabinete de la Moncloa: Daniel Sada, que había ocupado la Dirección General de Coordinación y Voluntariado Social en la Comunidad de Madrid, y que gracias a su relación con Villapalos, el entonces consejero de Educación del ultra Ruiz-Gallardón, fue llamado a ocupar la dirección del departamento de Educación y Cultura del gabinete de Aznar, aupado por el propio Michavila, ministro de Justicia y muy bien relacionado con el entorno de Aragonés a través de la FAES. ¿Me sigue?

—¡Sí! ¡Sí! Por supuesto.

—En solo sesenta años han creado un *holding* eclesial con quince universidades y 48 más en México para las clases populares; 177 colegios, 133 000 alumnos, 20 000 empleados, 3450 sacerdotes y religiosos y un millar de consagradas, su rama femenina de religiosas sin hábito; un brazo laico, Regnum Christi, con 75 000 miembros divididos en células; y una telaraña de seminarios, comunidades, institutos, casas de retiro y formación, campamentos, clubes juveniles y de debate, medios de comunicación y pisos en 45 países, de los que nueve colegios, dos escuelas infantiles y una universidad están en España. Todo un ejército que no se corta al afirmar que «diez legionarios trabajan por veinte curas». Según ellos, deben estar en su sitio como soldados, preparados para defender a la Iglesia de la persecución de la que es víctima por sus enemigos.

»Con todo ello, fueron el eficaz martillo de la Santa Sede contra la teología de la liberación; activistas incansables contra el condón, el aborto, la eutanasia y la reproducción asistida, por cierto, en la última década, a través de sus sesgadas cátedras de bioética; enemigos del matrimonio entre personas del mismo sexo; generosa fuente de financiación para el Vaticano y, ante todo, la fiel caballería ligera de Juan Pablo II para implantar su modelo de catolicismo: resistencia, reconquista y restauración. La Iglesia como poder político, eso sí, llevada de la mano de la todopoderosa telaraña del PP —finaliza el confidente cuando ya están llegando a la estación de metro de Retiro.

—¿Por qué me cuenta todo esto? ¿A qué nos enfrentamos? Solo tenemos evidencias de que las víctimas pertenecían a esta congregación —dice Candela.

—¿Ha escuchado todo lo que le he explicado? Busque las coincidencias, reúna las pistas, pero tenga en cuenta que ahora ya sabe a quién se enfrenta, no solo a un ejército dispuesto a dar su sangre por Dios. Los gobiernos de un color u otro van y vienen, pero el poder sigue residiendo en los mismos, así que, amiga mía, vigile constantemente su cogote y no se fíe de nadie, ni de sus propios mandos, porque esta vieja telaraña llega a todos los rincones —concluye el desconocido ante las escaleras de la estación de metro.

—Gracias por la información.

—¡Ah! Por cierto, dígale a su compañero que tiene que mejorar sus artes de camuflaje, que se le ve a una legua —finaliza el confidente mientras empieza a bajar deprisa las escaleras del metro para perderse entre la gente.

Candela se queda unos instantes pensativa mientras le ve desaparecer y en ese momento Óscar llega corriendo hasta su posición.

—¡Joder! Bufff… ¡El cabrón llevaba un inhibidor! No he podido oír una mierda. ¿Todo bien?

—El cabrón al que te refieres lo tenía todo calculado. Por cierto, sabía en todo momento que nos estabas siguiendo —responde Candela con una sonrisa.

—Joder, ¿has podido identificarle? ¿Sabes quién es?

—Nada de nada. Un fantasma muy bien informado, con medios y preparación. Me ha explicado lo que tenía que decirme y se ha marchado por donde ha venido. *Chapeau!*

Una vez en el vehículo, Candela se quita el micro.

—¿Ha quedado algo grabado?

—No, solo ruido y nuestra conversación previa a tu encuentro.

—Pues bórralo todo. No puede quedar constancia de nada. Y no preguntes. ¿Estoy en lo cierto si digo que no has averiguado nada sobre el número desconocido desde el que me llamó?

—Así es. Imposible de triangular. Era como la repetición de una señal desde varias antenas repartidas por todo Madrid.

—Como imaginaba. Bien, vamos a ver.

Candela coge un pequeño bloc que lleva en de su cazadora y escribe el siguiente mensaje en una de las páginas: «Para mañana por la mañana necesito un equipo de contramedidas en la sala y cuatro móviles prepago. No cojas los que hay disponibles en la Brigada, porque podrían estar localizables. Necesito números vírgenes. No puedo decirte nada más. No digas nada a nadie. No hemos estado aquí, ¿ok? Responde afirmativamente con la cabeza si lo has entendido».

Candela hace señas a su compañero de que pueden estar escuchándolos y Óscar da su respuesta afirmativa, totalmente intrigado.

—Creo que, de forma intencionada, alguien nos está ayudando desde dentro, pero no puede hacerlo oficialmente.

—Mal asunto, pues... Esto huele a mierda hasta las orejas.

—Bueno, chaval, pues llévame a casa, que necesito darme una ducha y descansar. Mañana nos espera un día muy largo.

—Como usted diga, señorita, directos a su casa —responde Óscar mientras arranca el coche y sale por la calle Lagasca en dirección a la calle Alcalá.

Lunes, 25 de octubre. 3 de la madrugada. Domicilio del profesor Sanmartín, San Sebastián

Toda la casa está en silencio, mientras las ráfagas de aire del Cantábrico ululan al chocar con los porticones de madera que protegen las ventanas del caserón. En la planta superior, en la habitación de Andrea, también puede oírse el sonido del respirador automático que la mantiene viva, mientras Inca duerme plácidamente a los pies de su cama, porque sabe que proteger al miembro más débil de la familia forma parte de su misión.

En ese momento, Inca abre los ojos y alza la cabeza, mirando hacia la puerta, que está entornada. Ha oído algo y debe investigar de qué se trata, por lo que sin hacer ningún ruido, sale de la habitación y baja por la escalera de madera que separa la planta superior con la planta baja.

Con el viento de fondo, todo sigue en silencio y a oscuras, excepto por un detalle que a Inca no se le pasa por alto. La cocina, que tiene una salida al jardín, dispone de una gatera, seguramente porque los antiguos propietarios tenían un gato como mascota, y cuando Gonzalo y su familia llegaron a su nueva casa decidieron no cerrarla definitivamente.

La trampilla de la gatera se balancea levemente, por efecto del viento, y en cada balanceo la luz de la luna deja entrever que hay algo relativamente pequeño en el suelo. Inca, que se ve en la obligación de inspeccionar aquel extraño objeto, que por su olor le es familiar, avanza lentamente hasta llegar hasta él, cuando se da cuenta de que se trata de unos trozos de carne roja, que sin pensarlo dos veces acaba devorando casi de un bocado, dejando algún resto en el suelo, ya que está acostumbrada a que su dueña, Carmen, cuando hace algún guiso, le obsequie con algún pequeño trozo de carne.

V

Porque nuestra lucha no es contra sangre y carne, sino contra poderes, contra autoridades, contra potestades que dominan este mundo de tinieblas, contra fuerzas espirituales malignas en las regiones celestiales.

Efesios 6, 12

Lunes, 25 de octubre. 7 horas y 30 minutos de la mañana. Apartamento de Candela, Madrid

Candela duerme plácidamente en su cama, con media melena que le tapa parcialmente la cara. En ese momento, su teléfono móvil empieza a vibrar encima de la mesita de noche. Totalmente adormilada, quiere cogerlo, pero se le cae al suelo y acaba recogiéndolo como puede. Descuelga y se lo pone en el oído, sin moverse de la cama.

—¿Síí…? —responde con voz de ultratumba. En ese momento abre totalmente los ojos y se incorpora como puede—. ¿Qué? Bien, bien, voy para allá enseguida

«Joder, joder, no ha sonado el puto despertador. ¿Dónde están mis cosas? Dios, ¡qué desastre!», remuga mientras va recogiendo la ropa y vistiéndose a la vez a toda prisa. Acaba cogiendo su arma, la introduce en la funda que lleva dentro de la chaqueta, guarda el móvil y sale corriendo por la puerta principal de su apartamento.

Al llegar a la Comisaría General en el taxi que la ha llevado, se baja a toda prisa sorteando al numeroso grupo de periodistas, pertrechados ante la garita de la entrada, equipados con cámaras de televisión. Diversos agentes que impiden el paso, a la vez que evitan cualquier declaración ante los medios, ayudan a Candela, que zafándose de las preguntas de los reporteros, accede al recinto, no sin dificultades por el acoso informativo.

Cuando entra en la Comisaría General de Seguridad Ciudadana, se dirige directamente a la sala de reuniones que el día anterior convirtieron en centro operativo. Allí le esperan en pie, ante el mural cronológico de los acontecimientos, el comisario jefe, su compañero y los expertos Garmendia y Sanmartín.

—Disculpad la espera, hay un tráfico de narices. Buenos días.

Candela entra a toda prisa en la sala y se sitúa entre sus compañeros, que la saludan mientras toma la palabra el comisario jefe.

—De buenos días, nada. Hoy ha sido descubierto un quinto cadáver —informa el comisario con las manos en jarras.

Candela, que se acaba de despertar de golpe y con cara de circunstancias, responde:

—Claro, hoy es el tercer día desde el último en Murcia. ¿Dónde ha sido esta vez?

—A las 7 horas y 15 minutos de la mañana nos han llamado de la Jefatura de Toledo. Han encontrado un cadáver con la misma casuística de escenario, en el Conservatorio Provincial de Música. Los de la Científica ya están en lugar. Os quiero a toda leche allí en una hora. Quiero que veáis el escenario y a la víctima y que podáis conocer de primera mano las primeras pesquisas. ¿Ha quedado claro? —pregunta el jefe visiblemente cabreado y de forma vehemente.

—Por supuesto, jefe. Perdón, ¿podemos llevarnos un Zeta? —pregunta Candela.

—¿Qué pasa, que no os sirven los que tenéis?

—No, no, qué va… Así una vez allí pasaremos más desapercibidos entre el resto de vehículos —argumenta Candela.

—Lo que os dé la gana, pero ya estáis tardando. Os quiero en ruta, ¡ya! —asevera el comisario en voz alta mientras da unas palmadas con las manos.

—A la orden, jefe, nos vamos pitando —responde Óscar sonriendo—. Vámonos, señores, que van a disfrutar de la conducción deportiva del piloto Óscar Sánchez —añade mientras da unas palmaditas en la espalda a Juan Miguel y a Gonzalo, que se miran entre ellos de forma un tanto angustiada.

Al salir del edificio, Óscar se adelanta hasta Candela en dirección al aparcamiento donde tienen algunos coches patrulla.

—¿De qué va eso de que «pasaremos más desapercibidos»? —pregunta a Candela.

—¿Has conseguido el material que te pedí ayer por la noche? —responde.

—Por supuesto, ¿qué te crees?

—Vale, pues hora os lo explico, subid ya —dice Candela mientras los cuatro entran en un Citroën Xsara Picasso, uno de los vehículos patrulla de la Policía Nacional, a los que denominan Zetas.

En un par de minutos, el vehículo ya ha salido de la comisaría, no sin haber sido expuestos a un sinfín de flases de cámaras fotográficas y cámaras de televisión, hacia la M-30, con sirena y estroboscopios encendidos, en dirección a Toledo. En ese preciso momento Gonzalo recibe una llamada de casa.

—¡Buenos días, Carmen! ¿Qué tal? —pregunta sonriente Gonzalo, que cambia la cara en cuestión de segundos—. ¿Qué? Pero ¿qué dices? Espera, espera… cálmate, por favor. ¿Qué ha ocurrido?

Óscar y Candela se miran mutuamente, preocupados ante la llamada. El gesto de Gonzalo va cayendo en la más profunda tristeza mientras se va convirtiendo en una cara de rabia y dolor.

—Cariño, pero ¿estáis todos bien? ¿Vas a llamar al veterinario? Bien, bien… por favor, mantenme informado en cuanto puedas, ¿vale? Lo siento, lo siento mucho Gracias… Te quiero, un beso muy fuerte.

Son momentos de una tensión contenida en el interior del vehículo, mientras solo puede oírse la sirena con la que se están abriendo paso a través de la caravana que abarrota la M-30 para salir de Madrid. Gonzalo mantiene entre sus manos el móvil en el que descansa su frente, con los ojos cerrados por un profundo dolor casi incontenible. Juan Miguel, que se da cuenta enseguida de que Gonzalo acaba de sufrir una pérdida, le coge del hombro.

—Gonzalo, ¿qué ha ocurrido? ¿Están todos bien? Gonzalo...

Finalmente se destapa la cara y mira hacia arriba, sin poder contener las lágrimas.

—Inca, nuestra preciosa rottweiler. Mi mujer se la ha encontrado muerta en el pasillo, cuando bajaba a hacer el desayuno. No lo entiendo, solo tenía ocho años y era una perra en perfecto estado de salud. Salvo por las vacunas, nunca había tenido que pasar por el veterinario. Y nada menos pasa esto ahora, fuera de casa. Cuidaba de todos como una fiera, pero con Andrea, no sé, sabía que tenía algo especial, y era escrupulosamente cuidadosa cuando estaba cerca de ella, como si creyese que podía romperse en pedazos. Pobre Inca... y mi mujer, que la quería como otra hija, bueno, los dos la queríamos un montón, bufff... —dice totalmente deshecho por la noticia.

—Lo siento mucho, Gonzalo —comenta Juan Miguel—. Es más que comprensible que la pérdida de una mascota sea comparable a la pérdida de un ser querido, precisamente porque llega a formar parte del núcleo familiar.

Óscar se queda sin palabras, tal vez recordando una pérdida parecida. En cambio, Candela intenta reconfortar a Gonzalo.

—Siento mucho vuestra pérdida, lo siento de veras —dice en voz baja mientras se gira hacia él, cogiéndole de la mano—. ¿Se sabe qué le ha podido ocurrir?

—Ni idea, ya os he contado que era una perra muy sana. No entiendo nada, no entiendo nada...

Candela cruza una mirada con Óscar, tal vez intercambiándose un mensaje de forma telepática, o por deformación profesional, aunque no quieran darle crédito.

Bar Haizea, San Sebastián

Mientras tanto, en el bar Haizea, Gorka y María están sirviendo los desayunos para los comensales. Patxi, el impertérrito y silencioso pescador jubilado, sentado en el mismo taburete de siempre con su sobado mondadientes entre los labios resecos, de pronto suelta un *¡kabenzotz!* con su voz de cazalla mientras ve las noticias de la televisión.

María, que se asusta al oír por primera vez a Patxi soltar una barbaridad, suelta la bandeja de *pintxos* encima de la mesa de unos clientes para ver qué le ocurre.

—¿Qué te pasa, pues? ¿Que ha perdido el Athletic o qué? —pregunta jocosa.

—¿El Athletic? ¡Qué dices! Pon más alta la tele y mira quién sale —dice el pescador sorprendido y curioso.

María coge el mando de la televisión, sube el volumen y se da cuenta de que en el programa matinal están saliendo unas imágenes de un coche patrulla de la policía nacional que sale de la Comisaría General, donde puede reconocerse la cara de un sorprendido Gonzalo en medio de una jauría de medios de comunicación, ávidos de información de primera mano sobre el caso del Inquisidor. Ante la cámara, un joven periodista relata los hechos.

—Tal y como les relatábamos hace unos minutos, acaba de salir un vehículo policial con cuatro personas. Suponemos, a partir de las declaraciones que se han hecho recientemente desde el Ministerio del Interior, que al menos una de las que iban sentadas en la parte de atrás podría tener algo que ver con el caso del Inquisidor, pues se ha asegurado que iba a haber detenciones próximamente.

En esos momentos se divide la pantalla verticalmente y aparece la presentadora del magacín haciendo más preguntas al periodista.

—Gracias, Berto. ¿Has podido enterarte de si la cara del hombre que salía en pantalla podría formar parte de las detenciones previamente anunciadas por el ministro?

—Pues la verdad, Ana, como sabes, el juez Moreno ha decretado secreto de sumario, pero viendo que el vehículo ha salido con las luces y sirena puestas, todo podría indicar, y digo que podría, que se tratase de la primera detención relacionada con el caso.

La pantalla vuelve a centrarse en la presentadora del magacín.

—Pues ya lo han visto, en directo, desde la sede de la Comisaría General de la Policía Nacional de Madrid, que es desde donde se está llevando el caso que tiene a todo el país en vilo tras el descubrimiento del último cadáver, apenas hace unas horas, en el Conservatorio Provincial de Música Jacinto Guerrero, en el mismo centro de la ciudad de Toledo, y a tan solo una hora de Madrid.

En ese momento cambian la imagen del reportero en directo por la imagen congelada de la cara de Gonzalo, bastante asustado por la afluencia de medios informativos.

—Como pueden ver, y aún está por confirmar, el hombre que está en las pantallas podría tener alguna relación con los ya cinco asesinatos, cometidos con la más terrible crueldad.

En ese momento sale Gorka de la cocina, ante el estupor generado en el bar, sin saber exactamente lo que ocurre.

—Pero ¿se puede saber qué coño pasa? —espeta a María.

—¡Ay, nene! ¡Que parece que han detenido al profesor! —dice asustada.

—¿Cómo que al profesor? ¿Qué profesor?

—¡Coño! ¡De verdad! ¡Que no te enteras de nada, siempre en la luna, hijo! ¡A Gonzalo! ¡Tu amigote! —suelta María a Gorka dándole golpes en la espalda.

—¡Venga ya! ¿Gonzalo? Chica, ve al otorrino, que no ves bien —responde Gorka a su mujer.

—¡Será al oftalmólogo, *desgraciao*! Vaya tela, ¡encima me va de listo! Ay, vaya desgracia para su familia, con lo buenos que son. Qué disgusto para Carmen... y su pobre niña, si es que seguro que con tantos disgustos se le ha *girao* el cerebro, madre mía... —dice María dando vueltas por el bar de un lado para el otro.

—¡Oye! ¿Quieres estarte quieta, que con tantas vueltas que das pareces una loca? —grita Gorka.

—¿Loca yo? ¡A ver si del tortazo que te voy a dar te envío de vuelta a Éibar, a casa de tu madre! —responde María fuera de sí y agitando los brazos.

—Vamos a ver... espera, mujer, ¿no sería mejor que llamases a Carmen, ni que sea por caridad cristiana, para explicarle lo que has visto, antes de que le caiga el jarro de agua fría? —propone Gorka intentando enfriar la situación.

—Qué caridad cristiana ni qué hostias, la voy a llamar porque somos amigas —responde mientras desaparece tras la puerta de la cocina.

—Joder, la vida no para de dar por culo, ¿eh, Patxi? —pregunta Gorka, a lo que responde asintiendo lentamente con la cabeza con el mondadientes otra vez entre los labios.

Gorka lo mira con cara de haberse quedado hablando solo. Mientras tanto, María está marcando el teléfono de la casa de Gonzalo, que tiene apuntado en una vieja agenda, para intentar hablar con su amiga.

En unos segundos, en casa de Gonzalo suena el timbre ensordecedor del teléfono de sobremesa que tienen entre los dos sofás.

María, que estaba lavando algunos platos, intenta secarse las manos a toda prisa para poder llegar a atender rápidamente el teléfono. «¡Voy! ¡Voy! Madre mía, que no la dejan a una en paz», va diciendo por el pasillo hasta llegar al teléfono.

—¡Sí! ¿Dígame?

—Carmen, hija, soy María, del Haizea. ¿Te has *enterao*?

—¡Hola, María! Perdona, que me has pillado lavando los platos y tengo bastante lío aquí, chica, que se nos ha muerto la perra… ¿Enterado de qué…?

—Ay, madre, qué disgusto.

—Ya, chica, es que ha sido de la noche al día, de repente… No entendemos nada, y Gonzalo de viaje y con este plan en casa, esperando al veterinario.

—Dios mío… pues te voy a dar otro disgusto.

—María, me estás poniendo nerviosa. ¿Os ha pasado algo? —pregunta Carmen preocupada.

—¿A nosotros? ¡No, qué va! ¡A tu marido, que ha salido por televisión!

Carmen se asusta y tiene que sentarse en la butaca.

—¿Cómo que por televisión? ¿Cuándo has visto tu eso? Pero ¿qué ha pasado? —dice muy nerviosa.

—A ver si me explico… Estaban saliendo las noticias y hemos visto que salía tu marido dentro de un coche de policía, con las sirenas y las luces, y decían que si era una de las detenciones del caso de los viejos curas *destripaos*.

Carmen, que se queda un momento pensando, sabe que no puede ser tal y como lo explica su amiga.

—Vamos a ver, María. ¿Han dicho que lo llevaban preso o iba con las esposas puestas? ¿Quién lo decía?

—Nooo… a ver, estaba puesta la tele, como siempre, y salía el programa de Ana Rosa, y justo el Patxi se ha *dao* cuenta de que salían las imágenes de tu marido dentro del coche. Lo de que iba detenido lo estaba diciendo Ana Rosa con los tertulianos.

—A ver, a ver… joder, qué susto me has dado. Ahora le voy a volver a llamar al móvil, pero seguro que tiene una explicación, porque además he hablado con él hace poco para contarle lo de la perra y no me ha dicho nada. Oye, te voy a explicar algo, pero tú ni *mu* a nadie, ¿eh?

—Tú no te preocupes, que en boca cerrada no entran moscas —responde María.

—A ver… Hace unos días vino una inspectora de la policía de Madrid, que son precisamente los que están llevando el caso este de los pobres *mutilaos*. Vosotros ya sabéis que Gonzalo da clases en la universidad, aparte de las charlas y los artículos que él escribe sobre su especialidad, ¿no?

—Ay, chica, pues ahora no caigo.

—Pues bueno, resulta que vino a pedirle ayuda como especialista en temas de historia de la Edad Media, para que les ayude a pillar al asesino, ¿me entiendes? Lo que pasa es que eso mejor no lo sepa nadie.

—Ayyy... hija, ahora me dejas más tranquila, no veas tú qué disgusto que se había *montao* aquí, pensando que lo habían detenido, porque yo pensaba en ti y en la niña, y madre mía el disgusto que nos ha *dao*…

—Pues de disgusto, nada, que encima les está ayudando a coger al asesino ese, pero sobre todo, ni palabra a nadie, ¿eh?

—Nada, nada, tú tranquila, menos mal, hija, pues bueno, ya sabiendo que no es nada, vuelvo a lo mío, que no veas cómo tengo hoy el bar.

—Pues venga, María, ¡un besazo!

—Un beso, guapa, otro besazo para Andrea. ¡Y siento mucho lo de la perra! *Agur, agur.*

En el Haizea, y tras finalizar la llamada, María sale de la cocina sonriente y se dirige a Gorka, que está sirviendo unos cafés.

—¡Tú, *empanao*! Que acabo de hablar con María, ¡y que no lo han detenido, sino que colabora con ellos para pillar al asesino ese! ¡Ah! Y, por cierto, que esta noche se les ha muerto la perra —dice María en voz alta, enterándose todo el bar. En ese momento se acuerda de que su amiga le había dicho que no dijera nada—. Ay, la hostia… —murmura, y poniéndose la mano en la boca, vuelve a entrar en la cocina.

M-30, cerca de Toledo

Candela y sus acompañantes están a unos minutos de llegar a Toledo. Mientras, les ha explicado a grandes rasgos el encuentro con su confidente la noche anterior.

—Bien, entonces, y sobre todo, no os separéis de nosotros en ningún momento —dice Candela a Juan Miguel y Gonzalo—. No habléis con nadie, que no queremos que os relacionen con el caso, y en cuanto lleguemos al hotel esta tarde vamos a limpiar la habitación por si hubiera micros o cámaras instaladas. De todas formas, mejor no hablar nada del tema fuera de la sala que tenemos en la comisaría, que limpiaremos cada vez que la abandonemos y volvamos a reunirnos, ¿de acuerdo? Lo siento, señores. No creí que la cosa se fuera a poner de esta guisa —dice la inspectora para dejar claras unas reglas básicas con el fin de evitar filtraciones indebidas, ya que no pueden fiarse de nadie.

Mientras asienten las nuevas normas que deberán acatar a rajatabla, suena el móvil de Gonzalo, que lo saca del bolsillo interior de su chaqueta y mira de dónde proviene la llamada.

—Disculpad, es una llamada de casa. ¿Sí? ¿Hola? ¡Carmen! ¿Qué tal? ¿Ha llegado el veterinario? Ah, ¿entonces? —en unos segundos a Gonzalo le cambia la expresión de la cara—. ¿Qué? Pero ¿qué dices?... Espera, que lo pongo en altavoz para que te oigamos los cuatro… que nooo, mujer, que no pasa nada… espera… —dice mientras activa el altavoz del móvil.

—¡Buenos días, Carmen! Soy Candela Santos, aunque también la escuchan mi compañero Óscar y un colega de su marido. Por cierto, sentimos mucho lo de la perra, ¿eh?… Dígame… —dice en tono cordial.

—Hola a todos… bueno, gracias, ha sido muy de repente, la verdad, en fin… Es que me ha llamado hace un rato una amiga mía que regenta un bar, aquí en Donosti, y que dice que si habían detenido a mi marido, y claro, yo le he dicho que no, que seguro que era un error, pero que parece que han salido en la tele las imágenes de un coche de policía con las luces y las sirenas y con Gonzalo detrás, y los periodistas diciendo que si lo habían detenido por el caso ese del destripador.

Todos se quedan mudos y con la cara blanca. En ese momento, Óscar intenta romper la tensión.

—¡Buenos días, señora Carmen! Soy Óscar, el compañero de Candela y el que ha salido conduciendo el coche con la sirena y las luces, pero no se preocupe, que su marido, aquí presente, ni está detenido ni nada, sino que nos está ayudando, ¿de acuerdo?

—Bien, bien, hijo, ya me dejáis más tranquila.

En ese momento suena el móvil de Candela, quien al identificar la llamada ve que se trata del comisario jefe.

Gonzalo quita el altavoz de su teléfono y se despide de su mujer.

—Tú no te preocupes, que está todo controlado, ¿de acuerdo?... Que nooo, que no va a pasar nada... esta noche te llamo, venga, un beso... Hasta luego.

Candela descuelga la llamada y lo pone en altavoz.

—¡Hola, jefe! Ya estamos llegando a Toledo... que... ¿Pasa algo? —pregunta de forma tímida.

—¿Que qué pasa? ¿Que qué coño pasa? ¡¡¡Pues que habéis salido en las putas noticias!!! A quién se le ocurre, me cago en Dios y todos los apóstoles en fila, joder. Sobre todo, mantenedlos alejados de la prensa, que ya tenemos bastante circo con el que hay montado, ¿me oís? —exclama el jefe muy enojado.

—Sí, sí, le oímos perfectamente... vaya putada... ¡pero si todo es una burda mentira para llenar titulares! —responde Candela.

—La putada es mía para tener que rebatir esos titulares, que parecéis novatos. ¿No veis que están ahí como buitres para ver qué pillan? Lo primero que voy a hacer es enviar una patrulla con un K, para vigilar la casa de Gonzalo, que estos cabrones no tardarán en sumar dos más dos y en poco tiempo pueden tener la puerta de su casa llena de periodistas.

Gonzalo se pone las manos en la cabeza al ver en el lío en que se ha metido y Garmendia le coge del brazo en un gesto de complicidad y para tranquilizarle.

—Y lo segundo que voy a tener que hacer es dar una rueda de prensa para desmentir esta mierda, y si tiene que salir el puto ministro, que salga, ¡que para eso le pagan! Así que venga, que el profesor Sanmartín no se preocupe, que en nada tenemos solucionado este embrollo. Y vosotros al lío, que esto cada día se pone peor. En Moncloa, el cara besugo de Zapatero está que se sube por las paredes, así que si han conseguido que se ponga nervioso, es que la cosa está muy muy fea. Venga, informadme en cuanto tengáis algo.

—No se preocupe, jefe, que ha quedado alto y claro. De todas formas, luego le hablo de un tema. Gracias por avisar y le informamos en cuanto tengamos algo… Hasta luego.

—Venga, hasta luego.

Candela puede ver la cara de preocupación de Gonzalo, quien teme que su casa se convierta en un circo, e intenta tranquilizarle.

—Gonzalo, no debes preocuparte ni lo más mínimo, ¿me oyes? Ya ha visto que el comisario es un hombre de recursos. Aparte de poner una patrulla de vigilancia de incógnito en tu casa, va a desmentir su vinculación con el caso. Ya verás que en cuanto saquemos resultados la prensa se olvidará enseguida.

—Eso espero, madre mía, quién me iba a decir a mí que me vería metido es este embrollo —comenta Gonzalo preocupado.

—Gonzalo —interviene Garmendia—, sabes que tanto tu familia como tú estáis en buenas manos, y que al fin y al cabo, en cuanto pase todo esto, podrás estar orgulloso de haber podido ayudar a coger a este individuo, así que ahora mismo necesitamos estar todos centrados en nuestro trabajo y dejar que los demás hagan el suyo, ¿te parece? —le aconseja con su mano en el hombro.

—Gracias, Juan Miguel —responde asintiendo con la cabeza—, tienes razón, es solo algo pasajero. Una piedra en el camino y punto.

Conservatorio Provincial de Música Jacinto Guerrero, Toledo

—¡Señores, ya hemos llegado! Joder, ¿aquí no trabaja nadie o qué? —exclama Óscar al ver la calle abarrotada de gente.

El Zeta pasa el cordón policial a golpe de sirena y estroboscopios, atravesando la calle San Juan de la Penitencia. Atrás quedan muchos curiosos y vecinos, además del numeroso grupo de periodistas y sus cámaras, apuntando hacia la fachada del conservatorio, también vigilada por varios agentes de la policía.

Dejan el vehículo y primero se bajan Candela y Óscar, que abren las puertas a Gonzalo y Juan Miguel y les ayudan a zafarse de las cámaras y las miradas indiscretas de la turba de gente que está amontonada al otro lado del cordón policial que asegura la calles que van a parar al edificio, mientras un helicóptero de la policía sobrevuela la zona.

A la entrada les reciben el director del conservatorio, Juan José Montero, acompañado por el comisario jefe de la jurisdicción de Toledo, que ha llevado la investigación del caso hasta el momento, aprovechando la ocasión para probar la recién estrenada Unidad de Prevención y Reacción, puesta en marcha desde el mes de abril. La UPR es una dotación de reserva para actuaciones que requieren un trabajo específico o un dispositivo de carácter especial.

—Buenos días, soy la inspectora Santos, y aquí, el inspector Sánchez. Les presento a nuestros asesores, el profesor Sanmartín, catedrático de historia medieval, y el doctor Garmendia, psiquiatra forense —Candela se presenta y va presentando a sus compañeros al comisario y al director del conservatorio, visiblemente nervioso.

—¡Ya era hora! —exclama el comisario—. Buenos días, señores, si les parece bien, no nos quedemos en la recepción y vamos tirando hasta el lugar donde hemos encontrado el cadáver. Ya nos han avisado desde la Comisaría General de Madrid de que no se tocara nada antes de que llegaran ustedes, pero es que aquí se me está acumulando medio Toledo y parte del extranjero. ¡Menuda mierda nos ha caído!

—Lo entendemos perfectamente, comisario, y le agradecemos su apoyo y colaboración —responde Óscar.

—Antes de empezar a explicar nada, que tiene su complicación, creo que es preferible que lo vean con sus propios ojos —afirma el comisario mientras recorren un pasillo interior.

—Disculpe, comisario —interrumpe Candela—, ¿a qué se debe el helicóptero? ¿Están peinando la zona por alguna razón?

—No, estamos tomando fotografías aéreas de la escena del crimen. Ahora verán por qué —responde el comisario mientras llegan hasta el llamado Patio Grande.

Ante ellos, un patio abierto, más o menos de forma cuadrada, de unos 15 metros de largo por otros 12 de ancho, parecido a los patios de armas de los antiguos cuarteles militares. De hasta tres pisos de altura, con sendos pasillos cubiertos que lo circundan, la planta baja está rodeada por multitud de columnas hexagonales, y en la tercera planta, que no ocupa toda el área, las columnas aún son de madera. Toda el área circundante del patio está cerrada con precinto policial, y dentro de ella solo se encuentran los expertos de la Policía Científica recogiendo y examinando posibles pruebas.

—¿Y dónde está el cadáver? —pregunta Óscar algo perdido, a lo que el comisario mira hacia el cielo, en la parte central del patio.

En forma de cruz se encuentra el cuerpo sin vida de un hombre anciano, boca abajo, extremadamente delgado y atado de pies y manos a las cuatro esquinas más altas del patio, como si sobrevolara el cielo. A primera vista, al igual que el resto de las víctimas encontradas anteriormente, tiene una profunda herida en los genitales, que han sido amputados, y una mueca de horror en la boca, aún con restos de sangre.

—En mis casi cuarenta años de carrera no he visto nunca nada igual. Esto se escapa a cualquier razonamiento —comenta el comisario ante el estupor de todos los presentes, mirando la escena de horror, mientras el helicóptero realiza varias pasadas por encima del patio, a cierta distancia, para evitar que las turbulencias puedan afectar la recogida de pruebas de la Científica.

—Parece que algo negro se mueve por encima del cuerpo —dice Candela mientras todos intentar observar detenidamente lo que ocurre, hasta que se dan cuenta de que al menos un par de pájaros negros, tal vez dos cuervos, están posados encima de la espalda de la víctima, picoteando el cuerpo.

—Me cago en todo… Ni el helicóptero los espanta. Hay que sacarlos de ahí como sea —dice el comisario.

—¿Puede explicarnos qué ha ocurrido y cómo lo han encontrado? —pregunta Candela al director, aún en estado de *shock* y visiblemente afectado.

—Disculpe, si no le importa, necesito sentarme un momento para retomar el aire —responde el director señalando un banco que hay a un par de metros.

—¡Por supuesto! No se preocupe, vamos a sentarnos y me explica lo que pueda. ¿Necesita un poco de agua? —le pregunta mientras se sientan, a lo que el director asiente con la cabeza.

—¡Agente! Por favor, consígame un vaso de agua o un botellín de agua mineral para el director… ¡Gracias! —dice Candela a un agente uniformado para responder a la petición del director—. Espere un momento aquí sentado, mientras le traen el agua, y enseguida estoy con usted. Ahora mismo vuelvo, ¿de acuerdo? —le dice mientras se levanta del banco y se dirige al grupo.

—¿Tenemos una ambulancia medicalizada? —pregunta al comisario.

—Aquí no, pero en cinco minutos podemos tener una. ¿Por qué? ¿Le pasa algo a este hombre? —pregunta preocupado el comisario.

—Bueno, ahora mismo no sabría decirle...

—Si me permiten —interviene Garmendia—, está en estado de *shock*. Está muy pálido y algo ausente, por lo que yo haría traer la ambulancia cuanto antes, porque podría desembocar en una crisis de infarto.

—Enseguida entonces. ¡Márquez! —exclama el comisario dirigiéndose a uno de los agentes uniformados que tiene a unos metros—. ¡Llame enseguida a una ambulancia medicalizada! Venga, ¡rapidito!

—¡A la orden, comisario! —responde el agente echando mano de la radio para pedir la ambulancia.

—Bueno, pues ustedes dirán. La Científica ya ha hecho fotos de todo y ha peinado toda la zona. ¿Cómo quieren que bajemos el cuerpo? —pregunta el comisario al grupo.

—Hay que intentar no dañar las cuerdas con las que ha sido atado —responde Gonzalo—. Como supongo que no podemos cortar las columnas, para llevarnos el lazo hecho asegúrense de que se han hecho fotos de los cuatro nudos por todos los ángulos —explica Sanmartín mientras el comisario le mira con cara de asombro—. Ya que tenemos el helicóptero, ¿sería posible hacer bajar un par de agentes para situar una camilla justo debajo del cuerpo para evitar que se caiga mientras desatan las cuerdas de las columnas? Antes de eso podrían extender un plástico que ocupe el máximo espacio del suelo de la plaza, mientras que una vez desatado hacen descender el cuerpo lentamente, y así nos lo podemos llevar con los lazos en las manos. ¿Qué te parece, Candela?

—¿Seguro que no quieres cambiar de trabajo, profesor? —responde Candela con admiración—. ¿Es posible, comisario? Es muy importante poder recoger el cuerpo lo menos manipulado posible.

—No hay problema. De todas formas, primero tenemos que esperar al juez para el levantamiento del cadáver, pero vamos a prepararlo —responde el comisario decidido—. ¡Márquez! ¿Dónde coño está la ambulancia? Traiga la radio, que necesito hablar con el helicóptero.

—Debería estar aquí en dos minutos, comisario.

En ese momento se oye la sirena de la ambulancia desde el exterior del recinto, que debe de estar pasando el cordón policial.

—¿Cómo lo ves, Juan Miguel? —pregunta Candela al doctor, al ver que no suelta palabra.

Garmendia, tras unos segundos de silencio, responde:

—Es realmente interesante, dejando de lado, por supuesto, la desgracia y el horror que han debido de sufrir las pobres víctimas, ¿no? Pero es como si se estuviera desarrollando una obra de teatro en diversos actos, con escenas diferentes, pero que todas conducen al mismo centro o nexo de unión. Desde luego, no nos está dando un simple mensaje, sino que intenta expresarnos el dolor que sufre en su interior, probablemente infringido contra voluntad y, eso sí, trasladándolo a estos pobres ancianos, aunque como bien has dicho, Candela, puede que tuvieran un pasado presuntamente oscuro. Dicho esto, claro está, nadie merece morir de esta manera, pero es posible que haya llegado a su límite y solo sepa expresarlo trasladando su historia, su dolor, y en definitiva, como todas las historias de dolor, un elemento común, la venganza.

—Si me permites, Juan Miguel —interrumpe Gonzalo—, añadiría que el sujeto tiene un profundo conocimiento de la materia. En la escuela, incluso en la universidad, puedes llegar a conocer por encima la historia y los métodos más comunes de la Santa Inquisición, pero esto... esto, tal y como decías, es una representación. Lo está viviendo. Es como querer trasladar a las víctimas los castigos infligidos en aquella época, a tenor de los pecados que él cree o sabe que han podido producir. Es alguien muy familiarizado con todo esto, y por tanto, seguramente alguien con alta formación teológica, y que por alguna razón tiene acceso a materiales, como las sogas y los artilugios, seguramente robados de algún museo, para hacer que este viaje a la España de la Santa Inquisición tome vida a través de la muerte. Por cierto, no os he dicho que aunque ahora este edificio albergue un precioso conservatorio de música, en su momento fue el antiguo convento de San Juan de la Penitencia, sede de la Santa Inquisición en Toledo.

—Joder, me acabo de quedar de piedra —dice Óscar mientras observan cómo están montando un gran plástico gris de cierto grosor en el suelo y cómo dos agentes bajan una camilla desde el helicóptero de la policía, para poder sujetar el cadáver, antes de liberarlo de sus ataduras con las columnas, pues el juez ya ha autorizado el levantamiento del cadáver.

Unos minutos antes ha llegado una pareja del servicio de emergencias, que está atendiendo al director del conservatorio, tomándole las constantes y haciéndole algunas preguntas rutinarias. Candela se acerca a la doctora que le ha atendido para interesarse por su salud.

—Disculpe, ¿cómo se encuentra el director?

—Bueno, hemos visto que está un poco hipotenso, de ahí la palidez del rostro y la temperatura corporal. Como le hemos tapado con una manta y le hemos dado algo de líquido, no es más que un leve estado de *shock*… que realmente no me extraña, visto lo visto.

—Muchas gracias. ¿Cree que está en condiciones de prestarse a que le hagamos unas preguntas?

—Clínicamente, sí. Ahora, si el paciente se presta, eso ya es otra cosa. Eso sí, no lo hagan aquí, mejor en un despacho donde él se encuentre cómodo y, sobre todo, caliente, para que vaya recuperando la temperatura corporal y el tono, ¿de acuerdo?

—Muchas gracias por el servicio —responde Candela, que es correspondida con una sonrisa por parte de la doctora.

Una vez que han bajado a la víctima hasta el suelo, y la han tapado delicadamente con el resto del plástico que la envolvía, el equipo forense procede a llevarse el cuerpo a Madrid para ser examinado detenidamente. Mientras tanto, Candela se dirige al grupo.

—Chicos, si os parece, vamos a tratar de hablar con este hombre, sin atosigarlo al pobre, a ver si podemos ir a un despacho o a alguna sala donde se encuentre cómodo y a una buena temperatura, ¿vale? A ver qué nos cuenta.

Óscar, Garmendia y Sanmartín responden afirmativamente con la cabeza, mientras el comisario se dirige a Candela.

—Si no le importa, inspectora, ya sé que ustedes llevan el caso, pero me gustaría estar presente.

—Por supuesto, ¡faltaría más! —responde mientras se dirige al banco donde está sentado el director—. Disculpe, ya sé que tal vez no sea para usted el mejor momento, pero necesitaría hacerle unas preguntas, no aquí, sino en su despacho o donde prefiera, y así nos alejamos de este patio y estamos más calentitos. ¿Le parece? ¿Se ve con fuerzas?

—Sí, sí, no se preocupe, ufff... La verdad es que después, en frío, es cuando me ha venido un buen bajón. No estoy acostumbrado a ver estas cosas, la verdad, ni ganas. Si le parece, vamos a mi despacho y les invito a un café, que seguro que todos lo necesitamos —responde el director mientras aún se rehace del susto.

—Vamos entonces, le seguimos a donde quiera —dice Candela mientras le ayuda a levantarse del banco y empiezan a andar para salir del patio y ella hace una señal al resto del grupo para que les sigan.

El director del conservatorio abre la puerta de su despacho y les hace pasar. No es una sala muy grande, pero suficientemente privada como para poder mantener una conversación de esa índole.

—Lo siento, no hay sillas para todos. ¿Quieren un café? Yo creo que me voy a hacer uno —pregunta el director, visiblemente sobrepasado por la situación.

—No se preocupe, por favor, no faltaba más —responde Candela—. Usted siéntese y relájese, que intentaremos molestarle solo lo indispensable. Serán unas preguntas que necesitamos hacerle. Ya sé que es el peor momento, pero a medida que pasan las horas a menudo la mente nos hace olvidar detalles que pueden ser importantes para la investigación.

Candela toma asiento delante de su mesa, mientras en las sillas que quedan se sientan Sanmartín y Garmendia, invitados por Óscar y el comisario, quienes se quedan de pie.

—Procure retroceder hasta esta mañana, hasta que ha tenido la primera noticia. ¿Quién ha encontrado el cadáver? —pregunta la inspectora.

—Bueno, pues los lunes, a las siete más o menos, viene el servicio de limpieza para hacer un repaso en todo el centro, que tiene su envergadura, y al ser un edificio antiguo, tenemos bastantes muebles y piezas que hay que mantener limpios, aparte de estos suelos, que muchos son de aquella época, y su limpieza hay que hacerla con cuidado para evitar erosionarlos demasiado.

»En fin, como el almacén en donde guardamos todos los enseres de limpieza queda al otro lado del Patio Grande, pues claro, las chicas tienen que atravesarlo para ir a buscar las cosas. Entonces es cuando se han encontrado a… madre mía, esa escena esperpéntica. Al principio, han creído que con la poca luz que había y tal, que se trataba de un monigote de broma que habían colgado los alumnos, pero esto no ha pasado nunca en esta institución. Claro, al iluminar el cuerpo con una linterna, pues se han dado cuenta de lo que realmente era. ¡Coño! Un pobre hombre mutilado y atado de esa manera... madre de Dios, qué horror —explica el director emocionado mientras lo recuerda.

—Disculpe... ¿Y entonces? ¿Qué ha ocurrido? —pregunta Candela.

—Bueno, pues claro, a quién iban a llamar, imagínese que le llaman a uno a las siete de la mañana a su casa para darle semejante noticia. Claro, he venido aquí a toda pastilla, corriendo, porque vivo a cinco minutos... la verdad es que no me lo podía creer, pero en fin, aquí lo teníamos, al pobre.

—Bien. ¿Sabe si el personal de limpieza ha tocado algo?

—¡No! ¡No! ¡Qué va! Yo ya sé por las series de televisión que no hay que tocar nada y hay que avisarles enseguida, y es lo que hemos hecho. Ya puedo asegurarle que nadie ha tocado nada.

—Perfecto entonces, han hecho lo que debían. Por cierto, ¿el conservatorio ha estado abierto el fin de semana?, ¿se ha hecho algún acto?

—No, no... a no ser que sean fiestas, y se haga algún concierto especial, los fines de semana está cerrado. De lunes a viernes, dependiendo del día, la última clase se acaba a las nueve y media de la noche, por lo que a las diez ya queda todo cerrado.

—Por casualidad, ¿conocía a la víctima?

—La verdad es que aparentemente no, aunque a la distancia que estaba y en el estado que se encontraba, la verdad, difícil hubiera sido saber bien de quién se trata.

—¿Podríamos obtener una lista de las personas que tienen llaves para acceder al centro?, aparte de usted, supongo. ¿Tienen algún tipo de circuito de cámaras o alarma?

—Por supuesto, le diré ahora mismo la lista de personas, que son bien pocas. Aparte de mí, pues tenemos una copia en secretaría, la recepcionista también tiene una copia, Alberto, el chico de mantenimiento, también, y claro, la empresa de limpieza, pero nadie más. En cuanto a cámaras, no, no tenemos ninguna, y alarma, pues sí, la que está conectada con la Diputación y con la policía, pero este fin de semana no saltó ni nada —explica el director.

—¿Tenéis alguna pregunta que hacerle? —dice Candela al resto de sus compañeros.

—Bueno —interviene el comisario—, yo creo que si por el momento podemos dejar descansar a este hombre, seguro que nos lo va a agradecer, ¿verdad, señor Montero?

—La verdad es que, si han terminado, me gustaría cerrar el centro por hoy e irme a casa, que me irá bien despejarme y descansar un poco.

—Pues no se hable más —dice Candela levantándose de la silla—. Nos ha sido de gran ayuda, de verdad, y siento que haya tenido que encontrarse con este lío. Ya le puedo asegurar que estamos trabajando día y noche para dar con el responsable o responsables de esto. Muchas gracias por su colaboración.

Candela se despide estrechándole la mano, mientras el resto de los asistentes a la reunión hace lo mismo.

—Óscar, voy a necesitar que interrogues a las personas de la lista que nos ha dado, aunque no creo que puedan estar involucradas, pero me interesaría más saber si alguien hubiera podido robar alguna de esas llaves o entrar en secretaría en algún momento y hacer una copia —le indica Candela.

—Hecho —responde el inspector mientras van saliendo todos del recinto.

—Bien, comisario, muchas gracias por su ayuda y diligencia. Por favor, ¿podrá enviarme las copias de las imágenes que se han hecho desde el helicóptero a mi correo electrónico? —pregunta Candela mientras le entrega una tarjeta al comisario.

—¡No faltaría más! Aquí estamos todos para arrimar el hombro. En cuanto me las pasen, se las hago llegar hoy mismo. ¡Que haya suerte y buena caza! —responde el comisario estrechando fuertemente la mano de la inspectora.

—Gracias, comisario. A ver si conseguimos salir entre tanta gente.

Candela se despide del comisario y los cuatro se dirigen al Zeta para volver a Madrid.

Tras recoger los datos de los testigos, Óscar está haciendo la maniobra para salir por donde han entrado, haciendo uso de la sirena y las luces para que los agentes que acordonan la zona les vayan abriendo paso a través de los periodistas, que no dejan de sacar imágenes de cualquier persona o movimiento relacionado con el caso. Candela aprovecha para hacer una llamada a través del móvil.

—¿Juanjo? ¡Hola! El cadáver del conservatorio de música de Toledo va para el Anatómico Forense. Oye… ya te explicaré, pero está envuelto en un plástico enorme para evitar la contaminación del cuerpo y de las sogas con las que estaba atado… sí, sí… otro atado… Nosotros volvemos a la comisaría, ¿ok? Venga, hasta luego.

—Bien, vamos a planificarnos. Lo primero de todo, volvemos a la central, y mientras Óscar hace el barrido de contramedidas, necesito que vosotros dos, Juan Miguel y Gonzalo, apuntéis todo lo que podáis en la pizarra, todo lo que se os ocurra. Por suerte, se trata de una sala con una sola ventana al exterior, y con pared hacia el interior, así que nadie puede ver lo que estamos haciendo dentro. La llave y su copia las vamos a tener Óscar y yo. Además, voy a comprar cuatro móviles desechables para usarlos única y exclusivamente para comunicarnos entre nosotros, para tratar cualquier tema sobre el caso. ¿Alguna pregunta?

—Candela, para vosotros es algo normal y es pan de cada día —comenta Juan Miguel—, pero en el caso de Gonzalo y un servidor no somos más que unos asesores que no estamos acostumbrados a estas, digamos, particularidades. Creo que sería necesario saber si, no ya nosotros, que estamos con vosotros, sino nuestras familias, pueden llegar a correr algún peligro. Creo que es de recibo y sería bueno por tu parte que fueras sincera en eso.

Óscar y Candela se intercambian miradas y la inspectora responde:

—Bueno, no os voy a mentir, y hasta ahora tampoco lo he hecho. La verdad es que aquí no solo nos enfrentamos a un asesino en serie… igual deberías definirlo mejor tú, Juan Miguel, sino que es probable que recibamos presiones, aún desconozco de dónde, o bien alguien pueda ponernos palos en las ruedas, pero desde luego, sufrir por vuestra integridad o la de vuestros familiares, en principio lo descarto. De todas maneras, y para que os quedéis más tranquilos, situaremos otro K delante de tu casa, si te parece bien, ¿de acuerdo, Juan Miguel?

El profesor Sanmartín y el doctor Garmendia cruzan una mirada de complicidad.

—Venga, no hay problema. Si nos aseguras la integridad de nuestras familias, adelante —asegura Gonzalo.

—Perfecto, chicos —responde Candela mientras Gonzalo recibe una llamada en el móvil.

—Mi mujer de nuevo… respondo…

—¡Hola, dime! ¿Todo correcto?… ¿Sí?... Bien, perfecto… menos mal, un dolor de cabeza menos… ¿Y qué ha dicho? Ya… ya… sí, por favor… Y en cuanto le haga las pruebas, que nos lo diga… sí… ¿En cuánto?... Ah, bien…Yo creo que sí, que es lo mejor, ¿no?... Bueno… ¿Y nos las puede entregar cuanto antes?... Bien, bien…

»Por cierto, no te asustes, pero por precaución van a dejar una patrulla de paisano cerca de casa, te lo digo por si ves siempre a dos personas sentadas en un coche… Sííí… no te preocupes, es solo para asegurarse y para mi tranquilidad, que lo he pedido yo expresamente —dice guiñando un ojo a Candela—, muy bien… Oye, ¿cómo está mi niña?... Vale… bien, bien… dale un beso muy fuerte de mi parte, que la echo mucho de menos… Venga… un beso… yo también te quiero… adiós… —finalmente cuelga la llamada algo emocionado.

—¿Todo bien? —le pregunta Juan Miguel.

—Sí, sí, lo que pasa es que echo mucho de menos a mi niña, ya sabes que está enferma —Juan Miguel asiente con la cabeza—, y bueno… en fin. Por cierto, mi mujer me ha llamado para decirme que ya han salido en rueda de prensa en todos los informativos, que por lo que a mí se refiere, que ni detenido ni nada, así que una preocupación menos.

—Tranquilo, van a estar perfectamente —dice Juan Miguel para tranquilizarle.

—Además, hemos pedido al veterinario hacerle la autopsia a la perra, más que nada para descartar que no estuviera enferma y hubiera que tomar alguna precaución. Al final, la vamos a incinerar y parece que nos pueden entregar sus cenizas.

—Vaya, Gonzalo —dice Candela—, he oído decir que algunas razas de perros pueden desarrollar cardiopatías congénitas, que o bien no se les puede manifestar nunca, o pueden sufrir crisis cardíacas siendo jóvenes, y la verdad es que es un verdadero mazazo. Lo siento. Por cierto, si has pedido autopsia, ¿te importa facilitarme una copia del resultado en cuanto lo tengáis? No pasa nada, es solo para descartar.

—Sí, sí, claro, no hay problema. En cuanto el veterinario nos pase el resultado, te reenvío una copia a tu correo electrónico —responde Gonzalo.

—Disculpad que cambie de tema —dice la inspectora—, pero es importante. Bien, para terminar, a partir de ahora nada de hablar sobre el caso en vuestras habitaciones de hotel, que no vamos a perder el tiempo haciendo barridos diarios por si han colocado algún micro. Cualquier documentación, fotos, lo que sea, se quedarán en la sala donde estamos, ¿de acuerdo?

—Bien, bien… Por cierto, Candela, ¿te acuerdas de que ayer comentamos que el mapa que habíamos dibujado no era el correcto para poder hacer el seguimiento de los casos? —pregunta Gonzalo.

—Sorpréndeme.

—Pues bien, encontré en internet una reproducción bastante fidedigna de un mapa de la península, realizado por algún cartógrafo francés por encargo de los Países Bajos, entre 1705 y 1730, que creo que nos va a ir perfecto. En cuando lleguemos a la central lo imprimimos en varias partes, y así podemos hacer una triangulación de las ciudades donde ha habido los casos y vemos algún significado, si os parece.

—Cojonudo, sabía que lo encontrarías. Por cierto, ¿cómo has visto lo de Toledo? ¿Sigue con la misma temática que el resto de las víctimas?

—Sí, totalmente. No se trata exactamente de una escena tal cual se hacía en aquella época, ya que lo normal es que este tipo de crucifixiones simbólicas, por decirlo así, se hicieran sobre un aspa de madera, dispuesta en forma de X, donde tras atar al acusado o acusada por cualquier razón en contra de lo establecido por la Iglesia, era torturado hasta que dijera lo que ellos querían oír, así que la verdad. propiamente dicha, carecía de valor.

—Bueno, pues como ahora, ¿no? —interrumpe Óscar mientras sigue conduciendo a toda velocidad por la M-30.

—Lamentablemente, sí —responde Juan Miguel—. Me pregunto si en la historia de la humanidad la verdad absoluta ha tenido peso alguna vez.

La inspectora vuelve a hacer otra llamada.

—¿Jefe? Hola, soy Candela… Sí… Igual… Creemos que sí… Tenemos que cruzar algunos datos, pero todo apunta a ello… Sí, en efecto, gracias… Ya estamos de camino para allá. En el forense ya tienen constancia de que el cuerpo y las pruebas van para allá también… Venga, hasta ahora.

Candela cuelga la llamada y dice a sus acompañantes:

—Bueno, señores, pues estamos llegando a la comisaría. Vamos directamente a la sala mientras pedimos comida. ¿Hoy qué toca, *gourmet*? —pregunta dirigiéndose a Óscar.

—¿A todos os gusta el *japo*? —pregunta Óscar a sus compañeros.

—Por mí, bien —responde Juan Miguel.

—Pues lo probaremos, nunca es tarde —añade Gonzalo.

—Pues venga, conozco un *japo* a domicilio que es cojonudo, el mejor de Madrid, ya veréis —dice el inspector—. Joder con los buitres, ¿estos no tienen donde ir a tocar los huevos? —dice refiriéndose a la turba de periodistas que sigue haciendo guardia ante la entrada de la Comisaría General.

Finalmente, el vehículo consigue entrar, atravesando el grupo de periodistas, a la caza y captura de cualquier tipo de imagen que pueda aportar información gráfica a la noticia.

El equipo al completo entra en la sala, mientras Candela hace una señal a Óscar para que haga el barrido contramedidas, y evitar con ello que puedan oírlos o vigilarles, y un gesto de silencio a los asesores.

—Bueno, chicos, pues mientras Óscar se encarga de pedir en un momento la comida, vamos a poner un poco de orden en todo esto —comenta Candela en voz alta.

La inspectora se dirige hacia su mesa, de la que recoge el terminal de su ordenador para trasladarlo a la sala y poder revisar toda la información posible sin estar expuesta a la vista de miradas indiscretas. En ese momento, un compañero de mediana edad, algo entrado en carnes, le hace un comentario jocoso.

—¿Qué pasa, inspectora? ¿Te han *castigao*? —le pregunta haciendo con las manos el signo del cinco a cero en referencia al número de víctimas.

Candela, que no se corta ni un pelo, deja el ordenador en la mesa de la sala, vuelve a salir y, sin mediar palabra, le enseña una peineta a su compañero, luciendo una sonrisa de oreja a oreja, mientras va a recoger una impresora que hay encima de una mesita.

—¡Eh! ¡Pero qué coño! ¡Que nosotros también necesitamos imprimir! —espeta el compañero gracioso.

—Pídesela al jefe, que total, para imprimir fotos de tías en bolas no te hace falta una impresora a color —responde Candela sonriente, mientras el resto de compañeros se ríe a carcajadas.

—Será cabrona la tía esta… hala, iros todos a tomar por culo un rato —murmura el gracioso.

Candela cierra tras de sí la puerta de la sala y da media vuelta de llave para que nadie pueda entrar sin su permiso. En ese momento echa una mirada a Óscar para saber si tiene el resultado de la prueba.

—Todo limpio, ni rastro de micros ni cámaras —asegura Óscar.

—Perfecto entonces. Buena señal. Bien, lo dicho. ¿Dónde tienes el mapa del que hablabas, Gonzalo?

Gonzalo se saca del bolsillo de la chaqueta un *pendrive*, que entrega a la inspectora.

—Me gusta llevar siempre uno conmigo, por si necesito copiar algo que me interese…

—Ahhh… ladrón —bromea Juan Miguel.

—Joer, es verdad, es como una versión algo alargada de los mapas actuales —afirma Candela mientras manda imprimir el mapa a una escala suficiente para que puedan ver al detalle todas las ciudades marcadas—. Me falta algo —añade al tiempo que empieza a rebuscar en un armario con material de oficina que hay en la sala—. ¡Aquí lo tengo! —dice enseñando una caja con chinchetas y unos pósits para colocar sobre el mapa—. Vamos a ver, como es bastante grande y necesitamos escribir en la pizarra, vamos a colgar el mapa en la pared de la puerta, así, si entra alguien por error, no será lo primero que vea, ¿de acuerdo?

—Venga, mapa y chinchetas —dice Óscar mientras va montando el puzle del antiguo mapa en la pared, en total doce folios en formato DIN-A4 que va recomponiendo hasta tenerlo finalizado—. *Et voilà!*

—Bien, vamos cronológicamente —indica Candela con chinchetas de colores y un rotulador rojo en mano—. El primero, en la iglesia de Santa María Magdalena de Sevilla —dice mientras coloca la chincheta y añade la fecha y el número uno sobre la ciudad—. El segundo, en Barcelona, en la sede del Museu Marès —y va realizando la misma acción, de forma meticulosa y concienzuda, en el resto de ciudades donde han sido encontrados los cuerpos.

Los cuatro se quedan mirando el mapa y sus puntos marcados, recostados sobre la pared de enfrente, como esperando que empiece a hablar y decirles algo. Los cuatro miran sin encontrar nada, algún signo que pueda darles una pista, y sobre todo, si hay una metodología, cuál puede ser el siguiente. La sala se queda en un silencio absoluto.

Tras un largo minuto, alguien llama a la puerta de la sala con unos golpes bastante duros, a lo que todos saltan con un respingo debido a su desconexión y a la concentración que tienen sobre el mapa.

Óscar abre la puerta y un compañero indica que tienen a un repartidor del *japo* esperando en recepción.

—¡Señores! ¡La comida está lista! Voy a buscarla y vuelvo enseguida —anuncia sonriente Óscar, que sale y cierra la puerta tras de sí.

—Candela, disculpa —pregunta Garmendia—. ¿Cuándo crees que vamos a tener los primeros resultados del cadáver de Toledo? No es por dar prisa, ¿eh?, pero si podemos tener los preliminares o visuales, mejor antes que después.

—Sí, espera que te lo confirmo —responde mientras hace una llamada interna al departamento forense.

—Holaaa… pásame con Juanjo, *please*, es urgente… gracias… espero…

—¿Hola? —dice Juanjo un par de minutos después.

—¡Hola, Juanjo! Soy Cande… nooo… tranquilo, ya lo sé… me consta… no… Solo era para pedirte que en lugar de esperar al informe completo, que ya me lo darás en cuanto puedas, necesitaría el informe visual preliminar… que… ¡ah!... pues no pasa nada… me pasas el audio y ya está… solo necesitamos ver el estado en que se ha encontrado… venga… te debo una… gracias, chavalote… hasta luego… *bye*…

Tras hablar con su compañero, la inspectora se dirige a los presentes en la sala:

—Bueno, como pensaba, aún no tiene empezado el informe, pero sí tiene la grabación del audio de la primera inspección visual que usan para redactarlo, así que me ha dicho que me lo va a pasar enseguida y así podemos empezar a trabajar con los primeros datos que tenemos encima de la mesa. Mejor eso que nada, ¿no?

—Eso es perfecto, con eso nos basta para un primer análisis —confirma Garmendia.

Candela ve al profesor Sanmartín concentrado, echando un ojo al mapa que tienen en la pared, mientras escribe una lista de nombres en un papel a la vez que murmura lo que está garabateando.

—Vamos a ver… En la corona de Castilla se establecieron los siguientes tribunales permanentes de la Inquisición: en 1482, en Sevilla y Córdoba; en 1485, en Toledo y Llerena; en 1488, en Valladolid y Murcia; en 1489, en Cuenca; en 1505, en Las Palmas de Gran Canaria; en 1512, en Logroño; en 1526, en Granada, y en 1574, en Santiago de Compostela. En cambio, en la corona de Aragón solo funcionaron cuatro tribunales… en 1482 en Zaragoza y Valencia, y finalmente, en 1484, en Barcelona.

En ese momento entra Óscar en la sala con un par de bolsas llenas de comida japonesa.

—Señoras y señores, la comida está lista, así que para rendir como Dios manda, primero hay que alimentarse debidamente —comenta eufórico mientras reparte los diferentes envases de plástico por la mesa—. ¡Venga, profesor! Acércate y come algo, que seguro que después lo verás todo mucho más claro —indica a Gonzalo, que está acabando de escribir su lista.

—A ver, para los que no estéis familiarizados con esta comida. Por mucho que digan, aquí no hay primeros ni segundos ni nada de eso, sino que todos los platos están expuestos, y cada uno va cogiendo según gustos, ¿de acuerdo? —explica Óscar a sus compañeros.

—Venga, tragaldabas, menos charlar y pongámonos a comer, que hay mucha tela por tejer después —asevera Candela a su compañero.

—Bueno, pues habrá que probarlo, ¿no? —comenta Gonzalo mientras observa el menú.

—Oler, huele de maravilla —añade Garmendia mientras se sirve unos fideos en un plato de plástico.

—¿Que creías? Cuando yo digo que es uno de los mejores *japos* de Madrid, es porque tengo razón —fanfarronea Óscar mientras los demás sonríen.

Unos minutos después entra el comisario jefe con cara de pocos amigos.

—Candela, ¿podemos hablar? —dice mientras hace un gesto a la inspectora.

Candela deja el plato que tiene en las manos y acompaña al jefe a la mesa tras cerrar la puerta.

—¿Puedes explicarme de qué va esto? —pregunta el comisario—. Por cierto, señores, buen provecho.

—Coja asiento, por favor. Ahora mismo se lo explico —responde mientras cede un asiento al comisario, quien alza las manos pidiendo explicaciones.

—Si gusta... —dice Óscar ofreciéndole una de las bandejas con fideos.

—Nooo… gracias. No sé quién puede matarme primero, si el colesterol o mi mujer si se entera de que me salto la dieta.

Gonzalo pone los ojos como platos al recordar que él también debería estar haciendo dieta… según su mujer, claro.

—Escuche, jefe. Ayer por la noche tuve un encuentro con un informador —explica Candela.

—¿Y eso?

—Me dio a entender que esto forma parte de algo bastante más grande, que no se trata de un simple psicópata al que le ha dado por destripar curas jubilados.

—¿Y por qué no me informó de inmediato?

—Fue algo muy rápido y al principio, ya sabe, salen las noticias en los medios, y siempre surge alguien con ganas de su minuto de gloria, o tal vez solo para jugar a los detectives.

—Aun así, sabes perfectamente que este tipo de encuentros hay que comunicarlos, y más tal y como están las cosas.

—Jefe, ahora mismo entenderá por qué tuvimos que ser más cautelosos de lo normal para llevar a cabo este encuentro. De hecho, por supuesto, no fui sola, sino que Óscar me estuvo cubriendo en todo momento.

—Explícate.

—Primero, el contacto no se hizo, como acostumbra a pasar, mediante una simple llamada a la comisaría, preguntando por el responsable de la investigación para hablar, sino que me llamaron por un número sin identificar a mi móvil de servicio, conocido únicamente por usted y el resto de miembros de la comisaría.

—Por supuesto, intentamos dar con el emisor —interrumpe Óscar—, pero la comunicación había sido lo suficientemente preparada como para dar una información que no nos llevaba a ningún lado, pues aparecían conexiones desde antenas distribuidas por diferentes puntos de Madrid.

En ese momento el comisario muestra interés, adoptando posturalmente una predisposición a escuchar de forma activa.

—En todo caso, seguimos el procedimiento ante un encuentro con esta casuística y preparamos un dispositivo de escucha, a la vez que Óscar estaba a escasos metros, vigilando la zona —sigue argumentando Candela.

—¿Y bien? ¿Podemos escuchar lo que le dijo?

—No.

—¿Cómo qué no? ¿No acabas de decirme que habíais preparado un dispositivo de escucha?

—En efecto, pero el individuo, al que casi no pude ver la cara, ya que la tenía parcialmente tapada con una gorra de béisbol, llevaba encima un inhibidor de frecuencia, por lo que solo llegamos a grabar ruido —explica Candela ante la actitud pensativa del comisario—. Además, seguimos un recorrido que él marcó mientras me facilitaba la información, previamente estudiado para que nadie nos pudiera seguir en un vehículo, y estaba lo suficientemente entrenado como para detectar que Óscar nos seguía a una distancia más que prudencial. Desde luego, aunque él sabía que Óscar nos seguía, fui incapaz de atisbar cualquier comportamiento de alteración o nerviosismo, por lo que indiscutiblemente era un profesional en la materia y sabía que tenía la situación controlada.

—¿Crees que se trata de alguien del cuerpo?

—No creo… aunque hablaba un perfecto español, algo corpulento, de 1,80, a mí me pareció alguien familiarizado con operaciones encubiertas.

—¿Me estás sugiriendo que podría tratarse del CNI u otra agencia?

—Evidentemente, no me dijo su nombre ni me enseñó ninguna identificación, pero por la forma de hablar, y por la información que me dio, bien podría tratarse de un agente de inteligencia o de un informador a sueldo.

—Bueno, entonces el hecho de que os hayáis trasladado a esta sala, con ordenador incluido, y que tu compañero haya recogido del almacén uno de los equipos de contramedidas, ¿tiene que ver con la información que te dio?

—En efecto.

—¿Qué puedes decirme sobre eso?

—Nada bueno, la verdad. Parece que la congregación de los Legionarios de Cristo es lo más parecido a un ejército dispuesto a hacer lo que haga falta, incluso dar su sangre y derramar la de los demás, para devolver a la Iglesia a sus orígenes, o sea, a sus tesis más involucionistas, algo que el papa Juan Pablo II quería conseguir…

—Aún no me estás argumentando a la necesidad de las contramedidas —interrumpe el comisario.

—Es que lo bueno está por llegar. Entiendo que debe reportar a sus superiores, incluso al ministro, sobre todo lo que envuelve el caso, pero necesito, no que le mienta, sino que obvie cierta información que voy a darle si queremos coger al o a los responsables de este esperpento.

—¿Sabes lo que me estás pidiendo? ¿Sabes que si te equivocas pueden rodar nuestras cabezas?

—Jefe, creo suponer que me escogió entre muchos otros compañeros con tanta o más experiencia que yo por alguna razón, ¿verdad?

—Por supuesto, pero por la misma razón no quisiera ver tu carrera tirada por el retrete por una información posiblemente no contrastada o tergiversada, por un supuesto confidente, del que solo sabemos que puede estar muy bien preparado y relacionado.

Candela se levanta de su silla, pone su mano derecha sobre un hombro del comisario y le invita a levantarse también.

—Por favor, venga un momento.

El comisario la sigue hasta donde tienen el mapa expuesto en la pared, lleno de marcas y anotaciones.

—Comisario —dice Candela bajando la voz—, el informador me dio a entender que altos cargos del último gobierno del PP, con Aznar y su mujer a la cabeza, estrecharon lazos con los Legionarios de Cristo, que fueron infiltrando a muchos de sus miembros como altos cargos en muchas instituciones relacionadas con varios ministerios, incluso en Moncloa, además de tejer un entramado de empresas, a las que llaman ONG, para poder hacer y deshacer a su gusto. Además, sabe usted muy bien que muchas de estas personas siguen en sus cargos, pese al cambio de gobierno con Zapatero, por lo que suponemos que puede haber cierta connivencia con algunos miembros del gobierno actual.

»Por ello, nosotros —continúa al tiempo que señala a los presentes en la sala—, el equipo que usted ha escogido convenientemente y con el que cuenta para poder resolver el caso, necesitamos que filtre adecuadamente la información que da a los de arriba. Puede decirles que la investigación va avanzando, y así es, no lo rápido que nos gustaría, pero estamos haciendo avances, pero no puede decirles todo lo que sabemos, porque estoy segura de que esto puede llegar a salpicar hasta muy arriba, y si queremos coger al asesino no podemos facilitar información que nos lleve a corredores sin salida o tal vez a consecuencias peores, que por cierto… —Candela se acerca al oído del comisario—. Esta mañana han encontrado muerta la perra del profesor Sanmartín en su propia casa. Era una perra joven y sin antecedentes de problemas de salud. Quisiera equivocarme, pero ya sabemos cómo pueden ir estas cosas, si nos referimos a avisos y a presiones.

El comisario se queda mirando el mapa unos instantes, pensativo, observa al resto del equipo y toma una determinación.

—Muy bien. Vamos a hacerlo a tu manera. Los informes periódicos sobre cualquier novedad los trataremos aquí, y voy a facilitaros el equipo necesario y disponer de las medidas para que os dejen trabajar con total libertad de acción y movimiento, pero por lo que más quieras, esto va a suponer que hay que ponerse las pilas. El 6 y 7 de noviembre viene el papa de Roma a Santiago y Barcelona. Necesitamos saber lo antes posible si se trata de un aviso, una distracción o una amenaza seria para la comitiva…

—Perdón, si se me permite… —interrumpe Garmendia.

—Por supuesto, para eso está, doctor —responde el comisario.

—En una primera valoración, creo que se trata de una sola persona, aunque por la puesta en escena es posible que tenga a alguien que le ayude de forma indirecta, o sea, que no participe en las torturas y posterior asesinato, sino que simplemente le ayude en la parte logística —explica mientras se acerca a las fotografías de las víctimas—. Como podéis ver, las escenas han ido tomando cada vez más relevancia, más notoriedad. Vio que las de las dos primeras acciones apenas salieron en los medios, pues buscaba la intimidad del interior de un edificio para poder estudiar bien la disposición del escenario y de los actores que lo componían. En Sevilla, el silencio de la iglesia, en uno de los rincones más íntimos que puede haber, un confesionario. Aquello le fue fácil, sin complicaciones.

»En Barcelona quiso que hubiera testigos, y no me estoy refiriendo al malogrado grupo de turistas japoneses que se encontraron con tan cruenta escena, sino a las tallas de Jesús, varios santos y vírgenes, que hicieron la vez de público ante la tortura y muerte de la segunda víctima.

»Como sus acciones siguieron sin tener la notoriedad que seguramente buscaba, en su tercera acción fue a lo grande, a dejar un icono en medio de una plaza. Así se aseguraba que tanto los vecinos como la prensa darían debida cuenta sobre lo que allí acontecía, y por tanto, ponía de manifiesto su rabia y odio, en definitiva, su mensaje.

»A partir de entonces ya pasó a la fama, incluso, cómo no, se ganó el apodo del Inquisidor, cosa que estoy seguro que le ha llenado de satisfacción…

—Si me disculpas, Juan Miguel —interrumpe Gonzalo—, hay que añadir que hasta el momento, y haciendo referencia al apodo que le han puesto, todos los escenarios del crimen fueron sedes de los tribunales permanentes de la Inquisición entre 1482 y 1574... Disculpa, te he interrumpido.

—Para nada, Gonzalo, gracias por añadir este dato —responde Garmendia antes de continuar con su argumentación—. Después tenemos los escenarios de Santiago y Murcia, donde da un paso más en su osadía a la hora de perpetrar un asesinato. Dejar un cuerpo en plena oscuridad, durante la fría madrugada, puede llegar a ser relativamente sencillo, pero la adrenalina generada por sensación de peligro a que le pillen in fraganti, atando un cuerpo a una fuente en medio de una plaza o montar y encender una pira de fuego para quemar a su víctima, arriesgándose a que las llamas y el humo puedan alertar a cualquier vecino de la zona, parece que ha pasado a formar parte del placer que le induce su particular y macabra puesta en escena.

»Pero vuelve a tener suerte, y nadie le descubre, por lo que el sujeto sigue creciéndose en su afán de notoriedad y venganza, y esta vez vuelve a trasladar su especial escenario a un espacio cerrado, solo visible desde el cielo, como si se tratase de una ofrenda a Dios. Con ello, creo que aquí, además de esa ofrenda, pretende dar una lección a los alumnos del conservatorio, que aunque son de edades diversas, hay entre ellos muchos niños que no llegan a la pubertad, y eso puede darnos una primera pista de que fuera lo que fuere el inicio de su dolor y frustración, pudo iniciarse a esa edad, y él intenta transmitir ese mensaje de aviso a los alumnos. —Garmendia se queda unos segundos pensativo y añade—: Creo que estamos ante las primeras migas de pan que tienen que llevarnos hasta el autor de semejantes atrocidades.

El comisario, que ha estado muy atento a las explicaciones de Garmendia y Sanmartín mientras mantenía los brazos cruzados y una mano en el mentón, se queda pensativo antes de afirmar convencido:

—Muy bien. Creo que vamos por buen camino. Candela, lo dicho. Pero, por favor, necesitamos poder demostrar algún avance lo antes posible, al menos antes de que al ministro se le hinchen los huevos y me obligue a aceptar alguien de sus asesores directos, con lo que perderíamos la estanqueidad de la información que fuéramos obteniendo, no sé si soy lo bastante claro. Por cierto, en cuanto a lo que me has comentado, necesito copia del informe en caso de que tengas razón, ¿de acuerdo?

—Totalmente, jefe —asiente Candela—. Le mantengo informado. Estoy segura de que pronto vamos a poder dar con la línea de investigación que nos permita llegar a los resultados esperados.

—Bien, señores, ya saben… si necesitan algo, no tienen más que pedírmelo. Por cierto, profesor, siento la pérdida de su perra. Cuando a mis críos se les murió el suyo, por suerte ya de mayor, fue todo un drama —comenta el comisario dirigiéndose a Gonzalo.

—Gracias, comisario —responde Gonzalo con la complicidad de Garmendia mientras el jefe abandona la sala.

Gonzalo vuelve a la mesa para coger el cuaderno donde estaba escribiendo la lista de sedes de la Inquisición, mientras echa un vistazo al mapa de la época y a la cronología de los crímenes.

—Una línea, ¡claro! ¿Cómo no se me había ocurrido antes? —comenta exultante mientras todos le observan sin saber qué se le está pasando por la cabeza—. Candela, disculpa, ¿sería posible tener una madeja de lana o cinta estrecha o cordel de color?

—Supongo que algo debemos de tener por ahí…

—¡Yo sé dónde hay un ovillo de cordel! —exclama Óscar antes de salir disparado de la sala, cerrando la puerta tras de sí.

—¿Qué tienes en mente, Gonzalo? —pregunta Juan Miguel.

—Bien, tú mismo hablabas de que sus acciones pueden contener mensajes y cierto simbolismo, ¿no?

—Pues sí, ciertamente.

—Bien, si sus acciones lo tienen, ¿por qué no iban a tenerlo los lugares que ha escogido para representar sus obras a partir de la cronología de los hechos y la historia?

—Creo que ya sé a dónde quieres ir a parar —responde sonriente Juan Miguel, mientras comienza a ver sobre el mapa unas líneas imaginarias que se cruzan.

En ese momento entra Óscar en la sala, a toda prisa, con un ovillo de cordel de lana de color rojo.

—¿De dónde has sacado eso? ¿No me digas que te dedicas a hacer calceta en tus ratos libres? —pregunta Candela algo sorprendida.

—Qué graciosilla. No tengo ni idea de dónde salió, pero recordé haberlo visto en uno de los armarios de material de oficina —responde su compañero mientras le entrega el ovillo a Gonzalo, que va directamente hasta la composición del antiguo mapa de la península, clavado en la pared.

—Bien, vamos a ver. La primera sede fue en Sevilla, en 1482. ¿Dónde se encontró el primer cadáver? —pregunta Gonzalo de forma retórica a sus compañeros.

—En Sevilla, el 13 de octubre —responde Óscar, y Gonzalo engancha la punta del ovillo de lana en la chincheta situada en Sevilla.

—Sigamos. Las siguientes tres sedes fueron creadas en Córdoba, Zaragoza y Valencia, pero que sepamos, en esas ciudades no ha habido ningún homicidio de este tipo, ¿no?

—No, nos lo hubieran comunicado —responde Candela.

—Bien. En 1484 se creó la de Barcelona, que coincide plenamente con la escena de nuestra segunda víctima —y Gonzalo hace correr el ovillo hasta conectarlo con la chincheta situada en Barcelona—. Vamos al tercer cadáver, que aparece en Santiago de Compostela, que curiosamente, ni mucho menos es la siguiente apertura de sede de la Inquisición, sino que fue la última en crearse, para ser exactos, en 1574 —repite la misma acción, haciendo correr el ovillo para marcar una línea roja entre la chincheta situada en Barcelona, hasta la situada en Santiago de Compostela.

»Creo que allí dejaron de importarle las fechas de apertura de las diferentes sedes del Santo Oficio para decirnos algo más concreto, porque de Santiago saltó al escenario más pintoresco de cómo acababan los condenados: en la hoguera. Y esto decidió hacerlo en Murcia, sede creada en 1488 —explica mientras sigue uniendo puntos con el ovillo rojo, esta vez entre Santiago y Murcia—. Y entonces es cuando me deja un poco perplejo, porque si quiere hacer lo que creo que quiere hacer, debemos volver atrás, ya que esta vez acaba en Toledo, sede creada en 1485 —vuelve a desplazar el ovillo hasta dejarlo enganchado en la chincheta encima de Toledo.

Todos se quedan mirando el mapa, con las líneas rojas trazadas con el grueso de la lana del ovillo que Gonzalo ha ido deshaciendo.

—¿Qué? ¿No veis lo mismo que yo? —pregunta Gonzalo a sus compañeros.

—Joder… ¿Es posible que esté intentando dibujar una estrella de cinco puntas? —interviene Garmendia—. ¿Estamos hablando de un ritual satánico?

—A ver, señores, a ver, no adelantemos acontecimientos. ¿Estáis diciendo que nos estamos enfrentando a una jodida secta satánica? —pregunta Óscar, que ha empezado a ponerse nervioso.

—Espera, Óscar —interrumpe Candela—, no vayas tan rápido. Sí es verdad que, *a priori*, y con un poco de imaginación, podemos llegar a ver que está dibujando una estrella de cinco puntas, pero como bien has dicho, Gonzalo, en Murcia ocurrió algo que le hizo recular en el mapa porque, según tú, y siguiendo los trazos de la supuesta estrella —dice haciendo el signo de las comillas con las manos—, ¿dónde hubiera tenido que aparecer en siguiente cadáver?

—Bien —responde Sanmartín—, teniendo en cuenta las sedes de la Inquisición que tenemos marcadas en el mapa, hubiera tocado en Logroño, donde en 1610 se produjo uno de los episodios más oscuros de su historia al desarrollarse el mayor proceso contra la brujería que se recuerda, y por cierto, el mejor documentado en nuestro país, con la quema de once mujeres, las conocidas como «brujas de Zugarramurdi».

»Para nuestra desgracia, del palacio del Tribunal de la Santa Inquisición de Logroño ya no quedan restos. El único recuerdo que queda de aquel proceso está en el parque del Ebro, donde se encuentran los once olmos que se plantaron en recuerdo de las once personas que fueron condenadas a morir en la hoguera.

—Seguramente a nuestro Inquisidor no le debió de parecer un buen sitio para montar su particular espectáculo —añade Óscar.

—Disculpa, Óscar —interrumpe Garmendia—, es que seguramente estamos viendo la otra cara de la moneda.

—¿A qué te refieres? —pregunta Candela.

—A que el dibujo de esa estrella de cinco puntas puede que no sea un tributo a esa imagen, sino que forma parte de la marca demoníaca, digámoslo así, que quiere dejar sobre sus víctimas, al igual que intenta hacer con la marca en forma de cruz en el iris de cada víctima.

—Entonces, si no se trata de un seguidor del satanismo, sino precisamente de lo contrario, está ajusticiando a sus víctimas por sus supuestos pecados cometidos —vislumbra Gonzalo.

—Mierda, lo hemos estado mirando al revés. ¿Y si hoy son víctimas, pero ayer fueron verdugos? —se pregunta exultante Candela—. Señores, hay que ir directamente a la fuente, a la congregación de los Legionarios de Cristo.

—Disculpa, Candela —dice Gonzalo—, pero mucho me temo que intentar que alguien de su congregación hable será como intentar hacer hablar al Muro de las Lamentaciones. Piensa que son adoctrinados como si de un ejército se tratase. Los legionarios solo tienen quince días de vacaciones al año, y siempre en comunidad. Una vez al mes salen a hacer deporte, y lo hacen con la misma determinación con la que rezan, por lo que se mantienen en buena forma física. Es una de las maneras que tienen para combatir las tentaciones. En el noviciado de Salamanca cada novicio tiene una mesa de trabajo junto a su celda. No ven la televisión; toda su correspondencia es revisada por sus superiores, tanto la que entra como la que sale; no pueden tener libros, radio ni más prensa que la admitida por la dirección del centro, siempre la más conservadora; y por supuesto, internet ni olerlo.

—Espera, Gonzalo, ya sé a lo que te refieres. No podemos acceder a los que ahora son legionarios, pero sí podríamos a los que lo intentaron serlo en su momento, o estuvieron bajo su doctrina y lo dejaron, ¿no? —resuelve Candela—. Óscar, creo recordar que el escándalo que puso al descubierto la red de abusos a menores de la congregación fue hace unos cinco años, y que posteriormente, el pasado mayo, hubo unas cuantas denuncias procedentes de los noviciados españoles, así que necesito que me encuentres cuanto antes los nombres de los denunciantes y sus fichas.

—¡Marchando! —responde Óscar mientras se pone al frente del ordenador para buscar toda la información disponible—. ¡Candela! Ya nos ha llegado el audio de la vista forense preliminar. ¿Lo escuchamos?

—¡Por supuesto! Lo veo venir, pero así vamos completando información —afirma la inspectora mientras Óscar configura los altavoces del ordenador para que puedan escuchar el audio con claridad—. A ver que nos ha enviado Juanjo.

«Autopsia código M251010-02, realizada por Julián Estrada, médico forense del Instituto Anatómico Forense de Madrid, a fecha 25 de octubre de 2010.

»Tengo ante mí a un varón aún por identificar, de al menos unos 80 años de edad, 1,57 centímetros de altura en decúbito supino y 40 kilos de peso. Visualmente, presenta una extrema delgadez, palidez y deshidratación corporal, que, teniendo en cuenta su edad, podría formar parte del causante de su muerte, ya sea por falta de ingestión tanto de alimentos sólidos como de líquidos.

»Se observan laceraciones por estrechamiento extremo en las muñecas de ambas manos y en las partes distales de los tobillos, lo que demuestra que el cuerpo ha sido atado de pies y manos, durante un tiempo no superior a 24 horas, con una cuerda de un grosor considerable, y con una tensión suficiente como para mantener el cuerpo suspendido en el aire, tal y como indica el informe preliminar de la Científica en el lugar donde se encontró el cuerpo.

»No obstante, se constata laceración y amputación de los genitales, con dos cortes irregulares. Uno de ellos, lo que parece la amputación del escroto testicular en posición transversal a la verticalidad del cuerpo, y otra amputación, esta vez del pene, en dirección vertical, que presenta una más que probable exanguinación masiva.

»Por otra parte, abriendo el maxilar inferior, detecto desaparición parcial o total, con rotura de varias piezas dentales, como los incisivos, los caninos y los premolares, probablemente por introducción contra voluntad de un objeto contundente dentro de la boca, para posteriormente amputar el órgano lingual, prácticamente hasta la raíz.

»Observando el interior de la glotis se observa un cuerpo cavernoso que bloquea totalmente el conducto traqueal, por lo que me dispongo a intentar extraer dicho objeto con unas pinzas de espátula para evitar dañarlo.

»Extraído el cuerpo cavernoso se confirma que se trata del pene, siendo su rigidez y tamaño compatible con el estado en erección mientras fue amputado y posteriormente introducido en el conducto traqueal.

»Si damos la vuelta al cuerpo, colocándolo en decúbito prono, se observan grandes laceraciones con verticalidad y también algunas transversalmente opuestas, pero siempre manteniendo una direccionalidad hacia los pies. A simple vista, parecen realizadas con un objeto provisto de varios filamentos acabados en objetos punzantes, o lo que es lo mismo, parecido a un látigo con múltiples puntas.

»Además de dichas laceraciones, se observan zonas con falta de masa muscular, algunas bastante profundas, coincidiendo con los impactos de las puntas que han podido producir dichas laceraciones. Cerca de algunas de estas heridas se encuentran manchas de excrementos de aves, por lo que parece que un número indeterminado de aves carroñeras aprovecharon las heridas abiertas para extraer partes blandas del tejido muscular para alimentarse.

»A falta de identificación del cadáver y análisis de fluidos y bisección, doy por terminado el examen visual preliminar».

Candela cierra el fichero de audio mientras se miran todos con silencio y estupor.

—Si os fijáis —dice Gonzalo rompiendo el silencio—, en este caso parece que hay un componente añadido de castigo corporal, aparte, evidentemente, de las atroces mutilaciones de las que ha sido objeto la víctima. Este pobre hombre ha sido castigado a base de latigazos, no sabemos si autoinfligidos, que podrían ser las marcas verticales, o hechos por nuestro Inquisidor, que se corresponderían con las marcas en zigzag. Durante la Inquisición se usaron distintos tipos de látigos, entre ellos los había de dos, tres y hasta ocho cadenas provistas de abundantes estrellas y/u hojas de acero cortante que se usaban para flagelar el cuerpo humano. Para desollar se utilizaban látigos de muy diferentes tamaños: gigantes, como el gato de nueve colas, que podía lisiar un brazo y un hombro de un solo golpe, o finos y pérfidos, como el nervio de toro, que con dos o tres golpes podía cortar la carne de las nalgas hasta llegar a la pelvis.

»El látigo de desollar se empapaba en una solución de sal y azufre, disueltos en agua antes de utilizarlo, lo que unido a sus estrellas lo convertían en una herramienta destructiva y muy útil para el torturado. La carne, al ser golpeada, se convertía en pulpa, dejando a la vista diferentes órganos internos. Por desgracia, este tipo de castigo corporal extremo se sigue usando en la actualidad…

—¡Vaya! No hace falta ir muy lejos —interrumpe Óscar—, solo hace falta ver cómo algunos se machacan la espalda durante las procesiones de Semana Santa.

—Doctor Garmendia —interviene Candela—, si partiéramos de la base de que nuestro asesino es uno de esos menores que fueron objeto de abuso cuando estaba en uno de esos noviciados, y que hoy, por lo que fuera, se hubiera decidido a hacer justicia por su cuenta, ¿podrías trazar un perfil psicológico de nuestro Inquisidor?

—Sí, creo que dispongo de los suficientes datos como para poder empezar a construir un primer perfil —responde.

—¿Qué tal te viene mañana un viajecito al noviciado de Salamanca? —pregunta la inspectora a Gonzalo—. No quiero perder la oportunidad de intentar que puedan recibirnos para colaborar con nosotros, al fin y al cabo, se están cargando a sus propios legionarios, ¿no? Además, estoy segura de que podrás entenderte de forma más fluida con ellos, no solo por tus conocimientos, sino porque sabiendo que son unos misóginos, si llevas la voz cantante seguramente nos harán más caso. ¿Qué te parece?

—Pues será un placer. La verdad, es una institución a la que, por sus reglas internas, es realmente complicado poder estudiarla, si es que no estás dentro…

En ese momento a Candela parece que se le enciende una bombilla y se queda mirando a Óscar, que enseguida se da cuenta.

—¡Eh! ¡Ni soñarlo! ¡Ni se te ocurra! —responde Óscar con aspavientos mientras Gonzalo sale a su rescate.

—Entrar ahí es casi tan difícil como salir. No creo que tuviéramos ni tiempo ni posibilidades de infiltrar a nadie, ya que revisan con lupa tu historial familiar.

—De la que te has librado, chaval —comenta Candela a su compañero.

—Te debo una, profesor —dice Óscar alzando un dedo mientras le guiña un ojo.

—Bueno, señores, creo que es bastante por hoy, así que podéis ir al hotel mientras Óscar y yo vamos adelantando temas, ¿de acuerdo? —dice Candela dirigiéndose a Gonzalo y Juan Miguel—. ¡Ah! Por cierto, no me acordaba. Óscar, ¿los móviles?

—En la bolsa de ahí, cuatro nuevecitos para estrenar, con tarjetas prepago. Ya tengo los números apuntados. Cada caja está identificada con el nombre de cada uno y ya tienen grabados solo nuestros números —responde Óscar señalando una bolsa de deporte que hay en una silla detrás de él.

—Bien, pues aquí tenéis vuestros teléfonos —dice Candela mientras los entrega a Gonzalo y Juan Miguel—. Recordad, solo para comunicaciones entre nosotros. Nada de llamar a la familia con ellos, ni de conversaciones sobre el caso dentro del hotel, ¿de acuerdo?

—Alto y claro —responde Juan Miguel.

—Mañana os paso a recoger a las ocho y media de la mañana, dejamos al doctor aquí, en comisaría, y tú y yo —dice dirigiéndose a Gonzalo— nos vamos a hacer una visita a nuestros amigos de Salamanca, ¿te parece?

—Por supuesto, a las ocho y media en la entrada, listo para pasar revista —responde Gonzalo.

—Pues venga, hasta mañana. A descansar, que promete ser un día muy largo —se despide la inspectora mientras Sanmartín y Garmendia abandonan la sala.

Una vez que se han marchado, Candela y Óscar se miran, hasta que Óscar toma la palabra.

—Bueno, ¿qué *pizza* quieres?

—La que quieras, pero que no sea picante, que por la noche se me indigesta —responde Candela sonriente.

—Anda, mírate esto mientras llamo a mi proveedor habitual —dice Óscar a su compañera al levantarse de la silla para llamar a la pizzería.

—¿De qué se trata? —pregunta mientras lee el artículo que sale en el ordenador.

Se trata de un artículo del periódico *El País*, publicado el 29 de mayo de 2006 por un periodista llamado Juan G. Bedoya, famoso por no tener pelos en la lengua a la hora de hablar de los pecados de la Iglesia. Candela empieza a leer.

«Un alumno del seminario de Ontaneda, en Cantabria, relata los abusos sexuales que sufrió. "Nuestro error de juventud fue callar la verdad", admite José Barba, una de las víctimas del fundador de los Legionarios de Cristo. Es profesor de Instituciones Políticas y Sociales en el Instituto Tecnológico Autónomo de México y no siente euforia ni frustración por el comunicado del Vaticano castigando a Marcial Maciel, pero hurtando a sus víctimas un proceso con la excusa de la edad del fundador. "Con la Iglesia no cabe esperar grandes cosas", dice. Una frase del comunicado del Vaticano le enfada especialmente, pese a ser un mazazo contra Maciel. Esta: "Independientemente de la persona del fundador, se reconoce con gratitud el benemérito apostolado de los Legionarios de Cristo". "Es como decir que el tronco estaba podrido pero las ramas están bien", opina.

»Los dirigentes legionarios y parte de la prensa católica siguen defendiendo no solo al movimiento, sino también a su fundador. "¿Por qué no se hicieron las denuncias cuando sucedieron los hechos?", preguntan, retadores. Esa actitud irrita a los denunciantes, niños o muy jóvenes cuando sufrieron los abusos, y aislados de sus familias. Aún hoy muchos hablan en privado o por escrito de lo que pasaron, pero se resisten a hacerlo en público. Es el caso de un sacerdote en Madrid, jubilado. *El País* pactó una declaración por escrito y algunas fotografías. Al día siguiente, canceló el compromiso».

—Está bien claro —comenta Candela en voz alta—, que todas las esferas de poder están conchabadas para silenciar toda la mierda que llevan arrastrando desde hace vete a saber cuánto tiempo. Voy a necesitar contactar con este periodista, a ver si me puede facilitar datos de alguno de los alumnos que sufrieron abusos.

—¿Crees que uno de esos alumnos podría ser nuestro Inquisidor? —pregunta Óscar.

—Quién sabe. No estoy muy segura de la información que obtendremos mañana de esta gente, y tampoco tenemos los indicios suficientes como para pedir una orden de registro para poder buscar entre sus archivos, y menos con el juez Moreno, que ya viste de qué pie calza.

—Cierto, solo le faltó decir que para dar cualquier veredicto se encomienda a la Virgen del Pilar —comenta Óscar de forma jocosa—. Mientras mañana se queda aquí el doctor Garmendia y tú te vas de visita espiritual con el profesor Sanmartín a Salamanca, yo haré una visita a la sede de *El País*, a ver si tengo suerte y puedo hablar con este periodista o que me den directamente sus datos. ¿Te parece?

—Me parece perfecto. Por cierto, sigue sin haber ninguna alerta sobre desapariciones con perfiles como los de las víctimas, ¿no?

—Tal cual. Joder, no sé qué me asusta más, si hacerme viejo o que nadie se dé cuenta si un día desaparezco.

—¡Ay! ¡Pobrecito! —bromea Candela—. Tranquilo, que con la tabarra que das, seguro que alguien te echa en falta.

—Eso díselo a mis exnovias, que si alguna vez me cruzo con alguna ¡hacen como si no me conocieran!

—Claro, que desgraciado eres, Calimero, que nadie te quiere, ¿eh? —añade Candela mientras alguien llama a la puerta de la sala.

—Creo que os han traído la cena romántica, parejita —bromea un compañero cuando Candela abre la puerta.

—¿Qué te pasa, tío? ¿Estás celoso? Ya llamaré a tu mujer, para que procure no tenerte tanto tiempo a pan y agua… compañero —responde Candela mientras va a la recepción a buscar la *pizza*.

El compañero se asoma a través de la puerta dirigiéndose a Óscar, que revisa cosas en el ordenador.

—¡Shsst!… no sé cómo aguantas a esta sabelotodo, colega —a lo que solo obtiene una peineta por respuesta, sin tan siquiera mirarle a la cara—. Joer, qué pandilla de gilipollas. Estáis hechos el uno para el otro. Que os aproveche —murmura apartándose de la puerta para volver a su mesa, recoger su chaqueta e irse a casa.

En un par de minutos aparece Candela con una caja de *pizza* recién hecha y una bolsa con un par de refrescos.

—Dejo la cena encima de la mesa. No empieces sin mí, que te conozco, ¿eh?, que voy al baño un momento —advierte.

—Joder, qué mala fama tengo. Bueno, yo de ti no tardaría demasiado, porque esto huele que alimenta y mis tripas llaman al ataque —responde Óscar, que no ha tardado nada en abrir la tapa de la caja que contiene la *pizza* para deleitar sus papilas olfativas.

Candela atraviesa un largo pasillo, a solas, pues ya no queda ningún compañero en su puesto. La negra y oscura noche esconde un silencio en el que solo pueden oírse los pasos de sus zapatillas deportivas sobre las baldosas, hasta que entra en el baño, donde un largo espejo abarca toda la pared transversal, presidiendo la plataforma que aguanta los lavabos.

Después de lavarse las manos y echarse un poco de agua fresca en la cara, ve reflejado un rostro cansado, y en él, sus ojos y su tez le recuerdan sus orígenes, tan lejos en la distancia y el tiempo, pero tan cerca en su inconsciente.

Tras secarse con unos tisúes de la máquina expendedora, entra en uno de los cubículos y se sienta para orinar. Esos instantes de silencio absoluto le permiten cerrar los ojos tan solo unos instantes, pues al cansancio, por ser real y un digno contrincante, debe dársele una tregua de cuando en cuando para evitar que pueda ganarte la batalla.

Tan solo un minuto después vuelve a abrir los ojos, y tras levantarse, vestirse y pulsar en el inodoro, quita el cerrojo que bloquea la puerta, pero no puede abrirla.

Ante lo incomprensible de la situación, intenta varias veces empujar la puerta con fuerza, sin resultado alguno.

—Pero qué coño… —murmura.

Empieza a dar golpes con el puño, esperando que alguien la oiga.

—¿Hola? ¿Hay alguien ahí? ¡Si esto es una broma, ya está, a partir de aquí no hace ni puñetera gracia! —dice y vuelve a dar varios golpes en la puerta con la base del puño.

Mira hacia arriba, buscando una escapatoria, pero no hay suficiente espacio entre el techo y las paredes del cubículo. Candela empieza a sudar y aumentar su nerviosismo, pues padece algo de claustrofobia.

—¿Hola? ¡Sacadme de aquí, maldita sea! —sigue dando unos fuertes golpes a la puerta y da varias vueltas al cerrojo para intentar desbloquearlo.

Tras unos segundos de silencio se escucha la apertura de la puerta del baño, ante lo que Candela se queda instintivamente en silencio, tal vez en un acto reflejo de supervivencia.

—¿Hola? ¿Candela? —pregunta Óscar.

—¡Mierda! ¡Óscar! ¡Sácame de este puto agujero, que la puerta está bloqueada!

—¡Joder, qué susto! Espera, voy a ver —dice su compañero mientras acciona varias veces el pomo de la puerta, sin éxito.

—¡Qué! ¿Puedes o no? —pregunta Candela muy nerviosa.

—¡Voy, joder! ¡Que la mierda esta se me resiste!

Óscar se fija en el pomo de la puerta. Es de los redondos con un pequeño agujero para desbloquear la puerta desde fuera, por si hay que abrirla en caso de emergencia, pero se da cuenta de que el agujero ha sido taponado por una sustancia algo pegajosa y con un fuerte olor a silicona.

—Pero que... hijos de puta... —murmura.

—¿Se puede saber qué pasa? —pregunta Candela, totalmente desorientada.

—¡Nada! Apártate de la puerta que voy a intentar darle una hostia al pomo, ¿vale?

—¡Ok! —responde mientras se pone de pie encima de la taza del váter.

—Una, dos... ¡y tres! —y Óscar da una fuerte patada lateral contra el pomo, que es arrancado de la puerta.

Candela baja de la taza del váter, y da una patada a la puerta, que al final se abre.

—¡Dios! ¡Gracias! —exclama mientras se abraza fuertemente a su compañero, que responde al abrazo un tanto sorprendido por la reacción.

—Pero ¿se puede saber qué ha pasado? —pregunta Óscar.

—Joder, he entrado en el baño, no parecía que hubiera nadie, me he lavado las manos después la cara... —explica gesticulando— y después he entrado a mear, ¡coño!... He cerrado el pestillo y solo me he tomado un minuto para descansar los ojos —explica sin entender la situación.

—Pues alguien ha jodido el pomo de la puerta —responde Óscar.

—¿Cómo que lo ha jodido?

—Mira —dice Óscar mientras recoge del suelo lo que queda del pomo de la puerta y se lo enseña a Candela—. ¿Ves? El agujero para desbloquear el pestillo estaba lleno de algo parecido a una silicona transparente de secado rápido. Lo que no sé es si ya lo habían hecho antes de entrar tú, con lo que has escogido casualmente el baño equivocado, o alguien te ha bloqueado la cerradura mientras estabas dentro.

—Me cago en la puta, joder, ¡no he oído ni una mosca! Seguramente me he traspuesto un minuto mientras cerraba los ojos. ¡Pero solo ha sido un puto minuto!

—Pues la mosca en cuestión ha sido lo bastante silenciosa como para entrar, si no estaba ya aquí, e inyectar la sustancia para bloquear la puerta.

—Mierda, ahora lo has tocado tú. Bueno, no pasa nada, si hay alguna huella espero que sea lo suficientemente legible —dice Candela mientras con un pañuelo del baño recoge el pomo como prueba.

—Joder, pero es que aparte de tus huellas y las mías, ¿cuántas puede contener?

—Un montón, pero ninguna, excepto la tuya, debería ser de un varón, ¿no?

—Cierto, ok. Habrá que ir con cuidado entonces, no caigamos en la trampa conspirativa, pero debemos extremar precauciones, porque dudo que esto haya sido una casualidad. Lo llevaré mañana a la Científica para que lo revisen a fondo —dice Óscar.

—Ok. Vamos a cenar algo, aunque la *pizza* se haya enfriado, lo siento, tío —se disculpa Candela mientras salen del baño, a lo que Óscar, sonriente, pone su brazo sobre la espalda de su compañera para darle un achuchón.

Los dos acceden de nuevo a la sala, se sientan y aprovechan el momento para degustar una *pizza* que aún conserva algo de calor.

—¿Sabes qué? —pregunta Candela mientras da unos bocados, a lo que Óscar responde con un gesto de interrogación—. Pues que tengo que admitir que tienes buen gusto para la comida, a pesar de ser un soltero mujeriego —dice sonriendo.

—¡Eh! Que no sabes con quién estás hablando, que en mis tiempos, en las COES, sacaba oro de la mierda que nos daban —afirma orgulloso.

—Anda, fanfarrón, calla y come, que creo que tenemos bastante por hoy. Mañana a primera hora tengo que llevarme al profesor Sanmartín a Ontaneda, a ver que podemos sacar de allí.

—¿No habías dicho que te ibas a llevar al profesor a Salamanca? —pregunta Óscar algo desorientado.

—En efecto, pero después de todo lo que hemos encontrado en los archivos, algo me dice que vamos a ahorrar tiempo y viajes si vamos directamente a Ontaneda.

—Si tú lo dices, por algo será. ¿Seguro que no prefieres que vaya yo y tú haces una visita a los de *El País*?

—No, tranquilo, déjamelos a mí, que conociendo el historial ya les tengo ganas —responde mientras termina su último trozo de *pizza* y da un sorbo al refresco.

—A la orden, jefa —responde el inspector.

Cuando Óscar y Candela se despiden a la salida de la comisaría, Candela hace una llamada a través del móvil de servicio mientras se dirige hacia su apartamento.

—¿Comisario? Disculpe que le moleste a estas horas… no, no… tranquilo, todo está correcto… no, le llamaba para pedirle un favor de última hora…

Martes, 26 de octubre. 8 horas y 15 minutos de la mañana. Sala de desayunos del Hotel Senator. Paseo de la Castellana, Madrid

Gonzalo está untando una tostada recién hecha con mantequilla y algo de mermelada de melocotón, de entre la variedad de mermeladas que puede escoger de un plato dispuesto en la mesa. Entre los clientes del hotel que deambulan por el bufé de desayunos aparece Juan Miguel con un plato de huevos revueltos y una copa de zumo de naranja recién exprimido.

—¡Caramba! Veo que te gusta empezar fuerte por las mañanas —comenta Gonzalo mientras Garmendia se sienta en la misma mesa, frente al profesor.

—Pues sí, tengo que confesar que después de haber vivido una buena temporada en Estados Unidos, tanto por mis estudios como por convenciones, al final todo se pega menos la hermosura —responde sonriente Juan Miguel mientras empieza a degustar el desayuno humeante.

—De hecho, nos hemos vuelto un poco holgazanes en este sentido. Ya hay un dicho en castellano que nos dice que hay que desayunar como un rey, comer como un príncipe y cenar como un mendigo. La verdad es que entre los desayunos a los que mi amadísima mujer me tiene acostumbrado, muy a pesar de mi paladar, y la oportunidad de poder darme el gustazo de comer lo que me gusta, qué quieres que te diga, ¡esto es gloria bendita! —exclama Gonzalo mirando al cielo mientras Garmendia suelta una sonrisa.

—Por cierto… —dice en voz baja Garmendia, mientras se le acerca en la mesa— bueno, ya sé que no podemos comentar nada del caso fuera de allí, tal y como dijo la inspectora, pero es que le he estado dando vueltas a la cabeza. Tengo casi listo el perfil de la persona que estamos buscando, pero hay algo que me chirría.

—Creo que entre todos estos zombis de traje y corbata, no se van a dar cuenta de lo que hablamos —responde Gonzalo también bajando el tono de voz—, dispara.

—Bien, para mí está claro que se trata de un solo individuo —argumenta Garmendia—, alguien que ha sido víctima durante su niñez o pubertad de la organización que nos atañe, y viendo la dimensión e influencia que puede llegar a tener dicha organización, incluso puede que haya sido ayudado logísticamente por alguien cercano, puede que también una víctima, un compañero, que sin formar parte activa, esté de acuerdo con el objetivo que busca nuestro sujeto.

—Es más que razonable, visto el conocimiento que tiene sobre la materia —comenta Gonzalo.

—Correcto. Lo que más nos puede ayudar en este sentido es que el sujeto sigue una pauta. Primero captura a su presa, la tiene retenida no sabemos dónde, y una semana más tarde dispone de su víctima y le da muerte, previa tortura escogida especialmente para ella, como quien diseña una escena para un actor en concreto, dentro de una obra de teatro.

—Si me permites, desde mi perspectiva yo lo veo como un maestro que pinta su cuadro, donde tiene todos los detalles previstos, sin fisuras, tal y como él lo imagina —interrumpe Gonzalo.

—¡Sí! ¡Exacto! Se trata de su obra. Es como si estuviera aprovechando sus aptitudes como maestro para aplicar un castigo a quien él considera que se lo merece, porque la ley que aplica está por encima de cualquier hombre, porque está bien claro que la amputación de la lengua se corresponde a un silencio impuesto, una de las leyes de la organización, y la posterior amputación de los genitales se corresponde a la aniquilación de lo prohibido, el pecado por excelencia, sin duda, haciendo pasar a su víctima por el mismo daño físico y contra su dignidad al introducir el miembro de la propia víctima en la boca.

—Se trata, evidentemente, de un castigo por lo que le han hecho, multiplicado por los años de silencio que ha tenido que permanecer hasta dejarse ir —concluye Gonzalo.

—¡Ahí está! Pero ¿por qué ahora? ¿Qué ha hecho que este individuo salga de su particular infierno y se haya decidido a devolvérselo a sus verdugos? Eso es lo que me está dando vueltas a la cabeza y no consigo salir de ahí.

—¡Uy! Seguro que en cuanto esos huevos revueltos, junto a la vitamina C del zumo de naranja, lleguen a tu cerebro, darás con la clave —asegura Gonzalo sonriente.

En ese momento aparece Candela, con su melena recogida con una goma, en pie justo frente a su mesa.

—¡Buenos días, señores! ¿Qué tal habéis pasado la noche? ¿Listos para dar guerra?

—¡Por supuesto! —responde Gonzalo.

—Buenos días, Candela. ¿Has descansado? Ayer se te veía cara de cansada —pregunta Juan Miguel.

—¡Pues sí! La verdad es que desde que estalló este caso no hay mucho tiempo para nada, ni siquiera aquello que hacen los mortales, que es tumbarse en una cama o un sofá, y desconectar sus mentes y sus cuerpos.

—¡Cierto! Por eso, si quieres seguir siendo una mortal, debes hacer lo que hacen los mortales, porque si no tu cuerpo y tu mente se alían para desconectarte por su cuenta, y eso ya no es tan agradable, te lo aseguro —advierte Garmendia.

—No te falta razón. En fin, no es por meter prisa, pero…

—Sí, sí, por supuesto, ya estamos listos para salir —responde Gonzalo.

—Pues venga, que nos queda un día muy largo por delante.

Gonzalo y Juan Miguel se levantan de la mesa, cogen sus maletines de piel, y tras Candela, salen por las puertas de cristal del hotel.

Cuando los tres llegan a la garita de entrada al recinto de la Comisaría General parece que el enclave ya ha dejado de ser de interés para los medios de comunicación, y pueden acceder al interior sin ser objeto de acoso por parte de los periodistas.

—¡Buen viaje! —exclama Garmendia mientras se baja del vehículo para acceder a la entrada del edificio y se despide de sus compañeros.

—Tenemos que darnos prisa o llegaremos tarde —comenta Candela

—¿Tarde? ¿Y eso? —pregunta Gonzalo.

—Sí, disculpa, hay cambio de planes. Nos esperan en Barajas. Hay un vuelo especial a Santander, y como hay sitio, el comisario nos ha conseguido un par de asientos, así que… agárrate bien.

—¿Agarrarme?

Candela saca el piloto prioritario de color azul y lo coloca sobre el techo del vehículo, a la vez que enciende la sirena para poder ir a toda velocidad hacia el aeropuerto.

—¿A que mola? —comenta sonriente Candela.

—Desde luego, tiene su qué… —responde Gonzalo, totalmente sujeto a la agarradera de su lado derecho, algo tenso ante la conducción deportiva y a toda velocidad que lleva el vehículo.

Después de una buena carrera, sorteando todo tipo de atascos, Gonzalo y Candela llegan a Barajas, a la zona de vuelos privados, donde la inspectora enseña sus credenciales al agente de la Benemérita, que le da paso al aparcamiento para vuelos privados y gubernamentales.

—Que conste que como fan de la saga de James Bond, esto mola —comenta Gonzalo sonriente mientras Candela aparca el vehículo.

—Vamos, que en dos minutos el *jet* debe salir, para no perder el *slot* —responde mientras van a toda prisa hasta llegar al avión que debe llevarlos al aeropuerto de Santander.

El copiloto está esperándoles a pie de escalerilla para recibirles y poder despegar. Se trata de un *jet* bimotor, que ya tiene los motores encendidos, sin distintivos gubernamentales y bastante pequeño.

—¿La inspectora Santos y el profesor Sanmartín? —pregunta el copiloto.

—¡En efecto! —responde Candela mientras le enseña su placa.

—¡Bien! ¡Suban y siéntense enseguida, que debemos salir ya! —exclama el copiloto mientras gesticula con la mano señalándoles el camino.

Candela y el profesor suben a toda prisa por la escalerita de apenas cuatro peldaños que forma parte del fuselaje del avión y entran en el interior del aparato. Gonzalo se queda sorprendido por las comodidades que ofrece, como los acabados en madera de las repisas que recorren los laterales o los asientos de piel reclinables, con una anchura más que generosa, nada parecida a los aviones *low cost* que está acostumbrado a coger de vez en cuando.

Una vez dentro, el piloto ya está a los mandos del *jet*, intercambiando instrucciones con la torre de control de Barajas. Candela y Gonzalo recorren el pequeño aparato, pasando por las dos primeras filas ocupadas por cuatro hombres de mediana edad, debidamente trajeados, a los que Gonzalo no reconoce.

—Buenos días —saluda al pasar por delante de ellos, y es correspondido con el mismo saludo.

—Bueno, pues aquí ya nos podemos sentar —dice Candela cuando llegan a la última fila—. Lo bueno de este aparato es que tienes ventanilla y pasillo al mismo tiempo.

—Por favor, señora y caballeros, abróchense los cinturones, porque vamos a despegar enseguida. Gracias —indica el copiloto una vez ha subido la escalera, quedando la aeronave herméticamente cerrada.

En un minuto escaso el aparato ya está en movimiento en dirección a una de las pistas secundarias del aeropuerto de Madrid-Barajas. Mientras tanto, Gonzalo mira por la ventanilla que tiene a su lado izquierdo, tan ensimismado como un niño.

—Caray —exclama deslumbrado por el lujo del interior de la aeronave—, no tenía ni idea de que el Gobierno dispusiera de estos «taxis».

—No se preocupe, este *jet* no se compró con dinero público —explica Candela—. Fue parte de un alijo que, después de una larga investigación, los compañeros de la UDYCO interceptaron en un aeródromo de Segovia, procedente de Guinea-Bissau, nada menos que con 106 kilos de cocaína, un vuelo con el que se trataba de abrir una ruta de tráfico de drogas de África a Europa. La operación permitió detener a diez miembros de la organización, formada principalmente por colombianos y alemanes.

—Vaya, vaya, el eterno juego del gato y el ratón —comenta Gonzalo.

—En cabeza de pista. Despegamos de inmediato. Por favor, no se quiten los cinturones hasta que no se lo indiquemos. Gracias — se oye por el altavoz del interior del aparato.

En ese momento, Gonzalo, que ya tenía bastante experiencia en vuelos comerciales, puede experimentar en sus carnes la diferencia de vuelo en un *jet* mucho más pequeño, con una aceleración y velocidad de ascensión muy superior a cualquier vuelo convencional. Al cabo de pocos minutos, la aeronave ya se había estabilizado por encima de las nubes y alcanzaba su velocidad de crucero.

—Señores pasajeros, ya pueden desabrocharse los cinturones, aunque les recomendamos que sigan con ellos hasta que aterricemos. El tiempo estimado de vuelo es de unos cincuenta minutos. Que tengan un feliz vuelo —vuelve a oírse por los altavoces del aparato.

—¿Y bien? ¿A qué se debe este cambio de planes? —pregunta Gonzalo.

—Por documentación de diversos casos de denuncias de abusos a internos, tengo la sospecha de que la fuente de todo esto está en el seminario de los Legionarios de Cristo en Ontaneda, a unos cuarenta y cinco minutos en coche desde el aeropuerto de Santander, por lo que vamos a hacerles una visita, a ver si el director del seminario suelta prenda, aunque lo dudo, pero debemos intentarlo —expone Candela.

—Es curioso, porque ayer por la noche estuve leyendo un poco de historia sobre ellos. Los legionarios, desde su llegada a la Universidad Pontificia de los jesuitas en Comillas, en 1946, también en Cantabria, de la que serían expulsados con posterioridad por indicios de pederastia de su fundador en México, utilizaron España como punta de lanza para penetrar en Italia y expandirse por el resto de Europa, con la ayuda, eso sí, del entonces ministro de Asuntos Exteriores, Alberto Martín-Artajo, un exestudiante de los jesuitas que tras el alzamiento de Franco se pasó a su bando y formó parte de Falange. Con ello, fue escalando puestos hasta llegar a ser nombrado ministro en 1945 —explica Gonzalo.

—Ya veo que esto es un nido de avispas con demasiada solera —murmura Candela—, aunque no creas, yo también he hecho los deberes. Da la casualidad de que el pasado día 19, justo el mismo día en que se descubrió el cadáver de Santiago de Compostela, salió a la luz una carta donde el delegado pontificio de la congregación, el cardenal Velasio de Paolis, anunciaba que había constituido la llamada Comisión de Acercamiento. Según relataba la carta, en primer lugar se escuchará a las personas que, a causa del padre Marcial Maciel o en relación con él, solicitan acciones de parte de la congregación de los Legionarios de Cristo para después elaborar un informe detallado que someterá al propio delegado, quien, apoyado por sus consejeros, tomará las decisiones sobre lo que la Legión de Cristo debe hacer en cada caso.

—Vaya, una operación de lavado de cara en toda regla, eso sí, asegurándose la máxima discreción con los medios, por lo que veo.

—En efecto, aunque este cúmulo de casos en España, con los ojos de toda la comunidad cristiana puestos en la próxima visita del papa, no parece que les esté ayudando precisamente. O bien la publicación de esta carta no es más que una reacción ante los dos primeros casos para evitar un efecto contagio en otros países donde hayan podido sucederse los mismos casos de abusos.

En ese momento, por los altavoces del interior del avión se oye la voz del copiloto.

—Inspectora Santos, tiene una llamada urgente desde la Comisaría General de Madrid. Puede coger el teléfono que tiene al principio del pasillo.

—¡Vaya! Esto no tiene buena pinta —exclama Candela mientras se levanta de la butaca a toda prisa para dirigirse al teléfono que hay justo al lado de la entrada de la cabina de mando del *jet*.

—¿Sí?

—¿Candela?

—Yo misma.

—Soy Óscar, voy a ser breve. He estado ya donde te comenté.

—Te escucho, dime.

—Bien, tal y como sospechabas, la red de pederastia y abusos era algo generalizado en la mayoría de seminarios mayores y menores en todo el mundo, y aquí precisamente, donde más denuncias se han acumulado, ha sido en Ontaneda. He tenido en mis manos la declaración de un sacerdote legionario chileno, Patricio Cerda, que fue miembro de los Legionarios de Cristo durante diecisiete años. Pasó por el centro vocacional de Ontaneda, según él, en la época más cruda de abusos, y vio cómo un sacerdote abusaba de un menor en un baño. Cuando abandonó definitivamente la orden, no se quedó de brazos cruzados. Habló con el cardenal Blázquez, y a través de él consiguió una entrevista con Ratzinger, a quien dio todo lujo de detalles.

—¡Gracias, Óscar! ¡Buen trabajo! Hay que seguir escarbando y acabaremos encontrando el porqué de todo esto. Te llamo cuando hayamos acabado hoy aquí.

—¡Venga! ¡Hablamos luego!

Candela cuelga el auricular y se dirige sonriente hasta su butaca.

—¿Y bien? No me digas que tenemos otro cadáver, por favor —dice Gonzalo al ver llegar a Candela.

—No, mucho mejor, por fin un punto de luz entre tanta oscuridad. Creo que vamos a poder tirar de los hilos de algún exlegionario, no para encausar a esta pandilla de violadores hijos de puta, sino para llegar hasta nuestro sujeto. Aprovecha para descansar un poco, que va a ser un día muy largo —responde sonriente Candela, mientras Gonzalo dibuja en su cara una expresión de alivio y aprovecha para cerrar los ojos y descansar antes de tomar tierra.

Interior del *jet*, en la aproximación al aeropuerto de Santander, veinte minutos después

—Señores pasajeros —informa el piloto por los altavoces—, les informamos de que en unos quince minutos vamos a tomar tierra en el aeropuerto de Parayas, en Santander. La temperatura es de unos 15 ºC y nos acompaña algo de lluvia. Por favor, abróchense los cinturones, pues vamos a iniciar la maniobra de aproximación para poder tomar tierra. Gracias.

—¿Qué tal? ¿Has podido descansar un poco? —pregunta Candela mientras Gonzalo se incorpora y se abrocha el cinturón.

—La verdad es que sí, y hay que decir que esta butaca de piel ha sido de gran ayuda —responde Gonzalo mientras se sitúa y toma consciencia.

Tras atravesar las nubes que cubren totalmente la ciudad de Santander, la lluvia cae de forma persistente sobre el aeropuerto mientras el *jet* toma tierra de forma casi imperceptible para sus pasajeros. Tras llegar al final de frenada, la aeronave es dirigida por un vehículo *follow me* hasta la zona asignada para su aparcamiento.

—Señores pasajeros —informa el piloto por los altavoces—, ya pueden desabrocharse los cinturones. No olviden recoger sus pertenencias y recuerden que la hora del vuelo de regreso a Madrid-Barajas es a las 18 horas. Muchas gracias y que pasen un buen día.

La aeronave ya ha frenado y se va oyendo el progresivo apagado de sus motores.

—Vamos, Gonzalo, un coche patrulla de la Guardia Civil nos espera para llevarnos a Ontaneda.

Los dos se levantan para dirigirse a la salida, donde la escalerita ya ha sido desbloqueada y desplegada por el copiloto, que saluda con cortesía a los cuatro pasajeros.

A Candela y Gonzalo les toca correr un poco hasta refugiarse en la salida para vuelos privados de la terminal del aeropuerto. Una vez en ella, se dirigen al puesto de la Guardia Civil, una pequeña oficina dentro del complejo del aeropuerto.

—Buenos días, agente. Tenemos un vehículo que nos espera para llevarnos a Ontaneda —explica Candela al agente de guardia que hay tras el mostrador de recepción de la oficina, presentando su placa y credenciales.

—¡Buenos días! ¡Vaya día han escogido para venir a visitarnos! —exclama el agente sonriente mientras avisa por radio al compañero que debe acompañarlos—. ¡Rebollo! Venga, que ya están aquí los inspectores de Madrid que tienes que acompañar a Ontaneda… ¡cambio!

—¡Recibido! ¡Voy para allá! ¡Cambio!

—Bueno, pues en un par de minutos está aquí el compañero y les lleva a Ontaneda, es que estaba en su descanso para desayunar un poco, ¿saben? —les informa el agente de la Benemérita.

—Muy bien, gracias, esperamos pues… —responde Candela un tanto resignada mientras cruza una mirada con Gonzalo, que responde con unos gestos de cejas con la misma resignación.

Al cabo de unos cinco minutos entra por la puerta a toda prisa y ataviado con un chubasquero totalmente mojado el agente que debe acompañarlos.

—¡Joder, macho! ¡Está cayendo la hostia! A ver, donde co… —espeta el agente mientras se da la vuelta y ve a Candela y a Gonzalo esperándole—. ¡Hombre! ¡Buenos días! Soy el cabo

Julián Rebollo, a su servicio para lo que necesiten —exclama mientras presenta sus respetos con el saludo marcial.

—Buenos días, cabo, soy la inspectora Santos, de la Comisaría General de Seguridad Ciudadana. Le presento al profesor Gonzalo Sanmartín, uno de nuestros asesores.

Los dos agentes de la Benemérita entrecruzan miradas, mientras el que está tras el mostrador lanza las llaves del vehículo al cabo.

—Id con cuidado —indica el agente a su compañero—, que con la que está cayendo seguro que la carretera está bastante jodida.

—Si están preparados, nos vamos cuando quieran.

—Le seguimos, cabo, que no tenemos mucho tiempo antes de tener que volver a Madrid —responde Candela.

El agente, en un gesto de cortesía, hace salir por la puerta de la oficina a Candela y a Gonzalo y se dirigen a una de las salidas de la terminal, donde hay aparcado un Nissan Patrol del cuerpo, un tanto antiguo, de tres puertas, pero suficiente para llevarlos a su destino.

El aguacero persiste, por lo que llegan a toda prisa hasta el vehículo.

—Bien, pues ya pueden coger asiento como gusten —comenta el cabo mientras abre las puertas del todoterreno. Gonzalo prefiere ir en los asientos traseros, mientras Candela escoge el asiento del copiloto—. Pónganse los cinturones, porque con la que está cayendo el trayecto puede ser movidito. Si les parece, vamos a ir directamente por la carretera que pasa por Renedo de Piélagos, que aunque es más trozo de nacional, así nos ahorramos pasar por Torrelavega, que a estas horas y con la lluvia seguro que estará a tope de tráfico, y por aquí supongo que vamos a tardar unos 45 minutos.

—Usted es el que conoce a fondo la zona, así que confiamos en su pericia para llegar a nuestro destino, cabo —responde Candela con una sonrisa para hacer que el agente se sienta cómodo.

Gonzalo se da cuenta de que tiene una llamada perdida desde el móvil de su mujer, con un mensaje guardado, por lo que se dispone a escucharlo.

—Disculpad, Candela, tengo una llamada desde el móvil de mi mujer... no sé qué ha ocurrido.

—Por favor, adelante —responde expectante ante la llamada.

—Llamada recibida, hoy, a las, 9 horas, 30 minutos... Hola, Gonzalo, por favor, llámame en cuanto puedas, estoy en la consulta del veterinario, es urgente... Venga, hasta ahora...

—Es mi mujer, parece urgente, me llama desde el veterinario —comenta Gonzalo mientras marca los números del móvil de su esposa.

Candela frunce el ceño, esperando una noticia que no quería que llegase a hacerse efectiva.

—¡Carmen! Buenos días... Es que no estaba disponible... dime... ¿qué ocurre?... ¿Qué?... pero como... bien, bien... espera... que como tengo a la inspectora conmigo, pongo el móvil en manos libres... —dice Gonzalo entre la incomprensión y la rabia.

—Buenos días, Gonzalo, soy Amaia Pérez, veterinaria de la Clínica San Bernardo, aquí, en Donosti.

—Buenos días, doctora, soy Gonzalo, esposo de Carmen. Si no le importa, estamos con el móvil en altavoz para que la inspectora Santos, de la Policía de Madrid, aquí conmigo, pueda oír lo que nos tiene que decir.

—Sí, sí, por supuesto. Bien, como sabrá, ayer su esposa nos trajo a la clínica, el cuerpo sin vida de Inca, una perra rottweiler de ocho años de edad. Por el historial que tenemos desde que nos la trajeron para su primera vacunación, hasta ahora no ha tenido ningún problema grave, excepto cuando tenía unos meses, que se tragó una pieza de plástico, que afortunadamente pudimos extraer sin más consecuencias. Bien, en cuanto a las revisiones periódicas que ha ido teniendo anualmente esta perra, podría decirse que estaba en forma y con una gran fortaleza física, por lo que aunque en estos canes tenemos casuísticas de muerte súbita por ataque cardíaco, Inca no tenía ninguna lesión que pudiera prever un final de este tipo. Entonces, a petición de su esposa, le hicimos un primer examen *post mortem*, para tener un primer dictamen de la causa de la muerte.

»Bien, siento decirle que la muerte de Inca no ha sido natural, ni accidental, por tal y como nos ha relatado su esposa sobre cómo la encontró, ya que era imposible que hubiera podido ingerir ningún cuerpo ni sustancia en su casa.

—Disculpe que la interrumpa, doctora, soy la inspectora Santos, estoy al lado del profesor Sanmartín. ¿Nos está diciendo que la perra tuvo una muerte intencionada?

—Según las muestras preliminares de la mucosa extraída de la boca, y tras un análisis de sangre, además de proceder a la autopsia para extraer lo último que había ingerido, me temo que sí, inspectora. La perra habría sido envenenada.

Gonzalo se queda totalmente derrotado ante la fatal noticia por parte de la veterinaria, mientras se pone las manos en la cara en una visible gesticulación de ansiedad.

—Prosiga, por favor —dice Candela.

—Bien, por la corrosión encontrada en su mucosa gástrica, y tras el análisis de los restos de carne cruda encontrados en su estómago, aún sin digerir, puedo certificar que Inca ingirió varios trozos de carne que contenían una dosis suficiente de cianuro, que aunque no fue fulminante por cantidad, una vez absorbida por las mucosas y pasado a su corriente sanguínea pudo provocarle la agonía durante una hora antes de acabar originándole la muerte por fallo multiorgánico. Hay que tener presente que la ingestión o inhalación aguda de cianuro causa inconsciencia inmediata, convulsiones y muerte en un período que puede variar entre uno y quince minutos, durante los cuales causa congestión y corrosión de la mucosa gástrica, tal y como encontramos en una primera inspección. Por la dosis que pudieron suministrarle, por los restos de carne que extrajimos de su estómago, y algunos restos que encontramos ante la puerta de la cocina que da al jardín, seguramente empezó a provocarle vómitos, respiración rápida, descenso de la presión arterial, aumento del pulso y finalmente la inconsciencia. Al producirse el envenenamiento en unas horas que nadie podía auxiliar al animal, finalmente murió, tras el bloqueo del aparato respiratorio. Siento mucho tener que darles esta noticia, pero creí importante que lo tuvieran en cuenta de cara a formular una denuncia.

Gonzalo, totalmente abatido, es incapaz de responder a la doctora.

—Muchas gracias por su detallada explicación, doctora —dice Candela—. Bien, si no le importa, necesitaríamos que nos enviase el informe completo a una dirección de correo electrónico que ahora le pasaré por SMS al teléfono de la señora Carmen, ¿de acuerdo?

—Por supuesto, se lo envío enseguida. Mis condolencias. Dar unos resultados de este tipo es lo más ingrato que podemos encontrarnos, además de la impotencia que nos provoca no haber podido hacer nada al respecto.

—No se preocupe, doctora, ya nos ha ayudado en gran medida. Por favor, lo único que le pido es que este resultado no trascienda fuera del círculo que ya ha tenido constancia de este caso. Es vital para la investigación, ¿me entiende?

—Por supuesto. Voy a dar instrucciones claras al resto del equipo de la clínica para que este tema no salga de aquí, no se preocupen.

—Muchas gracias... bien, le devuelvo el teléfono al profesor y ahora mismo le envío un mensaje con el correo electrónico al que puede enviar el informe. Hasta luego.

Candela entrega el móvil a Gonzalo, que desconecta el altavoz.

—Hola… Sí, sí… lo he oído todo. Por favor… no quiero meterte miedo en el cuerpo… igual ha sido una casualidad, pero extrema las precauciones mientras estés en casa. Además, recuerda que ya hay una patrulla vigilando, por lo que puedes estar segura de que nadie va a poder haceros daño, ¿de acuerdo?... bien… bien… no te preocupes por mí, estoy muy bien acompañado… —dice Gonzalo mientras mira a Candela, que le devuelve una mirada de complicidad—. Sí… bien… exacto… coméntaselo también a Berta, evita alertarla demasiado, pero debe ser consciente de la situación por si acaso, que ella a veces se queda sola en casa con la niña mientras tú estás fuera… bien… un beso muy grande para las dos… adiós, adiós… —termina la llamada y Candela le coge de la mano.

—Gonzalo, sabes que vamos a acabar con esto, y gracias en gran parte a la ayuda que nos estás prestando, lo sabes, ¿verdad? —Gonzalo asiente con la cabeza, con rostro abatido—. Bien, por supuesto, voy a pasar la información al comisario para que adopte las medidas oportunas. ¿Puedes dejarme de nuevo tu móvil y así le envío el mensaje a tu mujer para que puedan pasarnos el informe?

—Claro, claro… por supuesto —responde mientras entrega el móvil a Candela, que empieza a escribir de inmediato un mensaje a su mujer con la dirección del correo electrónico.

—Disculpen que me meta donde no me llaman —comenta el agente que conduce el todoterreno—, pero siento mucho lo que le ha ocurrido a su perro. Lo sé por propia experiencia. Yo tenía un pastor alemán precioso, Otto, que hace un par de años fue víctima de una presa envenenada que dejo algún cabrón en el bosque para intentar eliminar a los pocos lobos que quedan en la cordillera cantábrica. Nos pasó en la zona de Liébana, donde mis padres tienen un caserón propiedad de la familia desde hace generaciones. Fue un día muy triste para nosotros.

—Gracias, agente —responde Gonzalo.

Quince minutos después. Carretera N-623 en dirección a Ontaneda

La lluvia no ha dejado de persistir durante todo el recorrido, en el que han atravesado amplias zonas rurales. Candela se dispone a realizar una llamada con el móvil prepago.

—¿Óscar? Hola, soy Candela... oye una cosa... sí, sí, no te preocupes, la llamada era importante y yo no tenía cobertura en pleno vuelo... escúchame... vas a recibir en tu correo electrónico el informe de la autopsia de la perra de Gonzalo... sí... en efecto... —dice mientras cruza una mirada con Gonzalo—. Bien... Por cierto, ¿cómo lo lleva Garmendia?... Ok... entonces espero su llamada más tarde, que ahora vamos a ver qué nos cuenta esta gente... Ok, gracias... hasta luego.

—¡Bueno! Pues ustedes dirán, ¿a dónde les llevo? —pregunta el agente mientras traspasan el límite que anuncia la entrada a la población de Ontaneda, justo al lado de unos caserones abandonados.

—Pues vamos al colegio seminario de los Legionarios de Cristo. ¿Sabe dónde está? —pregunta Candela.

—¡Por supuesto! Los compañeros del cuartel, que está justo detrás de la finca, ya han tenido que personarse varias veces por las denuncias de la dirección del centro.

—¿Y eso? —indaga Candela como quien no sabe.

—¿No lo sabe? Desde que estalló el escándalo de que desde hace años varios de sus alumnos o seminaristas habían sido objeto de abusos sexuales, la prensa no ha dejado de acosarles, son como hienas que van a la presa herida de muerte, ya me entiende. De hecho, me suponía que venían por el mismo tema, aunque me extrañó que fuera desde la Brigada de Homicidios.

—Vaya... bien, entonces veremos cómo nos reciben —comenta Candela mientras mira a Gonzalo, ya más repuesto por la noticia de la muerte de Inca, su fiel amiga.

Tras atravesar, seguramente, la parte más antigua de Ontaneda, con algunos caserones aparentemente abandonados a un lado y otro de la carretera, llegan a la zona central del pueblo, algo más comercial, donde a su izquierda se ve, imponente, un largo edificio, de unos tres pisos de alto más las buhardillas, pintado en tonalidades grises, curiosamente tal vez en sintonía con la historia que lleva ocultándose tras sus muros. El vehículo de patrulla de la Benemérita finaliza su trayecto para aparcar justo frente a la fachada principal, al otro lado de la carretera.

—Bien, señores, pues hemos llegado. Viendo el edificio y las noticias que se han oído por ahí, la verdad, da más de un escalofrío.

—Muchas gracias, cabo. Por cierto, ¿cómo vamos a contactar con usted para la vuelta? Necesitamos estar antes de las seis de la tarde para coger el avión de regreso a Madrid.

—No se preocupen, aquí les dejo mi número de móvil, para llamarme en cuanto me necesiten. Tengo que hacer algunas visitas por la zona, así que estaré cerca durante todo el día —comenta el agente mientras escribe su número de teléfono en una de las hojas de su bloc de servicio—. Aquí tiene. Ante cualquier cosa que necesiten, una llamada y estoy aquí enseguida.

—Gracias, agente. Es una suerte tenerle por aquí —comenta Candela mientras se baja del vehículo a la vez que también lo hace Gonzalo, tras adelantar el asiento del copiloto.

—¡A la orden, inspectora! Que haya suerte.

El agente se despide con un saludo marcial, da la vuelta con su vehículo y se marcha por donde han llegado, mientras Candela y Gonzalo echan un vistazo al edificio antes de cruzar la carretera.

Al llegar a la puerta principal, Candela pulsa un viejo timbre situado en el marco izquierdo de la gran puerta de madera en color gris, mientras aguantan los últimos resquicios de la persistente lluvia que les ha estado acompañando desde que llegaron al aeropuerto. Al mismo tiempo, alguien les está tomando unas fotos, desde dentro de un vehículo, a unos quince metros por delante de su posición.

—Si no te importa —dice Candela—, déjame hablar a mí, a ver cómo les podemos entrar, ¿de acuerdo?

—Sin problema, estoy aquí para ayudar en lo posible.

En vista de que nadie responde al timbre, Candela insiste un par de veces más, hasta que, desde dentro, se oyen unos pasos, como si alguien se aproximase corriendo hasta la puerta. En ese preciso momento se oye un movimiento de llaves y desbloqueo de la cerradura de la antigua puerta de madera. Al abrirse, aparece un joven de no más de veinte años, vestido de forma impecable, con traje negro y alzacuellos blanco, sonriente al ver a los dos desconocidos.

—Buenos días, ustedes dirán —dice el joven con acento andaluz y en plena adolescencia.

—Disculpa, ¿podemos pasar? Es que aún llueve bastante —se excusa Candela, también con una sonrisa.

—¡Por favor! Disculpen mi torpeza —asiente el chico mientras les invita a pasar a la antesala del edificio.

—Muchas gracias —dice Gonzalo al traspasar el umbral de la puerta, mientras el joven la cierra y guarda el manojo de llaves en un bolsillo del pantalón.

—¿Y bien? ¿En qué podemos ayudarles? —vuelve a preguntar el joven.

—Disculpa, ¿tu nombre es…? —pregunta Candela.

—Manuel —dice con una voz algo temblorosa ante la presencia de los extraños—. Hoy estoy al cargo de la entrada y secretaría del colegio —explica orgulloso.

—¡Vaya! Una gran responsabilidad.

—Bien, aquí todos ayudamos en lo que podemos y cada uno tiene asignadas sus tareas —comenta el joven algo más relajado—. Disculpen, pero debo preguntárselo, ¿no serán ustedes de la prensa?

—Pues no, para nada. Mira, Manuel, mi nombre es Candela Santos y soy inspectora de Policía —dice mientras enseña sus credenciales al chico— y este señor que ha venido conmigo es el profesor Sanmartín.

El joven, algo contrariado a la vez que sorprendido, parece no entender en qué situación se encuentra.

—Disculpen, es que esto no pasa cada día, como ustedes comprenderán, ¿es que ha ocurrido algo?

—No, en absoluto, solo queremos comprobar que todo está correcto después de las molestias que habéis tenido últimamente por parte de la prensa, y nos gustaría hablar con la persona responsable del centro, para ver si necesitáis algo —la respuesta parece que consigue relajar el aparente nerviosismo del chico.

—¡Ah! Bien, bien, pues no se preocupen, porque ahora mismo aviso al padre Tapia, que les recibirá enseguida que pueda, ¿de acuerdo? Si les parece, pueden aguardar unos minutos aquí mientras le aviso —el joven señala un banco de madera que hay tras ellos.

—Muchas gracias, Manuel, muy amable por tu parte —responde Candela con una sonrisa mientras ve que Gonzalo, también con una sonrisa, le ha cogido la onda.

El chico se dirige al interior de una pequeña recepción sin luz natural que hay en la entrada, tras un pequeño mostrador bajo un ventanal de cristales cuarteados, para hacer una llamada telefónica. Tras la llamada vuelve a salir del pequeño despacho.

—Ahora mismo viene para aquí el padre Tapia, que les atenderá —informa el chico, sonriente.

—Gracias, Manuel. Por cierto, ¿de dónde eres?

—De Sevilla, señora.

—Ajá… ¿y llevas mucho tiempo aquí?

—Bueno, este es mi tercer año. Cuando acabe el curso me enviarán al colegio de Valencia…

En ese momento aparece el padre Tapia, un hombre de complexión delgada, de apenas unos cuarenta años, de ojos claros, con una sonrisa en la cara y también ataviado de forma impecable, con su negro uniforme de sotana y blanco alzacuellos.

—Gracias, Manuel, puedes retirarte a realizar tus tareas —ordena al chico con una sonrisa.

—Como usted diga, padre —responde el chico con los ojos mirando hacia el suelo, en señal de completa sumisión, para retirarse posteriormente.

—Bien, soy el padre Enrique Tapia, superior de este noviciado. Ustedes dirán —se presenta sin dar la mano.

—Buenos días, padre. Soy la inspectora Santos, de la Policía Judicial de Madrid —explica mientras presenta sus credenciales— y me acompaña el profesor Gonzalo Sanmartín, catedrático de Historia Medieval —en este caso, curiosamente, el padre sí que tiende la mano a Gonzalo, quien le devuelve el saludo con una sonrisa.

—Disculpen, pero no lo entiendo. Manuel me ha comentado que han venido ustedes por los problemas que hemos tenido últimamente con la prensa, debido al desgraciado malentendido que se ha extendido por los medios, salpicando nuestra congregación y nuestra obra de forma totalmente indiscriminada. Hasta ahora, si habíamos tenido algún altercado con la prensa había venido la patrulla de la Guardia Civil que hay justo aquí detrás. ¿No les coge un poco lejos de su jurisdicción? —pregunta el padre Tapia algo sorprendido.

—Bien, padre, creo que precisamente por la dimensión que ha adquirido el tema en cuestión, creo que deberíamos tratarlo en un lugar más discreto, si le parece bien —expone Candela con una sonrisa.

—Bien, bien, pues si les parece vamos a mi despacho, aunque tengo que decirles que no dispongo de mucho tiempo, ya que en unos veinte minutos tengo una clase repleta de alumnos que me estará esperando —dice mientras les indica el camino a través de un pasillo que les conduce a unas escaleras al primer piso.

—Le prometo que no vamos a robarle más tiempo del necesario, padre —dice Candela.

Una vez llegan a su despacho, a través de claroscuros y sobrios pasillos, el padre Tapia les invita a pasar y sentarse en un par de sillas de madera tapizadas en cuero antiguo. Tras tomar asiento, cierra tras ellos la puerta por la que han entrado. El silencio es estremecedor y el olor a rancio inunda la sala.

—Si me disculpa —dice Gonzalo—, la verdad es que no parece un típico colegio, con el continuo movimiento de alumnos entre clase y clase.

—Tiene usted toda la razón. Esta sagrada institución no es un colegio cualquiera. Aquí, tanto profesores como internos venimos a servir a la voluntad de Dios, y el silencio es primordial para poder llevar a cabo su trabajo, aquí en la tierra —explica el padre Tapia—. ¿Y bien? —pregunta una vez sentado tras su mesa, con las manos juntas.

—Bien, padre. No estamos aquí para poner en tela de juicio la veracidad de las noticias aparecidas en los medios, pero sí debo preguntarle si ha estado al tanto de las noticias de sucesos de las dos últimas semanas, con la aparición de cinco cadáveres en varias ciudades de todo el país, el último precisamente ayer, en Toledo. Con ello, debo añadir que todas las víctimas habían estado relacionadas con esta... sagrada institución, habiendo pasado durante los años ochenta un largo período de tiempo precisamente por el colegio que usted dirige ahora mismo.

Al padre Tapia se le borra la sonrisa de la cara, y deshaciendo el cruce de sus dedos con ambas manos, usa el puño de su mano derecha como apoyo para su mentón.

—Cierto, inspectora, lamentablemente, aunque intentemos alejarnos del mundo terrenal para estar más cerca de nuestro creador, las noticias más crueles acaban llegando a nuestros oídos.

—¿Y bien? ¿Llegó a conocer a alguna de las víctimas, miembros ya jubilados, que pasaron por esta institución?

—Pues no, la verdad, durante aquellos años yo era tan solo un chiquillo, y además me formé en el seminario de Salamanca, por lo que desconozco totalmente la fiabilidad de cualquier información que haya podido salir en prensa.

—Ya. ¿Puedo preguntarle cuánto tiempo hace que dirige usted este colegio?

—Llegué hace un par de años, después del traslado del padre Jesús Martínez Penilla, el anterior superior de este noviciado.

—Entiendo —interrumpe Gonzalo—. Disculpe, padre, para conocer mejor su obra, ¿podría explicarnos qué hacen aquí? ¿Cómo preparan a los seminaristas?

—Por supuesto —responde el padre Tapia, en cuyo semblante vuelve a aparecer la sonrisa—. Ayudamos a chicos como Manuel, el joven que han conocido, y al resto de los catorce nuevos novicios que hemos recibido en este curso, a contrastar si lo que viven es voluntad de Dios, todo ello a través de la oración, la dirección espiritual y el acompañamiento. Con ello, vamos verificando la idoneidad de los chicos para la vida religiosa, y por supuesto, la rectitud de sus intenciones. Por tanto, el seminario de los Legionarios de Cristo no es una fábrica de curas, sino un lugar de silencio para ir poniendo en claro la voluntad de Dios.

—¿Y puedo preguntarle cómo ponen en claro esa voluntad de Dios sobre estos chicos? —indaga Candela.

—Por supuesto, inspectora. Durante los dos primeros años del noviciado, el día a día de los seminaristas es una preparación para lo que será su vida como sacerdotes legionarios: vida en comunidad, oración, silencio, estudio de las Sagradas Escrituras, austeridad, formación en las constituciones, prácticas del apostolado… La única forma de saber si esta es la vida que Dios tiene pensada para ellos es ir conociéndola paso a paso. Después comienza la formación superior en humanidades, teología y filosofía con las mismas materias que cualquier sacerdote diocesano y los acentos evangelizadores propios de la congregación. Una labor que es una gran responsabilidad y requiere de la oración y el apoyo material de la Santa Madre Iglesia.

En ese momento suena un timbre durante tan solo un par de segundos que rompe el silencio del edificio, a lo que el padre Tapia se levanta de inmediato de su silla.

—Siento no poder atenderles durante más tiempo, pero el Señor me llama a mis deberes para con mis alumnos. —dice mientras va hacia la puerta, abriéndola en un gesto de invitación a la despedida.

—¡Por supuesto! —exclama Candela mientras se ponen en pie y atraviesan el umbral de la puerta.

—Espero haberles ayudado en lo posible para su investigación, pero como habrán podido comprobar, contadas son las veces que atravesamos estos muros para tener contacto con el mundo exterior —explica mientras bajan las escaleras que les conducen de nuevo a la puerta principal.

—Muchas gracias por atendernos, padre. Seguro que nos habrá sido de ayuda, sino material, seguro que espiritual —comenta Gonzalo amigablemente mientras estrecha la mano del padre Tapia.

—Bien, muchas gracias por su tiempo, padre. En cuanto a los problemas con la prensa, ya se sabe que son como las moscas, huelen lo podrido a distancia —se despide Candela ofreciéndole una tarjeta con una sonrisa—, pero tarde o temprano se les pasará. Por cierto, si por casualidad le viniera cualquier recuerdo o detalle sobre las víctimas y la época en la que estuvieron en este colegio y que pueda ayudarnos, no dude en llamarme. Como ustedes con Dios, estoy disponible las 24 horas del día, los 365 días al año —finaliza la inspectora mientras el padre recoge la tarjeta evitando tocar a Candela.

—Gracias por su visita, que tengan un buen día, y sobre todo, que Dios les guíe en sus actos —se despide el padre Tapia mientras mantiene la puerta del noviciado abierta.

—Gracias a usted por su tiempo… buenos días —responde la inspectora mientras atraviesa el umbral de la puerta, que se cierra tras ellos, con el sonido mecánico de la cerradura de la sacra institución, algo que parece formar parte de su credo.

—¿Ayuda… espiritual? —pregunta Candela a Gonzalo en tono sarcástico.

—Ay, amiga Candela, tal y como me decía mi abuelo, hay que tener amigos hasta en el infierno, por si acaso —responde mientras mira hacia un cielo ya descapotado—. ¿Ves? Al menos ha dejado de llover —dice sonriente.

—En ese caso creo que ya tengo mi cupo lleno. Venga, vamos a comer algo antes de llamar al cabo para que nos venga a recoger, ¿te parece? —dice Candela mientras señala con la cabeza un mesón que hay justo enfrente del edificio de la congregación.

—Me parece genial. Ahí dentro, aparte del silencio de ultratumba, si oías unos ruiditos eran mis tripas pidiendo su tributo —responde Gonzalo sonriente.

—Pues venga, no seré yo quien prive a tu estómago de su sagrado tributo —dice la inspectora mientras cruzan la carretera y traspasan la puerta del mesón Tres Arcos.

Tras pasar por el umbral de la puerta, ante ellos se abre una sala no demasiado grande, llena de mesas y sillas de madera, con las paredes a piedra vista de los muros que aguantan el antiguo edificio. Apenas se oye una pequeña televisión que el dueño del mesón tiene colgada en la misma pared de la puerta de entrada y el chasquido cristalino resultante del impacto entre los platitos y las tazas de los cafés que el mesonero está preparando en una típica máquina de café industrial.

—Si no te importa, vamos a sentarnos cerca de la salida, porque veo que aquí la cobertura puede resultar algo complicada —dice Candela.

—Por supuesto, donde quieras —responde Gonzalo mientras se sientan en una de las mesas más cercanas a la salida y Candela comprueba la cobertura de su móvil.

—Ustedes dirán —pregunta el mesonero, mientras limpia la mesa con un trapo que lleva colgado de su cinturón.

—Nos quedamos a comer, si puede ser. ¿Qué tienen para hoy? —pregunta Candela.

—¡Por supuesto! Pues de primero tenemos una ensalada de la casa, después, un cocido montañés, y de postre, una variedad de quesos de la zona, con pan, vino y agua incluidos, ¿les parece?

Candela y Gonzalo apenas se cruzan una mirada de mutua aprobación.

—Perfecto entonces. ¡Vamos a ello! —responde Candela, a la que parece que también le ha entrado hambre tras escuchar el menú.

Cuando el mesonero se va, la inspectora se dirige a Gonzalo:

—¿Qué te ha parecido el *tour* por la casa del terror?

—Está claro que de ser verdad todo lo que ha salido a la luz, estas casas tienen que haber sido un infierno para algunos de sus habitantes, y por la gestualidad de Manuel, el seminarista que nos ha atendido, tienen bien infundido el temor de Dios, y prefiero no imaginarme cómo. Según el estricto reglamento redactado por su fundador —explica Gonzalo—, y aún vigente, los legionarios deben salir siempre de dos en dos, y de sotana o impecable terno cruzado con alzacuellos. Es su coraza. No pueden escribir a una mujer; pasear, fotografiarla, viajar ni convivir con ella; tampoco estar a solas ni visitarla en su domicilio, a no ser que la susodicha se esté muriendo. Tienen prohibido asistir a espectáculos, desde encuentros deportivos hasta la ópera o el ballet; presenciar películas si son «frívolas o sensuales». No pueden poseer libros, ni radio ni televisor, y leer únicamente la prensa que autorice su superior, que en el caso del noviciado de Salamanca, si no me equivoco, es *La Razón*. Su correo está intervenido. El que envían y el que reciben. Para defenderse de las tentaciones de la carne, su fundador les recomienda «el descanso, la contemplación de la naturaleza, la programación del tiempo y la huida de la improvisación y la ociosidad».

—Yo lo que veo es un control absoluto sobre el individuo —expone Candela—, obediencia por encima de todo. Se trata de la programación del individuo, la anulación de su personalidad y voluntad. No es más que una puta secta bajo el paraguas de la Santa Madre Iglesia.

—Bueno, señores, pues aquí les traigo sus ensaladas —interrumpe el mesonero—, aquí tienen las aceiteras y ahora mismo les traigo el pan, el agua y el vino… buen provecho.

—¡Gracias! —responde Gonzalo.

—Madre mía, esto no es una ensalada, ¡sino la mitad del huerto! —afirma Candela, sorprendida al ver el tamaño del plato.

—¿Acaso no sabes que en los pueblos del norte es donde mejor se come? —responde Gonzalo, seguramente ya acostumbrado a las raciones que se sirven en su comunidad.

—Lo sabía, lo sabía, pero es que ya temo al segundo plato —dice Candela entre risas.

Mientras los dos disfrutan de la comida charlando de cosas banales, entra por la puerta un individuo de unos cuarenta y cinco años, ataviado con una cazadora de piel oscura y unos vaqueros, que tras fijarse tan solo unos segundos en la mesa donde están sentados Candela y Gonzalo, se dirige al final de la barra para pedirle un café al mesonero. Candela, por deformación profesional, ya ha detectado que no está ahí por casualidad.

Cuando Candela y Gonzalo piden los cafés, el individuo que estaba en la barra se acerca hasta su mesa.

—Disculpen que les moleste. ¿Me permiten que me siente con ustedes durante el café? Creo que dispongo de información que puede interesarles —comenta el individuo en voz baja.

—Disculpe... ¿y usted es? —indaga Candela con curiosidad.

—Mi nombre es Carlos, soy periodista de investigación y creo que tengo información sobre estos señores de aquí —dice señalando el otro lado de la calle.

—Disculpe, Carlos... —responde Candela.

—Sí, perdón... Carlos Vélez.

—Ajá, ¿para qué agencia o medio trabaja?

—Para cualquiera que quiera pagar por mi trabajo, soy *free lance*.

—Ya. ¿Y qué le hace creer que la información que usted dice poseer puede interesarnos, señor Vélez?

—Bueno, para empezar, porque no creo que un par de turistas usen un vehículo de la Guardia Civil como taxi, ni siquiera parecen padre e hija que vienen a visitar a su hijo o hermano interno sin ser conscientes del infierno por el que han pasado estos chicos durante muchos años. Además, están las ejecuciones del que han llamado Inquisidor, que por supuesto, resultaría imposible empatizar con la mayoría de la sociedad, excepto con los que, créanme, conocemos las identidades y pecados de sus víctimas —afirma el periodista mientras Candela mira a Gonzalo con cierto interés.

—¿Sabe que seguir a un inspector de policía durante las pesquisas de un caso puede ser constitutivo de delito? —pregunta Candela.

—Por supuesto... Ha sido un encuentro casual. Yo ya llevaba unas cuantas horas aquí cuando les he visto bajarse del todoterreno de la Guardia Civil y entrar en ese maldito edificio. Y bien, ¿puedo? —pregunta el supuesto periodista mientras les indica gestualmente la silla que hay al lado de Gonzalo.

—Por favor... —responde Candela señalando la misma silla con una mano.

—Gracias. Miren, voy a serles franco. Estoy investigando el escándalo de la red de pederastia que esta organización tiene distribuida por todos sus centros «educativos» en España. Este secreto ha durado demasiados años, y aunque este tipo de delitos ya ha prescrito en muchos de los casos, sí que merecen un escarnio público y un castigo ejemplar, aunque solo sea para pasar una mínima parte de la vergüenza y humillación por la que han pasado mucho de sus alumnos tras años de vejaciones y abusos…

—Disculpe, Carlos —interrumpe Gonzalo—. Antes ha hablado sobre una cierta empatía con el responsable de los crueles asesinatos de esos ancianos, según usted, verdugos de sus víctimas, unos delitos que de haber sido así, como sabe, ya han prescrito. ¿Y ahora nos dice que se merecen un «escarnio público y ejemplar»? ¿Por qué? —pregunta en una clara actitud postural de interés sobre lo que explica tras lanzar una mirada a Candela, que rápidamente tiene en cuenta.

—Verán, antes de convertirme en periodista fui legionario durante seis años, entre este seminario y el de Salamanca. Los legionarios tenían un control total sobre nuestra realidad decidiendo ellos absolutamente todo, desde con quién nos podíamos relacionar, las malditas comunidades, pasando por reglas estrictas sobre forma de vestir y peinar, horarios estrictos que te indican qué hacer cuándo y con quién; y solo nos permitían tener muy poco tiempo libre real, no fuera a ser que nos pusiéramos a pensar por nosotros mismos. Y lo peor de todo era que nos sometían a una idolatría constante y estúpida de la persona del fundador y de su madre —expone el periodista.

—Disculpe, eso que usted nos cuenta puede ser reprobable desde un punto de vista ético, pero que yo sepa, por el momento no es ningún delito —interrumpe Candela.

—Por supuesto, solo intento ponerles en situación. Miren, he sido un niño sin infancia, un adolescente sin juventud y ahora, por suerte, soy un hombre que ha podido rehacer su vida después de vivir ese infierno. Aparte de los castigos físicos, lo normal era usar como saludo el *Heil Cristus*, alzando el brazo a la manera fascista. Siempre fui incapaz de hablar de los demonios que me atormentaban desde chaval. Ni se imaginan lo que llegamos a sufrir entre esas paredes cochambrosas —relata el periodista apuntando hacia el edificio, mientras Candela y Gonzalo le escuchan atentamente.

»Me acuerdo de una fría noche de febrero de 1982. En el sótano del seminario, un compañero intentaba taparse con cualquier manta o pieza de ropa para combatir el frío. Había un perro ratonero que campaba por el edificio no solo para poner a raya a las numerosas ratas que lo poblaban, sino que también hacía las delicias de los apostólicos, la cantera de los Legionarios de Cristo. Tras las contraventanas cerradas, que entonces eran de color crema hasta los tres pisos, unos setenta adolescentes de entre doce y quince años descansábamos en habitaciones comunales con las mantas hasta la cabeza. No todos dormían. El legionario y prefecto de Disciplina, el chileno Patricio Cerda, estaba despierto en su celda. Entrada la madrugada, alguien llamó a su puerta. David, un seminarista de 13 años, quería hablar con él —explica mientras Candela cruza una mirada con Gonzalo—. El legionario le pidió que aguardara al día siguiente. «No, es urgente», le dijo el chaval. Y el pobre le contó sin rodeos: «Padre, yo no sabía que en Ontaneda pasaban estas cosas. Baje al baño y verá». Y allí, con sus propios ojos, Patricio Cerda descubrió la otra cara de la congregación ultracatólica. Sorprendió al entonces superior de Ontaneda, el mexicano Gustavo Ramos, encerrado con un menor dentro de uno de los compartimentos de los aseos, y no precisamente en confesión. David fue testigo de los abusos a ese seminarista.

—¿Y bien? —pregunta Candela acercándose en voz baja al periodista—. Vista su implicación personal, ¿puedo preguntarle si usted también fue víctima de esos abusos?

Tras la pregunta, un largo silencio, y finalmente un gesto por parte del periodista, que asiente con la cabeza.

—Tiene usted razón —dice Gonzalo—, nadie puede ni podrá sentir nunca lo que le pasó a usted y quién sabe a cuantos chicos en estos seminarios, repartidos por todo el país. También es cierto que, para bien o para mal, el actual sistema judicial dictamina que estos delitos prescriben cuando han pasado más años de los que les habría caído tras una condena en firme. Incluso podría decirle que, hasta cierto punto, entiendo el grado de frustración, castración mental y rabia por la indefensión de la que numerosos hombres como usted pueden sentirse víctimas.

»Pero como periodista que dice que es, y por tanto con un código deontológico que le dirige siempre en la búsqueda de la verdad, el hecho de saber que alguien, víctima o no, está aplicando a estos verdugos semejante final, ¿no le hace saltar por los aires cualquier vestigio de humanidad que pueda tener el sujeto? Como usted ha dicho, hay otras formas de someter a estas personas a un «escarnio público», aunque solo sea para perder su dignidad, algo que seguramente es lo único que les queda, ¿no? —concluye Gonzalo.

—Seguro que sí —asiente el periodista.

—Dígame, Carlos, y recordemos que ya han aparecido cinco cadáveres en distintos puntos del país, ¿cree que todo esto puede ser obra de una víctima como usted que busca ese escarnio público al que se refería? —pregunta Candela.

—A decir verdad, ahora mismo sería la opción más lógica —responde el periodista.

—¿Cuántos alumnos pudieron pasar por este seminario entre, digamos, 1975 y 1985? —indaga la inspectora.

—Bueno, teniendo en cuenta que la estancia normal en el seminario era de unos tres años, aunque se hacían intercambios con alumnos del seminario de Salamanca, podríamos estar hablando de entre doscientos y trescientos alumnos. No obstante, sabemos que los abusos también se extendieron al seminario de Salamanca, como mínimo.

—¿Siguió manteniendo contacto con algunos de sus excompañeros?

—Después de tener la conversación con el prefecto sobre mi salida definitiva de Ontaneda después del verano, no se me permitió volver a hablar con mis compañeros. Me dijeron que tenía que abandonar el centro en ese instante porque el tren salía en, no sé, una hora o una hora y media, quizá dos, y tenía que sacarme el billete y coger ese tren como fuera. Y está claro que teléfonos u otras vías de contacto no habíamos intercambiado entre nosotros, porque se suponía que nos volveríamos a ver a la vuelta del verano.

—¿Les llamó alguna vez al centro?

—No.

—Si eran tan amigos suyos, ¿por qué no?

—Cuando alguien llamaba a un seminarista, el telefonista primero avisaba al superior. Si a este le parecía bien, el telefonista llevaba el teléfono inalámbrico al apostólico o precandidato para que contestara. Teniendo en cuenta lo que ocurrió después de mi conversación con el padre Salvador, estaba más que claro que ese permiso sería denegado y que el seminarista en cuestión nunca habría sabido que yo le había llamado.

—¿Y correspondencia? ¿No envió ninguna carta? —sigue preguntando Candela.

—Claro que no. Los curas nos daban las cartas de nuestros padres abiertas, lo cual era una clara vulneración de nuestros derechos constitucionales, pero ya sabemos que eso a los curas siempre les ha dado igual, ¿no?

»De hecho, fue a principios del año pasado cuando supe que se había constituido la Asociación de Víctimas de los Legionarios de Cristo. Sé que se reunieron a mediados de año para pronunciarse de forma pública y oficial sobre los más de doscientos casos de abusos registrados, veinte de ellos confirmados en España, aunque estoy seguro de que deben de ser muchos más, que no se pronuncian por evitar la vergüenza y humillación ante sus familias.

—Entiendo —responde Candela—. Bien, le agradecemos la información que nos ha dado. Como por el momento hemos terminado aquí, le agradecería que contactase conmigo en el caso de que oiga algo fuera de lo común en torno a esta asociación —le dice mientras le entrega una tarjeta—. Quiero que tenga en cuenta que lo que le estoy pidiendo no es una traición a sus antiguos compañeros, a los que se les deben explicaciones y justicia, sino que nos ayude a evitar unas muertes sin sentido que lo único que pueden provocar es que se les vuelva en su contra, no sé si me explico bien.

—Lo entiendo perfectamente, créame, y es lo que busca la asociación, no caer al mismo nivel que nuestros verdugos —replica el periodista mientras se guarda la tarjeta en un bolsillo de la chaqueta—. Bien, les agradezco que me hayan atendido, ahora tengo que irme. Un placer.

Carlos se levanta y estrecha las manos de Candela, primero, y después de Gonzalo.

—Eso espero. Vaya con cuidado —dice la inspectora.

Mientras el periodista abandona el mesón, Candela hace una llamada a través de su móvil al número de teléfono apuntado en la hoja de bloc que le facilitó el agente de la Benemérita. Mientras tanto, Gonzalo realiza algunos apuntes en su libreta, tras las revelaciones realizadas por el testigo.

—Dice que en cinco minutos está aquí, así que vamos a pagar y salimos a que nos dé un poco el aire, ¿te parece? —pregunta Candela.

—Me parece perfecto, después del plato de cocido montañés que me he metido entre pecho y espalda... madre mía, estaba divino —responde Gonzalo mientras se levanta y se pone la chaqueta.

Una vez fuera del mesón, vuelven al mismo lugar de la acera donde les dejo el agente mientras observan el viejo edificio.

—Qué casualidad, acabamos de tener uno de los testigos de la noche que pillaron al cura en los baños con el alumno —comenta Candela.

—Ya sabes que por parte de las víctimas de estos depredadores no vamos a obtener ninguna ayuda, ¿verdad? —dice Gonzalo.

—Créeme que lo entiendo perfectamente, y por parte de esta manada de pederastas, adoctrinados en la obediencia y el culto al líder, convencidos de que la congregación es obra de Dios, los fieles legionarios no quieren otra cosa que echar tierra sobre estos sucios asuntos, tanto verdugos jubilados como sus propias víctimas. Pondría la mano en el fuego a que podría añadirse alguna de sus facciones a la ecuación de posibles culpables de esta carnicería para evitar que los pederastas fuera del rebaño, tras un examen de conciencia, pudieran llegar a hacer confesiones públicas.

—Eso suena perfecto, parte de los poderes públicos no ayudan o ponen palos a las ruedas, la congregación solo quiere echar tierra sobre sus muertos, y las víctimas no van a mover un dedo si no es para ver a sus demonios arder en el mismísimo infierno.

—Joder, qué plan. Pues mira, eso debe darnos más fuerzas para acabar con este caso. Cuanto más peligroso sea el ascenso a la cumbre, mayor será el logro, ¿no? Mira, aquí llega de nuevo nuestro taxi —dice Candela.

En ese momento aparca justo ante ellos el Nissan Patrol de la Guardia Civil.

—¿Qué tal, señores? ¿Han conseguido lo que han venido a buscar? —pregunta el agente sonriente.

—Pues qué quiere que le diga, creo que hemos salido con más información de la que realmente esperábamos encontrar —responde Candela mientras cede el paso para que Gonzalo entre a la parte de atrás, y ella se sienta en el asiento del copiloto.

—¡Lo celebro! Supongo que habrán comido ya, ¿no? Porque nos volvemos enseguida al aeropuerto, no vaya a ser que pierdan el avión de vuelta —responde el agente de forma servicial.

—¡Por supuesto! —responde Gonzalo con una sonrisa—. Hemos comido divinamente.

Cuarenta minutos después, terminal del aeropuerto de Santander

El coche patrulla de la Guardia Civil aparca frente a la terminal.

—¡Bueno! ¡Pues ya hemos llegado! Y, además, con pleno sol, quién nos lo iba a decir, con el día que se ha levantado —comenta el agente.

—¡Cierto! —responde Candela—. Muchas gracias por el trayecto de ida y vuelta, agente. Ha sido usted muy amable —le agradece mientras le estrecha la mano y sale del vehículo.

—¡El placer ha sido mío! ¡Espero que haya podido ayudarles en su trabajo!

—¡Buen servicio!

El agente le hace un saludo marcial y se marcha.

—Bueno, pues aún nos quedan unos treinta minutos antes de la hora de embarque. Si te parece, Gonzalo, vamos directamente a la zona de vuelos privados, no sea que haya alguna modificación en el plan de vuelo.

—Aquí se hace lo que tú digas, Candela —responde Gonzalo sonriendo.

Cuando llegan a la zona de vuelos privados se dan cuenta de que apenas hay movimiento. Candela ve que algo no va bien, y se dirige a uno de los coordinadores de vuelo que hay en la zona. Gonzalo, que observa la escena a unos diez metros, ve a Candela poniéndose las manos a la cabeza y gesticulando de forma airada. Tras unos cinco minutos de discusión, la inspectora entrega una tarjeta al coordinador de vuelos y vuelve a donde se encuentra Gonzalo.

—¿Algo me dice que hay algún problema? —pregunta Gonzalo.

—En efecto, parece ser que el *jet* ha tenido un problema técnico que, según ellos, resolverán esta misma noche, así que... —responde Candela desesperada.

—Perfecto, pues creo que nos toca hacer noche en Santander.

—Mierda, mierda, mierda —murmura Candela con desaire mientras hace una llamada con el móvil prepago—. Venga, contesta, ¿dónde coño te has metido? ¡Por fin! Óscar, soy yo... sí, todo bien... vamos a ver... escúchame... que aquí los responsables del vuelo de regreso a Madrid informan de que el aparato tiene un problema técnico... que dicen que lo arreglarán durante esta noche, por lo que nos retrasan la salida hasta las ocho de la mañana... sí... ¿me lo dices o me lo cuentas? Vale... bien... necesito que me busques un hotel lo más cerca posible del aeropuerto para poder pasar esta noche... sí, claro, dos habitaciones... ¡oye!... a ser posible con bañera... ok... espero...

Tras unos minutos, el móvil prepago de Candela recibe una llamada.

—Dime... ¿Sí? Perfecto... ¿Dónde?... bien... bien... oye... ahora son las seis... ¿vosotros cómo lo lleváis?... ajá... ok... bien... a las ocho hacemos una conferencia a mi móvil, ¿de acuerdo? Así ponemos en común la información que tenemos desde todas las partes... Sí... cuando llegue al hotel pediré a ver si tienen un cargador para el móvil, si no ya usaríamos la batería del de Gonzalo, no te preocupes... venga... hasta luego...

Candela termina de hablar con Óscar y le explica a Gonzalo la situación.

—Bueno, pues nos ha reservado un par de habitaciones en el Hotel NH Express, aquí mismo, a menos de cinco kilómetros del aeropuerto. Lo siento, Gonzalo, la verdad es que no contábamos con este contratiempo.

—No te preocupes, ya tengo experiencia en estos casos. Yo soy un poco despistado y me ha tocado aplazar más de un vuelo de vuelta, así que no me viene de nuevo —comenta Gonzalo para quitar hierro al imprevisto.

—Ok, pues vamos a buscar si hay algún taxi, porque no quiero volver a molestar a la Guardia Civil.

En un par de minutos se suben a un taxi que los lleva al hotel. Pagan la carrera y entran en el edificio de tres plantas, bastante austero, hasta llegar a recepción. Tras hacer el *check-in* y entregarles las correspondientes llaves, se dirigen al ascensor para subir a las habitaciones.

Al llegar a la segunda planta, la apertura de la puerta corredera del ascensor les da acceso al largo pasillo que abarca toda la envergadura de la planta del hotel.

—Bueno, pues si te parece bien, como hemos quedado con ellos para hacer una *call* a las ocho, te doy fiesta hasta entonces. Abajo está el bar, por si quieres tomarte algo, y yo mientras necesito tomarme un baño y relajarme un poco. A las ocho te vienes a la 219 y hacemos la llamada desde mi habitación, ¿te parece?

—Perfecto, no te preocupes por mí. Creo que voy a copiarte en eso del baño, que suena más que bien —afirma un convencido Gonzalo.

—Pues venga, nos vemos en algo más de una hora.

Candela deja que Gonzalo entre en su habitación y ella se aleja hasta la mitad del pasillo. El silencio es completo. Parece como si no hubiera ningún otro huésped, más que ellos, en ese pasillo.

Al entrar en la habitación, la inspectora echa un primer vistazo. Una habitación con doble cama, con suelo de madera, una mesita para poder trabajar, una pequeña televisión y una ventana cuadrada con vistas a un parque de hierba con alguna agrupación de árboles desprovistos de sus hojas, pues el frío del otoño ya ha hecho su trabajo, y después lo más importante, el cuarto de baño, con una bañera lo suficientemente grande como para poder darse el gusto de un buen descanso sumergiéndose en el agua caliente.

Candela puede por fin tomarse un tiempo para relajarse, pues lleva un par de semanas trabajando de forma frenética para poder dar un poco de luz al caso, que está haciendo tambalear la capacidad de un gobierno, para poder asegurar la visita de un jefe de Estado, como es el Santo Padre.

Decide dar rienda suelta a su media melena, negra y lacia, quitándose la goma que estrecha la cola de caballo, y cierra la salida del desagüe de la bañera, haciendo que el agua caliente caiga hasta llenarla mientras va despojándose de la ropa. Deja la pistola enfundada sobre la encimera de mármol del baño, y se desprende de los vaqueros y de la ropa interior.

Antes de entrar definitivamente en el agua, decide atenuar la luz ambiental, por lo que apaga la del baño y deja encendida únicamente una de las luces de pared de las mesitas de noche.

Una vez dentro del agua nota cómo el calor va recorriendo todo su cuerpo, desde la punta de los pies hasta su nuca, que descansa encima de una toalla enrollada en forma de cilindro para poder descansar con la máxima comodidad. En tan solo unos instantes, sus párpados se van cerrando para permitir descansar sus negros ojos, para dejar volar su mente y su cuerpo, aunque solo sea unos minutos, mientras el vapor de agua envuelve toda la estancia.

19 horas, 45 minutos. Habitación de Gonzalo, 204

Tras una ducha reparadora, Gonzalo está acabándose de vestir. Tiene solo unos minutos para hacer una llamada rápida a su mujer antes de la reunión vía teléfono con sus compañeros de Madrid, por lo que marca el número de su casa en el móvil personal.

—¿Carmen? Hola, qué tal. ¿Cómo estás? Pues nada... nunca dirías dónde estoy... En un hotel cerca del aeropuerto de Santander... sí... se cambió de destino a última hora y nos vinimos a Ontaneda, un pueblo a cuarenta minutos de Santander, para entrevistarnos con los que llevan el seminario de aquí... bueno... puedes imaginarte... es como si el reloj y el calendario se hubieran detenido como mínimo cincuenta años... en fin... Bueno, al final hemos tenido que quedarnos en Santander por una avería en el avión de vuelta... ya ves... bueno... más vale haberla detectado antes que en pleno vuelo, ¿no? –comenta Gonzalo con su mujer.

19 horas, 55 minutos. Habitación de Candela, 219

Candela, en su estado de relajación, ha perdido la noción del tiempo hasta que una alarma en su interior le dice que debe dar por finalizado su baño. Abre poco a poco los ojos, pero en lugar de la pared de la bañera ve unos grandes ojos brillantes justo delante de su cara. Asustada, intenta levantarse de inmediato, pero algo la empuja con fuerza y firmeza hasta el fondo de la bañera. Tan solo puede entrever el reflejo de esos ojos blancos mirándola tras el límite del agua que hay por encima de ella. Trata de luchar con todas sus fuerzas, incluso a gritos, cuyo sonido es ahogado rápidamente por el agua que lo circunda. No puede salir, tan solo le quedan unos segundos de aire, pero no quiere ni puede darse por vencida, sigue luchando para poder sacar la cabeza y dar una bocanada de aire, pero lo que la empuja hacia el fondo es mucho más poderoso que ella. Incluso empieza a dar patadas contra la pared de la bañera en un intento desesperado de que alguien pueda oírla en su propia agonía para evitar perder la vida bajo el agua.

En ese momento Gonzalo sale de la habitación, ya peinado gracias los utensilios de baño que dan gratis en los hoteles, y tras cerrar la puerta, y en el silencio absoluto del pasillo, se dirige andando tranquilamente hasta llegar a la altura de la puerta de la habitación 219, la habitación de Candela.

Da un par de golpecitos con los nudillos, pero nadie contesta. Dentro del baño, a Candela tan solo le quedan unos pocos segundos antes de darse por vencida por la fuerza sobrehumana que parece mantenerla bajo las aguas y vuelve a dar varios golpes contra la pared de la bañera, saliendo agua despedida por todos lados.

Gonzalo, que ha vuelto a llamar, acaba de oír un par de golpes secos en su interior, pero siguen sin abrirle la puerta. Vuelve a llamar, esta vez más fuerte…

—¿Candela? ¿Estás ahí? ¿Estás bien? —pregunta sin obtener respuesta y apoyando la oreja en la puerta.

Candela, casi exhausta, vuelve a dar, tal vez, sus últimas patadas de auxilio contra la pared de la bañera, mientras poco a poco su mirada y fuerza parecen desvanecerse bajo el agua.

Gonzalo, al volver a oír los golpes, se da cuenta de que algo marcha mal, por lo que pide ayuda a gritos en el pasillo. En unos segundos, al ver que nadie sale a su encuentro, se decide a entrar por la fuerza.

—¡Candela! ¡Voy a entrar! ¡Aguanta! —grita desesperadamente Gonzalo mientras intenta dar varios golpes a la puerta con el hombro para intentar abrirla, pero sin éxito.

Se apoya en la pared del pasillo que tiene tras él y se decide a dar una patada con un pie, incidiendo con todo el peso de su cuerpo. Esta vez consigue reventar la cerradura mientras escucha un estruendoso salpicar de agua en el baño.

Sin saber lo que está ocurriendo, entra en el baño y se encuentra a Candela, casi inmóvil, bajo el agua de la bañera, con los ojos y la boca semiabiertos.

Sin dudar un momento, Gonzalo abre la mampara de cristal que cierra parcialmente la bañera, y abrazando a Candela, la saca hasta dejarla totalmente tumbada en el suelo, pero ella sigue sin responder. Al ver la situación límite, coge una de las toallas y la coloca tras su nuca para poder hacerle la reanimación cardiopulmonar.

Sin miramientos, pero con total seguridad, empieza a presionarle el pecho, primero tres veces, después una insuflación por la boca, mientras le mantiene la tráquea en posición horizontal para que el aire pueda entrar libremente. Tras presionarle el pecho tres veces más, sigue con la reanimación al menos durante un par de minutos hasta que, finalmente, Candela acaba expulsando un chorro de agua y jabón por la boca, como si de un géiser se tratase, a la vez que empieza a dar las primeras señales de vida, respirando a trompicones, mientras sigue expulsando agua.

Gonzalo recoge todas las toallas que había en el baño y procura envolverla en lo posible, para tratar de regular la temperatura de su cuerpo y evitar que pueda pasar el mal rato de verse desnuda ante él.

—¡Bien! ¡Bien! Tranquila… ya está… ya ha pasado todo —dice mientras abraza a Candela, que rompe a llorar desconsolada mientras se recupera de la terrorífica situación que acaba de vivir—. Tranquila, voy a levantarte y llevarte a la cama, ¿de acuerdo? Tómate el tiempo que necesites para recuperarte y me explicas qué ha pasado, ¿vale?

A Candela solo le quedan fuerzas para asentir con la cabeza, y tal y como ha dicho, Gonzalo la levanta del suelo totalmente encharcado y la lleva sobre una de las camas. Tras dejarla, abre el armario y saca las dos mantas que hay dentro para tratar de que pueda entrar en calor y secarse lo antes posible.

En ese momento suena el móvil prepago de Candela. Son las ocho en punto de la noche. Gonzalo, tras quitarle las toallas mojadas para sustituirlas por las mantas secas, coge el móvil, que no deja de sonar.

—¿Hola?... Hola, Óscar… No, no… soy Gonzalo… tranquilo, no pasa nada… —responde mientras controla que Candela se va recuperando—. Ahora mismo no está… no… acaba de bajar a recepción, a ver si le encuentran un cargador para el móvil… no, no, qué va… parece que el mío tiene algún fallo y tiene la batería descargada… sí, ya ves… En fin, nada, tranquilos, dadnos unos quince minutos y enseguida empezamos la reunión, ¿de acuerdo?... Perfecto entonces… venga… hasta ahora… adiós, adiós.

Gonzalo consigue salir del paso y cuelga el teléfono.

—Bien… Procura respirar poco a poco, pero profundamente, para hacer que entre la máxima capacidad de aire en tus pulmones… poco a poco… así…

Candela, aún asustada, procura recuperarse despacio de la situación que ha estado a punto de costarle la vida. Gonzalo coge la silla que hay delante del escritorio y la coloca frente al lateral de la cama, donde se encuentra la inspectora tapada con las mantas hasta la cabeza.

—¿Cómo te encuentras?

—Bien, bien… —susurra con una voz algo ronca.

—¿Necesitas que llame a una ambulancia?

—No, no… ni hablar… nada de ambulancias.

—Bien, como quieras, pero que sepas que has estado unos instantes inconsciente, madre mía, qué susto… Pero bueno, ya ha pasado todo.

Candela saca una mano de entre las mantas y coge una mano de Gonzalo.

—Gracias, me has salvado la vida… —dice mientras le sonríe, aún con la cara visiblemente cansada.

—Pero ¿qué te ha pasado? ¿Te has dado un golpe? Por el ruido que escuchaba tras la puerta parecía como si estuvieras luchando dentro de la bañera.

—No, tranquilo, creo que me he relajado tanto que me he dormido y he debido de empezar a tragar agua… Supongo que al tener la luz apagada he perdido el sentido de la orientación y he sido incapaz de levantarme —Gonzalo escucha atónito las explicaciones de Candela—. Gonzalo…

—Dime…

—¿Por qué no le has dicho nada a Óscar sobre lo ocurrido cuando ha llamado?

—La verdad, no lo sé. Supongo que he creído que primero debía aclarar contigo la situación y respetar tu intimidad… y he soltado lo primero que se me ha ocurrido, lo de la batería del móvil.

—Bien hecho, gracias —agradece Candela con una sonrisa.

—Bueno, creo que tenemos unos diez minutos antes de que vuelvan a llamar para tener la conferencia, así que reponte a tu ritmo. Iba a preguntarte si querías que te trajera un vaso de agua, pero creo que has tenido bastante por hoy, ¿no? —pregunta en tono irónico, a lo que Candela intenta reírse como puede.

—Mira, si te parece, ya que me has dejado sin puerta, necesito que hagas guardia en la entrada mientras me visto, ¿te parece? —pregunta Candela.

—¡Ah! ¡Pues claro! Disculpa, te dejo que te vistas tranquila. Yo estoy aquí fuera, con la puerta cerrada como pueda, esperándote. Pero ¿seguro que ya estás en condiciones?

—Sí, sí, tranquilo, ya estoy casi recuperada por completo, gracias.

Gonzalo cierra como puede la puerta de la habitación tras de sí, aunque no aguanta por sí sola, ya que el pomo y el marco en el que estaba sujeto han quedado desparramados por el suelo. Tras unos minutos, la puerta se abre y Candela sale de la habitación.

—¿Cómo estás?

—Bien, bien… vamos a ello, que no quiero hacerles esperar más. ¿Te parece que hagamos la *call* en tu habitación? Necesitamos un ambiente más privado que este —comenta Candela mientras gesticula con la cabeza, tosiendo y señalando su habitación.

—Claro, por supuesto, vamos.

Una vez dentro de la habitación, Candela se quita la chaqueta y después de sentarse en una de las camas se dispone a llamar a Óscar por el móvil prepago.

—¿Óscar?... ¿Qué tal?... Espera, que pongo el altavoz…

—Hola a todos. ¿Qué os ha pasado con el móvil?

—Nada, que he tenido que bajar a recepción para evitar quedarme sin batería porque la del de Gonzalo estaba totalmente descargada. Quién iba a pensar que tendríamos que hacer noche aquí.

—Pues sí, una jodienda… pero cuando pille al *paki* que me vendió los móviles lo capo, que me dijo que estaban perfectos. Por cierto, ¿estás bien? Te oigo la voz un poco rara.

—Nada, que hoy encima ha estado toda la mañana lloviendo y creo que lo he pillado, pero en fin, nada que no pueda arreglarse —dice Candela mirando a Gonzalo.

—Ok, bien. ¿Quién empieza primero? Ya que estáis ahí, ¿cómo os ha ido?

—Bien, Gonzalo y yo hemos visitado la casa del terror —se oyen risas al otro lado del teléfono—, sí, sí… ya se lo podéis preguntar a él… ha sido como traspasar la puerta del tiempo a cincuenta años atrás o más. Es un ambiente totalmente hermético, ellos se lo guisan, ellos se lo comen. Pero, desde luego, se van confirmando las sospechas de que podría tratarse de un antiguo miembro de su congregación.

—¿Y eso? —pregunta Óscar.

—Ha dado la casualidad de que en el mesón que hemos comido nos hemos encontrado… bueno, mejor diría que nos ha encontrado, un periodista que afirma haber sido una de las víctimas de la red de pederastia que ha actuado impunemente desde hace décadas bajo el manto de la Santa Madre Iglesia. No le ha llevado demasiado trabajo llegar a relacionar los abusos con el caso que tenemos entre manos.

—Hola, Candela y Gonzalo, soy Juan Miguel.

—Disculpa, Juan Miguel, hemos ido al tema sin saludarte —dice Candela.

—¡Hola, compañero! —saluda Gonzalo.

—¡Ja, ja, ja! No os preocupéis, el tiempo apremia y hay que ir al lío —responde Garmendia—. Bien, he ido poniendo en orden todas mis notas, aparte de revisar a fondo todos los informes, tanto policiales como los del anatómico forense, y por cierto, el trabajo hecho por el equipo de Juanjo es realmente excepcional.

»Entonces voy a empezar por una brevísima patobiografía, o lo que es lo mismo, un estudio psicoanalítico de carácter histórico basado en las simulaciones biográficas que he ido tejiendo como nexo de unión entre todos los casos, y no en una observación clínica directa, por razones obvias, y digo brevísima porque, evidentemente, no conocemos al sujeto, pero sí podemos llegar a vincularle con unos antecedentes biográficos compartidos con sus compañeros en la congregación teniendo en cuenta, también, los datos relevantes que acabáis de facilitarnos. Eso si realmente seguimos por esta línea de investigación, ¿os parece?

—¡Por supuesto! Te escuchamos, Juan Miguel —confirma Candela.

—A falta de antecedentes médicos personales y familiares, no poseemos datos que confirmen la existencia de enfermedades de tipo orgánico en el sujeto, y evidentemente tampoco nos consta ningún antecedente psíquico o psiquiátrico familiar, por lo que he analizado un poco su psicopatología actual.

»Dado que del sujeto no conocemos episodios de alteraciones significativas de la capacidad de conciencia durante la etapa de formación académica ni en su ejercicio profesional, el que sea, la lucidez de conciencia que se le puede atribuir es suficiente como para afirmar que sus actos responden a su propia voluntad y se consideran deliberados. Así, según lo hallado en el *modus operandi*, los asesinatos cometidos reflejan el deseo y la necesidad de expresar su poder o dominio ante las víctimas por los supuestos abusos sufridos durante su infancia. Sí es cierto que se puede atribuir al sujeto un nivel de conciencia muy poco maduro en cuanto a la expresión de actos sexuales de forma sana, como resultado de su experiencia traumática de abuso durante la infancia y adolescencia.

—Disculpa, Juan Miguel —interviene Candela—, ¿podemos dar por hecho que, en líneas generales, el objetivo del sujeto pasa por la necesidad física y psíquica de formalizar su particular venganza contra los que pertenecieron a esta congregación y que se ha autoerigido en valedor del deber de venganza de los compañeros que también sufrieron esos abusos?

—No tan deprisa, Candela, pero vas por buen camino.

—Disculpa, te he interrumpido, sigue, por favor.

—No te preocupes. A lo que iba… La información que hemos podido analizar sobre los actos del individuo sugiere un comportamiento afectivo alterado y patológico. Su expresión afectiva tiende a la frialdad y a la indiferencia o al alejamiento. Podemos afirmar que su historial podría reflejar un perfil solitario, sin interés alguno por las relaciones interpersonales íntimas. Dado su desarrollo psicológico durante la infancia y la adolescencia, el sujeto puede haber interiorizado una manera de entender las relaciones interpersonales de forma asimétrica, basadas en poder-sumisión. Dichos aprendizajes, obtenidos a partir de sus modelos parentales y académicos, han podido marcar en el sujeto la ausencia de vínculos afectivos saludables. Así, entiende la emotividad como un signo de debilidad y opta por percibir al otro como un objeto manipulable para satisfacer sus propios intereses.

»Por otra parte, podemos llegar a inferir en el sujeto un repertorio conductual inseguro y ansioso. Los eventos traumáticos vividos, derivados de los episodios de abusos sexuales, parecen mostrar la existencia de una significativa sintomatología postraumática y de malestar emocional intenso. La elección de sus víctimas puede explicarse por la presencia de recuerdos intrusivos derivados del evento traumático de abuso, intensificando la presencia de psicopatología a nivel cognitivo-emocional sobre sí mismo y sobre las personas con las que interactúa, agravando su desconfianza e impidiéndole el desarrollo de relaciones interpersonales saludables, lo cual incrementa el desinterés y el alejamiento social que seguramente posee. Relacionado con todo ello, podría llegar a afirmar que sufre comportamientos de irritabilidad, ausencia en la capacidad de manejo de la ira, conducta impulsiva y agresividad.

»Finalmente, aunque no disponemos de información sobre la trayectoria académica del sujeto, el análisis exhaustivo sobre la forma de proceder, tanto en las escenas del crimen como en la forma de dar muerte a sus víctimas, puede indicarnos resultados sobresalientes durante toda su trayectoria académica, lo cual hace pensar en un perfil cognitivo general por encima de la media poblacional.

—Entonces, nos hallamos ante alguien que va a dar poco margen para cogerle en cuanto a pruebas se refiere, como ha ido sucediendo hasta ahora, ¿no? —interrumpe Candela.

—En efecto. En cuanto al perfil psicológico de personalidad que he podido analizar, sobre los escasos datos de los que disponemos, el hecho de haber recibido una educación basada en la disciplina y el autoritarismo han provocado en el sujeto el desarrollo de un funcionamiento de temor, inseguridad y percepción del entorno amenazante y hostil que le hace desarrollar desconfianza y distanciamiento respecto de los lazos afectivos con otras personas. Todo ello ha podido ocasionar el desarrollo de un repertorio basado en el retraimiento y la introversión, que son factores de riesgo para convertirse en objeto de abusos sexuales.

»Otro de los aspectos relevantes en la delimitación del perfil psicológico del sujeto deviene de la época en la que este se cría, seguramente a caballo entre el final de la dictadura, un régimen totalitario y represivo, sumamente religioso, y el inicio de la democracia, puede que en soledad total, dentro de las cuatro paredes donde acabó de recibir su formación académica. Pudiendo, por todo lo expuesto, adquirir cierto funcionamiento paranoide ya en la infancia y adolescencia: desconfianza, pensamientos de que va a resultar dañado, etcétera, por lo que pudo desarrollar algún método de supervivencia. El sujeto, acostumbrado a la violencia, las relaciones interpersonales asimétricas y el poder-sumisión, utiliza la violencia y la agresividad como método de resolver cualquier situación de conflicto o discrepancia. Académicamente puede que pareciera disciplinado y cognitivamente inteligente, pero ello hizo que, en su interior, se generase un peligroso caldo de cultivo basado en la violencia, la frialdad y la venganza.

»El estilo y la época educacional del sujeto seguramente hicieron mella también en el desarrollo de actitudes extremas hacia cuestiones relativas a la sexualidad y una interiorización significativa sobre la creencia de que el placer obtenido en todo acto sexual debía partir de un intercambio de dominio-sumisión asimétrico y basado en infligir daño al otro. Así, parece presentar potentes anhelos patológicos como fuentes de satisfacción del placer. Tal como muestra la evidencia empírica hallada en investigaciones realizadas en relación con este colectivo poblacional, el hecho de haber sido víctima en la infancia parece propiciar que un individuo adulto victimice a otros y adopte comportamientos antisociales, dándose en el sujeto el denominado fenómeno de transmisión intergeneracional de la violencia.

—Disculpa, Juan Miguel —interrumpe Gonzalo—, ¿podemos decir que estamos ante un enfermo mental?

—No tiene por qué, querido Gonzalo. El sujeto puede presentar ciertos rasgos esquizoides en el sentido de no poseer ningún interés por las relaciones sociales y preferir un estilo de vida solitario, así como no presentar deseo alguno de mantener relaciones sexuales al uso, posiblemente influido por sus experiencias infantiles de tipo traumático, las cuales han configurado en él un funcionamiento sexual patológico. Es más que probable que carezca de amigos y personas en su entorno cercano con quienes pueda mantener una relación interpersonal estable y sana. Su capacidad general de la competencia social es altamente escasa, lo que le lleva a una situación cada vez más significativa de aislamiento. Derivado de ello, se ve incrementado un funcionamiento fantasioso sobre la creencia de que el mundo es un lugar hostil del que debe distanciarse.

—Un lobo solitario —interrumpe Óscar.

—Para bien o para mal, efectivamente, puede que se trate de un lobo solitario. Finalmente, otro de los elementos deducibles a partir de la información obtenida sobre la forma de actuar del sujeto es la falta de empatía. Ello se observa en los actos de asesinato cometidos, los cuales se entienden, desde el punto de vista del asesino, bien como instrumento de cara a obtener un beneficio, bien por motivos ideológicos o con la intención de descargar una frustración o fantasía concreta. Parece no disponer de la capacidad de ponerse en el lugar de su víctima y entre sus motivaciones hay una visión de la realidad extraña, vinculada a las prácticas de tortura de la Inquisición española, de la que seguramente ha sido debidamente instruido. La elección de las víctimas, de edad avanzada, y por tanto, vulnerables, le facilitan el ejercicio del dominio sobre ellas, siendo más manipulables y sumisas. Todo ello obedece a la inquietud de hacerse notar como poseedor del control de la situación en todo momento.

»Bien, en cuanto a las consideraciones clínicas, podría asegurar que el sujeto presenta las características principales que definen el denominado cluster B de los trastornos de personalidad, el cual se conforma por un elevado desajuste emocional y una escasa habilidad de socialización, aunque no disponemos de información suficiente para afirmar el grado de extroversión o dependencia del sujeto. De forma general, podemos observar en él un funcionamiento basado en el mecanismo de defensa de la proyección, por el cual la persona suele evitar hacerse cargo de sus pulsiones o deseos que no quieren ser reconocidos como propios por ser inaceptables, ya que podrían dañar la propia imagen, una de las columnas sobre las que se sustenta la forma de vida de los Legionarios de Cristo. Relacionado con esto último, se le puede atribuir una tendencia a seguir unos patrones cognitivos rígidos e inflexibles. También el sujeto muestra ciertos rasgos de cluster A, o sea, unos perfiles de personalidad raros o excéntricos, existiendo en él diversos criterios de un funcionamiento esquizoide, como el más que probable desinterés por las relaciones sociales, como ya os he comentado antes.

»De forma más concreta, y a partir de la escasa información biográfica recabada a partir de las experiencias vividas por sus compañeros, nuestro hombre parece cumplir los criterios diagnósticos del trastorno antisocial de la personalidad, el TAP: un funcionamiento general de desprecio y violación de los derechos de los demás e incapacidad para ajustarse a las normas sociales, justificados por la comisión de diversos actos que devienen en motivo de detención; impulsividad e incapacidad para planificar sus actos a medio y largo plazo, sustentado seguramente por el continuo cambio en sus actividades profesionales y estilo de vida, habiendo cosechado probablemente un fuerte grado de irritabilidad y agresividad y falta de remordimientos, como indica la indiferencia o la justificación del haber dañado a otros, tal y como se refleja en el *modus operandi* seguido en los asesinatos cometidos.

»Dentro del perfil del TAP, y de forma más específica, pueden atribuirse al sujeto los siguientes ítems de psicopatía: en cuanto a la primera de las cuatro facetas, la interpersonal, parece presentar un estilo de manipulación y de utilización de los demás como instrumentos para llegar a sus objetivos individuales.

»La segunda faceta hace referencia al plano afectivo, como os he comentado, donde podemos atribuirle ausencia de remordimiento o sentimiento de culpa, dado que no muestra arrepentimiento; expresión de afecto superficial o frialdad emotiva; incapacidad para experimentar las emociones con normalidad en cualidad e intensidad; insensibilidad afectiva o ausencia de empatía con crueldad hacia los demás e incapacidad para aceptar la responsabilidad, echando usualmente la culpa a otros para no asumir las consecuencias de sus actos.

»El tercer aspecto puede vincularse con el estilo de vida del individuo, que podría apuntar a una significativa necesidad de estimulación con tendencia elevada al aburrimiento y a actuar por la vía rápida asumiendo riesgos, tal vez un estilo de vida parasitario, con dependencia económica deliberada de los demás, presentándose a estos como desamparado aunque disponga de las capacidades física y psíquica para desempeñar un trabajo, o puede que con la consecución de sus objetivos mediante la amenaza, ausencia de metas realistas, con incapacidad para llevar adelante planes y objetivos realistas a largo plazo o desinterés por desempañar trabajos fijos e impulsividad, con conductas no premeditadas, sin reflexión o sin sopesar pros y contras, tal vez con frecuentes traslados.

—Eso podría darnos una pista —interrumpe Candela— de a qué se dedica para mantenerse, desde vivir de alguna renta, más bien ajena por su carácter parasitario, o bien teniendo un trabajo discontinuo que incluya la facilidad para moverse por todo el país.

—Efectivamente, Candela. Finalmente, el cuarto factor, el antisocial, puede indicarnos un pobre autocontrol de la conducta con manifestaciones frecuentes de mal genio e irritabilidad, respuesta a la frustración con disciplina y violencia, aunque de forma inmediata sea capaz de comportarse como si no hubiera pasado nada, y versatilidad criminal, habiendo cometido más de tres actos delictivos de distinta índole.

—El perfecto hijo de puta —murmura Óscar.

—Peor aún, amigo Óscar, porque su capacidad de adaptación le convierte en un asesino imposible de detectar, ya que es capaz de escenificar un papel, aunque sea por un corto espacio de tiempo, para pasar por una persona totalmente normal. A su vez, el sujeto parece cumplir además algunos de los criterios de definición del perfil de asesino en serie, puesto que ha acabado con la vida de al menos cinco personas de manera intencional y generalmente con premeditación en un período de tiempo concreto, estando dichos asesinatos separados entre sí. Sin embargo, se conoce una vinculación clara con las víctimas por parte de nuestro hombre, motivo por el cual no puede considerarse un asesino en serie tradicional.

—Entonces —interrumpe Candela—, ¿es posible que si él cree que ha terminado con una probable lista de objetivos sea capaz de parar y no volver a matar nunca más?

—Es una probabilidad, Candela, ya que en cuanto a las motivaciones que llevan al sujeto a la comisión de los crímenes, estas parecen ajustarse en primer lugar a las de un asesino en serie tipo misionario, puesto que su objetivo está basado en acabar con un grupo de víctimas concreto debido a las poderosas creencias que posee de tipo fanático-religioso, obviamente indicado por la reproducción del estilo de tortura inquisitorial. Por otra parte, se observa un componente de hedonismo y una gran gratificación sexual-emocional, evidenciada mediante la violencia explicada por las muestras de tortura ejercidas sobre las víctimas, donde la escena del crimen se encuentra bastante controlada y planificada. Así, el acto violento deviene en un activador fisiológico y un signo estimulador agradable para el asesino. Finalmente, también se refleja un gran componente de poder-control, por el cual el asesino pretende manifestar su total control sobre la vida de la víctima, teniendo la capacidad de decidir sobre la continuación o la finalización de su vida a placer.

»Concluyendo, que por todo lo que os he expuesto, podemos inferir que el sujeto, de entre 40 y 50 años de edad, puede presentar características definitorias de las siguientes nosologías clínicas: primero, un trastorno de personalidad antisocial, y en concreto, un perfil de significatividad media en cuanto a los indicadores hallados sobre psicopatía. Además, en referencia a su categorización dentro de la entidad de asesino en serie, se manifiestan unas motivaciones de tipo misionario, hedónico y de poder-control. Segundo, un trastorno de personalidad esquizoide, manifestando una significativa escasez tanto de capacidad de socialización como de competencias sociales satisfactorias. Y, por último, un cierto perfil de sintomatología postraumática, aunque no se cuentan con datos suficientes como para establecer un nivel significativo de rigurosidad que determine la existencia del cuadro de trastorno por estrés postraumático completo, aun teniendo evidencias de que puede haber sido una de las víctimas de abusos sexuales, con maltrato físico y psicológico, por la que pueden haber pasado cientos de chicos de varias edades en decenas de años.

—Bueno, Juan Miguel, un trabajo impresionante —dice Candela con asombro—. Ahora deberíamos definir unas líneas maestras para dirigir nuestros esfuerzos para encontrar a este individuo.

—¿Crees que sería posible obtener un listado de exalumnos de la congregación de entre los años setenta y ochenta? —pregunta Óscar.

—La verdad, y lo puede corroborar también Gonzalo, nuestro interlocutor no estuvo mucho por la labor, así que, por una parte, ¿de cuántos alumnos podemos estar hablando?, ¿de doscientos o trescientos? Y si tenemos que ir al juez para pedir una orden de registro, ¿bajo qué indicios nos la va a conceder? Son solo sospechas y un perfil psicológico y sociológico del sujeto, que aunque es impecable, no creo que sea suficiente para el juez Moreno —argumenta Candela.

—Cierto —responde Óscar—. Y, por otra parte, también dudo de que la Asociación de Víctimas acceda a facilitar un listado de sus miembros. Para empezar, porque estaríamos violando sus derechos de protección de datos, poniendo al descubierto que fueron objeto de abusos durante su estancia en estos centros, y además, ¿quién delataría a un compañero cuando ves que tiene los huevos de hacer lo que tú estás deseando, pero eres incapaz de traspasar esa línea? En definitiva, creo que todos descorchan una botella de champán cada vez que se enteran de que se ha hecho picadillo con uno de sus verdugos.

—Entonces, para encontrar a nuestro objetivo debemos apoyarnos en su manera de proceder —argumenta Candela—. Según Juan Miguel, puede tratarse de una persona que vive de rentas, seguramente de sus padres, o bien que tenga un trabajo que le dé libertad de movimiento, ¿tal vez un comercial?

—Disculpa, Candela —interrumpe Gonzalo—. Según el análisis forense, sabemos que el sujeto formaliza su «obra» en dos fases. La primera, después de estudiar los movimientos de su víctima, la secuestra, manteniéndola en un lugar donde pueda tenerla escondida de cualquier mirada, a la vez que le debe permitir pasar a la segunda fase, que es estudiar y construir el escenario final, cuidando al máximo cualquier detalle, y teniendo en cuenta que debe trasladar todo tipo de materiales hasta la escena del crimen. Todo ello mientras se dedica a torturar a la víctima en un lugar donde sabe que nadie los va a ver ni oír.

—Gonzalo —interviene Candela—, ¿ya te he dicho que tienes una capacidad analítica cojonuda? ¿Seguro que no te has equivocado de profesión?

—Solo me concentro en los hechos —responde el profesor—, pero gracias por el cumplido.

—Claro, no se trata de un comercial —dice Óscar—, ni siquiera de alguien que se deba a una dinámica de trabajo que le obligue a dar explicaciones a alguien. Miradlo bien, es un lobo solitario, va a la suya, interacciona poco, y cuando lo hace, parece una persona totalmente normal, puede moverse por donde quiera y cuando quiera, pero para poder tener el control debe llevar con él a su víctima, además de los materiales que necesita para poder montar la escena del crimen. Joder, ¡es un transportista autónomo!

Trabaja cuando quiere, se mueve libremente con un vehículo de transporte propio que puede usar para mantener a su víctima controlada, además de transportar todo lo que necesita, y cuando lo tortura, o bien se ocupa de ir a un lugar donde nadie pueda oírle ni molestarle, o bien se trata de un vehículo adaptado, herméticamente cerrado, con ventilación propia e incluso insonorizado.

—Vamos, que podría estar torturando a una de sus víctimas dentro de su camión, aparcado en pleno paseo de la Castellana, sin que nadie se enterase de lo que está ocurriendo —expone la inspectora.

—Puede ser —interviene Garmendia—. Además, imaginaos el poder que debe sentir el sujeto al saber que tiene entre sus manos la vida de una persona, siendo perfectamente consciente de que nadie puede enterarse de lo que está ocurriendo aunque pase a solo un par de metros de él.

—Menudo hijo de la gran puta —comenta Óscar.

—Vale, ¿alguien tiene algo más que añadir? —pregunta Candela, mirando a Gonzalo.

—No por nuestra parte —responde Óscar por él y Juan Miguel.

—Bien, entonces creo que es bastante por el momento. Voy a llamar al comisario para que contacte con todos los mandos policiales donde han descubierto las escenas del crimen, para que intenten conseguir cualquier imagen de un camión de esas características. ¿Tú que crees, Gonzalo, por el material que debe transportar, además de tener que esconder a su víctima?

—Yo creo que para no llamar la atención, y poder acceder a cualquier calle de cualquier ciudad, debería ser un camión, tal vez blanco o de un color neutro y sin distintivos, y de al menos 3500 kilos, porque por debajo de esa cifra no reuniría las condiciones necesarias —responde Gonzalo.

—Pues eso, blanco y de unos 3500 kilos.

—Eso va a ser difícil, lo sabes, ¿no? —pregunta Óscar.

—¿Alguna otra idea? Además, para eso están, ¿no? — responde Candela—. ¿No nos dijeron que pondrían todos sus medios a nuestra disposición? Pues es el mejor momento para demostrarlo. Solo necesitamos obtener todas las imágenes de cualquier camión con este perfil durante las diez horas anteriores al descubrimiento del cadáver en cada escena. Con las imágenes obtenidas, deberíamos poder conseguir un vehículo que se repita en el máximo de ocasiones posibles, y si tenemos una matrícula, ya sería como conseguir la carta de los Reyes Magos.

—Ok, perfecto entonces —responde Óscar—. Nosotros vamos a recabar toda la información posible para poder contrastarla con cualquier otra que nos llegue de las imágenes.

—Perfecto, pues muchas gracias, chicos, un excelente trabajo. Voy a llamar ahora mismo al comisario y nos vemos mañana por la mañana en comisaría.

—Por cierto, una última cosa, Candela —interrumpe Juan Miguel—. Según los cálculos, si el sujeto sigue con la misma dinámica contrastada hasta ahora, secuestrando presuntamente a sus víctimas siete días antes de proceder a su particular asesinato ritual, mañana debería secuestrar a su octava víctima, ya que el pasado domingo debió de secuestrar a la víctima número siete, por lo que el jueves tendremos a la víctima secuestrada el pasado día 21, y el próximo domingo 31, a la víctima secuestrada el pasado día 24.

—Cierto, doctor. Razón de más para que cuanto antes se pongan a buscar las imágenes, antes podremos parar este reguero de víctimas. Bien, lo dicho, nos vemos mañana, a descansar… buenas noches —termina Candela.

—¡Hasta mañana! —se despiden Óscar y Juan Miguel.

—Bien, Gonzalo, creo que voy a tener que dar una explicación coherente al responsable del hotel por el estropicio de mi habitación. Si quieres, baja a cenar algo mientras hablo con él, ¿te parece?

—¿No prefieres que te acompañe? Lo digo porque, al fin y al cabo, yo he sido el que ha tirado la puerta abajo.

—No, no, qué va. No te preocupes, ya me ocupo yo, que tú ya has hecho bastante salvándome la vida —responde Candela con una sonrisa.

—Muy bien, entonces nos encontramos en la zona del bufé, que tú también deberías comer algo —responde Gonzalo en tono paternal—. Mientras tanto, aprovecharé para llamar a casa, a ver cómo van las cosas por ahí.

Mientras Candela sale de la habitación y se dirige por las escaleras hacia la zona de recepción del hotel, pensando en todo lo que ha ocurrido, Gonzalo aprovecha para secarse la camisa y parte de los pantalones con el secador del baño, después de haber tenido que sacar a Candela de la bañera.

—Buenas noches, ¿en qué puedo ayudarla? —saluda la joven y sonriente recepcionista del hotel.

—Buenas noches… verá, soy de la habitación 219 —explica Candela, algo avergonzada—. El tema es que me estaba dando un baño y he debido de desmayarme, ya que soy un poco hipotensa, y justo estoy con la regla... bueno, ya sabe. La cuestión es que mi compañero se encontraba en el pasillo y ha oído el golpe que me he dado en la bañera. Al llegar a mi habitación y ver que no contestaba, ha tenido que forzar la puerta de entrada, por lo que ahora no se puede cerrar.

—¡Vaya! Lo siento mucho, pero ¿se encuentra bien? ¿Quiere que llame a un médico? —pregunta la recepcionista bastante preocupada.

—No, no, qué va. Solo he venido a informarle y a pedirle disculpas por la situación… la verdad, bastante embarazosa, no me había pasado nunca.

—No se preocupe. Lo importante es que usted se encuentre bien y el accidente no haya ido a más. En cuanto a la habitación…

—Me sabe muy mal, la verdad —interrumpe Candela—, si tengo que abonar los desperfectos, me hago totalmente responsable.

—Para nada. Voy a registrarlo como un incidente en el que la vida de un cliente estaba en peligro y, dada la situación, no ha habido otra forma más rápida para acceder a auxiliarla, faltaría más.

—Gracias, la verdad, es una situación bastante incómoda.

—Tranquila. Si se encuentra bien, vaya a cenar al bufé y nos encargaremos de todo. Si vemos que no puede arreglarse para que pueda usted pasar la noche con todas las condiciones, le hago un cambio de habitación y no se hable más.

—Pues es usted muy amable, muchas gracias —responde Candela con una sonrisa—. Entonces me paso luego por si hay algún cambio.

—Vaya tranquila. Si hay algún cambio, me pasaré por el comedor y le haré entrega de la nueva llave. Por cierto, ¿llevaba algo de equipaje que haya que trasladar?

—No, qué va. Hemos tenido que hacer noche en contra de lo previsto, ya que hemos perdido nuestro vuelo y hasta mañana a primera hora no tenemos el siguiente.

—Bueno, pues vaya a cenar que lo tenemos todo bajo control. ¡Ah! Por cierto, su compañero es el señor Gonzalo Sanmartín, ¿verdad?

—Pues sí, ¿por qué?

—Porque hace una media hora han dejado un sobre cerrado a su nombre. Si quiere, puede dárselo usted misma.

—Ah, pues sí, por supuesto, muchas gracias. ¿Ha visto quien lo ha dejado?

—No, alguien se lo ha entregado a mi compañero en mano, ya que yo he empezado mi turno hace unos treinta minutos y él ya se ha marchado a su casa, lo siento.

—No se preocupe, gracias de todas formas —dice Candela al despedirse mientras recoge el sobre.

—¡Buen provecho!

—¡Gracias!

Candela se fija en el sobre, de un tamaño estándar de carta, de color blanco, sin remitente, totalmente cerrado y sin apenas grosor. El nombre de Gonzalo Sanmartín está escrito con máquina de escribir, no demasiado antigua, tal vez de los últimos modelos eléctricos que salieron, con los que una vez escrito un párrafo, y tras revisarlo, la máquina lo escribía directamente desde la memoria.

¿Por qué Gonzalo recibe un sobre directamente a su nombre, sin franquear, sin remitente y sin que, supuestamente, nadie sepa que está allí, excepto sus compañeros?

Candela desconfía del sobre y se dispone a intentar ver su contenido, mirándolo a través de una lámpara que hay en una de las mesitas de decoración del hotel. A simple vista, solo hay un papel escrito dentro, sin más, y ella duda entre entregárselo a Gonzalo o abrirlo ella misma y evitar exponerle a una posible amenaza.

—¡Candela! —exclama Gonzalo, que la descubre revisando el sobre a través de la lámpara—. ¿Qué es eso?

—Pues… —la inspectora intenta zafarse de la situación mientras guarda el sobre en un bolsillo interior de su cazadora—, después te lo explico, vamos a cenar algo antes de que nos cierren el comedor, ¿de acuerdo?

—Bien, bien, pues vamos

Mientras están cenando, Gonzalo ve la cara de preocupación de Candela.

—Estás muy callada. ¿Te pasa algo? ¿Te encuentras bien? —le pregunta.

—¿A mí? No, no, tranquilo… está todo bien, ya he podido arreglar el tema de la habitación.

—¡Ah! Bien, pero creo que tu cara de preocupación viene por otras causas, ¿me equivoco?

—Bueno, voy a serte sincera. Alguien ha dejado en recepción un sobre a tu nombre, sin remitente ni franqueo.

—¿Un sobre? No entiendo. Aparte de mi mujer, solo Óscar, el doctor Garmendia y el comisario saben que estamos aquí, ¿verdad?

—Así debería ser, pero parece que alguien más sigue de cerca nuestros pasos. Mira, si te parece, voy a encargarme de abrir el sobre y comprobar que no hay nada más que un papel dentro, ¿te parece bien?

—Tú misma, eres la experta en estas cosas.

Candela coge un cuchillo limpio, se lo guarda en la chaqueta y se dirige al baño de mujeres que hay en la recepción del hotel. Una vez allí, revisa que no hay nadie en los diferentes cubículos y se encierra en uno de ellos. Con cuidado, sitúa el sobre boca abajo sobre la tapa del inodoro, con la solapa triangular de apertura hacia arriba, para poder colocar bien la punta del cuchillo entre esta y el cuerpo del sobre. Arrodillada ante el inodoro y el sobre, maneja el cuchillo con sumo cuidado, introduciendo poco a poco la punta en la esquina superior derecha del sobre para ir cortando despacio la parte superior, y con ello, ir descubriendo su interior.

Realiza el primer corte de al menos un centímetro. Retira la punta del cuchillo, aguanta la respiración, y poniendo el sobre verticalmente con la apertura realizada boca abajo, intenta ver si cae algún tipo de polvo o cualquier otra sustancia que pudiera ser perceptible de un intento de envenenamiento, como tiene constancia que ha sucedido otras veces, en algunos intentos de asesinato a distancia de personas relacionadas con las mafias o los servicios secretos de países del Este.

Finalmente, puede comprobar que al menos no se trata de una amenaza de este tipo, así que puede volver a respirar tranquila. Ello no reduce su nivel de alerta, pues el mero hecho de haber recibido ese sobre ya es motivo de preocupación, y se decide a acabar de abrirlo y descubrir el mensaje que se oculta dentro.

Candela sabe que cualquier prueba puede ser de vital importancia, y pese a que el exterior del sobre ya contiene tanto las huellas del personal del hotel como las suyas, debe intentar preservar la integridad de las que puedan encontrarse en el papel interior. Para ello, piensa durante unos instantes en cómo puede hacerlo, ya que no va preparada con unos guantes de látex ni una bolsa de pruebas para poder proteger adecuadamente la evidencia que tiene entre sus manos. En ese momento, recuerda haber visto una máquina de preservativos en una de las paredes del baño, por lo que sale del cubículo y se dirige a la máquina, echando mano de unas monedas que tiene en su bolsillo para poder comprarlos.

Una vez ha podido extraer un par de preservativos, los abre e introduce sus dedos pulgar e índice derechos en cada uno de ellos, por lo que ya puede estar segura de no alterar la prueba que contiene el interior del sobre y decide extraerla.

—Qué asco, por Dios —murmura ante la extraña sensación que le produce tener los dedos dentro de los preservativos.

Se trata de un papel sin plegar, escrito con la misma tipología de letra del sobre, por lo que parece que ha sido escrito por la misma máquina. Una vez extraído, puede leer lo que está escrito: «He aquí que vengo pronto! Traigo conmigo mi recompensa, y le pagaré a cada uno según lo que haya hecho. Y a sus hijos mataré con pestilencia, y todas las iglesias sabrán que yo soy el que escudriña las mentes y los corazones, y os daré a cada uno según vuestras obras».

—Pero qué coño es esto...

Tras revisar al trasluz el papel, con su mano izquierda saca el móvil prepago del bolsillo interior de su cazadora y hace una foto al mensaje. Comprueba que la foto se ve correctamente, guarda el móvil, y con sumo cuidado, guarda el papel en el sobre, se quita los preservativos de los dedos para tirarlos en una papelera junto a la entrada de los baños y regresa al comedor con el sobre en el bolsillo de la cazadora.

Gonzalo, preocupado, ve cómo Candela vuelve a sentarse en la mesa.

—¿Y bien? —pregunta el profesor—. ¿De qué se trata? ¿Puedo verlo?

—No puedo dejarte que toques el papel, porque se trata de una prueba, pero le he hecho una foto al texto que había en él. Supongo que iba dirigido a ti, porque creerán que tú puedes descifrar su significado.

—Bien, a ver pues…

Candela saca el móvil prepago y le enseña la foto del texto a Gonzalo, que intenta identificar el texto.

— Esto… vamos a ver. Son claramente dos partes, dos textos extraídos de diferentes escrituras. La primera, «¡He aquí que vengo pronto! Traigo conmigo mi recompensa, y le pagaré a cada uno según lo que haya hecho», si mi memoria no me falla, es un versículo del Apocalipsis, no llego a recordar cuál, pero sí, se trata del Apocalipsis. Y la segunda, «Y a sus hijos heriré de muerte, y todas las iglesias sabrán que yo soy el que escudriña la mente y el corazón; y os daré a cada uno según vuestras obras», espera… — Gonzalo intenta concentrarse cerrando los ojos—, ¡también!, ¡del Apocalipsis de San Juan!, pero ¿por qué ha escogido estas frases inconexas?

—Eres todo un pozo de sabiduría, Gonzalo —dice Candela gratamente sorprendida—. Bien, creo que la primera frase es un mensaje claro para todos, y no es más que la certeza del estudio que ha hecho el doctor Garmendia sobre el perfil de nuestro sujeto. Lo que para él es su «recompensa», para nosotros no es más que su venganza. Pero el segundo mensaje, no sé, voy a darle un par de vueltas a ver si consigo entenderlo mejor. ¿Tú le ves algún significado en especial, Gonzalo?

—Es realmente extraño, porque está hablando de sus hijos, pero ¿los hijos de quién? Teóricamente sus víctimas no tenían familia ni hijos, que nosotros sepamos, aunque ya salió a la luz que más de un integrante de la congregación, al destaparse el escándalo, tuvo que dejarla al descubrirse públicamente que tenían hijos, pero no me cuadra, ahí hay algo más…

—Bien, no te preocupes, cuando mañana volvamos a la comisaria pediré a Juanjo que analicen el papel, a ver si podemos dar con la fuente.

En ese momento se presenta ante ellos la recepcionista del hotel, con una sonrisa en la cara y unas llaves en la mano.

—Disculpen que les interrumpa. Inspectora Santos, aquí tiene las llaves de su nueva habitación. Hemos podido arreglar la habitación 202, justo la de al lado de su compañero —dice la recepcionista mientras le entrega las llaves.

—¡Vaya! ¡Qué rapidez! Le estoy muy agradecida, si tengo que abonar algo al respecto…

—No se preocupe, ha sido un accidente fortuito, del que gracias a Dios usted no ha resultado herida, por lo que, por nuestra parte, encantados de poder solucionar el problema.

—Pues muchas gracias.

—¡Ah! Por cierto, como le ha pillado de improviso, si tiene algún dolor —comenta la recepcionista en voz baja—, ya sabe… yo siempre llevo algún ibuprofeno en el bolso, que a mí personalmente me va de maravilla.

—Le estoy muy agradecida, espero no necesitarlo, pero si llegara el caso, vendré a pedírselo —responde Candela sonriendo.

—Muy bien entonces. Para cualquier necesidad, ya saben dónde estoy, buenas noches.

—Muchas gracias, buenas noches —responden los dos mientras la recepcionista vuelve a su puesto.

—¿Qué te ha pillado de improviso? —pregunta Gonzalo en voz baja.

—Nada, nada, tranquilo, he tenido que inventarme algo sobre el estropicio —responde Candela ante la sonrisa del profesor.

—Muy bien, pues si me permites, me retiro a mi habitación, que creo que ya he tenido bastante acción por hoy. Por cierto, ve con más cuidado a la hora de bañarte, el agua demasiado caliente puede inducir una peligrosa bajada de tensión, como parece que ha sido el caso. Lo mejor es darse una ducha, alternando agua fría y caliente mientras puedas. ¡Dicen que es cojonudo para la circulación! —se despide Gonzalo.

—Gracias, Gonzalo. Descansa, mañana tenemos el vuelo a las ocho, así que nos vemos para desayunar a las siete, ¿te parece?

—Me parece perfecto, ¡buenas noches!

—Que descanses, Gonzalo. ¡Ah!... y gracias otra vez.

Gonzalo le guiña un ojo mientras se aleja de la sala en dirección a la escalera del hotel.

Candela se levanta de la mesa, y al salir de la sala de comedor, se sienta en una de las butacas que hay en una pequeña zona diáfana, a unos metros de una barra de bar que ya está cerrada. Aprovechando que está sola, coge el móvil prepago y realiza una llamada al comisario, mientras la joven recepcionista parece no quitarle ojo.

—¿Jefe? Buenas noches, soy Candela… disculpe que le llame tan tarde… Sí, sí… bueno, ya se lo habrá comentado Óscar esta tarde, entre otras cosas, ¿verdad?... Sí… es lo que tienen los aviones incautados… en fin… Yo le llamaba porque estando en el hotel, el profesor Sanmartín ha recibido una nota personal para él… Sí, la han dejado en el mostrador, pero no se ha podido identificar al mensajero… Bien… el tema es que sea quien sea, se ha tomado la molestia de escribirla a máquina, incluso el nombre del sobre… por supuesto… he tenido que echar mano de la imaginación para no contaminar la prueba… En efecto… el tema es que había dos frases… según el profesor, seleccionadas entre los versículos del Apocalipsis. la primera nos confirma las sospechas del móvil de la autoría… sí… El problema lo tenemos con la segunda frase… yo creo que se trata de una amenaza directa a la familia del profesor…

incluso me atrevería a decir que a la hija del profesor... En efecto... no, no le he dicho nada para evitar que entre en pánico, pero habría que reforzar la vigilancia... no sé incluso si haría falta que uno de los agentes se quede dentro de la casa... ya, ya lo sé... pero parece que a alguien le ha molestado que vayamos a verles y ha decidido hacérnoslo saber... bien... ok... Nos vemos mañana, a media mañana... el vuelo es a las ocho en punto, si no hay más averías... bien... gracias, jefe... buenas noches, hasta mañana.

De pronto, casi por detrás, aparece la joven recepcionista, que se le acerca y tocándole el hombro con la mano, coge por sorpresa a Candela.

—Disculpa, no era mi intención asustarte —se excusa sonriendo.

—No, no, para nada, lo que pasa es que estaba pensando en mis cosas y me has cogido desprevenida.

—Solo era para decirte que, si has perdido el sueño y te apetece charlar, puedo invitarte a un té o a un café —comenta la joven, un tanto insinuante.

—Pues la verdad... —se excusa Candela levantándose de la butaca—, te agradezco mucho tu ofrecimiento, pero ha sido un día bastante agotador y mañana tenemos el vuelo de vuelta a primera hora, así que necesito descansar lo máximo posible.

—¡Ah! Claro, por supuesto, lo siento.

—De todas formas... —Candela se le acerca al oído— si otro día vengo por aquí y coincidimos, será un placer aceptar esa invitación... además, ya sabes, no estoy en uno de los mejores días del mes.

—Será un placer entonces. Por cierto, mi nombre es Diana —comenta la joven.

—Todo un placer, Diana... buenas noches —se despide Candela mientras se aleja hacia las escaleras del hotel.

Miércoles, 27 de octubre. 7 horas y 15 minutos. Recepción del Hotel NH Express, Santander

Después de haber desayunado, Candela está realizando el *check-out* mientras espera a Gonzalo, que ha ido a asearse al baño.

—Disculpe, ¿puede pedirnos un taxi para el aeropuerto? Nuestro vuelo sale en poco tiempo y tenemos un poco de prisa —dice Candela al recepcionista.

—Por supuesto, señora, ahora mismo se lo pido y en menos de cinco minutos tenemos uno aquí mismo.

En ese momento llega Gonzalo a recepción para entregar su llave.

—Por cierto, la recepcionista del turno de noche me dejó un sobre para usted —dice el joven mientras le entrega un sobre cerrado con el membrete del hotel.

—Muchas gracias…

—A ustedes, ¡que pasen un buen día!

Candela y Gonzalo se dirigen al exterior del hotel para esperar el taxi, mientras Candela aprovecha para abrir el enigmático sobre que le ha dejado la joven de la noche anterior. Al leerlo, sonríe con cierta malicia.

—¿Y eso? —pregunta Gonzalo— ¿La factura del estropicio?

—¡Ja, ja, ja! No, por suerte, no —responde mientras pliega el sobre y se lo guarda en un bolsillo de la cazadora—. ¡Ya tenemos aquí el taxi!

7 horas y 30 minutos. Terminal del aeropuerto de Santander

Candela y Gonzalo dejan el taxi y se dirigen de nuevo a la zona de vuelos privados. Tras presentar sus credenciales, se dirigen a la sala VIP de embarque, a la espera de la salida de su vuelo de regreso a Madrid.

—Bien, espero que esta vez el avión esté en condiciones —comenta el profesor.

—No te preocupes, Gonzalo, que esta vez sí que llegamos —responde Candela mientras se dispone a hacer una llamada desde el móvil prepago—. ¿Óscar? Buenos días... ¿Qué tal?... Bien, bien... ahora, a las ocho, sale el vuelo, o sea, que supongo que en hora y media vamos a estar en la *comi*... Vamos a hacer una reunión con el comisario y que él decida a partir de los datos que tenemos, ¿vale?... Ok... En cuanto al resto, ¿sin novedad? ¡Ah! Cojonudo... bien... entonces a ver si Juanjo se lo puede combinar y que venga también a la reunión... perfecto... chao... hasta luego...

—¿Todo bien? —pregunta Gonzalo.

—Todo bien. En cuanto lleguemos tenemos una reunión de equipo. Además, Juanjo ya tiene la identidad y el informe forense del cuerpo de Toledo, así que nos podrá poner al tanto de qué ha sido esta vez.

9 horas y 40 minutos. Sala de operaciones de la Comisaría General de la Policía Nacional de Madrid

Candela y Gonzalo abren la puerta de la sala desde la que se están llevando a cabo todas las operaciones del caso del Inquisidor. En su interior ya se encuentran debatiendo varias cuestiones el doctor Garmendia, Juanjo, del departamento forense, su compañero Óscar y el comisario jefe.

—¡Hombre! ¡Dichosos los ojos! —exclama el comisario.

—¡Buenos días! —responden Candela y Gonzalo en el momento de entrar y quitarse las chaquetas.

—Holaaa... Habréis comido bien al menos, ¿no? —pregunta Óscar.

—Bueno... pues... —resume Candela.

—Bueno estaba y se murió. Anda, tomaos un café para despejar la mente —dice mientras les entrega un par de vasitos con café recién hecho.

—Gracias, comisario —dice Gonzalo mientras acepta el café y toma asiento.

—¡Vaya! Gracias, jefe. Bien, tal y como nos indicó ayer el aquí presente, doctor Garmendia, durante la «móvil-conferencia» que tuvimos los cuatro, nos dejó bien claro con todo lujo de detalles el perfil del individuo al que nos enfrentamos. Si puedes sintetizar, Juan Miguel…

—Por supuesto, Candela —dice Garmendia, que se levanta, coge uno de los rotuladores y empieza a escribir en la pizarra mientras borra otros apuntes que considera ya inútiles—. Bien, en pocos titulares: primero, el sujeto puede sufrir un trastorno de personalidad antisocial, y en concreto, con indicadores de psicopatía, por tanto, es alguien que prefiere el aislamiento y la soledad. Segundo, considerándolo dentro de una de las categorías de asesinos en serie, se manifiestan motivaciones de tipo misionario, hedónico y de poder-control, por lo que se cree con el deber de cumplir una misión, un objetivo por encima de todo. Tercero, es más que probable que sufra un trastorno de personalidad esquizoide, lo que coincide con una escasa capacidad de socialización. Y, cuarto y último, un posible perfil de trastorno por estrés postraumático completo, todo ello si partimos de la base de que puede tratarse de una de las víctimas de abusos sexuales y maltrato psicológico y físico por parte de sus profesores o tutores.

—Perfecto, doctor —comenta Candela—. Y según tú, Óscar, ¿qué operativa sigue?

—Bien, está claro que por su gran capacidad de movilidad geográfica, de cara a poder preservar la intimidad de sus actos, escondiendo a sus víctimas, que supuestamente secuestra siete días antes, hasta que las lleva a su escena del crimen, es más que probable que se mueva con una furgoneta o camión de unos 3500 kilos, tal y como apuntaba aquí el profesor, para poder acceder a cualquier lugar de una ciudad sin que pueda tener restricciones a la circulación. De hecho, puede esconderse tras una imagen de repartidor de alimentos o productos que requieran una temperatura controlada, etcétera. Esto le permite sellar la caja del camión para que no pueda verse ni oírse nada desde el exterior.

—¿Qué más? —pregunta el comisario—. Creemos saber cuál es su perfil psicológico, cómo puede llegar a moverse con esta facilidad, pero necesitamos saber dónde buscar, cuáles pueden ser sus próximos objetivos y, sobre todo, la puñetera visita del papa. Necesito, ya, una respuesta convincente para informar al arzobispo y a sus pu-ñe-te-ros je-fes en Ro-ma... —dice el comisario de forma vehemente mientras a cada sílaba golpea la mesa con el dedo índice de su mano derecha.

—Definitivamente, no —afirma Juan Miguel, que aún sigue de pie junto a la pizarra.

—¿No? ¿Seguro? ¿Por qué? —pregunta el jefe.

—No, en cuanto a querer atentar contra la comitiva del papa. Aún no conozco ningún caso de un atentado contra un gran dirigente que haya sido precedido por otros de menor calibre como advertencia. Pero... sí que es posible que forme parte de un mensaje que quiere que llegue directamente al papa, y que, por supuesto, sabe que le está llegando.

—¿Entonces? ¿Solo busca visibilidad y venganza?

—Se trata de un binomio —responde Garmendia—. Por un lado, la venganza por los abusos que sufrió, no solo él, sino compañeros que seguramente incluso no llegó conocer. De hecho, parece que se ha erigido como el vengador de un par de generaciones de niños que sufrieron abusos por una horda de pederastas, con al menos una excepción, que ahora os explicará el amigo Juanjo —Candela y Gonzalo se quedan sorprendidos—. Y por otro, y con esto termino, el castigo. No olvidemos los grandes conocimientos que tiene sobre la materia, y con ellos, el castigo que escoge para cada una de sus víctimas. Él es para sus reos, condenados por su propio auto de fe, juez y verdugo.

—¡Juanjo! ¡Es cierto! Tenías el informe de la víctima de Toledo, ¿verdad? —pregunta Candela.

—En efecto, compañeros. Bien, nuestra quinta víctima finalmente ha podido ser identificada como el sacerdote retirado Ignacio Lajas Obregón, de 82 años, 1,60 de altura y 49 kilos de peso, y digo «finalmente» porque esta vez nuestro Inquisidor le había hecho una particular manicura. Dejó expuestas o sumergidas todas las falanges distales de las dos manos, también llamadas falangetas, en ácido sulfúrico, hasta dejar a la vista el hueso.

—¡Joder! —exclama Óscar.

—Sí, debió de joderle un montón. Además de eso, fue repitiendo como un patrón la amputación tanto de la lengua desde la base, que al igual que en los casos anteriores no ha sido encontrada, como del escroto con los testículos, los cuales tampoco fueron encontrados, y cómo no, la particular amputación del miembro viril, también llamado pene, previo estado de erección, y que, como en el resto de casos, también fue encontrado obstaculizando la tráquea de la víctima, con restos de semen del mismo individuo.

»En cuanto a este último aspecto, si os acordáis habíamos dejado constancia en los informes forenses de que las víctimas podían haber sido forzadas a mantener relaciones sexuales, hasta llegar a la erección o eyaculación incluida, previa amputación del susodicho miembro.

—¿Y no ha sido así? —pregunta Candela.

—No exactamente. El hecho de no haber encontrado restos de ADN exógeno, ni siquiera restos de los típicos productos usados para la lubricación de cualquier preservativo, tipo condón, sino que en todos los casos solo existiera el ADN de la propia víctima, me hizo pensar que seguramente habían sido obligados a masturbarse hasta el final, momento en el cual perdían literalmente el miembro por amputación con los alicates metálicos que os comenté.

»Y ahora viene este último caso, en el que además de encontrar el ADN de la víctima, hallamos unas pequeñas fibras de algodón blanco, seguramente de algún tipo de camiseta o pañuelo de ese mismo color, que no podemos comparar con nada, porque ya sabéis que la víctima también fue encontrada totalmente desnuda.

»Bien, además tendríamos lo que es la primera huella parcial del asesino —Candela pone cara de expectación—. No tan rápido, amiguita. Parece ser que como la víctima no se encontraba en disposición de masturbarse, dada su evidente falta de falanges distales, el asesino tuvo que valerse de un supuesto pañuelo de algodón, entre su mano y el miembro del pobre hombre, para masturbarle hasta dejarlo seco… y debió de tardar bastante, ya que, como decía antes, el miembro extraído de la tráquea de la víctima mantenía las marcas *pre mortem* de haber sido fuertemente apretadas por una mano, que evidentemente no era suya.

—Madre mía, qué nivel de perversión —murmura Gonzalo.

El comisario se seca el sudor de la frente con un pañuelo blanco, y al darse cuenta del detalle con una mueca de asco, lo guarda enseguida en un bolsillo del pantalón.

—Bien, ahí no queda todo —continúa Juanjo—, ya que antes de las amputaciones recibió un centenar de latigazos en la espalda, al parecer infligidos con un arma de múltiples puntas metálicas, que le provocaron numerosos cortes que traspasaron la dermis y llegaron hasta el tejido muscular. A partir de ahí, una vez expuesto en forma de cruz, como pudisteis comprobar con vuestros propios ojos, por las deposiciones y restos de plumas encontradas en la espalda de la víctima, varias aves carroñeras, exactamente de la especie *Corvus corax*, o cuervo común, aprovecharon para alimentarse del ya escaso tejido muscular expuesto, puesto que al igual que los anteriores cuerpos, la víctima había sido sometida a un brutal ayuno de al menos siete días… y hasta ahí puedo leer.

—En cuanto a los antecedentes —interviene Óscar—, al igual que el resto de víctimas, formaba parte de la lista de denunciados por la Asociación de Víctimas de los Legionarios de Cristo, y que tras falta de pruebas o prescripción del delito, los jueces decidieron dejar en libertad. Todo ello apunta a que nuestro sujeto se dedica a juzgar y ejecutar a los que considera que debieron haber sido castigados y quedaron impunes.

—En efecto —dice Gonzalo—. Dentro de su concepto del bien y del mal, se ha quedado anclado en la educación, reglas y leyes más estrictas que ha conocido. Recordemos que, durante la Edad Media, por una simple acusación sin pruebas podías acabar en la hoguera.

—Jefe —interrumpe Candela—, vamos a necesitar que revisen todas las cámaras de circulación o de entidades públicas o privadas que hay en las inmediaciones de las escenas del crimen que tenemos hasta ahora, buscando principalmente un vehículo de las características que hemos dicho, y si hay alguna coincidencia, habrá que cotejar como mínimo que se trata del mismo camión. Si hubiera una matrícula, ya sería cojonudo.

»Por otra parte, y eso creo que va a ser más complicado, vamos a necesitar una lista de los sacerdotes que dieron clase o pudieron pasar algunos días, durante los años setenta y ochenta, en los seminarios de Ontaneda y Salamanca, que son los puntos más calientes donde sabemos que las víctimas estuvieron dando clase. Por la visita que hicimos en Ontaneda, creemos que seguramente cambian a muchos de los profesores cada tres años, pero seguramente no es una variable muy fiable, ya que a veces se intercambiaban durante alguna semana de un lado a otro.

El comisario jefe se queda un momento pensativo, mientras se frota la cara con las manos con evidentes signos de desesperación.

—¿Algo más?

—Sí —responde Candela—. Aunque puede llegar a no ser bien recibido, necesitamos una lista de los integrantes de la Asociación de Víctimas de los Legionarios de Cristo para comprobar antecedentes y, sobre todo, saber si alguno de ellos tiene un vehículo de esas características. Sé que puede llegar a ser duro y cruel hacerles una petición de este tipo, pero creo que estamos en nuestra obligación profesional de hacerlo. Además, eso sí, hay que pedir la lista de denunciados, ya sea a través de la asociación o a través de los letrados que llevaron aquel caso, ya que puede ser clave para saber cuáles pueden ser las siguientes víctimas.

—Ya veremos, pero bueno, de pedírselo al juez Moreno me encargo yo —afirma el comisario—, porque como comprenderás, lo primero que van a pedir es una orden judicial para poder acceder a sus archivos, ¿verdad? —Candela solo le responde con cara de circunstancias—. Y bien, ¿alguien tiene alguna otra petición?

—Se nos escapa algo, jefe —comenta Óscar—. Yo, lo siento mucho, pero ni en mis mejores tiempos con mi pandilla de amigos de farra llegué a hacer tantos kilómetros sin apenas descanso, además del tiempo que tiene que ocupar el asesino para hacer todo lo que hace. Se trata de un tío metódico, así que se toma su tiempo para hacer las cosas. O se toma algo para no dormir, o recibe ayuda de diferentes colaboradores. Vamos a ver —dice mientras va hacia el mapa con las líneas que unen los diferentes escenarios del crimen y señala los puntos marcados—. Fijaos bien en las distancias, ¡y en las fechas, joder!, que el tío se pasa conduciendo un mínimo de entre cinco y ocho horas por trayecto.

»Si Juanjo tiene razón en que las víctimas son secuestradas al menos siete días antes, que es cuando son sometidas a ayuno, no me creo que los lleve con ellos dentro del camión, además de todo el material que necesita para montar toda la parafernalia de la escena del crimen, no sé, ¿cómo lo veis?

—Disculpa que te interrumpa —responde Garmendia, mientras se sitúa entre el mapa y la pizarra—. Creo que probablemente el *modus operandi* del sujeto no es el mismo cuando empezó, con las dos primeras víctimas, que con las siguientes. A ver, digamos que la primera la secuestró en Sevilla el pasado día 6, miércoles. Tuvo dos días enteros para hacer lo que tuviera que hacer, pero después se desplazó a Barcelona para secuestrar a la segunda víctima el día 9, sábado. Ahí ya no me cuadra que pueda llegar a tener a dos víctimas en un mismo lugar, y menos si se trata de un recinto tan pequeño como el interior de un camión de 3500 kilos, porque precisamente lo que busca es tener un poder y control absoluto sobre las víctimas, y eso solo puede conseguirlo bajo el manto de la intimidad absoluta, sin interferencias de ningún tipo.

—¿Entonces? —interrumpe Candela— ¿Crees que el día del secuestro traslada a la víctima con el camión a algún lugar seguro, en la misma ciudad, donde nadie pueda verlos ni molestarles, y lo deja ahí una semana entera sin que pueda recibir ningún tipo de alimento ni agua, y siete días después vuelve para torturarlo hasta la muerte y monta la escena final?

—Personalmente —responde Garmendia— no creo que haya nadie más involucrado desde que nuestro hombre decidió llevar a cabo su particular cruzada para impartir la justicia que cree que no se ha impartido. Ha podido tener muchos meses para encontrar a cada víctima, estudiar su día a día, encontrar seguramente un zulo, donde sabe que va a dejar al reo atado, desnudo y sin ningún tipo de atención durante una semana, para volver a recogerlo después, torturarlo en el camión y montar cada escena del crimen. Pensad que si la hora de la muerte es más o menos las tres de la madrugada, ¿cierto, Juanjo? —este responde afirmativamente con la cabeza—, tal vez una hora antes ha empezado a torturarlos para dejarlos moribundos y que su última imagen en vida sea ver su propio castigo impuesto. De hecho, y ya que he hablado de que el sujeto debe calcular cómo y cuándo realizar las amputaciones que harán que la víctima muera a una hora determinada, no me extrañaría que tuviera conocimientos de medicina.

—Joder —dice Óscar—, para acabar de poner la guinda.

—Bueno, chicos —interviene el comisario—, creo que ha quedado bastante claro qué y dónde hay que buscar. Al menos puedo dar una buena noticia al ministro y al arzobispado, y es que la comitiva papal no debería correr peligro, ¿cierto?

—Así lo creo —afirma Garmendia.

—Estoy de acuerdo con el doctor —confirma Candela.

—Yo también —dice Óscar.

—Con permiso del doctor, a mí me parece la opción más probable, la verdad —insiste Gonzalo.

—¡Pues no se hable más! —exclama el comisario mientras se pone en pie—. Voy a empezar a molestar a gente y hacer que un equipo se ponga de inmediato a cotejar imágenes. Si hay cualquier novedad, os informo o me informáis, ¿de acuerdo?

—A la orden —responde Candela.

—Gracias a todos, buen trabajo. Ahora solo falta encontrar a ese tipo —dice el jefe al despedirse.

—¡Juanjo! —exclama Candela.

—Dime.

—*Please*, necesito que analicéis el papel contenido en este sobre, en particular si hay huellas, por supuesto.

—Ok, no te preocupes, mañana te digo algo —dice Juanjo mientras recoge el sobre.

—¡Gracias, chavalote! —sonríe Candela.

—¡Bueno, qué! ¿Nadie tiene hambre? —pregunta Óscar a sus compañeros.

—Joder, ¡eres insaciable! —comenta Garmendia entre las risas de todos.

20 horas, 30 minutos. Iglesia de San Bartolomé, Logroño

La iglesia, de mediano tamaño y con un conglomerado perfectamente sintonizado entre el arte románico y el gótico, es uno de los edificios más antiguos de la zona histórica de la ciudad. El párroco, un hombre de avanzada edad y algo encorvado, está acabando de oficiar la misa de las ocho de la tarde, la última del día para unos pocos feligreses, que también van menguando con el tiempo, excepto para algunas celebraciones que aún se conservan en la memoria cultural y litúrgica de la capital riojana.

Mientras el párroco se dispone a dar la comunión, un hombre de mediana edad, abrigado con una chaqueta oscura, aguarda arrodillado y cabizbajo en uno de los bancos situados más a la derecha de la nave central, en una zona donde apenas llega la tenue luz de los focos que apuntan hacia los ábsides. El individuo parece estar murmurando algunas frases en latín, tal vez rezando a la vieja usanza, mientras el párroco va terminando la comunión.

Finalizada la liturgia y como acostumbra a hacer a diario, el sacerdote se retira a un viejo confesionario situado en el lateral opuesto de la nave, pues en ocasiones, y tras la misa, alguno de sus feligreses necesita entablar conversación con él, unas veces para pedirle consejo, y otras, por simple necesidad de hablar con alguien.

Después de que un par de feligresas han terminado de confesarse, y visto que no queda nadie más en la iglesia, el individuo que seguía arrodillado se levanta, y con las manos dentro de los bolsillos de la chaqueta, se dirige lentamente, pero con determinación, hacia el confesionario.

Justo cuando se encuentra a mitad de camino, tras una columna, aparece una mujer de mediana edad por una puerta lateral, que sin darse cuenta de la presencia del individuo va al encuentro del sacerdote en el confesionario.

—Buenas noches, padre. Veo que ya ha terminado. Venga, que le acompaño a su casa y le hago la cena —le indica la mujer.

—Gracias, hija, pero no hacía falta que vinieras a buscarme, si tengo mi casa a diez minutos de aquí… —responde el sacerdote con una voz un tanto afectada.

—Sí, ya lo sé, pero he venido a buscarle para llevarle en coche, que esta noche se ha levantado bastante viento y frío, y ya veo que me ha pillado un medio resfriado. Ay, si es que... supongo que habrá traído la bufanda, ¿no?

—Sí, sí, espera un momento aquí, que me cambio y te acompaño.

En ese momento, el individuo que se había quedado aguardando tras una de las grandes columnas octogonales de la nave central, y tras escuchar la conversación, da media vuelta y se va silenciosamente por la puerta principal de la iglesia.

Cuando el párroco sale ya vestido con su sotana negra, su chaqueta, su bufanda y su boina, da un vistazo a la iglesia para comprobar que ya está vacía.

—No sé, hubiera jurado que aún quedaba alguien que tal vez quería confesarse —comenta el sacerdote buscando con la mirada.

—Pues la verdad es que yo no he visto a nadie. Si no, me hubiera esperado —responde la mujer—, y si alguien había, ya volverá mañana, que no hay pecado que no pueda esperar un día para su confesión. Venga, que le ayudo a cerrar y nos vamos.

Los dos se dirigen a la salida principal, y tras apagar la iluminación del antiguo monumento eclesiástico, salen y cierran las puertas con una vieja llave que el párroco guarda después en un bolsillo de la chaqueta. Finalmente, el anciano sacerdote, cogido del brazo de su asistente, se marcha en un vehículo aparcado unos metros más abajo de la calle que lleva el mismo nombre de la iglesia.

VI

Vosotros sois la sal de la tierra. Pero si la sal se vuelve
insípida, ¿cómo recobrará su sabor? Ya no sirve para nada, sino
para que la gente la deseche y la pisotee.

Mateo 5, 13

**Jueves, 28 de octubre. 10 horas y 15 minutos. Palacio de la
Aljafería, Cortes de Aragón, Zaragoza**

Un grupo de escolares adolescentes acaba de llegar a la
explanada adoquinada de la entrada al palacio de la Aljafería,
edificio monumental y actual sede de las Cortes de Aragón.
Mientras dos profesores esperan pacientes la llegada de los últimos
rezagados, procuran evitar que la veintena de alumnos se dispersen
tras el ancho puente de tarimas de madera que separa el castillo del
resto de la ciudad y que atraviesa un amplio y profundo foso,
actualmente poblado de hermosos jardines.

—¡Vamos, chicos! ¡Que tenemos la visita en cinco minutos!
—exclama el profesor, intentando que los últimos rezagados
traspasen el puente y se unan al grupo.

—¡Eh! Vosotras dos, Mery y Soraya —la profesora llama la
atención a un par de chicas que aprovechan los últimos minutos
antes de entrar para dar unas caladas a sus pitillos—, ¡ya me estáis
apagando esas colillas!

Las dos jóvenes, indignadas, dan una última calada y tiran las
colillas al suelo mientras miran con cierto desprecio a la profesora.

La profesora, que ha sido joven como ellas, les tiende la palma
de su mano derecha con un enérgico movimiento de pertenencia.

—A ver si os habéis creído que he nacido ayer, venga, la
cajetilla —reclama a una de las chicas, quien se la entrega de malas
maneras—. Y tú, ¿qué? —dice a la otra chica—. La tuya también,

que he visto que la llevas dentro de la chaqueta, pero ya, que no tengo todo el día.

—Joder, Virginia, qué asco… pero después nos las devuelves, ¿eh? —le responde de mala gana mientras le entrega el paquete de tabaco.

—Sí, de acuerdo, llamaré a vuestros padres para entregárselas directamente a ellos, ¿qué os parece?

—¡Pues a mí me dejan fumar! —exclama la primera chica en tono burlesco.

—Entonces no hay problema, ¿no, Soraya? Ya se encargarán de devolverte tu futuro cáncer, bien empaquetado, para que puedas disfrutarlo a costa de tu salud, ¿a que sí? —responde la profesora.

—Qué gilipollez, total, nos vamos a morir igual —murmura en voz baja la otra chica mientras las dos se echan a reír de forma descarada.

—Pablo, ¿estamos todos ya? —pregunta la profesora a su compañero.

—Sí, sí, madre mía, debería haber escogido la profesión de mi abuelo, que llevaba las ovejas arriba y abajo todo el día, y al menos tenía a un perro pastor que tenía permiso para marcarlas de vez en cuando si alguna se descarriaba —responde a Virginia, que se echa a reír.

—Chicas, chicos, ¡atentos, por favor! —exclama Virginia para reclamar la atención de todos—. Bien, empecemos… Estamos ante este hermoso conjunto monumental, con el nombre de palacio de la Aljafería.

»Como os explicaba el martes pasado, durante la clase de historia de la arquitectura en nuestra comunidad, diez siglos después, aquel palacio de la alegría que soñó el monarca musulmán al-Muqtadir continúa siendo, junto con la Alhambra de Granada y la Mezquita de Córdoba, una de las joyas artísticas de la presencia musulmana en el sur de Europa. Por ello, la Unesco, en el año 2001, declaró Patrimonio de la Humanidad el arte mudéjar de

Aragón, destacando que el palacio de la Aljafería era, es y seguirá siendo, uno de los monumentos más representativos del mudéjar, que se ha convertido en el símbolo de la arquitectura civil aragonesa y, probablemente, en una de las referencias obligadas de la historia y la cultura españolas. Más de tres millones de visitantes, desde la restauración iniciada a mediados de la década de los ochenta, lo atestiguan.

»Como veréis en cuanto accedamos al monumento, no solo vamos a encontrarnos con las hermosas arquerías del palacio islámico, que contrastan con la imponente presencia de la torre del Trovador, un espacio en el que Giuseppe Verdi desarrolló una parte de su romántica acción en la ópera *Il trovatore*, sino que también recorreremos el palacio medieval de los reyes de Aragón, con los alfarjes que cubren sus salas, o la parte que fue edificada sobre el ala norte del recinto islámico por los Reyes Católicos, en la que produce asombro su salón del Trono, con la espectacular techumbre de madera dorada y policromada.

»La Aljafería ha vivido diversos avatares, cambios y etapas. Aún recuerdan muchos aragoneses su condición de cuartel en el siglo XX. Pero hoy, ya concluidos los trabajos de restauración del monumento en su última fase, es un edificio vivo y abierto, un referente cultural que muestra su larga historia y acoge entre sus muros a la institución que representa a todos los aragoneses: las Cortes de Aragón. Qué, ¿dispuestas y dispuestos a entrar en parte de vuestra historia? —pregunta Virginia con entusiasmo a sus estudiantes, si bien parece que por la inmadurez propia de la edad, muchos tienen sus mentes en otros mundos.

—¡Venga, chicos! —exclama Pablo—. Vamos a ir entrando de dos en dos, y en silencio, ¿eh?, por favor, que no tenga que repetirlo. Virginia estará al frente junto con la guía, que nos va a ir explicando la historia y entresijos de todo el edificio, así que prestad toda la atención posible, porque ya sabéis que después os tocará hacer el trabajo de final de trimestre sobre el monumento y su relación con nuestra historia. Venga, todos para adentro y en orden.

—¿Dónde has dejado el perro? —le pregunta Virginia con sarcasmo.

—Muy graciosa... Venga, la manada es toda tuya, yo me quedo al final, para ir mordiendo a los que se queden rezagados... ¡ñam!

Virginia se adelanta entre risas hasta el inicio del grupo.

Una vez pasado el arco de seguridad, los alumnos vuelven a reagruparse en un patio, donde les espera la guía que irá dándoles todas las explicaciones e intentará responder a todas sus preguntas.

—Vaya rollo nos espera, tía —comenta Soraya a su amiga en tono de desgana.

—Bufff, vaya tostón, en fin... al menos no estamos encerradas en una clase con todos estos mongolitos —responde entre carcajadas de las dos.

—¡Shssst!

Virginia les llama la atención para que mantengan silencio, mientras la guía ya ha empezado el recorrido y las explicaciones tanto sobre la arquitectura y las restauraciones que se han ido sucediendo, como sobre sus historias y leyendas.

Un vez dentro del monumental edificio amurallado, la inconmensurable belleza del jardín de su patio interior enmudece a todo el grupo, que se quedan boquiabiertos ante tal fusión entre la arquitectura y la naturaleza, así como por la belleza de las diferentes salas que van visitando, entre los suelos convertidos en obras de arte gracias a los dibujos hechos con sus baldosas, hasta los techos de madera o bóvedas de piedra, que trasladan a todo visitante a diez siglos atrás, cuando aquella tierra era musulmana.

Veinte minutos después, tras recorrer varias salas y pasillos, y tras subir unas escaleras metálicas, acceden a la planta superior de la torre del Trovador, la parte más antigua del palacio, entarimada en madera rojiza y paredes recubiertas de antiguo ladrillo de piedra vista, con un techo a doble altura acabado en tallas de madera. En la sala, con poca luz natural, mientras la guía sigue aportando datos y fechas sobre la historia del monumento, los alumnos disfrutan de una exposición con diversos grabados y fotografías de las policromías halladas en el recinto.

—Y por fin hemos llegado a una de las partes conservadas más altas y extensas del palacio mudéjar de Pedro IV —explica la guía—. La amplia sala de la parte baja era desconocida hasta la última restauración, donde se descubrió y restauró el alfarje que la cubre, como sala del Aljibe, para poder contemplar en ella la boca del gran pozo-aljibe que hay bajo su suelo; actualmente, después de la restauración y estudios detallados de la heráldica de la techumbre, paso a denominarse salón de Recepciones, ya que esta era su función en época de Pedro IV.

Cómo no, parece que la boca del pozo, un cubículo de forma octogonal, de un metro y medio de diámetro por unos ochenta centímetros de alto, forrado de la misma madera de la que está hecho el suelo, ha despertado el interés de Mery y Soraya, por lo que deciden separarse del grupo e ir a investigar de qué se trata.

Cuando llegan al pozo se dan cuenta de que está protegido por una resistente reja azul cuadriculada, con la suficiente amplitud como para ver perfectamente el fondo, si no fuera porque la luz que lo ilumina está apagada, pero pueden llegar a meter la mano. Una pared de piedra en forma de tubo, y una pequeña escalera de caracol a un lado desde media altura, permiten bajar hasta el fondo del pozo; aunque atada a la reja hay una soga bastante gruesa y algo deshilachada que sostiene un peso, un bulto de color gris, que casi parece tocar el suelo. Soraya intenta meter parte de la cara entre la cuadrícula metálica para ver de qué se trata.

—Oye, tía, no es por nada, pero ahí abajo se mueve algo y huele fatal —comenta a su amiga Mery con cierta cara de asco.

—Sí, hombre, y una mierda, ya sabes que a mí estas cosas me dan miedo, eres una cabrona.

—¡Que no, tía! ¡Que te lo digo en serio, joder! Que allí abajo hay algo que se mueve —vuelve a decir mientras intenta mover la cuerda desde el nudo hecho en la reja para comprobar si puede ver algo.

—¡Dios! ¡Ratas! ¡Hay ratas! ¡Qué asco! —grita Soraya poniéndose las manos en la cara mientras todo el grupo se apresura en comprobar lo que dice su compañera—. ¡Ay! ¡Mierda! Y las ratas están subidas en lo que sea que hay colgando. ¡Qué puto asco! —vuelve a gritar mientras todo el grupo ya ha rodeado el agujero del pozo intentando ver el hallazgo de su compañera.

—A ver... —dice la guía mientras se abre paso a través de los alumnos hasta llegar al pozo—, pensad que esto es muy grande, muy antiguo, y en los sitios más profundos sí se puede haber colado algún ratoncillo, aunque el edificio tenga un buen control antiplagas, a ver, dejadme ver los monstruos que decís.

La guía, al igual que las chicas y el resto del grupo, intenta averiguar no solo lo que se mueve en el fondo del pozo, sino qué es lo que no debería estar colgando de la reja de protección. Echa mano de una pequeña linterna que siempre la acompaña para intentar iluminar el fondo, hasta que por fin cree ver algo, ya que le cambia el color de la cara al blanco del yeso y se le borra automáticamente la sonrisa mientras apaga de inmediato la linterna. Coge el comunicador que lleva sujeto al cinturón del pantalón e intenta llamar por él.

—¿Seguridad?... cambio... ¿Seguridad?... cambio...

Mientras espera la respuesta de sus compañeros se dirige a los profesores.

—Disculpad, pero parece que tenemos un problema. Lo siento mucho, pero por favor, ¿podéis procurar que nadie se acerque al pozo? —explica a los profesores, que no entienden la situación.

—Pero ¿ocurre algo? —pregunta Virginia, mientras Pablo ha podido fijarse bien en lo que puede estar colgado en el fondo del pozo.

—Virginia, vamos a hacerle caso, pero ya —le responde su compañero con la cara desencajada—. ¡A ver! ¡Chicas, chicos! Acompañadme a la sala de la que hemos venido, que continuaremos la visita por otra zona, ¿de acuerdo? —dice mientras reclama la atención de todo el grupo, apartándoles del pozo.

—¡Joder! Pero ¿qué pasa? Para un poco de diversión que habíamos encontrado —se queja Mery.

—¡Vamos, vamos! ¡Todos fuera! ¡Ya! ¡Echando hostias, joder! —grita Pablo bastante nervioso.

Los alumnos, al ver las maneras y el cariz de las indicaciones que les da Pablo, deciden salir con bastante prisa de la sala acompañados de Virginia.

—Seguridad, dime… cambio —responden a la guía por el intercomunicador.

—¡Oye! Soy Eli, escúchame bien… Estoy en la planta superior de la torre del Trovador y hay algo colgando de la reja del pozo. Por favor, id por la planta de servicio de abajo, a ver qué pasa… cambio —indica la guía intentando no alzar la voz.

—Seguridad… ¿Qué?… ¿Qué vayamos dónde?... cambio.

—Joder —murmura en voz baja—, ¡que bajéis al puto pozo de la torre del Trovador, que creo que hay algo o alguien colgado de una cuerda!... cambio.

—¿Cómo que alguien colgado?... cambio.

—Sí, ¡y además está lleno de ratas como conejos, así que id con cuidado!… cambio.

—Me cago en mi puta vida… vale… vamos ahora mismo y te digo algo… cambio.

—¡Recibido! Yo os espero en la reja del pozo… cambio.

La guía se dirige a Virginia y Pablo, previo cierre de la otra puerta de acceso a la sala, para asegurarse de que no entra nadie más.

—Os pido mil disculpas, pero creo que tenemos que dar por finalizada la visita. Os pido, por favor, que salgáis del edificio lo antes posible. Por cierto, ¿tengo vuestro teléfono?

—Te paso mi móvil, y me llamas si necesitas algún dato nuestro —indica Pablo en actitud colaboradora mientras el grupo de alumnos parece bastante alterado ante el teórico descubrimiento de unas ratas por parte de sus compañeras.

—Bien, gracias.

Mientras tanto, los dos guardas de seguridad del edificio se apresuran a buscar en un armario la llave que abre el acceso al aljibe.

—Cagondiós… a ver cuál será ahora —exclama el guarda que ha hablado con la guía mientras rebusca entre manojos de llaves colgados con etiquetas casi ilegibles.

—Pero ¿qué coño ha dicho que había? —le pregunta el compañero.

—¡Unos putos ratones, macho! ¡Joder, esta gente de ciudad no sabe lo que son las ratas de verdad, las que temen hasta los propios gatos! ¡Ahora! Ya está, ya la tengo —exclama el guarda con la llave de acceso al pozo del aljibe en la mano.

Una vez llegan los guardas a la puerta metálica que les separa del acceso al aljibe, comprueban sus linternas, y uno de ellos intenta mirar por el orificio de la antigua cerradura sin poder ver nada, ya que todo está oscuro.

—Oye, aquí no se ve nada, mira a ver si das al interruptor de la iluminación —comenta al otro compañero, quien da varias veces al interruptor que hay en una pared lateral.

—¿Qué? ¿Se ve algo ahí dentro?

—Nada, joder, O el interruptor no va, o se ha jodido la lámpara, me cago en la puta —responde el compañero mientras vuelve a intentar ver qué ocurre en el interior.

Él mismo se decide a poner la oreja en el orificio de la cerradura, para comprobar si puede escuchar algún ruido en su interior.

—Qué, ¿oyes algo? —pregunta el compañero que lleva la llave en la mano.

—Espera, espera…

En ese momento el compañero agudiza bien el oído, incluso cerrando los ojos, hasta que los abre de golpe en un gesto de espanto.

—¡Me cago en la hostia, tú! ¡Que he oído chillidos muy agudos! ¡Como los que hacen las ratas! —exclama el compañero apartando inmediatamente la oreja de la cerradura mientras se la toca y la limpia muy nervioso.

—Joder, macho. Pero ¿qué pasa? ¿Que estoy *rodeao* de cagaos? Por unos putos ratones de campo —comenta el otro compañero, quitándole importancia, mientras introduce la llave en la cerradura desbloqueando el mecanismo de apertura—. Anda, encendamos las linternas antes de entrar, no sea que los ratoncillos se te suban por los pantalones y te muerdan los huevos —bromea mientras abre la puerta que da paso al pozo del aljibe.

Una vez sobre la estrecha pasarela metálica que sale a mitad de altura total del pozo, con las linternas iluminando de arriba hacia abajo, pueden comprobar que hay atada una soga bastante deshilachada a la reja de protección del pozo.

A medida que el foco de luz de las linternas va descendiendo, se dan cuenta de que hay un bulto colgado y arrugado en el que se mueven, rodeándolo, unas inmensas manchas oscuras.

—Hostia puta, te lo dije, ¡está lleno de ratas!

—Venga, ¡coño!, ¡no me seas un *cagao* ahora! Hay que bajar, ver qué coño es y dar parte para limpiar todo esto.

—Y una mierda. Baja tú, que yo vigilo desde aquí arriba que no se nos cierre la puerta —comenta el compañero, muerto de miedo.

—La hostia… vaya tela. Pues ya bajo yo. Joder, por cuatro bichos que se han colado —murmura mientras se dispone a bajar la estrecha escalera metálica de caracol de tres alturas para llegar al fondo del pozo.

Cuando alcanza el último tramo, linterna en mano, iluminando desde el suelo hacia arriba, va descubriendo el cuerpo desnudo de un anciano, con los pies atados a un contrapeso, o lo que queda de ellos, tocando en el suelo, con restos de sangre por todos los lados y una mueca de horror en su rostro, colgado con una soga por sus muñecas desde la espalda. Alrededor del cuerpo puede ver cómo una manada de grandes y oscuras ratas se está dando un festín con los restos del cuerpo sin vida que pende de la reja de seguridad del pozo.

Tanto la crueldad de la escena, como el chillido de las ratas, que no cesa, como el olor nauseabundo a carne en sus inicios de descomposición, provocan que al vigilante no le dé tiempo de apartarse y vomite sobre el fondo del pozo, al no poder aguantar semejante orgía de horror.

Tras apenas un par de minutos para poder reponerse mínimamente, el osado vigilante sube rápidamente la escalera, sin darse cuenta de que se le cae la linterna al fondo, y acaba subiendo a gatas hasta la puerta de acceso, donde encuentra a su compañero, que no entiende la huida desesperada de su colega.

—¡Cierra inmediatamente! ¡Por lo que más quieras! —grita el guarda con la tez totalmente en blanco, sudando y con restos visibles de haber vomitado.

—¡Joder, macho! Pero ¿qué coño has visto? ¿Eran grandes las ratas? —pregunta el compañero mientras cierra la puerta con llave.

—¿Las ratas? ¡Las putas ratas eran lo de menos! —responde mientras intenta tomar aire y hablar con la guía por el intercomunicador.

—¿Eli?... cambio… ¿Eli? ¿Me oyes, coño?... cambio.

—Aquí Eli... ¿Qué has visto?... cambio —responde la guía, que ya está junto a otras compañeras.

—¿Que qué he visto? Que hay que desalojar de inmediato todo el edificio, ¡pero ya!... cambio.

—Manu, me estás asustando más de lo que estoy ya, ¿qué ocurre?... cambio.

—¡Haz lo que te digo, pero ya!... y llama a la policía, a la Guardia Civil o a quien quieras, que acabamos de encontrar un cadáver colgado que está siendo devorado por ratas como conejos... cambio.

El resto de los trabajadores de la oficina, previamente alertados por Eli, se quedan paralizados al escuchar la comunicación, sin saber qué hacer ante tal noticia, hasta que ella misma coge el teléfono y llama a emergencias.

11 horas y 40 minutos. Sala de operaciones de la Comisaría General de la Policía Nacional de Madrid

Mientras Óscar está revisando datos en el ordenador, Candela está consultando los informes de la Científica, esparcidos por toda la mesa de la sala y colocados de forma cronológica, y Gonzalo y Juan Miguel siguen discutiendo sobre el *modus operandi* del asesino, revisando pósits y datos escritos sobre la pizarra, el teléfono de sobremesa de Candela empieza a sonar. Todos se quedan mirándolo, mientras Candela debe dar la vuelta a la mesa a toda prisa para poder coger la llamada.

—Inspectora Santos... Hola, un placer, comisario... sí... ajá... bien... ok... bien... —mientras habla, la inspectora se lleva una mano a la cara, se echa el pelo hacia atrás en un gesto de desesperación y consulta el reloj de su móvil—. Mire... que la Científica vaya haciendo su trabajo fotográfico preliminar y que llamen al juez de guardia para el levantamiento del cadáver, pero por favor, que no muevan el cuerpo ni se les ocurra matar o dejar que las... ratas se escapen, ¿de acuerdo?... —dice con cara de asco—. Calculo que nosotros estaremos ahí en unas dos horas, más o menos, así que, por lo pronto, que reúnan a todo el personal del edificio, incluido el del turno de noche, cualquiera que haya estado ahí en las últimas doce horas... ¿Qué? Me da igual lo que digan o piensen, les dice que lo manda el ministro... ¿Qué? ¡Claro que no! Pero la mayoría de políticos oyen la palabra «ministro» y se acojonan... ok... venga, nos vemos en dos horas... ok... hasta luego... y gracias por avisar.

Candela cuelga el teléfono, mientras Óscar, Gonzalo y Juan Miguel, que se han quedado mudos y expectantes, esperan lo peor.

—Bueno, ¿qué día es hoy? —pregunta Candela.

—No digas más, día de fiambre —responde Óscar—. ¿Dónde esta vez?

—En Zaragoza, en la sede de las Cortes de Aragón, en el palacio de la Aljafería.

—Por supuesto —responde Gonzalo—, fue la antigua sede de la Inquisición.

—Gonzalo y Juan Miguel, conmigo. Óscar, necesito que te quedes aquí porque te iré contando todo lo que me encuentre y tenemos que adelantar en lo posible cotejando imágenes.

—Por supuesto, no te preocupes, aquí estaré —responde Óscar mientras Candela vuelve a hacer una llamada—. Por cierto, ¿has dicho dos horas Madrid-Zaragoza?

—¿Comisario? Soy Candela... sí... tenemos otro cadáver... en Zaragoza... en la sede de las Cortes... sí... Tengo que pedirle un favor, necesito un helicóptero que nos lleve a Gonzalo, a Juan Miguel y una servidora para allá... ¿sí? Perfecto... pues vamos tirando hacia el helipuerto... gracias... le informo en cuanto lleguemos... hasta luego —cuelga el teléfono y dice dirigiéndose a Juan Miguel y Gonzalo—: ¿Os habéis subido alguna vez en un helicóptero?

—Yo solo para una excursión por el Gran Canyon, en Estados Unidos —responde el doctor.

—Yo soy debutante, como últimamente en casi todo —dice el profesor.

—Pues yo, la primera vez que me subí, creo que tenía tres meses, así que os gano por goleada. Vámonos, que en unos cinco minutos nos estarán esperando —dice Candela mientras todos cogen sus chaquetas y salen a toda prisa de la sala.

Una vez que están llegando a la zona habilitada como helipuerto, en una explanada anexa al edificio central de la comisaría, ya divisan en el horizonte cercano a uno de los helicópteros más usados por el Cuerpo Nacional de Policía, el modelo Eurocopter EC135, una aeronave que puede llegar a alcanzar los 260 km/h. En tan solo un par de minutos ya está aterrizando y el copiloto se apresura para abrirles una de las puertas laterales para que puedan subirse al aparato. El ruido de las aspas es muy intenso, pese a estar en ralentí, así como el polvo y las hojas que salen disparadas hacia las partes más alejadas del aparato.

—¡Cuidado con la cabeza! —indica el copiloto.

Los pasajeros, tras apoyar el pie en el escalón metálico, van entrando en la aeronave, con capacidad suficiente para que puedan subir otras cuatro personas más.

—¡Pónganse los auriculares! —dice el copiloto señalándoles dónde se encuentran colgados, mientras los tres pasajeros acaban de atarse los cinturones de seguridad y se cierra la puerta lateral del aparato—. ¡Buenos días! ¡Soy el agente Pascual y aquí, el compañero que nos va a llevar a buen puerto, es el oficial Cascales, y les recomiendo no hacer ninguna broma con su apellido, si no quieren sacar el desayuno antes de llegar! —informa el copiloto sonriendo.

—¡Hola! ¡Soy la inspectora Santos y mis compañeros son el profesor Sanmartín y el doctor Garmendia!

—¡Bien! ¡Si no me equivoco, destino a las Cortes de Aragón, en Zaragoza, ¿verdad?!

—¡Correcto! ¡No es por meter prisa, pero tenemos que llegar lo antes posible, han encontrado un cuerpo y tenemos que verificar la escena con la Científica! —explica Candela.

—¡A la orden! ¡Vamos para allá! —exclama el piloto.

El aparato asciende súbitamente dejando el suelo a unas decenas de metros en pocos segundos, para seguir ascendiendo hasta los tres mil pies de altura, a la vez que va adquiriendo la velocidad de crucero.

Mientras tanto, Gonzalo, que es la primera vez que puede vivir la experiencia de un viaje en helicóptero, va fijándose a través de la ventanilla en lo insignificante que es el mundo a tan solo tres mil pies de altura, desde donde los vehículos que circulan por las arterias de la ciudad se ven como pequeños puntos de colores que siguen el curso de un río de ida y vuelta.

13 horas y 30 minutos. Explanada de entrada al palacio de la Aljafería y sede de las Cortes de Aragón, Zaragoza

Tanto las fuerzas de la policía local, en su perímetro más amplio, como en los diferentes perímetros de seguridad tomados por decenas de agentes de la Policía Nacional y de la Guardia Civil, que tienen tomada toda la zona, vislumbran la silueta del helicóptero que se acerca a gran velocidad desde el oeste de la ciudad. En tan solo un par de minutos el ruido del motor y las aspas ya sobrevuelan la zona, a punto de tomar tierra en la explanada de entrada al recinto monumental. A unas decenas de metros se encuentra el comisario jefe de la Comisaría General de Zaragoza, así como el jefe de seguridad de la sede.

—¡Señora y señores pasajeros, ya hemos llegado! ¡El piloto Cascales y un servidor esperan que hayan tenido un feliz vuelo! ¡En cuanto hayan desembarcado, nos vamos al aeropuerto a repostar, que si no, no llegaremos a Madrid con el combustible que nos queda! ¡En cuanto estén listos, nos llaman y venimos a recogerles para el regreso! —dice el copiloto mientras entrega una tarjeta con un número de teléfono a Candela.

—¡Perfecto! ¡Gracias! ¡Nos vemos luego! —se despide la inspectora.

Todos se desabrochan los cinturones y cuelgan los auriculares en su sitio. Mientras tanto, el copiloto ya les ha abierto la puerta lateral de la aeronave para facilitares la salida.

Protegiéndose la cabeza como pueden, Candela, Gonzalo y Juan Miguel llegan hasta la comitiva de bienvenida, mientras el helicóptero despega destino al aeropuerto de Zaragoza.

—¡Bueno, por fin! La inspectora Santos, supongo —dice el comisario mientras le extiende la mano a Candela.

—En efecto, aquí estamos. Les presento al profesor Gonzalo Sanmartín y al doctor Juan Miguel Garmendia, que forman parte del grupo de investigación en el caso.

—Un placer… Ernesto Guevara, con quien ha hablado usted por teléfono. Soy el comisario jefe de la Comisaría General de esta ciudad. A mi lado, Cipriano Alcaraz, jefe de seguridad de todo el conjunto monumental que tenemos a nuestras espaldas —se presenta el comisario mientras saluda al resto de compañeros.

—Usted dirá, comisario —dice Candela mientras van traspasando las puertas del recinto, tomado por agentes de policía que custodian cada zona de acceso.

—Bueno, si les parece bien, prefiero que vayamos directamente al lugar donde han encontrado el cuerpo, y después les explico cómo y quiénes lo han encontrado —responde el comisario mientras, un poco por delante de ellos, les va guiando por pasillos y escaleras hasta llegar a la torre del Trovador.

A su paso, Gonzalo no puede dejar de mirar con asombro cuánta belleza arquitectónica les rodea, mientras sigue al grupo, algo rezagado, hasta que por fin llegan a la planta noble de la torre,

Reino de Sombras

donde se sitúa la boca del pozo, protegida con la reja azul. A su alrededor, la Científica ha colocado unos focos que iluminan el fondo del pozo, ya que la bombilla de la lámpara que debía iluminar su interior está rota.

Mientras el comisario da las debidas explicaciones a Candela y Juan Miguel, Gonzalo no deja de fijarse en cualquier detalle del pozo, así como de la soga atada a la reja, mientras sigue el ir y venir de las ratas que siguen aprovechándose del festín que tienen a su disposición.

—Disculpe, comisario —dice Gonzalo—, ¿es posible bajar al pozo desde la zona de las escaleras?

—¡Por supuesto! Abajo están los de la Científica, que siguiendo sus instrucciones, no han tocado nada del cuerpo ni de la escena —responde el comisario mientras les acompaña para ir a la planta inferior.

—¿Han podido obtener la identidad del cadáver? —le pregunta la inspectora.

—Pues no, y la verdad es que dado el estado en el que se encuentra el cuerpo, al menos visualmente, su identificación va a ser prácticamente imposible.

—¿Cómo lo ves, Gonzalo? —le pregunta Candela.

—Más de lo mismo… mismo tipo de soga, escenografía típica de las mazmorras de la Inquisición —responde el profesor.

—Comisario, disculpe —se adelanta Candela—, vamos a necesitar llevarnos las ratas... vivas. No sé si puede disponer de alguna empresa de control de plagas para que las capture y las meta en una urna con orificios en la parte superior para respirar, porque necesitamos poder analizar también sus deposiciones.

—Bien, no se preocupe —responde el comisario mientras echa mano de su móvil para hacer una llamada.

Cuando el grupo llega a la puerta metálica de acceso al pozo, los de la Científica les abren la puerta, previa vestimenta de los monos y calzo correspondientes para evitar contaminar la escena del crimen.

—Para bajar al suelo del pozo hay un salto de casi medio metro —indica un agente de la Científica—. Yo no lo saltaría, a no ser que quieran que se les echen las ratas encima. Aunque se las ve bastante ocupadas, un cuerpo caliente y en movimiento podría hacer que los atacasen.

—Voy primera, si os parece —indica Candela, a lo que ni Gonzalo ni Juan Miguel oponen ninguna resistencia.

Los agentes de la Científica han conseguido iluminar cada uno de los rincones del pozo, especialmente el cuerpo mordisqueado y sin vida que cuelga por las muñecas a la espalda desde la reja de acceso al pozo. Cuando después de Candela llega Gonzalo, se fijan en que, como a las anteriores víctimas, también le han sido amputados los genitales.

—Efectivamente, se trata de la garrucha —comenta Gonzalo cuando llega tras él Garmendia.

—¿El qué? —pregunta Candela.

—Era uno de los instrumentos de tortura más recurrentes —explica Gonzalo—. Consistía en atar a la espalda las manos del prisionero, ponerle peso extra en los pies y colgarlo con una polea por las muñecas. Cuando estaba lo más arriba posible, lo dejaban caer sin que tocara el suelo. Normalmente, los brazos se le dislocaban. A modo de curiosidad, personajes históricos que fueron sometidos a esta práctica fueron Nicolás Maquiavelo, Savonarola y Jaime de Montesa.

—Amigo Gonzalo, eres toda una enciclopedia viviente —comenta Juan Miguel—. Por cierto, ¿os habéis fijado en una cosa?

—¿En qué? —pregunta Candela.

—En que cada vez escoge unos métodos más sencillos, aunque no menos crueles, para ajusticiar a sus víctimas —explica Juan Miguel.

—Eso puede querer decir que se está quedando sin tiempo o sin recursos para llegar a su objetivo —dice Candela.

—Pero no por ello deja de conseguirlo, sino que va más a lo práctico en lugar de ir hacia una gran escenografía —argumenta Gonzalo.

—Joder... bueno, creo que he tenido bastante por hoy — comenta Candela—. A ver si conseguimos que capturen a todos estos bichos, recojan el cuerpo con cuerda incluida y acaben de recoger todas las muestras que puedan.

Una vez que han salido del pozo, Candela y sus acompañantes se quitan la vestimenta que protegía la escena del crimen.

—Comisario, vamos a ver, ¿cómo van con las cámaras de seguridad? ¿Cómo es posible que en un edificio como este, donde reside la sede de las Cortes de Aragón, no haya saltado ni una alarma? —pregunta la inspectora.

—Es lo que ahora mismo estamos examinando con el resto del equipo de seguridad del edificio —contesta el jefe de seguridad, visiblemente afectado por la situación.

—Disculpe, aparte del acceso por el que hemos bajado a este pasillo, ¿hay alguna otra manera de llegar a él? —pregunta Gonzalo.

—Bueno —responde el jefe de seguridad—, tal vez la pregunta correcta sería cómo no se puede acceder a todos estos laberintos. En sus diferentes etapas de reconstrucción y restauración siempre hemos acabado encontrando pasadizos secretos bajo el edificio, que conectan con el foso que lo circunda o incluso con las antiguas redes de alcantarillado.

—Pues coja a un equipo, y si el comisario no tiene inconveniente, que algunos agentes les echen una mano, y vayan revisando cada una de esas entradas y salidas, porque desde luego es más que evidente que ni el asesino ni la víctima entraron por la puerta principal —expone Candela.

—Por supuesto —responde el comisario mientras echa mano del intercomunicador que lleva en el cinturón y avisa a varios agentes.

—Disculpe, comisario —interrumpe Candela—, ¿podemos hablar con la persona que ha encontrado el cuerpo?

—¡Claro! Acompáñenme a las oficinas de administración, que allí se encuentran la guía y el personal de seguridad que lo han encontrado —responde el comisario mientras les indica el camino hacia las dependencias administrativas.

14 horas y 50 minutos. Oficinas de Administración del palacio de la Aljafería y sede de las Cortes de Aragón

Mientras la guía y el personal de seguridad están siendo interrogados por Candela, con el comisario, Gonzalo y Juan Miguel presentes, suena el intercomunicador del comisario.

—Jefe, aquí el subinspector Vilches... cambio... —el comisario se aparta del grupo para responder y no entorpecer la labor de la inspectora.

—Guevara al habla... dime, Vilches, ¿alguna novedad?... cambio.

—Creo que sí, comisario, hemos encontrado una reja que da acceso al alcantarillado, ha sido forzada... cambio.

—Bien, Vilches, coge a un par de agentes de la Científica y revisad hasta dónde llega el acceso. Necesitamos saber por dónde entró... cambio.

—Recibido, jefe... vamos a ello... cambio.

Mientras Candela agradece la colaboración de los trabajadores de la sede y se despide de ellos, llega hasta el comisario.

—¿Alguna novedad, comisario?

—Parece que sí, un subinspector ha encontrado una de las rejas de acceso a la zona inferior, forzada.

—¿Y sabemos a dónde lleva esta reja?

—Parece ser que a la red de alcantarillado. Ya le he enviado con un par de agentes de la Científica para que peinen el conducto y traten de averiguar cuál fue su punto de origen.

—Perfecto, gracias. Bueno, si le parece bien, vamos al exterior mientras sus hombres recogen el cadáver y las ratas, y nos lo envían todo a Madrid.

—Sí, no se preocupe, que ya tenemos dispuesto el transporte judicial para enviarlo todo.

—Gracias, comisario.

En ese momento Gonzalo recibe una llamada a su móvil personal. Se trata de su mujer.

—¿Hola?... ¡Hola! ¿Qué tal?... ¿Que cómo estoy yo?... Bueno, más bien la pregunta sería dónde estoy yo... ¡Anda! Qué lista, ¿no?... ¡Ah, claro!, ya me extrañaba a mí... Bien, dime... ¿Estáis bien?... Ajá... ¿Y eso?... pues... no... no lo sabía... espera un momento... —Gonzalo tapa su teléfono con el frontal de su chaqueta mientras se dirige a Candela.

—Candela... disculpa... es Carmen, mi mujer.

—Ah, ¿sí? Dale recuerdos de mi parte —responde sonriente.

—No, si acordarse de ti, ya se acuerda. Es que me ha dicho que tiene a uno de los agentes que hace guardia desde el coche diciéndole que ha recibido orden de hacer la guardia dentro de casa —dice Gonzalo algo perdido mientras Candela cae en la cuenta de que no le había comentado nada.

—Ostras, sí... lo siento, error mío, tenía que habértelo dicho. No pasa nada. Si lo prefieres, pásame a tu mujer y se lo explico, ¿te parece bien?

—Sí, claro, pero te advierto de que te va a decir que no —responde Gonzalo con escepticismo mientras le pasa el teléfono a Candela.

— ¡Carmen! ¡Hola, que tal! ¿Cómo estás?... Sí... ajá... ¿Cómo te ha dicho que se llama?... ¡Ah! ¡Javier!... bueno... ya has visto que es un tío como la copa de un pino y superamable, ¿eh?, ¡ja, ja, ja!... nada… no te preocupes, es que después de lo de vuestra perra me quedé bastante tocada, la verdad, y ya tendrá bastante con una butaca o el sofá para estar mínimamente cómodo… ¡no! ¡no!... qué va… tranquila… ni te darás cuenta de que está por casa, al contrario… Así, mientras tu marido está estos días fuera, la verdad, me quedo más tranquila… ajá… venga entonces… un beso, gracias, Carmen, adiós, adiós —Candela se despide y devuelve, sonriente, devuelve el móvil a Gonzalo.

—¿Hola? ¿Carmen?… Coño, ¡pero si ha colgado! —exclama Gonzalo, algo contrariado—. Pero ¿qué le has dicho?

—Pues como todas caemos, Gonzalo, ha visto al mocetón que le he enviado para que vigile la casa desde dentro, le he dicho que ni se va a dar cuenta de que está ni que le tiene que dar de comer ni nada, así que ha accedido sin remilgos… y entre los dos, nos quedamos más tranquilos, ¿no? —le responde Candela con confianza.

—Joder, cómo sois las mujeres… bien, bien, perfecto entonces —comenta atónito.

—¡Inspectora! —dice el comisario, que llega corriendo—, han encontrado el punto desde el que se introdujeron, usando la red de alcantarillado, hasta llegar a la reja de acceso a las zonas inferiores del palacio.

—Bien, ¿podemos verlo?

—Por supuesto, tenemos un coche esperándonos para ir hasta allí. Está a solo unos cientos de metros, en el aparcamiento Almozara —responde el comisario mientras se dirigen a uno de los coches patrulla.

Una vez que han dado la vuelta a todo el complejo, entran a través de una zona de tierra a un aparcamiento público sin vigilancia, llamado Almozara. Allí encuentran al subinspector junto a los dos agentes de la Científica, que intentan encontrar algún rastro que les permita identificar el vehículo que pudo traer al asesino y a su víctima hasta ese punto.

—Joder —exclama Candela mientras se baja del vehículo—, evidentemente, aquí no hay una puñetera cámara en las inmediaciones, ¿verdad? —el comisario responde con un gesto de impotencia ante la extensión de terreno, en el que los vehículos aparcan de forma desordenada.

—Inspectora —dice uno de los agentes de la Científica—, esto está lleno de huellas de ruedas, y por lo que podemos ver, el movimiento de vehículos aquí durante el día es bastante movido, así que encontrar cualquier evidencia es prácticamente imposible… lo siento.

—Gracias, agente, han hecho un buen trabajo. Con que revisen si hay rastro de huellas, tanto en la tapa del alcantarillado como en cualquier zona del trayecto hasta la reja del palacio, ya será más de lo esperado.

—Bueno, chicos, si se os ocurre algo más, ya que estamos aquí, ahora es el momento, si no, voy llamando al helicóptero para que venga a recogernos —dice Candela a Gonzalo y Juan Miguel.

En ese momento Gonzalo parece estar a punto de decir algo.

—Gonzalo, ¿querías decir algo?

—Nada, nada importante… Es que es un lugar precioso, lástima no tener tiempo para poder admirar todo el arte que esconde —comenta el profesor con cierto aire melancólico.

—Anda, que cuando se acabe todo esto ya tendrás tiempo de visitarlo cuando te apetezca —dice Candela mientras vuelven a entrar en el coche patrulla que debe llevarlos de vuelta a la explanada de la entrada.

Mientras tanto, aprovecha para llamar al copiloto para que puedan pasar a recogerles en cuanto puedan.

—Bien, en diez minutos les tenemos aquí de nuevo —dice a sus compañeros.

Una vez que han vuelto a subir todos al helicóptero, la aeronave asciende rápidamente hacia los cielos de la ciudad de Zaragoza. Abajo, el complejo monumental del palacio y las Cortes de Aragón forman el típico dibujo de arquitectura medieval, con el verde foso que lo circunda.

Tras unos veinte minutos de viaje, y un completo silencio entre todos los pasajeros de la aeronave, solo roto por el silbido del potente motor llevado a su velocidad de crucero, Candela aprovecha para permitirse cerrar los ojos, tan solo unos instantes, si con ello puede despejar y relajar la mente.

Vietnam del Sur, 29 de abril de 1975. Trayecto en helicóptero entre la embajada de Estados Unidos en Saigón y el portaaviones de rescate de tropas

Tras su forzado despegue desde la embajada estadounidense en Saigón, y debido a su sobrecarga de peso, el helicóptero se ve obligado a ir por debajo de la distancia de seguridad con el suelo vietnamita, por lo que tiene que ir volando en zigzag hasta la costa para evitar los francotiradores. Al llegar a la costa, su tripulación ya podrá respirar tranquila, al menos hasta unos quince minutos antes de llegar al portaaviones.

Marcus, el periodista norteamericano con familia de origen español, arropa con todas sus fuerzas a la pequeña Thien, que visiblemente asustada por el ruido y la evidente falta de sus padres, llora desconsoladamente a todo pulmón, mientras él le acaricia la cabecita para intentar darle confort y que se sienta protegida.

En ese preciso momento, tras atravesar uno de esos inmensos campos de arrozales, pasan por encima de una aldea, que los pilotos intentan esquivar, pues saben que puede haber guerrilleros del Vietcong o fuerzas comunistas acechando para intentar derribarles. Tras haber cruzado la aldea, los pilotos se miran con cara de haber pasado miedo, pero confiados en que el peligro ha pasado, cuando en ese momento se oyen unas detonaciones. No saben de dónde proceden, por lo que lo único que pueden hacer es seguir su ruta, pues no les sobra combustible para poder dar ningún rodeo hasta su destino. Después de diversos disparos hechos desde tierra, algunos de ellos alcanzan el metal del helicóptero, aunque por suerte no dañan ninguna parte vital del motor del aparato. No obstante, uno de los civiles que Marcus tiene justo ante él acaba de recibir un balazo en el cuello, con dirección ascendente y salida por la mejilla derecha. La sangre es abundante y el pobre hombre no deja de gritar de dolor, mientras Marcus intenta proteger a la pequeña Thien, que no para de llorar.

Jueves, 28 de octubre de 2010. 16 horas y 30 minutos. A bordo del helicóptero de la Policía Nacional

Candela despierta de golpe, tras un gesto involuntario, como si intentase agarrarse a algo.

—¡Candela! ¿Estás bien? —pregunta Garmendia.

—¡Sí, sí! ¡Creo que me he quedado algo traspuesta!

—¡Ja, ja, ja! ¡Algo más que eso! ¡Te has quedado dormida durante casi todo el vuelo! —dice Garmendia.

—¡Bueno, señores! ¡Aterrizamos en cinco minutos! —anuncia el copiloto.

Candela, que aún está «aterrizando» de su pesadilla, aprovecha para rehacerse la cola del cabello, ya que la lleva algo deshecha.

Tal y como el copiloto les ha informado, toman tierra suavemente en la explanada situada al lado del edificio de la Comisaría General, y mientras bajan del helicóptero, aprovechan para despedirse de los pilotos.

—¡Muchas gracias! ¡Nos habéis sido de gran ayuda! —agradece Candela mientras da la mano al copiloto y el piloto la saluda desde dentro de la aeronave.

—¡No hay de qué! ¡Para eso estamos, inspectora! ¡Hasta otra! —se despide el copiloto mientras cierra la puerta lateral y vuelve a su puesto.

Tras despedirse, el helicóptero despega de inmediato para regresar a su base.

—Bueno chicos, voy llamando a Óscar para que pida algo de comer y revisamos todo lo que hemos visto hoy, ¿de acuerdo? —dice Candela.

—Vamos —asiente Garmendia mientras acompaña a Gonzalo, dándole unos golpecitos en la espalda—. Hoy te has portado bien, ¿eh, compañero?

—¿Y eso? —le pregunta Gonzalo.

—La primera vez que me subí a uno de esos trastos, eso sí, hace ya unos cuantos años, en cuanto bajé mi estómago no pudo más, ¡y saqué todo lo que no estaba escrito! —responde Garmendia entre risas de los dos.

Una vez que entran los tres de nuevo en la sala de operaciones, les está esperando Óscar, que sigue cotejando imágenes de cámaras de seguridad en el ordenador.

—¡Hombre! ¡Si aquí tenemos a los dos reyes magos… y a la reina maga! —exclama el inspector.

—Pues si lo sé te traigo de regalo una rata grande como un conejo —responde Candela mientras se quita la chaqueta y la cuelga en una de las sillas.

—Quita, quita, qué desagradable, ¡Dios! —responde Óscar con una expresión de asco.

Mientras Gonzalo y Juan Miguel no pierden tiempo en empezar a escribir notas en la pizarra y añadir chinchetas y traza de cordel rojo sobre el mapa que tienen colgado en la pared, Candela echa un vistazo al ordenador en el que está trabajando Óscar.

—¿Cómo lo llevas? —le pregunta despeinándole con una mano mientras se sienta a su lado.

—Esto es un puto laberinto sin salida. No hay una puta imagen que case con otra. De los pocos vehículos que se corresponden con el que estamos buscando, no hay ni uno igual.

—En cuanto a la lista de integrantes de la Asociación de Víctimas de los Legionarios de Cristo, ¿tenemos algo?

—En eso está el jefe, aunque creo que sin demasiado éxito. Como tú dijiste, sin indicios claros, nos podemos ir despidiendo de obtener una orden judicial para un registro de sus archivos. ¡Ah! Y sobre la lista de miembros y exmiembros de los Legionarios de Cristo, la respuesta ha sido tajante, un *no* como una catedral.

—El juez Moreno, ¿verdad?

—*Efectiviwonder*.

—¿Y si no quieren que los pillemos? —pregunta Garmendia desde donde está situada la pizarra.

—¿Cómo? —pregunta Candela—. Nos montan una reunión de la hostia, con los máximos responsables de cada demarcación policial y un largo etcétera, ¿solo para hacer el paripé?

—Pensémoslo bien. Lo que dice el doctor tiene bastante sentido —expone Óscar—. Creo que el objetivo principal era cerciorarse de que no se trataba de un grupo terrorista o de la acción de un pirado, como el que atentó contra Ronald Reagan en marzo de 1981.

»Una vez que hemos llegado a la conclusión de que el fin principal no es la comitiva papal, creo que el objetivo ha cambiado totalmente. Si no me equivoco, fue durante el pasado mes de mayo cuando explotó el escándalo con el fundador de los Legionarios de Cristo en México, ¿cierto?

—Así es —responde Candela.

—Entonces, si lo que quieren es silenciar al máximo no tanto a las víctimas, que al final acaban en el olvido, sino a los lobos disfrazados de ovejas que camparon a sus anchas durante décadas en esos seminarios y escuelas de la congregación, ¿qué mejor que silenciarlos? —todos se quedan en absoluto silencio—. Mirad, tenemos antecedentes en los agentes dobles o simplemente desertores de uno y otro bando de las diferentes agencias de espionaje, sobre todo durante la guerra fría, que fueron ejecutados en los países que los habían acogido, no solo como venganza, sino para evitar que pudieran revelar secretos que nunca podían salir a la luz.

—Por supuesto —interviene Candela—, aunque no se trata de espionaje, sí se trata de un escándalo que, saltando fronteras, salpica directamente a personajes y personalidades de la casta política española, y por tanto, no interesa que se llegue a saber la verdad.

—Mira, Candela —replica el inspector—, ¿por qué crees que te pusimos un agente de vigilancia en el hospital? Tenemos la suerte de que el doctor Garmendia vive solo y tiene a su familia más directa en Estados Unidos, pero ¿y la vigilancia en la casa del profesor?, ¿y la muerte por envenenamiento de su perra?

—Un momento, un momento —interrumpe Gonzalo un tanto molesto—. ¿Por eso habéis instalado un agente dentro de mi casa?

—A ver, Gonzalo —interviene Candela para intentar calmarlo—. Estamos hablando solo de suposiciones, y sí, el hecho de dejar a un agente en tu casa es precisamente para prevenir cualquier intento de que puedan presionarte para que abandones esta investigación, pero ya sabes que tu familia está bien protegida y no hay peligro en este sentido.

—Mira, Candela, en el País Vasco llevamos muchos años con un montón de gente amenazada por ETA que se ve obligada a llevar escolta, vete a saber durante cuánto tiempo, y la experiencia nos ha demostrado que en contadas ocasiones lamentablemente no ha sido suficiente. Y no puedo aceptar que mi familia tenga que someterse a esa presión porque por una decisión personal he decidido ayudaros en una investigación. Lo siento, pero no puedo seguir con ello.

—Vamos a ver, Gonzalo —dice Candela mientras se le acerca—. Sé que no es fácil, pero quiero apelar a tu mente científica. Intentemos dejar a un lado las emociones, que entiendo perfectamente que no es sencillo, pero pensemos en los avances que hemos hecho hasta ahora. Por un lado, sabemos, gracias al perfil aportado por el doctor, que no nos enfrentamos a una organización en concreto, sino a un trastornado mental que ha decidido vengarse de su antigua congregación, enviando directamente al infierno a los que abusaron de él o de sus compañeros. Joder, ¡hasta ahí le daría yo la razón!

»Por otro lado, lo más probable es que mi accidente fuera debido a mi incipiente falta de sueño, lo sé, culpa mía —dice mirando a Óscar, que se lo recrimina gestualmente—, y seguramente cerré los ojos durante unos segundos, los suficientes como para salir despedida de la autovía.

»Después, aunque un confidente que no pudimos identificar, aunque creemos que puede moverse dentro del círculo de inteligencia, nos contó que se trata de una congregación que lleva desde los años cincuenta intentando llegar a puestos de poder en todos los sectores y en todo el mundo, cosa que no es de extrañar cuando ves que muchos políticos adoptan medidas para satisfacer a algunos *lobbies*.

»Y para terminar, lo del envenenamiento de tu perra, la verdad, eso me tiene desconcertada. Tanto pudo ser alguien que después de identificarte en televisión creyese que tenías algo que ver con estos asesinatos y decidió emprender su particular venganza, como cualquier otro pirado que nada tiene que ver con el asunto y solo ha querido hacerse notar. Y aunque no hay nada que pruebe que puedan ir en tu contra o contra tu familia, hemos montado un dispositivo de protección, por lo cual sabes que cuando todo esto acabe, todo habrá acabado y podrás volver a tu vida de profesor en la universidad y con tus excelentes estudios.

—No sé, Candela, si no te parece mal, necesito tomarme la tarde libre e irme al hotel. Estoy algo cansado y también quiero hablarlo con mi mujer. Lo entiendes, ¿verdad?

—Por supuesto. No quiero que pienses que aquí se te obliga a algo. Precisamente estás aquí porque te lo hemos pedido y muy amablemente nos has cedido tu tiempo, y tus grandes conocimientos en la materia, para sacar algo en claro en este caso. Quiero que sepas que eres esencial para el equipo, pero por supuesto, la decisión de seguir o no es totalmente tuya.

—Bien, gracias por tu sinceridad.

—Mirad, ha sido un día bastante complicado, ¿por qué no os vais los dos al hotel, os relajáis un poco y mañana a las ocho y media nos vemos otra vez aquí y me cuentas tu decisión? Al fin y al cabo, hasta mañana a media mañana no tendremos el informe preliminar del cadáver de Zaragoza.

—Me parece una excelente idea —responde Juan Miguel mientras recoge su chaqueta y la de Gonzalo—. Nos vamos a dar una vuelta, nos despejamos un poco y charlamos tomando un café. ¿Qué te parece, Gonzalo?

—La verdad es que necesito un poco de luz entre tanta oscuridad. Me apunto a tu idea. Gracias, Candela.

—¡Faltaría más! Venga, los dos, vacaciones hasta mañana a las ocho y media, ¿ok?

—Hasta mañana, chicos —se despide Garmendia mientras acompaña a Gonzalo fuera de la sala.

—¡Hasta mañana! —responde Óscar mientras cierran la puerta de la sala tras de sí.

—¿Cómo lo ves? —le pregunta Candela.

—¿Que cómo lo veo? Yo en su lugar estaría acojonado, no por mí, sino por mi familia.

—Joder…

—Venga, Candela, que sabes perfectamente que esto no es una puta secta llevada por un pirado iluminado que se dedicaba a follarse a sus alumnos, ¡sino que es la puta secta de entre todas las sectas! —le reprende Óscar en voz baja—. Que estamos hablando de un puto ejército en la sombra, con la connivencia no solo de las facciones más ultraconservadoras del Vaticano, sino que ya desde la época de la posguerra con Paquito al frente, siguiendo por las generaciones políticas posteriores, vete a saber cuántas cúpulas de las grandes corporaciones empresariales están involucradas. Empezando por la mismísima Moncloa, desde que Aznar se hizo con el poder. Sabemos que los legionarios consiguieron acceso al Gobierno y eso se tradujo en influencia y subvenciones. ¿De dónde crees que salen las subvenciones millonarias para engordar la piara de cerdos fascistas de la FAES presidida por él mismo? Te recuerdo que peces gordos como Ángel Acebes, ese que se hartó de mentir hasta la saciedad diciendo que el 11-M había sido un atentado terrorista de ETA, y Eduardo Zaplana, que también ayudó a los legionarios mientras fue presidente de la Comunidad Valenciana, son vocales de la fundación donde recibieron formación por parte de los Legionarios de Cristo. Y eso solo es la punta del iceberg.

—¿Me estás diciendo que todo esto que hemos montado es una puta farsa? —pregunta Candela muy contrariada.

—¿Quieres que acierte cuántas veces vamos a volver a ver a todo el grupito de lameculos que vimos en el gabinete de crisis? Ninguna más. Se abrió y se cerró el mismo día para que quedara constancia de la «involucración de todas las fuerzas de seguridad del Estado». ¡Y una mierda! Toda una puta farsa para que el rebaño de ovejas que se pasa el día pendiente de los medios de comunicación manipulados por el gobierno de turno crea que estamos ahí para proteger a la sociedad. Y para lo que estamos, al final, es para recoger la mierda que dejan los de arriba.

En ese momento, tras un par de golpes en la puerta, entra un compañero para indicarles que tienen a un mensajero del restaurante chino esperando.

—¿Hoy toca chino? —pregunta Candela—. Después de lo que he visto hoy, no sé si tengo estómago para comer carne sin sabor a carne.

—Ahora vuelvo, floja —responde Óscar sonriendo, mientras abandona la sala para ir a buscar la comida.

Candela se levanta de la silla y se sitúa ante el mural lleno de pósits e indicaciones hechas con rotulador por todos lados, fotografías de los cadáveres, contactos, escenas del crimen, mientras intenta ordenarlo todo en su cabeza. ¿Por qué, si no, el aviso del supuesto confidente?

En unos minutos entra Óscar con varias bolsas y va dejando los diferentes recipientes de plástico encima de la mesa, con el típico olor agridulce de la fritanga.

—Ya está, ¡por fin podemos comer! —exclama el inspector—. Que por la hora que es, casi se trata de una merienda cena.

Candela, que parece ausente ante lo que su compañero le acaba de decir, se dispone a realizar una llamada desde el teléfono de sobremesa.

—Dios, hoy no comemos —murmura Óscar.

—¿Juanjo? ¡Hola! Soy Candela. ¿Algo nuevo sobre la nota que te di?... Ya, como me imaginaba... Gracias de todas formas... dime... ajá... ya, era de esperar. ¡Hasta luego y gracias!

La inspectora cuelga y realiza otra llamada.

—¿Jefe? Soy Candela... ¿Ha comido ya?... ok... ¿Tiene unos minutos?... Bien... estamos en la sala Óscar y yo... gracias, hasta ahora.

—¿Crees que va a darte respuestas? —pregunta Óscar.

—No lo sé, pero creo que nos hemos ganado el derecho a preguntar, ¿no?

—A eso no tengo nada que decir. ¿No te molesta si voy comiendo, ¿verdad? Es que esto frío no vale una mierda —responde Óscar, que ya ha empezado a abrir varios recipientes.

—Come, come, pobrecito, que se nos va a desmayar. Bueno, ¿sabes qué? Que ese pollo al limón no tiene mala pinta.

—¡Coge, coge! Está delicioso.

—Por cierto, Juanjo me ha confirmado que los cadáveres de Murcia y Toledo tenían las mismas marcas en el ojo.

—¡Vaya! Gracias por comentarlo a la hora de la comida.

Unos minutos después entra el comisario en la sala.

—¡Madre mía! ¿Os vais a comer todo eso?

—No, jefe —responde Candela—. Era para los cuatro, pero he decidido dar a Sanmartín y a Garmendia un descanso hasta mañana, sobre todo a Sanmartín.

—¿Qué ocurre?

—Bueno, como usted comprenderá, no le ha hecho demasiada gracia que, escondiéndole información, hayamos tenido que poner a un agente en su casa para la protección de su familia.

—Entiendo. Venga, Candela, que no me has llamado para invitarme a un plato de cerdo agridulce, ¿no?

—En efecto. Pero si quiere, sírvase usted mismo.

—No, gracias. Siempre he desconfiado de la carne que ni huele ni sabe a carne —comenta el comisario mirando con cierta reticencia los envases abiertos.

Óscar se da cuenta y vuelve a dejar en la mesa, con cara de pocos amigos, lo que estaba comiendo.

—¿Qué está ocurriendo, jefe? —le pregunta Candela.

—¿Es una pregunta retórica?, ¿trampa?, ¿una broma? ¿Os parecen poco seis cadáveres en quince días y sin ninguna pista sobre el asesino?

—No me refiero a eso, comisario. ¿Va a serme sincero?

—Sabes que nunca te he mentido, Candela. Desde que llegaste de la academia supe que podrías llegar a ser la mejor de la Brigada, y así ha sido.

—Entonces, ¿por qué yo?, ¿por qué nos ha escogido a nosotros?

—¿No ha sido suficiente lo que te he acabo de decir? —responde el jefe con recelo.

—No, la verdad, no me doy por respondida. ¿Por qué nosotros? ¿Por qué todo este montaje con la contratación de dos maestros en su campo? ¿Por qué la farsa de la reunión del gabinete de crisis?

—Un momento, Candela, creo que te estás excediendo y sabes que ese no es el camino —responde el comisario en tono molesto.

—A ver, a ver, jefe —interviene Óscar—. Creo que tanto Candela como yo estamos de acuerdo en que la buena voluntad, por su parte, está más que probada, pero creemos que este equipo, incluyéndole a usted, está formando parte de un montaje para hacer ver que se está haciendo algo, cuando realmente no se quiere llegar al fondo de la cuestión. Venga, ya lo he dicho.

El comisario saca su móvil del bolsillo y le quita la batería, indicándoles que hagan lo mismo con sus móviles de servicio.

—Vamos a ver, no estamos teniendo esta conversación. ¿Ha quedado claro?

—Clarísimo como que... el arroz del chino es solo arroz... hasta ahí me mojo —admite Óscar.

—Candela, ¿por qué crees que te he escogido a ti para liderar este equipo? —la inspectora mira a su compañero, sin saber que responder.

—Joder, Candela, no me digas que no sabes cómo te llaman en la comisaría —dice Óscar.

—¿Cómo? —pregunta Candela indignada.

—La Pequinesa —murmura Óscar, medio tapándose la boca con una sonrisa.

—¿La Pequinesa? Serán incultos, ¡los pequineses son chinos, no vietnamitas!

—¿Qué puedes esperar de esta pandilla de ignorantes? —responde Óscar.

—A ver, Candela —interrumpe el comisario—. Te escogí, primero, porque eres mi mejor agente, temperamental pero silenciosa, segura de ti misma, alerta y valiente. No dudas en imponerte sea quien sea a quien tienes delante, como ya nos has demostrado más de una vez, y no te importa enfrentarte a cualquier enemigo, aunque te supere en fuerza y tamaño.

—¡Coño! —comenta Óscar— ¡La definición del perro pequinés!

Candela le dedica a su compañero una sonrisa un tanto sarcástica.

—Candela, te he escogido… os he escogido… porque formáis el mejor tándem para enfrentarnos a esta «distracción» de la que solo podremos salir cuando cojamos a este hijo de puta que nos está dejando en evidencia. Sabemos que desde arriba la ayuda va a ser cero, tanto desde el ministerio como desde la judicatura, es decir, que esto solo se va a acabar cuando demos caza al asesino, que sé perfectamente que caerá antes o después. No sé si ha quedado lo suficientemente claro.

—Sí —responde Candela—. Solo le pido una cosa.

—Si está en mi mano, cuenta con ello.

—Máxima protección para la familia de Gonzalo. Hoy les he dado la tarde libre porque le he visto al límite. Si vuelve a ver que su familia está en peligro, ya podemos olvidarnos de él.

—No te preocupes. Te aseguro que está en manos de un agente experto en protección de testigos, así que su familia va a estar las veinticuatro horas bajo estricta vigilancia. Te doy mi palabra.

—Bien, pues nada —replica Candela—, hasta que Juanjo no tenga el informe preliminar de la autopsia, poco más podemos hacer. Nosotros seguiremos dándole vueltas a los datos que tenemos, seguiremos cotejando imágenes y no tendremos más remedio que esperar a que cometa un error, porque todos, tarde o temprano, cuando se creen inexpugnables, bajan la guardia y se equivocan.

—Bien dicho, chicos. Bueno, aquí os dejo con la cena. No sé si recalentada va a estar mejor o no, lo dejo al paladar de Óscar.

—Estamos buenos entonces —responde Candela sonriente.

—¡Eh! ¿No habéis visto qué sano y fuerte estoy? ¡Eso es porque sé lo que como! —exclama Óscar palpándose los bíceps.

—Venga, nos vemos mañana. Candela, ya sabes, para cualquier cosa, llámame ¿de acuerdo? —dice el jefe al despedirse.

—Gracias, jefe, así lo haremos. Hasta mañana —responde Candela.

—Venga, chaval, que la noche es joven —dice la inspectora mientras se sienta al lado de su compañero para seguir revisando las imágenes de las cámaras de seguridad recogidas en las inmediaciones de todos los escenarios del crimen.

21 horas y 15 minutos. Recepción del Hotel Senator. Paseo de la Castellana, Madrid

Habiendo aprovechado la tarde libre para descansar un poco, Juan Miguel está esperando a Gonzalo en la recepción del hotel, ya que han quedado para disfrutar de una cena de plato en algún restaurante cercano, siempre y cuando no sea *pizza* ni chino.

Gonzalo, que acaba de salir de su habitación, ya que la conversación telefónica con su mujer se ha demorado algo más de la cuenta, va con un poco de prisa por el estrecho pasillo del hotel. Al cruzar una esquina, por despiste, choca con un camarero de planta.

—¡*Ups*! ¡Mil disculpas, señor! ¡No le he visto venir e iba distraído! —se excusa el camarero.

—¡Ostras! ¡No, no, qué va! Yo, que siempre voy demasiado rápido arriba y abajo —se excusa Gonzalo, que no se ha dado cuenta que el camarero le ha metido algo en el bolsillo izquierdo de su americana.

Una vez en recepción, se encuentra con Juan Miguel, listo para salir.

—¡Chico! Lo siento, se me ha ido el tiempo hablando con mi mujer.

—No te preocupes, hombre, ¡es normal! Por cierto, ¿cómo está tu hija? —le pregunta Juan Miguel mientras salen del hotel.

—Bueno, pues como siempre, por el momento estable. La verdad es que los médicos, aunque no han visto una mejoría, están de acuerdo en que parece que la enfermedad ha decidido tomarse un descanso, así que por ahora lleva unas semanas sin ataques, que qué quieres que te diga, ella no sufre y nosotros tampoco al verla, dentro de las circunstancias.

—Bueno, chico, tú sabes bien cómo funciona esto, así que cualquier freno a la enfermedad siempre es tiempo para aprender cómo ganarla, ¿no? —argumenta Garmendia con una sonrisa.

—Por supuesto, bueno, qué, ¿hay hambre o no? —pregunta Gonzalo.

—¿Que si hay hambre? Creo que he probado todos los tipos de *pizzas* que podían darnos, y estoy un poco hasta el gorro de *pizzas* y de carne sin sabor a carne, ¡ja, ja, ja! Por eso, hoy te llevo a un restaurante que ya conozco. ¿Cómo llevas la cocina asturiana?

—Hombre, eso son palabras mayores.

—Pues mira, aquí, a dos manzanas, está el restaurante La Cantina, que tienen de lo mejorcito en cocina asturiana, además de ser una buena sidrería. ¿Qué te parece?

—¡Que pinta fenomenal! Vamos.

Una hora y media más tarde, y tras una buena cena a base de platos típicos del restaurante, regados con una buena sidra, los dos amigos entablan una tranquila sobremesa.

—Doctor, quiero brindar —dice Gonzalo.

—Vamos a ello. ¿Por qué te gustaría brindar?

—La verdad es que, si lo piensas bien, el mero hecho de brindar con todo lo que tenemos encima podría decirse que es poco ético, ¿no?

—Bueno, amigo Gonzalo, el mundo da vueltas, pase lo que pase, bueno o malo. A nosotros nos ha tocado vivir de cerca estos episodios, y aunque en cuanto a lo que nos afecta, moralmente no deberíamos brindar por nada, te digo que el seguir vivo y con más o menos salud, día a día, comprobando que el sol se pone para después volver a salir al día siguiente, ya es un motivo más que suficiente para hacerlo, ¿o no?

—Cierto, doctor, totalmente cierto —afirma Gonzalo mientras hacen chocar sus vasos de sidra.

—Por cierto, ya sé que nos dijeron que no podíamos comentar nada fuera de la sala, ya sabes, pero es que hay cosas que no termino de entender.

—No te preocupes —dice Juan Miguel—. No creo que a nadie en metros a la redonda le importe lo más mínimo de lo que estemos hablando, ni siquiera si se estuviera a punto de acabar el mundo. A ver, dispara.

—Vamos a dar por hecho que el sujeto realmente se trata de un exalumno de los Legionarios de Cristo que, después de algún suceso en su vida, cree que debe tomarse su particular justicia por su parte. ¿Qué puede mover a una víctima de abusos sexuales reiterados, durante su infancia y pubertad, por parte de algunos profesores del internado donde ha transcurrido su vida de estudiante, a convertirse en un verdugo en la edad adulta? —pregunta Gonzalo.

—Bueno, creo que la clave está en dos factores. Primero, los abusos han tenido que ser reiterados y generar en el sujeto problemas psicológicos emocionales graves, particularmente en todo ese tiempo se daña la confianza en los adultos y las expectativas de desarrollar una vida feliz, ya que los agresores la harán sentirse muy mal, lo que seguro incluirá vejaciones morales. Segundo, puede erotizarse la acción de la violación propiamente dicha, y eso le puede dar un deseo insano de sentir placer actuando como verdugo.

—Sí, pero ¿puede haber contradicciones o incluso no saber la diferencia entre los conceptos del bien y del mal en el desarrollo del cerebro de la víctima durante esa etapa de abusos? ¿Podemos estar realmente ante un enfermo mental?

—Yo diría que durante la etapa de los abusos es más que posible que el sujeto pensase que «se merecía» ese trato, interiorizando la culpa, ya que se entiende que ese comportamiento no era generalizado. Si lo fuera, entonces podría pensarse que al menos durante los primeros años el sujeto podría considerarlo como bueno o normal. Y, como te decía, si la violencia es reiterada y severa no es necesario padecer una enfermedad mental o una predisposición. Otra cosa es que el sujeto haya generado una personalidad dura, con carencias notables emocionales y sociales. Si buscásemos referentes en la literatura, la heroína de la saga *Millenium*, de Stieg Larsson, sería un claro ejemplo.

—Entiendo. De todas formas, la forma de proceder y la impunidad con la que ha contado hasta ahora me hacen pensar que probablemente él sea el ejecutor, pero no el juez o jueces que han dictaminado quién debe desaparecer.

—Eso yo lo tengo bastante claro. Incluso te diría...

A unos metros del restaurante donde se encuentran cenando Juan Miguel y Gonzalo, un individuo desde dentro de un vehículo aparcado está escuchando su conversación.

—... que con todo el escándalo de los casos de pederastia de la congregación, quizá no se trate de la misma organización la que está quitándose de en medio a los que en su día cometieron tan terribles pecados, y no fueron castigados.

—En efecto, por puro y llano cooperativismo —añade Gonzalo—, aunque sea desde el Vaticano. Por una parte, eliminan a los pecadores, dándoles un final como se hubiera hecho en la mejor época de la Inquisición, y por otra, se da ejemplo a la sociedad, porque estos sujetos reciben su merecido, y por tanto, es la misma sociedad quien acaba, por decirlo así, alegrándose de que acaben de esta manera, sin intentar preguntarse quién ha sido.

—En efecto, Gonzalo, has dado en el clavo —concluye Garmendia.

Viernes, 29 de octubre. 9 horas y 30 minutos. Sala de operaciones de la Comisaría General la Policía Nacional de Madrid

Tras llamar a la puerta, Juan Miguel y Gonzalo entran en la sala de operaciones. Este último, además, lleva una bolsa de plástico de la que emana olor a churros recién hechos.

—¿He olido a churritos? —pregunta Óscar.

—Buenos días, compañeros —responde Gonzalo con una sonrisa.

Candela, con una sonrisa de oreja a oreja, se acerca a Gonzalo.

—¿Eso es un sí…, compañero? —pregunta la inspectora.

—Digamos que mi amigo y la almohada me han aconsejado sabiamente —responde Gonzalo.

—Gracias, Gonzalo. Vamos a conseguirlo, ya verás —le responde al oído mientras le da una caricia en el hombro.

Candela, Óscar, Gonzalo y Juan Miguel debaten en la sala sobre los posibles y múltiples objetivos del asesino, teniendo en cuenta tanto sus más que probables vinculaciones con los Legionarios de Cristo como la posibilidad de que alguien le esté proporcionando ayuda logística para esconder a los secuestrados y aplicarles el primer castigo por sus pecados, el ayuno.

—La devoción del ayuno —comenta Gonzalo.

—¿Devoción? —exclama Óscar—. Eso sí que es insano.

—Mirad, ¿por qué el ayuno como primera medida? En cierto sentido, los está exorcizando.

—¿El asesino cree que están poseídos? —pregunta Candela.

—Bueno, teniendo en cuenta la gravedad del pecado que han cometido en repetidas ocasiones, el sujeto podría llegar a pensar que, de hecho, lo que hace no es más que salvarlos —argumenta Garmendia.

—Correcto —afirma Gonzalo—. Por ejemplo, los Legionarios de San Miguel, cuyo principal objetivo es la defensa de la Iglesia, comprenden que sus mayores enemigos son los demonios y entienden aquello que dijo el santo cura de Ars, cuando afirmó que lo único que no soportaba el demonio era el ayuno voluntario. Así mismo, se apoyan en las escrituras al leer el Evangelio según San Marcos (9:29), donde el Señor afirma que las armas más eficaces del cristiano son el ayuno y la oración.

—Por lo tanto —añade Candela—, obliga a sus víctimas a realizar un ayuno durante los siete días antes de aplicar su condena, y con ello, les da tiempo suficiente para la oración.

—¡Correcto! —afirma Gonzalo con rotundidad.

En ese momento entra Juanjo en la sala con una carpeta bajo el brazo.

—Chicos, recién salido del horno: os traigo en primicia el informe forense del cadáver de Zaragoza.

—Joder, Juanjo, ¡estáis que os salís allí abajo! —exclama Candela mientras le cede una silla.

—Que nos salimos, dices… Verás la cara de tu jefe cuando vea la minuta de horas extras.

—Bueno, venga, ¿qué nos traes? —pregunta Candela.

Juanjo abre la carpeta, en la que pueden verse al detalle varias fotografías del cadáver.

—Joderrr, ¡no hacía falta empezar por eso, tío! —exclama Óscar ante las desagradables imágenes que tienen ante ellos.

—Anda, siéntate, chaval, que no quiero que te vuelvas a abrir la cabeza —dice Candela.

—Bueno, al lío. Os presento al sacerdote retirado José Luis Untoria Mahave, de 78 años, 1,55 de altura y 50 kilos de peso, aunque eso fue después de su desagradable encuentro con los quince roedores que me trajeron, de los cuales llegué a contabilizar hasta un kilo del señor Untoria en sus estómagos. Dios, ¡eran ratas como gatos! Lo siento por los animalistas, pero oficialmente estas ratas participaron en la muerte de la víctima.

»El principal motivo de la muerte —añade mientras sigue enseñando imágenes del informe— fue la exanguinación, no tanto por parte de la ya consabida amputación de sus miembros… madre mía, que fijación, sino porque las ratas entraron a través de las profundas heridas en los genitales, llegando a comerse *pre mortem* parte de sus vísceras y órganos vitales, como el hígado…

—Vamos, que se lo comieron vivo —añade Gonzalo.

—En efecto. En cuanto el resto, qué os voy a explicar que no sepáis ya. Bueno, la hora de la muerte fue hacia las dos y media de la madrugada, parece que el asesino no calculó con exactitud el hambre de las ratas y acabaron con él un poco antes de lo previsto. ¡Ah! Eso sí, debido a que la víctima había sido atada de manos a la espalda, a la vez que le habían colgado un peso en los pies, parece que la dejaron caer desde la parte alta del pozo hasta lo que daba la cuerda, que fue lo suficiente como para que no se golpeara contra el suelo, pero hizo que la sacudida le dislocase los brazos de una sola vez, con lo que os podéis imaginar lo doloroso del procedimiento.

—En efecto —confirma Gonzalo—. Esta tortura era conocida en la vieja Europa como la *estrapada* o *Squassation*, aunque cuando fue importada a España fue conocida como la «garrucha». Por cierto, la volvieron a usar los nazis durante la segunda guerra mundial para hacer hablar a los prisioneros de los que querían obtener información.

—Qué majos, ¿no? —comenta Juanjo.

—En cada una de sus víctimas ha usado un método diferente para su final —observa Candela—. Gonzalo, ¿quedan muchos métodos aún por representar?

—Bueno, unos cuantos entre los conocidos, aunque por lo que hemos visto, el asesino ha ido de más a menos, ¿no? Por lo cual creo que cada vez utilizará los métodos más sencillos.

—Juanjo, evidentemente de ADN… —dice Candela.

—Nada, excepto en este caso, el de las ratas, claro, que a su vez también habían pasado por un ayuno considerable, supongo que para cerciorarse de que se dedicasen a conciencia con la víctima. ¡Por cierto! Parece que a nuestro amigo se le ha terminado la soga que ha usado hasta ahora, o igual pensó que no aguantaría lo suficiente el golpe tensional de la caída, por lo que ha usado una soga gruesa, pero ojo, contenía pelos y ADN de ganado vacuno.

—¡Coño! ¡Eso es nuevo! —exclama la inspectora—. ¿Algún dato más que pueda decirnos de dónde procede?

—Pues no, aparte de que fue extraída de un lugar o una explotación ganadera... ¿en el campo?

—Ok, gracias, Juanjo, buen trabajo. Bueno, chicos, creo que nos estamos quedando sin espacio en el mural para colgar fotos y pósits…

—Esperad, esperad —interrumpe Gonzalo—. El mero hecho de que el sujeto esté usando las antiguas sedes de la Santa Inquisición ya nos está dando una lista de sus posibles objetivos. Y si no cuento mal, ya ha usado la inmensa mayoría. ¿Os acordáis de la lista que os enumeré al principio por fechas de apertura de tribunales?

—Bueno, por descarte… un método poco ortodoxo, ¡pero es menos que nada! —responde Candela.

—Mirad, os los enumero por fechas —expone Gonzalo mientras los escribe en columna en la pizarra—: Sevilla y Córdoba, en el mismo año; Zaragoza, en el mismo año; Barcelona... Toledo y Llerena, en el mismo año; Valladolid, Murcia y Valencia, las tres en el mismo año; Cuenca… Las Palmas… Logroño… Granada... y finalmente Santiago de Compostela.

—Eso quiere decir que deberíamos vigilar… vamos a ver, ¿Córdoba, Valencia, Llerena, Valladolid, Cuenca, Las Palmas, Logroño y Granada? —pregunta Candela.

—Ahora mismo es lo más que nos podemos acercar a los lugares donde hay mayor probabilidad de encontrar el próximo cadáver, teniendo en cuenta que el próximo domingo, 31 de octubre, debería ser el siguiente.

—Joder, que son nueve edificios o lugares que hay que vigilar a la vez, ¿durante cuánto tiempo? —pregunta Óscar.

—Bueno, si como dijimos, el sujeto se mueve con su camión, creo que es improbable que se arriesgue a pasar un control en un barco en dirección a Mallorca, o peor aún, un control de aduana en dirección a Las Palmas, ¿no?

—En efecto, eso rebaja nuestra cifra a siete edificios —responde Gonzalo— y a vigilarlos tan solo doce horas antes de su apertura, teniendo en cuenta las tres de la madrugada como hora clave de la muerte de cada víctima. Ya no es tanto, ¿no?

—Voy a llamar al comisario, a ver cómo pueden montar los diferentes dispositivos de forma coordinada. ¡Buen trabajo, chicos! —exclama Candela—. ¡Por cierto, Gonzalo! Voy a necesitar una lista de la ubicación exacta de esos edificios.

—Ok, me pongo a ello y te la doy enseguida —contesta el profesor.

18 horas y 15 minutos. Residencia del profesor Sanmartín, San Sebastián

Llueve en Donosti. El agente Alonso está sentado en una butaca, justo al lado de la ventana del amplio salón, mientras lee un pequeño libro de bolsillo para que las horas se le hagan más amenas. En esos momentos baja por las escaleras Carmen, totalmente arreglada para salir.

—¡Javier! Disculpa que te moleste, hijo —le interrumpe asomando la cabeza por la puerta del salón.

—Dígame, señora Carmen —responde el agente de forma atenta.

—Mira, es que no lo entiendo —explica bastante nerviosa—. Berta debería haber llegado hace quince minutos, la estoy llamando al móvil y no me lo coge. ¡Y yo tengo que irme y no puedo esperar más! ¿Me podrías hacer un favor?

—Por supuesto. ¿Qué necesita? —responde el agente levantándose de la butaca y dejando el libro abierto boca abajo, encima de la repisa de la ventana.

—¿Podrías quedarte con Andrea hasta que llegue Berta? Es que si no, no me quedo tranquila, ¿sabes?

—No se preocupe, que de arriba no me muevo hasta que llegue la enfermera o usted regrese.

—¿Seguro? ¿No te he interrumpido en nada? —pregunta preocupada.

—Para nada, señora Carmen, que aquí estamos para lo que necesite. Además, la novela que me he traído esta vez es bastante aburrida, la verdad.

—¡Ay, hijo! ¡Pues cógete cualquier libro de la estantería, que para eso están!

—Ah, pues gracias, no quería tocar nada.

—Nada, nada, tonterías. Pues oye, como en tu casa, y si necesitas hacerte un café, aquí tienes la cocina, ¿oyes? ¡Faltaría más, después del favor que nos estáis haciendo!

—Muchas gracias, señora. Es un placer poder estar con ustedes aquí.

—Pues venga, que me voy ya, que me están esperando. Le echarás un ojo, ¿verdad?

—Por supuesto, ahora mismo subo y no me muevo de ahí —responde el agente sonriente.

—Pues hala, chico, ¡hasta luego! —se despide Carmen mientras coge las llaves de su coche y un paraguas.

Cuando abre la puerta de casa, se da cuenta de que la lluvia se ha intensificado.

—¡Ahí va Dios! ¡La que está cayendo! —exclama mientras sale y cierra la puerta tras de sí.

Desde el interior del vehículo de vigilancia, el agente de turno ve cómo sale la esposa de Gonzalo y entra como puede en el coche para intentar mojarse lo menos posible. En unos instantes, arranca y avanza calle abajo, hacia el centro de la ciudad.

Dentro de la casa, y siguiendo las indicaciones de Carmen, Alonso sube por las escaleras de madera hasta el piso superior. Solo pueden oírse los crujidos que provocan las pisadas del agente en los viejos escalones de madera, además de la intensa lluvia que se oye caer sobre el tejado. Al llegar a la habitación de Andrea, abre poco a poco la puerta. Es la primera vez que ve a la joven, postrada en una cama con barras laterales anticaída, de la que seguramente ya nunca volverá a levantarse, aparentemente dormida y con una mascarilla conectada a una gran botella de oxígeno, mientras sus constantes vitales están controladas a través de unos aparatos que tiene a un lado de la cama.

—Joder, macho, menuda putada —murmura el agente, compadeciéndose por la vida de la joven mientras echa un vistazo por la ventana que da a la calle.

Desde arriba puede controlar a su compañero dentro del vehículo de incógnito, que se encuentra a unos metros de la entrada a la vivienda.

En apenas cinco minutos, el agente que se encuentra en el automóvil comprueba cómo el pequeño utilitario azul de Berta, la cuidadora de Andrea, le adelanta para aparcar cerca de la puerta del domicilio. Con la lluvia que está cayendo, y con el paraguas tapándole la cabeza, apenas puede ver su rostro, mientras ella saca las llaves del bolso, abre la cerradura y traspasa la puerta de la casa, cerrándola tras ella.

Alonso, que la ha oído entrar desde el piso de arriba, oye cómo sube las escaleras, pero en lugar de entrar en la habitación, pasa por delante de la puerta y entra en un aseo que hay justo al lado de la habitación de Andrea. El agente, al darse cuenta de que ha llegado, y creyendo que se está cambiando en el aseo, como acostumbra a hacer cada día, decide abandonar la habitación y volver a bajar al salón para seguir leyendo un rato la aburrida novela de bolsillo.

Javier recoge la novela que había dejado boca abajo para guardar el punto donde retomarla y vuelve a sentarse en la butaca, cuando oye a Berta saliendo del aseo para entrar en la habitación de Andrea, cerrando la puerta tras ella.

Habiendo vuelto a retomar la lectura, al ver el tostón que le espera, recuerda que Carmen le había dicho que, con total confianza, se hiciera un café si así lo deseaba, por lo que, tomándole la palabra, decide levantarse del butacón para hacerse una taza de café con leche, pues el tiempo que hace fuera invita a tomar algo caliente.

Cuando va a hacerse el café se da cuenta de que no queda azúcar en el azucarero, por lo que, por no molestar a Berta, empieza a abrir armarios buscando un paquete de azúcar, que no encuentra por ningún lado.

Harto de buscar y perder el tiempo, y sin querer perderse el café recién hecho, decide subir al piso superior para preguntarle a Berta por el azúcar.

Mientras sube por las escaleras nota que algo no va bien. Aunque la puerta de la habitación de Andrea está cerrada, debido al silencio solo roto por la lluvia exterior, debería oír los pitidos que emiten los aparatos que controlan las constantes vitales de la joven.

Decidido, Alonso se apresura y sube de dos en dos las escaleras y entra directamente en la habitación de Andrea para ver qué sucede, cuando se encuentra a la que debía ser su cuidadora intentando ahogar a la joven con una de las almohadas sobre las que descansa su cabeza.

El agente, sin mediar palabra, se abalanza sobre la mujer, vestida con la bata que lleva siempre, agarrándola por el cuello con el pliegue de su brazo para evitar que pueda seguir ahogando a la muchacha. Lo intenta varias veces, pero la supuesta enfermera consigue zafarse con mucha más fuerza de lo que había calculado, por lo que el agente decide aplicar más fuerza bruta para arrancarla de la cama y caen los dos al suelo, momento en el que la mujer pierde la peluca que llevaba puesta.

Cuando se levantan, el agente se da cuenta de que no se trata de Berta, sino de un joven vestido de mujer, momento en el que extrae su arma reglamentaria del cinto y le apunta.

—¡Quieto! ¡No te muevas! ¡Las manos en la cabeza! ¡Pero ya, coño! —exclama el agente mientras no deja de apuntarle con el arma—. ¡Quieto ahí! ¡Te vas a estar quieto mientras le quito la almohada de la cara! ¿Vale?

El individuo, del que puede entreverse el mismo colgante en forma de cruz plateada que acostumbra a llevar Berta, solo asiente con la cabeza mientras sigue con las manos tras ella.

Alonso, sin dejar de apuntarle, le quita la almohada y vuelve a conectar el oxígeno que había sido desconectado por aquel individuo, pero en solo dos segundos en que el agente gira la cabeza para comprobar el estado de Andrea, el desconocido se abalanza sobre él y se inicia un intenso forcejeo que acaba con un disparo del arma reglamentaria. Finalmente, el individuo vestido de mujer cae al suelo malherido.

—¡Mierda! ¡Joder! —exclama Alonso mientras comprueba que Andrea sigue respirando y con sus constantes vitales intactas.

El ruido de la detonación del disparo, que había sido amortiguado en parte por la distancia a quemarropa, y por la intensa lluvia que sigue cayendo, ha pasado desapercibido para el agente que sigue aguardando en el vehículo.

Alonso, que comprueba que el joven se desangra debido al impacto en el estómago, intenta buscar gasas y toallas para parar la hemorragia.

—¡Aprieta ahí! ¿Me oyes? ¡Aprieta fuerte! —le pide el agente colocando las manos del joven sobre las toallas totalmente enrojecidas por el fluir de la sangre.

Mientras el joven murmura un padrenuestro, Alonso se acerca a la ventana de la habitación, y tras abrirla, hace un silbido y señas a su compañero para que entre en la casa de inmediato.

—¡Hostias, hostias! ¡No me jodas! —exclama el agente mientras sale del vehículo y corre hacia la casa.

En solo unos segundos, Alonso ha bajado a la puerta de entrada para dejarla abierta.

—¡Llama de inmediato a una ambulancia y sube! ¡Pero ya! —grita Alonso desde la habitación mientras sigue presionando la herida sangrante del individuo.

El compañero, una vez que ha entrado en la habitación, puede comprobar el estado crítico de la situación mientras ve cómo Alonso intenta salvar la vida del agresor.

—¡Hostia puta! No he podido verle la cara, porque se la tapaba con el puto paraguas. ¿Qué hago? —pregunta el agente.

—¿Has llamado a la ambulancia?

—¡Claro! ¡Por supuesto!

—Bien, vamos a darle poco a poco media vuelta para ver si ha salido la bala, ¿ok?

—Ok, venga… uno, dos ¡y tres!

Los dos agentes dan media vuelta al joven y comprueban que, efectivamente, la bala ha podido salir, por lo que usan otra de las toallas para tapar el agujero de salida.

—Vale, vamos a tumbarlo otra vez, presionando al máximo el agujero de salida —indica Alonso mientras sigue presionando la herida de entrada y el joven sigue murmurando un padrenuestro.

—Me cago en la puta, cómo he podido no darme cuenta —comenta Alonso.

—¿Ha hecho algo diferente?

—Joder, yo estaba en la habitación. Bueno, como casi siempre estoy en el salón, cuando ella llega, acostumbra a saludarme y a subir las escaleras de inmediato… pero claro, hoy no estaba en el salón y ha pasado por delante de la puerta, directamente hacia el

aseo. He creído que lo hacía para quitarse la ropa mojada. Me cago en la puta, ni me he dado cuenta —se lamenta Alonso arrepentido.

—Bueno, no te preocupes. La cuestión es que la chica está bien y tú también. Enseguida llegará la ambulancia.

Dicho y hecho, el agente es interrumpido por el ruido de las sirenas de la ambulancia, que se acerca a gran velocidad.

—Ve, ve a abrir, ya me quedo yo con él —le indica Alonso mientras el otro agente corre escaleras abajo para recibir a los técnicos de emergencias.

—Está arriba, ha perdido mucha sangre —oye Alonso desde la habitación.

En ese momento se da cuenta de que el joven, totalmente pálido, ha cerrado los ojos y ha dejado de murmurar, por lo que comprueba sus constantes vitales y se da cuenta de que ha dejado de respirar. De inmediato, y sin perder un segundo, empieza a practicarle la reanimación cardiopulmonar.

—¡Ya estamos aquí! ¡Tu compañero ya nos ha informado! —le indica el médico de emergencias, que al ver la situación en que se encuentra el paciente pide de inmediato el desfibrilador a su compañera—. ¡Ana! ¡Pásame el DEA, rápido!

Una vez puestos los parches para poder aplicar las descargas necesarias desde el desfibrilador portátil, Ana dispone ya del insuflador manual para poder aplicarle oxígeno entre cada descarga del desfibrilador.

Mientras el equipo médico intenta estabilizar al joven herido de bala, Alonso llama a la comisaría para dar parte de lo ocurrido y esperar instrucciones.

Sala de operaciones de la Comisaría General de la Policía Nacional de Madrid

Candela recibe una llamada a su móvil de servicio. Al revisar el número, ve que se trata del comisario.

—Hola, jefe, ¿qué hay?... ¿Qué? —en ese momento a la inspectora le cambia la expresión de la cara, se levanta y abandona la sala—. Comisario, ya sabe que es muy importante que no se entere... Lo sé, pero si esto llega a sus oídos lo perdemos de inmediato... ¿Y sabemos algo de la enfermera?... Ok, de acuerdo... bien... pues ya me dirá... gracias.

Candela vuelve a entrar en la sala con una sonrisa en la cara para evitar que Gonzalo pueda sospechar la situación, y toma de nuevo asiento al lado de Óscar para seguir revisando datos en el ordenador. El inspector, que se da cuenta de que algo no marcha bien, se queda mirando a Candela esperando alguna respuesta, aunque lo único que consigue es que le haga un movimiento de ojos hacia el ordenador para que prosigan con lo que estaban haciendo, sin preguntas.

Residencia del profesor Sanmartín, San Sebastián

El agente Alonso recibe una llamada mientras el equipo de emergencias ya ha podido estabilizar al joven herido de bala y lo están subiendo a la camilla. Tiene las constantes vigiladas y las correspondientes vías puestas, y le han administrado una primera medicación para poder mantenerle con unos mínimos de seguridad hasta su llegada al hospital.

—Alonso... Sí, comisario, han conseguido estabilizarlo... Bien... ok... —el agente responde y consulta su reloj de pulsera—. Calculo que en una hora, más o menos, puede estar de regreso... ajá... bien... nos ponemos a ello.

—¿Qué? —le pregunta el compañero.

—Envían un equipo de limpieza de inmediato, pero como no hay mucho tiempo, tenemos que empezar a poner en orden todo esto. Primero, vamos a deshacernos de estas toallas y a colocarlo todo en su sitio. Para cuando llegue la señora Carmen todo debe estar inmaculado, ¿ok?

—La hostia... ok.

Mientras el equipo de emergencias traslada al joven sobre la camilla, bajándolo con sumo cuidado por las escaleras, los dos agentes se dedican a recoger las toallas manchadas de sangre y a meterlas en bolsas de basura. En solo un par de minutos oyen el cierre de puertas de la ambulancia y cómo se aleja a toda prisa hacia el hospital.

—Joder, tengo el casquillo, pero la bala... no encuentro la bala... —dice Alonso.

—A ver, ¿cómo estabais situados cuando se ha disparado? —pregunta el compañero.

Los dos tratan de reconstruir el incidente de la forma más realista posible, comprobando la dirección en la que creen que la pistola estaba encañonada. Buscando entre varios lugares posibles en las que encontrarla, finalmente Alonso observa algo brillante, del tamaño de un pequeño botón, incrustado en la puerta de un armario, al fondo de la habitación. Cuando se acerca, puede darse cuenta de que, efectivamente, se trata de la bala perdida, aunque tras revisar bien su posición, y tal y como ha quedado incrustada, donde es casi imposible verla a simple vista, prefiere no extraerla antes que hacer un estropicio con la puerta de madera del armario y que Carmen pueda darse cuenta no por la bala, sino por el agujero que quedaría tras extraerla. Por ello, Alonso decide hacerle una foto con el móvil y dejarla ahí hasta que las cosas se esclarezcan.

En unos cinco minutos, justo delante de la casa, aparca una furgoneta blanca sin ningún distintivo, por lo que el compañero de Alonso, que se ha dado cuenta tras oír el ruido del motor y mirar por la ventana, baja a recibirles para indicarles lo que ha ocurrido.

Tras un par de minutos, cuatro hombres ataviados con los mismos monos usados por la Científica, pero sin ningún distintivo, y cargados con unas bolsas negras de deporte, les piden que salgan de la habitación mientras realizan las tareas de limpieza. En tan solo quince minutos vuelven a salir de la habitación con varias bolsas llenas de basura.

—Listo, todo limpio —comenta uno de los hombres a Alonso—, excepto la bala incrustada en el armario, pero no te preocupes, porque le he puesto masilla del mismo color de la madera por encima, por lo que, a no ser que uses un detector de metales, será totalmente imperceptible.

—Gracias, chicos. Lo han bajado por la escalera con la camilla y no hemos mirado si se les ha caído algo. Por cierto, llevaos el Ford Ka de color azul que hay en la entrada, que es el de la enfermera —comenta Alonso mientras le entrega las llaves que ha dejado el agresor en el bolso de Berta.

—Tranquilo, ya nos ocupamos nosotros... venga, hasta luego —dice el individuo al despedirse mientras los otros tres ya han bajado por las escaleras con todo el material.

En ese momento, y tras oír el cierre de la puerta de entrada y cómo la furgoneta arranca el motor y se marcha, Alonso y su compañero revisan la habitación y se quedan sorprendidos del estado impecable en que ha quedado la escena.

—Joder, son unos hachas —comenta el compañero—. ¿Te ha dicho el comisario qué hay que decir en cuanto a la enfermera?

—Sí, que ha llamado diciendo que está enferma. Parece que ya han enviado una patrulla a su casa, a ver qué ha ocurrido. Vuelve al coche enseguida, que la señora Carmen debe de estar a punto de llegar.

—Ok, joder, qué marrón... venga, hasta luego.

—¡Hasta luego! ¡Y gracias, tío! —se despide Alonso mientras su compañero le hace una señal con el pulgar hacia arriba antes de bajar las escaleras a toda prisa.

Diez minutos después, ante el portal número 28 de Segundo Izpizua Kalea de San Sebastián

Dos vehículos de la Ertzaintza acaban de bloquear la entrada y salida de la calle, mientras de un vehículo K se bajan cuatro agentes de paisano y empiezan a llamar al piso de Berta a través del portero automático de la calle.

Tras llamar en repetidas ocasiones sin obtener respuesta, optan por llamar a varios de los últimos pisos del edificio.

—¿Sííí? —responde una señora mayor por el interfono.

—¡Buenos días! ¡Cartero! —responde el agente que ha pulsado en el interfono.

En unos segundos el sonido de la apertura de puerta les indica que ya pueden acceder al inmueble. Deben subir al segundo piso, por lo que mientras los agentes dejan abierto el ascensor para que nadie pueda usarlo, suben por las escaleras a toda prisa.

Situados ante la puerta del piso de Berta, uno de ellos intenta escuchar a través de ella, sin oír ningún ruido. Entonces llaman un par de veces al timbre, pero sin obtener respuesta. Hacen una revisión por si la puerta ha podido ser forzada, pero no hay ninguna evidencia de ello, por lo que se disponen a intentar abrirla con varias ganzúas especiales. Una vez abierta, todos desenfundan sus armas y empiezan a entrar, uno a uno, de forma sigilosa, abriendo cada una de las estancias y revisando que todo está despejado.

Finalmente, uno de los agentes llega a la cocina. Allí permanece Berta, maniatada y amordazada en una silla. Visiblemente angustiada y emocionada, se ha orinado encima por la terrible experiencia que ha tenido que vivir. El agente que la encuentra revisa que no hay nada conectado a la silla, y tras enfundar su arma, se dispone a quitarle la mordaza y empieza a desatarla de pies y manos.

La mujer, con una evidente crisis de ansiedad, rompe a llorar mientras uno de los agentes llama a emergencias para que vengan a prestarle asistencia médica de inmediato.

—Tranquila, señora, somos policías, ya pasó todo, ¿de acuerdo?

—¡Ay, Dios! ¡La señora Carmen, que seguro que me ha llamado varias veces y no he podido contestar al teléfono! ¡Tengo que llamarla de inmediato!

—Ahora no se preocupe por ello, que los compañeros ya se han hecho cargo. Usted ahora tiene que recuperarse, y en cuanto esté en condiciones, nos explicará qué ha ocurrido, ¿de acuerdo?

Unos minutos después llega una ambulancia y los técnicos de asistencia acceden al piso para atender a Berta, extremadamente nerviosa con toda la situación, por lo que deciden llevársela al hospital para realizarle un examen completo, aunque la mujer no entiende por qué debe hacerlo y opone cierta resistencia. El mismo agente que la ha encontrado intenta calmarla para que entre en razón.

—Señora, tranquilícese, por favor. Los compañeros tienen toda la razón y además están siguiendo el protocolo ante una situación de secuestro, que es lo que usted ha vivido, ¿sí? —la mujer, en estado de *shock*, responde afirmativamente con la cabeza—. Una vez en el hospital los forenses le harán un examen completo para poder comprobar, primero, que usted está del todo bien, y segundo, si los secuestradores han podido dejar alguna huella en su cuerpo o en el resto del piso, y por eso también necesitamos que los acompañe, ¿de acuerdo?

—Bien, bien, pero ¿seguro que ya han hablado con la señora Sanmartín y está todo correcto?

—Sí, señora. Ahora ya no debe preocuparse de nada más que de seguir las indicaciones de los médicos. Vamos, chicos, ya os la podéis llevar, nosotros nos hacemos cargo del resto —indica el agente a los sanitarios, y dirigiéndose a los demás, añade—: Poneos los guantes y no toquéis nada hasta que vengan los de la Científica, ¿ok?

—Me gustaría que viera una cosa —le dice otro de los agentes.

Cuando llegan a una habitación descubren un altar dedicado a la Virgen Peregrina. El altar está presidido por una estatua de la

Virgen, de gran tamaño, rodeada de velas y cirios que parecen haber estado quemando desde hace mucho tiempo, además de tener varios rosarios colgados de las manos.

—Joder, cuando vengan los de la Científica que no se pierdan detalle de todo esto —comenta el agente mientras toma unas fotos con el móvil y se dispone a llamar al comisario.

Residencia del profesor Sanmartín, San Sebastián

El coche de Carmen acaba de llegar y está aparcando, mientras sigue lloviendo, aunque ya con menos insistencia. El agente, desde el vehículo de vigilancia, hace una llamada a su compañero para advertirle.

—Dime…ok… recibido —Alonso guarda su móvil y se sienta en la silla que hay en la habitación de Andrea, justo a su lado, mientras sigue leyendo la novela que tenía a medias.

Carmen pliega el paraguas, se quita la chaqueta y la cuelga en la entrada, mientras se limpia los pies para evitar ensuciar el suelo de la casa.

—Madre mía… ¡qué forma de llover!... en fin —dice mientras se acerca a la cocina y se da cuenta de que hay una taza de café frío en la encimera, al lado de la cafetera y el azucarero vacío—. Ahí va, este chico se hace un café y se lo deja aquí. Claro, ¡no ha encontrado el azúcar!

Carmen sube por las escaleras para ir a ver cómo está su hija, y ante su sorpresa, en vez de a Berta, se encuentra al agente sentado a su lado.

—¡Anda! ¿No me digas que has estado todo el tiempo aquí? —pregunta Carmen muy extrañada.

—Pues sí, finalmente ha llamado la enfermera, Berta. Parece ser que ha pillado una fuerte gripe y me ha dicho que le sabía muy mal, que había pasado muy mal día, y que le ha sido imposible avisar antes, pero no se preocupe, que yo no me he movido todo el tiempo de aquí y ha estado todo tranquilo, y por lo que parece, su hija también.

—¡Ay! ¡Menos mal que estabas tú! Madre mía, qué raro Berta, ¡pues muy mala tiene que estar para no poder haber venido, porque esta aguanta carros y carretas! Muchas gracias, hijo. Oye, ya he visto que te has dejado un café a medias. No has encontrado el azúcar, ¿verdad?

—¡Vaya! Lo siento, señora Carmen, al no encontrar el azucarero creo que me he olvidado de tirar el café. La verdad es que con las cosas de casa puedo llegar a ser un poco descuidado.

—¡Nada, nada! ¡Tú no te preocupes! Que ya he llenado el azucarero. Si quieres, ya me quedo yo con ella, y así puedes hacerte un café como Dios manda.

—Pues se lo agradezco, la verdad, que con tanta quietud y tiempo de silencio creo que necesito uno para despejarme un poco —responde Alonso mientras le cede la silla a Carmen—. Por si me necesita, estaré abajo, ¿de acuerdo?

—No te preocupes, hijo, que aquí seguro que estamos las dos bien seguras —le responde sonriente mientras Alonso ajusta la puerta de la habitación y baja hacia el salón con un suspiro de tranquilidad.

Sábado, 30 de octubre. 10 de la mañana. Sala de operaciones de la Comisaría General de la Policía Nacional de Madrid

Candela ha dado un fin de semana de descanso al profesor Sanmartín y al doctor Garmendia, quienes aprovechan para hacer un poco de turismo por Madrid de la mano de Juan Miguel.

Candela y Óscar siguen en la sala, repasando los informes de las escenas del crimen proporcionados por el laboratorio forense, así como intentando hallar algún resquicio que pueda llevarles a un nombre o a un lugar por donde empezar a tirar del hilo. No lo tienen fácil, pues la falta de evidencias de ADN, así como de cualquier imagen del sospechoso o de su vehículo, hace que la investigación esté en punto muerto. Candela recibe una llamada a su móvil de servicio.

—Inspectora Santos… ¿Sí?... Perfecto, pues espero el fichero... muchas gracias, oficial. ¿Han podido interrogar al atacante?... ajá… ok… bien… Lo espero también. Gracias de nuevo, ¡hasta luego!

—¿Y bien? —pregunta Óscar—. ¿Alguna novedad?

—¡Pues sí! Tenemos el vídeo de la declaración de Berta, la enfermera de los Sanmartín, que nos lo envían por el repositorio interno. Y además nos mandan la copia de la ficha del atacante, que fue encontrado sin documentación. No se le ha podido interrogar porque sigue en estado crítico en el Hospital Universitario Donostia, parece que debido a un *shock* hemorrágico causado por la gran pérdida de sangre por el disparo del agente que se encontraba dentro de la casa.

—Ok… vale, aquí lo tenemos —dice Óscar mientras accede al vídeo de la declaración de Berta.

En el vídeo puede verse que se trata de una sala pequeña de interrogatorios, solo iluminada con la luz artificial de las lámparas fluorescentes incrustadas en el techo. Sola y sentada tras una mesa, se encuentra Berta, visiblemente nerviosa por la situación. En ese momento entra un oficial de la Ertzaintza y se sienta ante ella.

—Buenos días, señora Argüelles, soy el oficial Olaetxea. ¿Cómo se encuentra?

—Bien, bueno, dadas las circunstancias, aún me dura el susto de ayer, pero ya bastante mejor, gracias.

—Me alegro mucho, la verdad, tiene que haber sido una experiencia muy desagradable, ¿no?

—Sí, sí… la verdad es que me cogió de repente, no me lo esperaba —responde Berta rascándose la barbilla.

—Bueno, pues no se preocupe, porque solo van a ser unas preguntas de rigor para tratar de esclarecer qué ha ocurrido y se podrá marchar enseguida, ¿de acuerdo?

—Sí, sí, lo que ustedes manden.

—Bien, para empezar, ¿puede explicarme cómo conoció a los Sanmartín y cuál es su cometido en esa casa?

—Claro. A través de la parroquia de Nuestra Señora de Aránzazu conocí, hace unos ocho años ya, a la señora Carmen, la esposa del profesor Sanmartín. Ella acostumbra a ir a misa los domingos y algún día entre semana, y un día vi cómo colgaba un anuncio en el tablón de la parroquia, que se acostumbra a usar para buscar ayuda para cuidar a personas o para dar clases... vamos, cosas así...

»Bueno, el hecho es que justo estaba colgando el anuncio cuando pude leer que buscaba una enfermera por horas para cuidar de su hija. Entonces le dije que yo era enfermera de profesión, y como en aquel momento estaba en el paro, me ofrecí para el trabajo.

—Ajá, así que entiendo que a usted le están pagando un sueldo por cuidar de su hija.

—Sí, bueno, pero es que... no quiero comprometer a los señores Sanmartín.

—No se preocupe. Dígame, ¿tal vez es que está trabajando sin contrato?

—De verdad —asiente Berta con la cabeza—, es que no quiero comprometerles, siempre han sido muy buenos conmigo, y no quiero meterles en líos por mi culpa.

—Tranquila, señora Argüelles, que aquí no estamos para buscar ninguna irregularidad administrativa, así que no debe preocuparse lo más mínimo por ello, ¿de acuerdo?

—Bien, bien.

—Prosiga, por favor.

—El tema es que ya desde un principio nos llevamos muy bien, son una familia católica y practicante, sobre todo la señora Carmen. El profesor Sanmartín ya es otra cosa, pero claro, es que siempre va muy liado con su trabajo. Pero entre católicos y gente de bien, debemos ayudarnos, ¿no le parece?

—Por supuesto. Entonces, ¿me decía que empezó a trabajar con ellos hace unos ocho años?

—Sí, la verdad es que al principio era más sencillo, la chiquilla aún podía valerse un poquito por sí sola, aún decía algunas palabras y te reconocía, pero es que esta enfermedad es una condena segura. Te vas apagando, hasta que un día dejas de respirar, es un verdadero tormento para la familia Sanmartín.

—Disculpe, ¿ha visto alguna vez si los señores Sanmartín han tenido alguna discusión por la enfermedad de su hija y su situación?

—¿Qué? ¡No, no! Para nada, no he visto nunca una familia que ame tanto a su hija como lo hacen ellos. De hecho, se desviven por darle todo lo que necesita en cualquier momento.

—Ajá, bien. ¿Puede explicarme cuál es su día a día en la casa de los Sanmartín?

—Sí, por supuesto. Tres días a la semana acostumbro a hacer jornada partida. Yo estoy hasta media mañana, para que a la señora Carmen le dé tiempo de comprar. Entonces ella se queda hasta media tarde, y a las seis yo le cojo el relevo y me quedo con la niña hasta la mañana siguiente, y el resto de días llego por la mañana y me voy a media tarde.

—Entonces, los días de jornada continua ¿está ahí doce horas seguidas?

—Bueno, a ver, la chiquilla, la pobre, ya ni habla, solo hay que estar al tanto de las constantes vitales, de cambiarle las bolsas de la orina y de las deposiciones, además de procurar que las máquinas que la alimentan y el oxígeno funcionen perfectamente. Además, cada dos o tres horas, procuro moverla de sitio y le aplico cremas para las llagas, que la pobrecita, por no poder moverse por sí sola, estaría hecha un desastre.

—De acuerdo. Creo que ha quedado claro este cometido. Aparte de cuidar de la chica, ¿tiene que hacer algo más, como limpiar o hacer la comida?

—¡No, no! Qué va, por suerte a mí no me pasa como a otras compañeras, que te contratan para hacer de enfermera y acabas haciendo de asistenta de todos. No, no, yo he tenido mucha suerte —dice Berta, que no puede contener la emoción y se echa a llorar.

—Disculpe, ¿quiere descansar un poco antes de proseguir?

—No, no, es que me da mucha pena, por ellos y por la pobre cría.

—Lo siento, no se lo he preguntado, ¿quiere un poco de agua?

—Eso sí se lo agradecería, es que hay un ambiente muy seco aquí y se me reseca la garganta.

—Bueno, pues no se preocupe que ahora mismo vuelvo con un botellín de agua —dice el oficial mientras se levanta de la silla y procede a abandonar la sala.

—Gracias, muy amable.

En ese momento Berta se queda sola en la sala. Después de secarse las lágrimas, cambia la cara recomponiéndose enseguida y empieza a tocarse el colgante que lleva puesto, una pequeña cruz cristiana plateada, mientras observa toda la estancia. Al cabo de un minuto, el oficial vuelve con un botellín de agua y un vaso de plástico en la mano y Berta vuelve a usar su pañuelo para volver a secarse las lágrimas.

—Bueno, pues aquí tiene el agua y un vaso para que se sirva usted misma.

—Muchas gracias —agradece Berta mientras llena el vaso de agua y se la bebe de un solo trago.

—¿Mucho mejor?

—Sí, sí, por supuesto, creo que lo necesitaba.

—Bien, no voy a entretenerla mucho más. Ahora que nos ha explicado cuál es su cometido en el domicilio de los Sanmartín, dígame, por favor, en la medida que recuerde, qué ocurrió durante el día de ayer, viernes, 29 de octubre.

—Bueno, pues yo volvía de hacer unas compras de última hora en el súper que tengo cerca de casa, porque tenía el tiempo justo para arreglarme y marcharme a casa de los señores Sanmartín. Entré en el portal, subí por el ascensor, que aunque vivo en un segundo piso, pues la verdad, cuando vas cargada con la compra, se agradece.

—Disculpe, ¿hasta ese momento no vio nada ni nadie que la estuviera siguiendo o que entrase con usted en el portal al mismo tiempo?

—No, no, qué va, no había nadie y subí sola. Además, llovía bastante, y entre el paraguas y las bolsas, la verdad, no me fijé si podía seguirme alguien. ¿Quién va a seguir a una mujer como yo? —dice Berta, sonriente.

—Ya. ¿Y entonces?, ¿llegó bien a su casa?

—Sí, sí, entré en casa, cerré de golpe la puerta y después de dejar el paraguas en el paragüero y colgar mi chaqueta llevé las bolsas a la cocina.

—Ajá, ¿y después?

—Pues una vez había guardado todas las cosas en la cocina, me puse a fregar una taza del desayuno, que había dejado en el fregadero, y hasta ahí me acuerdo.

—¿Cómo? ¿No se acuerda de nada más? ¿Ningún ruido ni nada?

—Bueno, ruido no, sino que alguien me cogió por detrás y me tapó la boca y la nariz con un pañuelo o un trapo humedecido con cloroformo, y a partir de ahí ya solo recuerdo despertarme atada y amordazada a la silla de la cocina, hasta que llegó la policía. Qué susto y qué mal lo pasé, Dios mío.

—¿Cómo sabe que se trataba de cloroformo?

—Bueno, joven, ya le dije antes que soy enfermera desde hace muchos años, y le aseguro que sé de buena tinta el olor característico del cloroformo, y si a eso le añades que no recuerdas nada más, blanco y en botella, ¿no?

—Sí, en efecto, en las pruebas que le hicieron en el hospital encontraron algún resto de que le habían sedado con dicha sustancia. Pero volvamos al momento justo antes de que, según usted, alguien la cogiera por detrás y le tapara la boca y la nariz con el trapo con cloroformo. ¿No oyó nada ni pudo llegar a ver al individuo que la abordó por detrás? Aunque sea cualquier detalle, la mano, los zapatos...

—Pues no, oficial —dice Berta mientras toca de forma insistente la cruz plateada—. Yo tenía la atención puesta en la taza que estaba fregando, no oí ni vi nada, se lo aseguro.

—Bien, pues eso es todo por el momento. Nosotros ya hemos hablado con la señora Sanmartín y ha dicho que no se preocupe, que se tome un par de días de descanso para recuperarse, que se lo merece, ¿de acuerdo?

—Ah, ¿sí? Pues vaya, me ha quitado un peso de encima. ¿No le ha dicho nada más?

—No, solo eso, que se tome el fin de semana de descanso y que el lunes ya volverá a incorporarse a su trabajo, ¿de acuerdo?

—Bien, bien, pues muchas gracias... ¿Puedo irme ya? —pregunta Berta algo contrariada.

—¡Por supuesto! Y muchas gracias por su colaboración —responde el oficial mientras se levanta y acompaña a Berta a la puerta, donde la espera un agente para llevarla hasta la salida.

Una vez que el oficial vuelve a cerrar la puerta, saca una bolsa de pruebas que tenía en un bolsillo de la chaqueta e introduce tanto la botella como el vaso de agua que Berta ha dejado encima de la mesa.

Ahí finaliza el vídeo.

—¿Qué te ha parecido? —pregunta Candela a Óscar.

—Que, por una parte, no creo que mienta, pero por otra, que no ha dicho todo lo que sabe.

—Ajá... vamos a ver el informe de la identificación del atacante —dice Candela.

—Bien, aquí lo tenemos... vamos a ver. No llevaba documentación, las huellas no pertenecen a ningún ciudadano con documentación española, por lo que decidieron revisar la base de datos europea y... ¡bingo! Es un ciudadano italiano, Luigi Bertoni, de 27 años de edad, afincado en Roma.

—Y ahora la pregunta del millón: ¿qué coño hace un italiano en España, suplantando a una devota enfermera que ha estado cuidando de una chica enferma desde hace ocho años, que casualmente se trata de la hija de un profesor de universidad que nos está ayudando en una investigación criminal en la que está involucrada la Iglesia católica?

—Está bien claro, Candela. Por la forma en que lo están llevando a cabo, no es obra de un asesino a sueldo. Sabían que la enfermera trabaja para ellos, dónde encontrarla, sabían cómo entrar y moverse dentro de la casa.

—Eso solo puede querer decir que Berta puede estar implicada en el intento de asesinato de Andrea por orden de mucho más arriba, y que seguramente pueda tratarse del propio Vaticano, que quiere proteger al asesino.

—¿Proteger al asesino que está masacrando a tus propios empleados? —pregunta Óscar—. Resulta un poco rebuscado, ¿no?

—No, para nada. Creo que estamos ante el intento, por parte del propio Vaticano, de silenciar a los verdugos para evitar que puedan testificar y evidenciar el inmenso escándalo de pederastia que salpica a toda la Iglesia, y de paso, ofrecer una justicia un tanto perversa para las víctimas.

—Cojonudo. Y ahora, ¿qué? Porque ante las evidencias, estoy seguro de que el tal Luigi forma parte de la inteligencia del Vaticano.

—Bueno, pues ahora ha llegado el momento en el que el comisario ha de mojarse de una puta vez —responde la inspectora.

—¿Qué vas a hacer?

—Vamos a explicárselo todo con pelos y señales, necesitamos parar esto ya. Si la prensa se entera de que el propio Vaticano ha enviado a un agente para asesinar a todos estos curas, sean pederastas o no, estamos ante una grave crisis diplomática — comenta Candela mientras marca las teclas del teléfono de sobremesa.

Domingo, 31 de octubre. 10 horas y 30 minutos. Hospital Universitario Donostia, San Sebastián

Un joven de cabello oscuro y barba corta oscura, vestido con el uniforme blanco del hospital, sube por las escaleras hasta el primer piso del edificio Aránzazu, donde hace apenas un año se ha puesto en marcha la unificación de servicios de Medicina Intensiva del Hospital Donostia.

Al llegar a la zona de servicios para el personal sanitario, entra en un pequeño almacén y allí se provee de una bata verde especial para acceder a zonas estériles, una mascarilla y unos guantes de látex. Sale de la pequeña estancia, ya con la bata puesta, coge una bolsa de suero de un carrito que encuentra a su paso y se acerca con paso decidido hasta la UCI, donde está ingresado el sospechoso de intento de homicidio de Andrea. Al llegar allí, se encuentra con un par de agentes de la Ertzaintza, que al comprobar que lleva la identificación del hospital puesta, le abren la puerta y le dejan entrar en la sala sin ningún problema.

El joven, que se coloca la mascarilla y los guantes de látex, comprueba que la estancia está libre de cámaras de vigilancia, y tras acercarse al joven postrado en la cama, intubado y con las constantes vitales vigiladas mediante un manojo de cables, hace la señal de la cruz al herido tras habérsela hecho también a él mismo.

Mientras vuelve a mirar hacia la puerta, extrae de uno de sus bolsillos una bolsa de plástico con un pequeño vial y pincha en este la aguja hipodérmica de una pequeña jeringa, con la que extrae todo el líquido de color transparente. Tras esta rápida operación, reinyecta el líquido con la misma aguja dentro de una de las bolsas de medicación que el paciente está recibiendo.

Tras desmontar la aguja y guardarla junto a la jeringuilla y el vial vacío, dentro de la misma bolsa de plástico y volver a guardarla en el bolsillo, recoge la bolsa de suero, y tras quitarse la mascarilla, sale de la habitación, cerrando la puerta de nuevo, marchándose por el mismo camino por donde ha llegado.

Una vez ha dado la vuelta a la esquina del pasillo, entra en uno de los servicios. Tras cerciorarse de que no hay nadie, se introduce en uno de los aseos y cierra la puerta tras él. Ahí se quita la bata verde y el uniforme blanco, y tras agujerear la bolsa de suero, la vacía en la taza del aseo.

El individuo, que sale de los servicios vestido de calle y con una bolsa de plástico en la que guarda el uniforme que llevaba, acaba quitándose los guantes de látex mientras baja por las escaleras del hospital hacia la salida, donde se le pierde el rastro mientras se aleja del edificio.

Dos horas después. Apartamento de Candela, Madrid

Candela ha aprovechado para darse una ducha y mientras está secándose el cabello, oye la entrada de una llamada a su móvil de servicio, que está en la cocina. Al oírlo, deja la toalla en la encimera del baño y corre a toda prisa a responder a la llamada.

—Inspectora Santos… ¿Qué?... Joder… ok, gracias… oye… avisa a la brigada en San Sebastián que silencio absoluto, ¿de acuerdo?, voy para allá.

Candela cuelga la llamada visiblemente cabreada por la situación y se dispone a llamar a su compañero desde el móvil prepago.

—¿Óscar? ¿Dónde estás? Pues deja lo que estés haciendo… nos vemos en veinte minutos en la *comi*… Acaban de avisarme de que el cabrón que quería cargarse a la hija de Sanmartín ha muerto… ¿Eh?... De un ataque al corazón… y qué quieres que te diga, que no me creo nada… Ok, nos vemos allí… Venga, hasta ahora.

Candela, sin apenas secarse el pelo, se viste todo lo rápido que puede con unos vaqueros y una camisa blanca, y tras enfundar su arma reglamentaria y calzarse unas deportivas, sale a toda prisa de su apartamento.

De camino a la comisaría, decide llamar al jefe por el manos libres.

—Comisario Redondo…

—¿Jefe? Buenos días, soy Candela.

—¿Qué ocurre, Candela?

—Disculpe que le moleste en domingo… bueno… Necesito que venga en cuanto pueda a la sala de operaciones de la comisaría.

—Vamos, no me jodas… ¿Tan urgente es? Estoy en la comunión de un sobrino.

—Lo siento, jefe, pero es importante. El suplantador de Berta y agresor de Andrea, ha muerto.

—¿Qué? Joder… bueno… había un cincuenta por ciento de probabilidades, ¿no?

—Cierto, comisario, pero por el informe de la patrulla que vigilaba la UCI todo indica que no ha sido natural.

—Me cago en la puta de oros… Ok, voy para allá, dadme unos treinta minutos… Me cago en la hostia…

—Gracias, jefe… nos vemos ahora.

Candela se da cuenta de que el comisario ha colgado el teléfono y pone cara de circunstancias.

Quince minutos después. Sala de operaciones de la Comisaría General de la Policía Nacional de Madrid

Candela entra a toda prisa a la sala donde ya se encuentra Óscar revisando los informes en el ordenador.

—¡Vaya! Qué rápido, ¿no? —pregunta Candela.

—Bueno, no estaba lejos.

—Oye, ¿sabes que hueles a rayos?

—Qué quieres que te diga. Volvía de juerga con los amigos, me has llamado y aquí estoy. ¿Qué más quieres? —responde Óscar.

—¿Tal vez que madures? Venga, ¿qué tenemos? —responde Candela mientras Óscar, un tanto escéptico, hace como que se huele la ropa.

—Bueno, prepárate para la bomba del día. Después del informe pericial de los agentes que interrogaron a la supuesta víctima de un secuestro, la enfermera Berta Argüelles...

—Perdona, ¿supuesta? —interrumpe Candela.

—En efecto, porque, para empezar, encontraron en su casa una habitación que parecía la Capilla Sixtina, con una gran imagen de la Virgen y llena de velas y cirios encendidos.

—Bueno, que yo sepa, no hemos pasado de un estado confesional a uno que persiga la práctica de una religión.

—Por supuesto que no, pero al ver y leer esto y tras comprobar el historial de Berta...

—¿Historial? ¿Ha sido alguna vez detenida o filiada?

—No, sencillamente pregunté al doctor Google y, mira por dónde, encontré una foto suya, de hace algunos años, en un encuentro de las Consagradas del Regnum Christi.

—¿Perdón? ¿Las qué?

—Pues llana y claramente, el Regnum Christi es una de las ramas de los Legionarios de Cristo. Dentro del Regnum Christi puedes encontrar varios escalafones, pero la señora Berta Argüelles forma parte de esta organización desde hace quince años.

—¿Y a qué se supone que se dedican?

—Te aseguro que he visto alguno de sus vídeos y no acabo de entender toda la mierda que he llegado a escuchar. Se trata de mujeres que viven los consejos evangélicos de pobreza, castidad y, sobre todo, obediencia al estado eclesial mediante votos privados. Por tanto, se dedican íntegramente al servicio de la Iglesia, emprendiendo las acciones que más contribuyen al establecimiento del reino de Cristo.

—Acabo de quedarme de piedra. ¿Crees que es parte responsable del intento de homicidio de Andrea?

En ese momento irrumpe en la sala el comisario, que da un portazo, y con cara de pocos amigos, se sienta ante ellos tras la mesa.

—¡Joder, comisario! ¡Que parece que lleve el traje de las comuniones! —comenta Óscar en tono sarcástico.

—¡No me jodas, Óscar! ¡No me jodas! —exclama el comisario—. A ver, qué es tan importante.

—Escuche a Óscar, jefe, y después le explicamos cómo hemos llegado hasta aquí. Di, Óscar.

—Bien, lo que le estaba comentando a Candela... El presunto secuestro de Berta no fue más que una farsa, una coartada para que un agente del Vaticano, tras vestirse como Berta, accediera a la casa. ¿Cómo se entiende que conociera la situación de la habitación de Andrea y lo que acostumbraba a hacer la enfermera?

»Lo tuvieron bien claro para que fuera una coartada limpia. Berta cerró la puerta de su casa de golpe, y mientras ella dice que estaba concentrada fregando la taza del desayuno, un agente entró en su casa de forma fácil y la dejó inconsciente para que no pudiera declarar nada, y de hecho es tal y como dice que ocurrió.

»Pero después, el hecho de que los agentes descubrieran que tenía una habitación con más cirios y velas alrededor de una estatua de la Virgen que muchas iglesias quisieran tener, a la vez que su lenguaje corporal durante el interrogatorio para aclarar qué le había ocurrido me hizo pensar, no que mintiera, sino que no decía toda la verdad.

»Hoy mismo, hace menos de una hora, nos hemos enterado de que el supuesto agresor de Andrea ha muerto de un infarto. Hasta ahí podríamos llegar a pensar que dadas las escasas posibilidades que tenía, podía darse el caso de que no sobreviviera, pero después del relato de los dos agentes que lo estaban custodiando, que dijeron que media hora antes había recibido la visita de una persona, teóricamente identificada y vestida como el resto del personal sanitario, que después nadie de la planta pudo llegar a identificar, hace pensar que un segundo agente ha silenciado al único testigo directo que nos podría llevar a la fuente de todo esto.

»Por tanto, mi teoría es que es el propio Vaticano quien impide que tal vez uno de sus agentes, o simplemente un perturbado mental por los abusos que sufrió, silencie por la vía rápida a todos los que pueden estar directamente relacionados con el escándalo de pederastia que hace tiempo que llena titulares de los medios. Por otra parte, también es una manera de dar un pago de justicia «divina» a las víctimas inocentes de todos estos años.

En ese momento hay un largo y tenso silencio en la sala mientras el comisario intenta digerir la argumentación de Óscar.

—Óscar… No creo que sea Candela, ¿eres tú el que huele a rayos? —pregunta el comisario poniendo mala cara.

—Joder, comisario, que uno tiene su vida personal —responde el inspector.

—Es igual, no quiero detalles. ¿Me estáis diciendo que estamos ante una operación secreta por parte de unos supuestos agentes de inteligencia del Vaticano que están directamente o indirectamente relacionados con el asesinato de todos estos sacerdotes retirados, que aunque por la justicia penal no han sido condenados al haber prescrito sus delitos, sí que están recibiendo la condena por sus pecados por parte de la justicia eclesiástica?

—¡Joder, jefe! ¡Yo no lo hubiera dicho mejor! —exclama Óscar.

—Bueno, y suponiendo que tengáis razón, ¿cuál es el siguiente paso?

—Primero, ya he dado instrucciones a la brigada de Donosti para silenciar la defunción del sospechoso. Segundo, necesitamos una orden judicial para detener lo antes posible a Berta, por presunta colaboración para la ejecución de un delito de homicidio. Y tercero, mañana Óscar y yo tenemos que desplazarnos a San Sebastián para interrogar a Berta, por lo que vamos a necesitar un helicóptero.

—Hecho… ¿Y después?

—Necesitamos saber hasta dónde llega la red que está encubriendo esta operación —responde Candela—, y necesitamos más gente revisando imágenes, no puedo creer que nadie haya visto nada ni a nadie sospechoso, o con la descripción del vehículo que dimos, en ninguna de las escenas del crimen. No es posible, comisario, alguien nos esconde información deliberadamente.

—Además, mañana habrá que enviar otra enfermera a casa del profesor Sanmartín, con alguna excusa, para evitar que puedan sospechar que pasa algo —añade Óscar.

—Bien, id cursando la orden de detención de la enfermera. Ya sabéis que tenéis setenta y dos horas para sacarle una confesión. Después de ese plazo habrá que pedir una orden al juez o dejarla libre. Por mi parte, voy a hacer un par de llamadas a viejos contactos que tengo, a ver si me entero de algo, y a enviar a casa del profesor Sanmartín a una enfermera vinculada al cuerpo, ¿de acuerdo?

—Perfecto, jefe, gracias —responde Candela.

—No me deis las gracias aún, porque si nos equivocamos, habremos hecho el mayor ridículo de la historia. Venga, ¡a trabajar! —exclama el comisario mientras se levanta y abandona la sala.

VII

Si alguien peca inadvertidamente e incurre en algo que los mandamientos del Señor prohíben, es culpable y sufrirá las consecuencias de su pecado.
Levítico 5, 17

Martes, 2 de noviembre. 8 horas y 55 minutos. Colegio público Macías Picavea, Valladolid

Decenas de niños y niñas de primaria llegan acompañados por sus padres hasta la puerta del colegio público Macías Picavea, situado en pleno centro de la ciudad vallisoletana. Es un edificio antiguo de tres plantas, construido a base de ladrillo visto.

El bullicio de los niños, la mayoría alegres por reencontrarse con sus compañeros, a veces se contradice con la resistencia que oponen algunos a tener que sobrellevar las siguientes horas lectivas para poder labrarse un futuro en nuestra sociedad.

Una que vez los niños van entrando en el edificio, algunas madres aprovechan para ir a tomarse un café para poder empezar el día, poniéndose al tanto de las últimas noticias sobre las sentencias y recursos realizados por el colegio por el hecho de haber tenido que retirar los crucifijos de las aulas ya en el pasado curso, y es que hay opiniones para todos los gustos.

Mientras los niños van ocupando las primeras aulas, los de la del fondo del pasillo empiezan a entrar para sentarse en sus verdes pupitres, viejos testimonios de madera y metal que han sobrevivido a muchas generaciones de escolares que han pasado por esa escuela.

Al sentarse, todos se quedan mirando a la pizarra, impertérritos, en silencio, muchos con caras de asombro, otros rompen a llorar tapándose la cara mientras el desconcierto empieza a reinar entre la veintena de niños concentrados en el aula, justo en el momento en que la profesora que debe impartirles la clase, una mujer en edad madura, empieza a correr por el pasillo al oír que algo no marcha bien en la clase.

Al llegar a la puerta, primero mira a sus alumnos al no entender que ocurre, pues la mayoría está mirando fijamente a la pizarra, como si hubieran visto un fantasma. La profesora gira lentamente la cabeza hacia la pizarra y ante la visión perversa y cruel que tiene ante sí se le caen los libros y enseres que llevaba en las manos hasta chocar contra el suelo, mientras lanza un grito de horror y se tapa la cara, tal vez intentando creer que solo está viviendo una pesadilla, momento en el cual todos los alumnos empiezan a gritar, y agolpándose en la puerta, salen corriendo para refugiarse lejos de esa escena.

Ante el descontrol y el inmenso ruido provocado por los alumnos, mientras gritan llorando y corriendo a través de los pasillos, varios profesores salen de las aulas, creyendo que ha podido suceder una desgracia, por lo que indican a sus alumnos que no se muevan de sus sitios, mientras algunos de ellos corren hacia el lugar de donde proceden los compañeros huidos por toda la escuela.

Al llegar a la puerta se encuentran a la profesora víctima de un desmayo, tumbada en el suelo, sobre sus propios libros, mientras contemplan con horror la figura de un hombre anciano, mutilado y crucificado directamente en la pizarra, con un charco de sangre seca a sus pies.

Entre el tumulto de profesores que intentan ayudar a la pobre mujer, tendida en el suelo y aún sin recobrar el sentido, llega el director del centro, que al darse cuenta de la gravedad de la situación, da las instrucciones para poder trasladar a la profesora entre varios de sus compañeros y cerrar con llave la clase hasta que llegue la policía para controlar la situación.

Reino de Sombras

En solo unos minutos, las madres que acababan de dejar a sus hijos en la escuela, tal y como hacen a diario, van recibiendo una a una un mensaje a través de sus teléfonos móviles para que pasen a recoger de inmediato a sus hijos «debido a un problema de seguridad en la escuela», tal y como les anuncia el mensaje, momento en el que salen todas corriendo hacia el colegio para recoger a los niños.

Mientras a la salida del centro se acumulan los profesores, que tienen controlados a las decenas de niños, muchos gravemente afectados por la visión que han tenido que presenciar, van llegando los padres para recogerlos. Dentro del aparente caos, los profesores y el director dan pocos datos a los padres de los alumnos, indicándoles que ese día no habrá clases y que el colegio permanecerá cerrado por motivos de seguridad.

En solo unos minutos, dos coches patrulla de la Policía Nacional, junto a dos ambulancias, llegan justo delante de la escuela, bloqueando el acceso a vehículos por esa calle.

Cuando los agentes llegan al aula donde han encontrado semejante escena acompañados por el director del centro, algunos de ellos no pueden contener el horror de la visión e incluso uno de ellos se ve obligado a vomitar en una esquina del pasillo al no poder asumir las cruentas imágenes.

Treinta minutos después. Sala de operaciones de la Comisaría General de la Policía Nacional de Madrid

El comisario jefe entra a toda prisa en la sala donde se encuentran reunidos los cuatro integrantes del equipo.

—Señores, afuera os espera un coche patrulla.

—Jefe, ¿qué ha pasado? —pregunta Candela mientras se pone en pie y coge la chaqueta.

—En un colegio público de Valladolid, hace una media hora, otro cadáver. Id cagando hostias, ¡pero ya! —exclama el comisario mientras entrega un fax a Candela con los primeros detalles del caso, según la declaración del inspector de Valladolid.

—Jefe, necesito que me asegure la disponibilidad del helicóptero para cuando volvamos —comenta Candela.

—No te preocupes. Informo a los pilotos de que estén a vuestra disponibilidad para el resto del día.

—Perfecto. ¡Gracias!

Tanto la inspectora como sus compañeros salen a toda prisa hasta el aparcamiento de la comisaría, donde les espera un vehículo Z, que con las sirenas y estroboscopios en marcha salen entre los periodistas que vuelven a estar apostados ante la garita de salida, tomando todas las imágenes posibles de la comitiva policial. Candela escoge el asiento del copiloto, mientras sus tres compañeros ocupan los asientos traseros.

—¡Joder con estos! —exclama Óscar—. ¿Cómo es posible que esta gente se entere antes que nosotros?

—Hoy en día, amigo Óscar, internet es el mayor proveedor de noticias al instante del mundo, y más que lo será en pocos años. ¡Llegará un momento que no podremos vivir sin él! —responde Garmendia.

—No lo entiendo —comenta Gonzalo—. ¿Os habéis dado cuenta de que ha cambiado las fechas?

—O no, profesor —responde Candela—. Esta vez ha sido en un colegio público en Valladolid, otra sede para tachar de la lista.

—Disculpa, ya he oído al comisario, pero ¿seguro que se trata de un colegio?

—Pues sí, el colegio público Macías Picavea, ¿por qué?

—Porque esa no era la sede que creíamos que podría llegar a usar como escena del crimen —responde Gonzalo—. Dios, cómo se me pudo pasar. A ver, para que me entendáis… Cada ciudad fue sede de un tribunal durante la Inquisición, pero eso no quiere decir que siempre estuviera en un mismo edificio, sino que en función de sus características o simplemente porque era prestado, a veces llegaron a tener hasta tres o cuatro ubicaciones diferentes durante los siglos que duró la etapa inquisitorial.

—Y ya veo que este es el caso —comenta Óscar.

—En efecto. Valladolid tuvo su primer tribunal del Santo Oficio en 1488 y se estableció en el número 22 de la calle de Francos, que hoy es la calle Juan Mambrilla. Concretamente, fue en una casa propiedad de la familia Zúñiga que pasó luego a posesión de la condesa de Osorno. Hoy en día esa casa es el Centro Buendía de la Universidad de Valladolid.

—Claro, precisamente el edificio que indicamos vigilar durante el fin de semana pasado —expone Candela.

—Eso es. Pero este tribunal llegó a cambiar de ubicación ¡hasta tres veces! El último traslado se hizo en 1606, cuando regresó a Valladolid tras haber sido trasladado con anterioridad a Medina del Campo. De esta forma, el nuevo tribunal incrementó su jurisdicción territorial hasta llegar a tener potestad sobre más de trescientas veinte poblaciones.

—Y ese tribunal, ¿dónde estaba? —pregunta Candela.

—Pues en la calle Real de Burgos, donde se llevaron a cabo torturas y encarcelamientos durante más de dos siglos, hasta que en la noche del 6 al 7 de diciembre de 1809 ardió lo que fue la última cárcel del Tribunal del Santo Oficio en Valladolid. Dos siglos después, el colegio público del que habláis debió de construirse sobre los restos calcinados de la historia más tenebrosa y despiadada de la provincia.

—Joder, ¡este hijo de puta nos la ha jugado! —exclama Óscar.

—Supongo que tarde o temprano sabría que, por descarte, iríamos estrechando el cerco a las pocas sedes que quedasen en pie —argumenta Garmendia.

—Claro, porque los hechos acontecidos sobre un pedazo de tierra no desaparecen de la historia, sino que permanecen ahí eternamente —afirma Gonzalo.

—Bueno, mientras vamos pensando qué hacer con el resto de sedes, fantasmas o no, os leo el comunicado del comisario Velázquez, de la Brigada de Homicidios de Valladolid —dice la inspectora—. A ver, leo textualmente: «Durante la mañana de hoy, a las 9 horas y 10 minutos, han recibido una llamada en la comisaría del distrito, desde el colegio público Macías Picavea, sito en la calle Madre de Dios, esquina con la calle Real de Burgos, afirmando que los niños de un aula, junto a la profesora que debía impartirles la primera clase del día, han encontrado el cadáver desnudo y mutilado de un anciano, literalmente crucificado en la pizarra de la clase, que mientras los alumnos han salido corriendo y gritando de la clase, el resto de docentes han encontrado a la profesora, que yacía en el suelo, lo que han considerado un desmayo debido a la gravedad de la escena».

—Bueno, chicos, creo que van a tener trabajo todos los psicólogos de Valladolid —murmura Óscar.

—Madre mía, qué horror —exclama Juan Miguel—. No quiero ni pensar la imagen que se les habrá quedado grabada en la retina a esos críos.

—Agente, ¿sabe lo que es pisarle a fondo? —pregunta la inspectora al agente que conduce el vehículo.

—Por supuesto, a la orden.

Dos horas después. Colegio público Macías Picavea, Valladolid

Los medios de comunicación bloquean literalmente el acceso a la calle en la que se encuentra el colegio, por lo que el vehículo da la vuelta a través de la intersección con la calle Real de Burgos, intentando atravesar la barrera monumental de periodistas y curiosos que envuelven la manzana del edificio.

Tras bajarse del vehículo, y mientras pasan por los diversos controles de seguridad que ha implantado la policía local, primero, y después los efectivos de la Policía Nacional, Candela pregunta por el inspector que está llevando el caso.

—Acompáñenme, por favor —dice uno de los agentes, que se ofrece para llevarlos hasta el inspector, que sigue en la escena del crimen.

Los antiguos pasillos del colegio, lejos de ser un ambiente de bullicio entre niños, se han convertido en una zona maldita donde los comentarios en voz baja de los profesores, que van saliendo acompañados por los agentes, junto al ir y venir de los efectivos sanitarios, presagian otra escena donde el horror preside la obra de un loco sanguinario. Cuando llegan al final del pasillo, encuentran varios agentes.

—¿Inspector? —el policía que los acompaña requiere la atención de un hombre de paisano, visiblemente más cercano a su momento de jubilación que a la de un inspector de homicidios en activo.

—Buenos días. Inspectora Santos —dice Candela al presentarse—, el inspector Sánchez, el profesor Sanmartín y el doctor Garmendia.

—Sí, los conozco a todos, son lamentablemente famosos a través de las noticias —responde—. Inspector Galindo, y la verdad, visto lo visto, no saben lo que estoy deseando que pasen estos tres últimos meses antes de mi jubilación.

—¡Vaya! Sentimos que haya tenido que presenciar esto en su ciudad —afirma Candela.

—¿Qué demonios está ocurriendo? ¿Qué culpa tienen estos críos? —pregunta el inspector bastante desorientado.

—Disculpe, inspector —interviene Gonzalo—. Es algo que va más allá, créame. Hubiera dado igual el edificio, como si hubiera habido una tienda de ultramarinos, habríamos encontrado la misma escena.

—¿Cómo? Soy viejo, pero no senil. ¿Puede explicármelo, profesor?

—El asesino —Gonzalo mira a sus compañeros mientras baja la voz— busca lugares con significado y referencias históricas de hace siglos, que a menudo nada tienen que ver con el uso que se le está dando en este momento a este solar.

—Bueno, sea lo que fuere, afortunadamente ya estoy advertido desde Madrid de que este caso es todo suyo, así que les dejo trabajar. En unos minutos van a venir los de la Científica, y cuando el juez de guardia lo autorice, podrán retirar el cadáver, ¿es así?

—En efecto, inspector Galindo. Por cierto, supongo que, si no se lo han dicho ya, se lo comunicarán desde Madrid…

—Dígame…

—Vamos a necesitar acceso a todas las imágenes de cámaras de seguridad, tanto de los edificios privados como de las cámaras de tráfico, si las hubiera, de toda la manzana y desde el viernes pasado.

—¿Ya tienen un sospechoso?

—Bueno… tenemos sospechas de que el sujeto se mueve con un camión de pequeño tamaño, sin identificación de empresa, seguramente de tipo frigorífico y en un color blanco o neutro.

—Entiendo… Les enviaremos todas las imágenes, como me piden. De todas formas, les echaremos una mano e iremos revisándolas a la vez, por si encontramos algo, ¿le parece?

—¡Por supuesto! Muchas gracias por su ayuda —le agradece Candela mientras le entrega una de sus tarjetas.

—De nada. Si me permiten, voy a ver cómo va el dispositivo de apoyo emocional con los críos, sus padres y los profesores —dice el inspector mientras se aleja por el pasillo hacia la salida.

Los cuatro observan el esperpéntico cuadro desde el otro lado del cristal de la clase, intentando desgranar la motivación de semejante final para la séptima víctima, que ha sido literalmente crucificada en la pizarra, donde se pueden apreciar cuatro grandes clavos: uno en cada muñeca, otro que le atraviesa los pies cruzados y el último hundido en el pecho para asegurarse de que el cadáver no podía desgarrarse y caer al suelo.

—No creo que nos hayamos equivocado de día —dice Candela—, sino que el cadáver no ha sido descubierto hasta el primer día que el edificio ha vuelto a estar abierto. Mirad la sangre del suelo, así como las heridas abiertas, aparentemente iguales que en el resto de las víctimas.

—Cierto, la sangre está coagulada —afirma el doctor—, por lo que es más que probable que la víctima lleve muerta un mínimo de veinticuatro horas.

—Por lo tanto, sigue escogiendo el mismo día para cada víctima —explica Óscar—. Se da dos días para preparar su acción y al tercero nos deja el regalito. Mirad, aquí están los de la Científica.

Un equipo de diez agentes debidamente pertrechados entra en la sala para empezar a tomar muestras de todo tipo, además de realizar un minucioso reportaje fotográfico de cada rincón de la escena del crimen.

Gonzalo, que intenta prestar atención a la posición del cadáver, detecta que hay algo que no le cuadra.

—Suéltalo, Gonzalo —le comenta Garmendia en voz baja.

—¡Vaya! Pues qué quieres que te diga, que pese a que parece que ha seguido con los mismos rituales escabrosos en cuanto a la mutilación, creo que el hecho de haber escogido la crucifixión nos da otro tipo de mensaje. Vamos a ver, según la cristiandad, la crucifixión no es en sí un castigo, sino un sacrificio. Alguien sacrifica su vida o limpia los pecados de los demás a través de su sacrificio. Por ello, según el cristianismo, Jesús en la cruz aceptó ser sacrificado para salvar a los hombres.

—Ostras, profesor, cada vez entiendo menos —comenta Óscar.

—Eso si nos basamos en la realidad cristiana. En cambio, si nos vamos a sus orígenes, la crucifixión no fue un invento de los romanos, sino que se heredó de los bárbaros. Algunas fuentes incluso dicen que su origen podría estar entre los fenicios y los persas, en el siglo VI antes de Cristo. Para ellos la tierra era sagrada, y por eso idearon esta forma de castigo, en la que el condenado estaba lo más lejos posible del suelo, para no contaminarlo. Recordemos que el piso de esta clase no es la tierra, sino que, por su altura, no está sobre la supuesta tierra sagrada para el asesino, donde el Santo Oficio realizaba sus juicios y torturas.

—Creo que debemos esperar a la identificación de la víctima para saber mejor si fue un sacrificio o una víctima más —dice Candela mientras se acerca a uno de los agentes de la Científica—. Disculpe, ¿ya le han cogido las huellas dactilares?

—A duras penas, antes de desenclavarlo de la pizarra, ¿por qué? —responde el agente.

—Necesito que me las preste un momento para escanearlas. Tengo que enviarlas al laboratorio para tratar de identificar el cadáver lo antes posible, ¿me hará este favor?

—Claro, por supuesto, espere —dice el agente mientras coge la plantilla con las huellas dactilares y se la entrega a Candela—. Por favor, que no se pierda por nada del mundo y devuélvamela en cuanto pueda, ¿de acuerdo?

—¡Por supuesto! Estoy aquí enseguida.

Candela va a toda prisa por los pasillos, buscando a alguien del profesorado, hasta que por fin encuentra a una joven sentada en uno de los bancos delante de secretaría, con un vestido hasta las rodillas, muy delgada, tez pálida y de mirada ausente.

—Disculpe que la moleste, soy inspectora de la Policía y necesito enviar de inmediato esto a Madrid. ¿Sabe desde dónde puedo hacerlo?

—Por supuesto —responde la joven mirándola a los ojos—. Acompáñeme a secretaría y desde allí podrá hacer la gestión que necesite.

—¡Fantástico!

Candela entra en la sala que le ha indicado la joven, se sienta delante de uno de los ordenadores conectado a un escáner y hace una llamada desde su móvil de servicio.

—¿Juanjo? Hola, aquí Candela... Escucha... Voy a enviarte por *e-mail* las primeras huellas dactilares de la víctima. Necesito identificarla de inmediato, ¿ok?... Vale, perfecto... ¡Gracias! Hasta luego.

Candela consigue escanear la cartulina usada por la unidad científica para tomar las huellas dactilares y enviar el fichero a su compañero en Madrid. Ahora ya solo tendrá que esperar el resultado. Una vez que encuentra la salida de la secretaría, busca a la joven para agradecérselo, ya que antes, con las prisas, se ha puesto a hacer lo que necesitaba sin prestarle más atención. En ese momento, un agente llama la atención a Candela.

—¡Oiga! Disculpe, ¿qué hace aquí? —le pregunta el joven agente.

—Perdona —responde la inspectora enseñándole su placa—, ¿no habrás visto a una de las profesoras por aquí fuera, con un vestido hasta las rodillas, sentada en este banco o en el pasillo?

—Pues no, lo siento, inspectora, y no creo que se haya encontrado con ningún profesor por esta zona, ya que hace una hora que los hemos sacado a todos del edificio y les están tomando declaración en los furgones o atendiéndoles en la ambulancia.

—Ah, de acuerdo, gracias, agente —responde Candela un tanto incrédula y atónita mientras vuelve al final del pasillo, donde la esperan sus compañeros.

—Disculpe, aquí la tiene, muchas gracias por el favor — agradece Candela al agente de la Científica. Y dirigiéndose a sus compañeros, añade—: Bien, chicos, aquí ya no tenemos nada más que hacer, además Óscar y yo tenemos que comprobar varias cosas en la comisaría que no pueden esperar, ¿de acuerdo?

—Tú mandas —responde Garmendia.

Los cuatro dejan que el personal de la Científica prosiga su trabajo mientras salen de la escuela, aún envuelta en medios de información y efectivos policiales, para subir de nuevo al coche patrulla que les ha llevado hasta Valladolid.

—Bueno, aquí ya hemos terminado, ya podemos volver a comisaría —indica Candela al agente conductor—. Y le agradecería que lo más rápido posible, ya que vamos con el tiempo justo.

—No se preocupen, que salimos de aquí en un santiamén y llegamos antes de la hora de comer —responde el agente mientras arranca el vehículo con sirenas y estroboscopios encendidos y abandona la zona a toda velocidad.

En ese momento Candela recibe una llamada de la comisaría a su móvil de servicio.

—Inspectora Santos… ¿Sí?... Perfecto… Ahora mismo estamos fuera, pero vamos a llegar aproximadamente en un par de horas… Sí, en efecto… lo sé… Gracias, hasta luego.

Tras colgar la llamada, desde el asiento del copiloto, Candela se fija en Óscar, quien ha recibido correctamente el mensaje, y le guiña un ojo.

Dos horas después. Comisaría General de la Policía Nacional de Madrid

Candela y sus compañeros llegan a bordo del coche patrulla que les devuelve a la Comisaría General, con algunos de los medios de comunicación aún apostados ante la garita de entrada.

—Joer, qué persistencia, ¿no? —comenta Óscar mientras aprovecha para saludar a las cámaras.

—Chicos, ¿podéis ir vosotros directamente a la sala? Necesitamos, ya, poder estrechar el cerco a este cabrón y pillarle in fraganti, o a ser posible, antes de que ejecute a su próxima víctima, ¿os parece? —pregunta Candela a Gonzalo y Juan Miguel.

—Sí, claro, por supuesto, nos ponemos a ello enseguida— responde Garmendia.

—¡Gracias! Nos vemos esta tarde —responde la inspectora mientras se encamina con Óscar hacia el helipuerto.

Una hora y media después. Comisaría General de la Ertzaintza de San Sebastián

Tras su traslado desde el helipuerto más cercano, con un coche patrulla de la policía autonómica, Óscar y Candela llegan a la comisaría de la Ertzaintza en Donosti. Una vez en la planta sótano, los dos inspectores acceden a la zona de calabozos. Tras cruzar unas palabras con el agente responsable, escribir su identificación y firmar en la lista de actas, les indica el número de celda, donde tienen detenida a Berta.

El agente abre la puerta a distancia y los inspectores entran en la celda, un espacio de tres metros por dos, sin luz natural, con un camastro adosado a la pared y un váter para poder hacer sus necesidades. Berta, que se ha puesto en pie y se ha apoyado en la pared más lejana a la puerta, sostiene con fuerza la pequeña cruz de plata que lleva colgando del cuello, con aparente tranquilidad.

—Hola, Berta —saluda Candela mientras se sienta en el camastro y Óscar permanece delante de la puerta, una vez cerrada.

—¿Quiénes son ustedes? —pregunta mirando a uno y a otro.

—Disculpa, soy la inspectora Santos y mi compañero es el inspector Sánchez.

—¿Y qué hago aquí? Esta madrugada han venido a buscarme a mi casa, me han sacado de la cama, me han dicho que estaba detenida y me han traído en una furgoneta. ¿Qué broma es esta?

—¿Broma? ¿Crees que todo esto forma parte de una broma? —pregunta Candela.

—No os salió bien, Berta. Uno de nuestros agentes pudo reducir al que, de manera casi perfecta, intentó sustituirte.

—¿Qué? No sé de qué me estáis hablando. No tenéis ningún derecho a encerrarme aquí. ¡Yo soy la víctima!

—¿La víctima? ¿De quién, Berta? Estaba todo muy bien organizado, tú eras víctima de un individuo que solo debía dormirte, atarte a una silla y suplantar tu identidad en casa de los Sanmartín. ¿Y por qué, Berta? Después de todos estos años con la familia, ¿Andrea se merecía morir asesinada?

—¿Andrea? ¿Qué le ha pasado a Andrea?

—Sabes perfectamente a lo que iba el mismo tío que te dejó amordazada en tu cocina. Y gracias a tus indicaciones, Berta. ¿Cómo supo a qué hora debías llegar a la casa y en qué habitación estaba Andrea si no fue por tus indicaciones?

Berta está visiblemente nerviosa y no para de dar vueltas de un lado al otro de la pared, como si se tratara de un animal encerrado.

—Berta, no hagas esto más difícil para ti de lo que ya es. Sabemos que tú solo eres una pieza más del entramado del Regnum Christi, una de las ramas de los Legionarios de Cristo. Te suena eso, ¿verdad?

Berta empieza a gesticular negativamente mientras no para de andar de un lado al otro, agarrando con fuerza su cruz plateada.

—¿No decís que todas las criaturas son hijos de Dios? La pobre perra del profesor Sanmartín y Carmen, ¿no lo era? Claro, la perra era demasiado lista como para aceptar comida de un extraño, así que tú misma le dejaste el pedazo de carne con el cianuro inyectado en la cocina, justo delante de la entrada de la gatera, para que creyeran que alguien desde el exterior la había dejado ahí, ¿verdad?

»¿Y Andrea? ¿Te has pasado los últimos ocho años de tu vida cuidándola para dejar que alguien acabe con su desgraciada vida por ti? ¿No tuviste el suficiente valor para hacerlo tú misma, hija de la gran puta?

En ese momento, Berta se sienta en una esquina de la celda, y cerrando los ojos con su cruz en la mano, empieza a recitar versículos de la Biblia sin parar.

—Y lleven una vida de amor, así como Cristo nos amó y se entregó por nosotros como ofrenda y sacrificio fragante para Dios… Porque el que quiera salvar su vida, la perderá; pero el que pierda su vida por mi causa, la salvará... Porque ni aun el Hijo del hombre vino para que le sirvan, sino para servir y para dar su vida en rescate por muchos…

Candela se levanta, y apoyando una mano contra la pared, se le acerca al oído.

—Tu amigo ha cantado y va a obtener una reducción de condena por intento de homicidio frustrado. En cambio, tú vas a pagar por instigadora y encubridora del intento de homicidio frustrado, más por colaboración en los siete asesinatos de primer grado y en los siete secuestros previos con detención ilegal y agravantes de torturas, abuso de superioridad e indefensión de las víctimas. Unos pobres viejos que casi no podían valerse por sí solos. ¿Esa era tu misión divina? Joder, Berta, vas a pasar el resto de tu miserable vida de meapilas entre rejas. El resto de las presas ya te darán tu recompensa.

»Vámonos —dice la inspectora mirando a Óscar—, dejémosla sola unas horas y después la llevaremos ante el juez. Visto que ha salido más tonta que su compañero, por no querer cooperar, le van a caer unos cuantos años para pagar los pecados de otros. Si es lo que prefiere, está en su derecho de pudrirse en la cárcel.

Candela hace un gesto a la cámara que hay en una esquina del techo para pedir que les abran la puerta. En un par de segundos, el hueco sonido de la apertura automática de la puerta les indica que ya pueden salir.

Óscar y Candela se dirigen a la sala donde están las máquinas de *vending*, situada en la planta baja.

—No sé tú, pero yo necesito un café —dice Candela.

—Te invito, te lo has ganado —responde Óscar mientras saca un par de cafés de la máquina—. Toma.

—Gracias.

—¿Crees que va a resultar? —pregunta Óscar.

—Te lo diré antes que se cumplan las setenta y dos horas de su detención. Después de eso, solo tenemos pruebas circunstanciales, y con eso ante el juez, qué quieres que te diga, lo tenemos jodido.

En ese momento Candela recibe una llamada a su móvil de servicio.

—Inspectora Santos… ¡Hola, Juanjo! ¿Qué cuentas? ¿Qué?... Ahora mismo estamos fuera… Sí, en un par de horas nos vemos en la sala… Venga, hasta luego… chao.

—¿Qué? ¿Novedades? —pregunta Óscar.

—¡Eso parece! Ya tiene la identificación de la víctima. Y creo que nos acaba de tocar la lotería. Tenemos que volver de inmediato a Madrid.

Óscar y Candela salen a toda prisa de la comisaría de la Ertzaintza hacia el helipuerto acompañados por un coche patrulla de la policía autonómica. Durante el trayecto, Candela llama al piloto para avisarle de que tienen que salir de inmediato.

En cuanto llegan al helipuerto se encuentran al piloto y al copiloto apurando un pitillo junto a la pista.

—¡A esto le llamo yo visita de médico! —exclama el piloto, mientras pone en marcha el motor y los sistemas de navegación del aparato.

—Si no me equivoco, me parece que vamos a tener que volver, así que no se vayan muy lejos, señores… —responde Candela mientras se abrocha el cinturón de seguridad.

—¡Lo que haga falta! ¡Vamos allá!

Dos horas después. Comisaría General de la Policía Nacional de Madrid

Óscar y Candela entran en la sala de operaciones, donde les esperan también Gonzalo y Juan Miguel.

—¿Qué tal, chicos? —pregunta Candela al entrar.

—¡Hola! Aquí estamos, deliberando sobre los posibles futuros movimientos del sospechoso —responde Garmendia.

—¡Bien, bien! Ahora vendrá Juanjo, que parece que tiene novedades sobre la última víctima que, según él, pueden dar un giro inesperado al caso, ¡así que estamos expectantes!

—¡Vaya! A ver si se trata de buenas noticias, dadas las circunstancias, claro —comenta Gonzalo.

En un par de minutos entra Juanjo con una carpeta bajo el brazo y una gran sonrisa entre oreja y oreja.

—¿Hacen falta palomitas o qué? —pregunta Óscar.

—Pues casi —responde Juanjo mientras toma asiento junto con el resto del equipo—. Si os parece, como lo que va por delante es extremadamente repetitivo, y por tanto aburrido, vamos a empezar por el final.

—¿Y bien? —pregunta Candela.

—Pues, sencillamente, que la víctima, Francisco Javier Liante Sánchez, de 75 años de edad, a pesar de ser sacerdote, no estuvo en ninguna de las sedes ni colegios que los Legionarios de Cristo tienen en España.

—Ah, ¿no? ¿Y de dónde ha salido? —pregunta Óscar.

—Evidentemente, tuvo sus años de formación como seminarista, pero fue en la residencia Castañón de Mena, en Málaga. Cuando acabó este período, a mediados de los ochenta, entró como formador en el colegio sacerdotal castrense Juan Pablo II, del Ejército de Tierra, con sede en Madrid. He investigado un poco, y parece que allí era conocido como el Padre Pluma, y no creo que fuera en referencia a su proximidad con los ángeles del cielo.

—Joder, eso quiere decir que tuvo que tener contacto con nuestro asesino durante el período en que este hombre estuvo dando clases allí —expone Candela.

—Y algo me dice que allí, el susodicho lo debió de pillar haciendo cosas malas con algún seminarista —interviene Óscar—. ¿Sabemos durante cuánto tiempo estuvo el pájaro?

—Pues sí, de 1984 a 1994, momento en el que, tras algún problema de organización, según dicen ellos, fue trasladado a una pequeña parroquia en Madrid. Allí estuvo otros diez años, hasta que lo expulsaron del sacerdocio, justo en 2004.

—Vaya, vaya, momento en el que empezó a salir a flote todo el problema de los abusos por parte de la Iglesia —comenta Gonzalo.

—Aparte de eso, ¿alguna otra cosa destacada? —pregunta Candela.

—Bueno, estuvisteis allí, visteis al cadáver crucificado del pobre hombre, con el mismo tipo de amputaciones, una y otra vez, etcétera, la verdad es que el resto no os ayuda.

—¿Las mismas marcas en los ojos? —pregunta Gonzalo.

—En efecto. En todas y cada una de sus víctimas, las cuatro burbujas de miel oscura cristalizadas alrededor del iris derecho, es algo realmente complejo y fascinante a la vez.

—Y Jesucristo subió a los cielos y está sentado a la derecha de Dios, Padre todopoderoso —comenta Gonzalo.

—¿Y eso qué quiere decir? —pregunta Candela.

—Es el signo de la redención. En la Iglesia católica, la salvación del género humano se lleva a cabo por la pasión y muerte de Jesús. La marca de la crucifixión de Cristo en su ojo derecho les da a cada uno de ellos el perdón de Dios, sentándolos a su derecha, como Jesucristo se sentó después de sufrir el tormento por los pecados cometidos por los hombres en la tierra.

—La madre que lo parió —murmura Óscar.

—Vale, he oído bastante —dice Candela—. Chicos, hay que obtener ya una lista de todos los reclutas que pasaron por el colegio sacerdotal castrense Juan Pablo II, del Ejército de Tierra, con sede en Madrid, entre 1984 y 1994, y después cruzaremos los datos con todos aquellos que pudieron proceder de alguno de los colegios y seminarios de los Legionarios de Cristo.

—Esto… Candela —dice Óscar.

—¿Qué?

—No es por aguarte la fiesta, pero a ninguna de las dos listas podemos tener acceso sin orden judicial.

—Exacto, pero tras todo este cúmulo de pruebas circunstanciales, el juez Moreno no tendrá más remedio que aceptar la firma de una orden para obtenerla —argumenta la inspectora mientras hace una llamada—. ¿Comisario? Soy Candela… Por fin tenemos un hilo de dónde tirar y poder encontrar al sujeto. Voy a pasarle la información para pedir la orden al juez Moreno para que se nos faciliten los nombres de los seminaristas de los Legionarios de Cristo que hubo en España entre 1970 y 1990… En efecto… Y, además, tendrá que hablar con el ministro para que mueva los hilos necesarios para tener acceso a un listado con todos los reclutas que pasaron por el colegio sacerdotal castrense Juan Pablo II, del Ejército de Tierra, con sede en Madrid, entre 1984 a 1994… Sí… en el mismo *e-mail* se lo pondré… Gracias, jefe… Hasta luego.

—¿Y? —pregunta Óscar.

—Bueno, no me ha puesto ninguna objeción. Ahora a ver lo que tarda en llegarnos esa información.

En ese momento reciben una llamada en el teléfono de sobremesa, por lo que Óscar, el más próximo al aparato, descuelga.

—Inspector Sánchez… ¿Sí?... Gracias… pásame la llamada... Chicos —dice mirando a sus compañeros—, desde Barcelona, el sargento Giralt, de los Mossos... Pongo el altavoz.

—¿Hola?

—Buenas tardes, sargento. Soy la inspectora Santos y están conmigo el inspector Sánchez, el profesor Sanmartín y el doctor Garmendia. Si le parece, dejamos el teléfono en manos libres.

—¡Buenas tardes! Un placer volver a saludarles. Bien, les llamo porque después de la información que nos facilitaron sobre el tipo de vehículo sospechoso, creo que hemos encontrado uno que se ajusta al buscado, y además, cumple con los horarios y los días en los que se cometió el asesinato del sacerdote retirado Gregorio Salgado, en la sede del Museu Marès, en Barcelona.

—¡Es una gran noticia, sargento! —exclama Candela—. ¿Cómo han podido encontrarlo?

—Pues sí, no ha sido fácil, porque aunque Barcelona dispone de muchas cámaras de tráfico, además de las cámaras de los edificios oficiales y de los comercios o edificios privados, ha sido muy complicado poder obtener los recursos para visualizar muchas horas de vídeos, totalmente inconexos unos con otros.

—Entiendo —responde Candela—, lo mismo nos pasa con el resto de ciudades, de las cuales aún no hemos obtenido respuesta. ¿Y bien? ¿Qué han encontrado?

—Bien, voy a intentar ser breve. De todas formas, toda la información, junto al montaje de imágenes que hemos podido editar, se lo envío de inmediato en cuanto acabemos la llamada.

—¡Perfecto! Somos todo oídos, sargento.

—Como saben, el sospechoso, junto a la víctima, entraron a través de uno de los múltiples pasadizos que conectan parte del Barri Gòtic de la ciudad, por ser zona histórica desde la época romana. El pasadizo utilizado, en este caso, conecta la cripta de la catedral de Barcelona con el sótano del Museu Marès, actualmente cerrado, ya que no reúne las condiciones ni para el almacenamiento de obras, y menos aún para la apertura al público.

»El tema es que las inmediaciones de la catedral están repletas de cámaras de vigilancia por ser una zona sensible, con gran número de visitantes, aparte de algún hotel y entidades bancarias que hay en los alrededores.

»No obstante, una de las cámaras que llevan instaladas los vehículos camuflados de la Guardia Urbana, para multar a los vehículos que circulan irregularmente por el carril bus que pasa por la Via Laietana, en dirección hacia la plaza Urquinaona, llegó a grabar durante unos segundos un camión aparcado en la zona de parada de autocares que hay en la plaza Ramón Berenguer, que para que se hagan una idea, está a solo unos metros de unos jardines que dan a la parte de la muralla romana que aún se conserva en esa zona. Justo detrás de esa muralla se encuentra la plaza del Rei, sede del Museu d'Història de la Ciutat, y tras este, ya nos encontramos con la catedral, junto al Museu Marès.

»Entre las 23 horas y las 6 de la mañana, el mismo aparcamiento de autocares puede ser usado como área de carga y descarga para los comercios colindantes, por lo que no caímos en la cuenta hasta que nos dieron la descripción del vehículo sospechoso.

»Bien, la imagen de solo tres segundos del vehículo de la Guardia Urbana que pasó por esa zona fue a las 23 horas 45 minutos, y el vehículo que se pudo identificar era un camión Nissan Cabstar en formato frigorífico, de al menos 3500 kilos y en color blanco, sin ningún tipo de identificación de empresa. Lamentablemente, no fue posible en ningún momento obtener la matrícula, pues seguramente, para evitar su identificación por cámaras o radares, debió de colocar algún film transparente encima de ella o bien rociarla con laca de pelo, que forma la película suficiente para que las cámaras nocturnas, por reflejo de la luz, sean incapaces de leerla.

—Bueno, sargento, no obstante, ¡es una gran noticia! —exclama Candela—.

—El tema no queda ahí, sino que además, a partir de esa hora, y hacia atrás, nos dedicamos a revisar las imágenes de las cámaras ubicadas en toda la Via Laietana para saber por dónde llegó y por dónde se marchó, así que podemos asegurar que el vehículo entró en Barcelona por la Avenida Diagonal a las 22 horas y 40 minutos, en dirección Besós, bajó por la calle Numància para incorporarse a la calle Tarragona hasta llegar a la plaza de España, girando en sentido inverso al de las agujas del reloj hacia la Gran Via, circulando siempre por los carriles centrales, supongo que para evitar las cámaras de los edificios, y finalmente giró a mano derecha, para bajar por Pau Claris hasta incorporarse a la Via Laietana y llegar a su destino.

—Es alucinante. Un gran trabajo, sargento —comenta Candela impresionada—. Eso podría querer decir que no hacía mucho tiempo que el camión estaba aparcado, ¿no?

—En efecto. Aunque era un viernes por la noche, como estaba lloviendo no debía de haber mucha gente por las inmediaciones, por lo que esperaría un par de horas dentro del vehículo para salir por la puerta lateral que tenía a su derecha, con lo que quedaba totalmente tapado por el propio vehículo al hacer la descarga.

—De todas formas, y por lo que nos ha contado, hasta la catedral hay una distancia considerable como para llevar un fardo con el cuerpo de una persona a la espalda, ¿no?

—Correcto. Como les decía, es una zona donde aún existen pasadizos, que son secretos para la inmensa mayoría de personas y que atraviesan los edificios históricos por el subsuelo, y ese fue el caso. Justo al pie de las murallas hay una entrada protegida por una reja que fue forzada, según descubrió el personal de jardinería, por lo que entre el camión y la entrada solo le separaban unos veinte metros de jardines oscuros. Era su mejor opción para acceder a los túneles.

—Bueno, sargento, pues nos ha dejado a todos con la boca abierta. Le felicito a usted y a su equipo por su gran trabajo, y en cuanto reciba su informe, se lo pasaremos enseguida al comisario y al juez para que tomen las acciones oportunas. ¡Muchas gracias por su ayuda, sargento!

—¡De nada! Un placer. Y para que después digan que entre los cuerpos policiales no colaboramos.

—En efecto, sargento. ¡Muchas gracias y *bona tarda*!

—*Bona tarda!* ¡Buenas tardes! —se despide el sargento.

—¡Cojonudo! —exclama Óscar—. En cuanto tengamos el informe del sargento, lo pasamos a Tráfico y a todas las comisarías para que paren a cualquier vehículo con esas características.

—Bueno, chicos, creo que para vosotros es bastante por hoy —dice Candela dirigiéndose a Gonzalo y Juan Miguel—. Nos vemos mañana a las nueve en punto aquí, ¿de acuerdo?

—¡Muy bien! —responde Gonzalo.

—Perfecto, pues hasta mañana —se despide Juan Miguel mientras los dos cogen sus chaquetas y abandonan la sala.

En ese momento se recibe una nueva llamada en el teléfono de sobremesa, que vuelve a ser respondida por Óscar.

—Inspector Sánchez… ¿Sí?... Perfecto… Estamos ahí de nuevo en un par de horas… Gracias, hasta luego.

—¿Y bien? —pregunta Candela.

—Parece que a nuestra cándida enfermera se le han acabado los salmos por recitar y quiere hablar con nosotros —responde Óscar sonriente.

—Pues va a tener dos horas para meditarlo con calma, que no le vendrá mal. Venga, otra vez al helicóptero.

—Joder… creo que hoy voy a acabar con un *jet lag* de cojones, tanto ir y venir —comenta Óscar mientras se dirigen de nuevo al helipuerto.

A bordo del taxi en dirección al Hotel Senator

Mientras Gonzalo y Juan Miguel van a bordo de un taxi que les está llevando al hotel, el profesor recibe una llamada de su mujer.

—¡Hola, guapa! ¿Cómo estás?

—¡Hola, Gonzalo! ¿Qué tal el día?

—Bien, parece que por fin haciendo avances, no sin seguir pagando un precio bastante alto.

—Ostras, sí, ya he visto lo del hombre crucificado en aquel colegio de Valladolid… qué horror para los críos que han tenido que ver eso… Pero ¿qué nos está pasando? ¿Nos hemos vuelto locos o qué?

—Bueno, mujer, parece que algunos sí… dime… ¿tú qué tal?

—Bueno, por eso también te llamaba… oye, que desde que llamó Berta para decir que estaba enferma, pues que no he sabido nada más, y la verdad, estoy preocupada… Ojo, que no es que no me fíe de que el agente que tenemos en casa, muy majo él, no pueda cuidar de Andrea, pero claro, que si pasa cualquier cosa, ¡él no es enfermero!

—Vaya, pues sí que es raro, porque para que esta mujer esté enferma es que tiene que estar para el arrastre. ¿Quieres que la llame?

—Yo la he llamado a su casa varias veces y nada, chico. Pero es que, además, aquí el agente Alonso me ha dicho que han llamado de la parroquia y que la cosa puede ir para largo, que ellos mismos se encargan de enviarnos otra enfermera para cubrirla hasta que Berta esté bien. No sé, a mí todo esto me huele un poco mal.

—Hombre, vamos a ver, ¿cómo no te vas a fiar del agente que os está protegiendo? Y la verdad, si desde la parroquia, que fue de donde vino Berta, envían una sustituta durante unos días, pues no pasa nada. Ya sabemos que Berta se había hecho a la casa y que la confianza ya estaba hecha, pero, chica, ¿qué le vamos a hacer? Habrá que adaptarse a las circunstancias, ¿no?

—Pues sí, aunque yo creo que todo esto sería más fácil si tú estuvieras en casa. Entre lo de Inca y ahora lo de Berta, me encuentro muy sola, la verdad.

—No te preocupes, mujer, que me huelo que esto ya solo le queda unos días. No puedo decirte nada, lo sabes, pero creo que estamos sobre una buena pista y le vamos a pillar pronto.

—Bueno, pues eso espero, porque estoy segura de que por ahí fuera estás comiendo como te da la gana, ¿a que sí?

—¡Qué va! —se excusa Gonzalo poniendo caras raras—. Lo que pasa es que tenemos unos horarios de locos y todo el día arriba y abajo y hay que adecuarse a lo que hay. Tú no te preocupes.

—Ya, claro, que me vas a venir con un panzón y un colesterol para llenar un caldero, ya me lo veo yo… Bueno, chico, pues no te molesto más, a ver si me llamas tú también de cuando en cuando, ¡y no solo por la noche!

—Lo intentaré. Buenas noches, guapísima.

—Buenas noches amor… adiós.

—Madre mía, es que la pobre, entre una cosa y la otra… —comenta Gonzalo cuando termina la llamada.

—Ya, es normal. Son ya bastantes días y no tenéis una situación fácil en casa —dice Juan Miguel—. A ver si es verdad que estamos en una buena vía y podemos zanjar esto cuanto antes, que aunque yo vivo solo, encuentro a faltar mis clases en la universidad y el contacto con mis alumnos y colegas.

Los dos compañeros finalmente llegan al hotel, pagan al taxista y entran en el edificio.

Dos horas después. Sala de interrogatorios de la Comisaría General de la Ertzaintza de San Sebastián

Óscar y Candela observan a Berta a través del cristal opaco que les separa desde el despacho de control de la sala, desde donde se monitorizan todos los interrogatorios. Berta parece algo intranquila, tocándose constantemente la cara y acariciando la cruz plateada que lleva colgada de su cuello.

—¿Cómo la ves? —pregunta Candela.

—Creo que está lo suficientemente preparada como para no asumir los pecados capitales de otros. ¿Tú qué dices?

—Vamos a ello. Cambiaremos el tono y daremos a entender que la orden para ponerla a disposición judicial ya está tramitada, ¿ok?

—Venga —responde Óscar, mientras abandonan el despacho para entrar en la sala de interrogatorios, desde el que un agente controla que la sesión y la grabación se lleva a cabo sin problemas.

Candela es la primera en entrar y se sienta ante ella, en una actitud pasiva, echada hacia atrás. Mientras tanto, Óscar permanece de pie, contra la pared en una esquina, tras Candela. Ambos permanecen callados, lo que a Berta le desconcierta.

—¿Y bien?

—¿Y bien qué, Berta? La orden para el juez ya está firmada y enviada, aunque no la verá hasta mañana a primera hora. ¿Tienes algo que aportar antes de enviarte a prisión preventiva? —pregunta Candela.

—Os juro que yo no sabía que iba a ocurrir —responde Berta bastante nerviosa.

—¿Perdón? ¿Qué es eso de que no sabías lo que iba a ocurrir? —pregunta la inspectora mientras lanza una mirada a Óscar.

—Recibí una llamada el jueves pasado, a eso de las diez de la mañana. Yo acababa de llegar de casa de los señores Sanmartín…

—Te escuchamos.

—Por el número en la pantalla, vi que era una llamada de Madrid, por lo que descolgué y preguntaron si era yo. Les dije que sí y me dijeron que me pasaban con la directora de las Consagradas en España.

—¿Su nombre?

—Gloria… Gloria Rodríguez. Es una mujer joven, con fuertes convicciones y muy preparada para el puesto que le corresponde, una mujer muy buena.

—¿Y qué te dijo?

—Me dijo que tenía que hacerle un favor personal, que se trataba de una orden directa desde la Dirección General en Roma, y que al día siguiente me encontraría con un hombre joven en el mercado, que se me acercaría y que debía explicarle cómo era mi día a día en la casa de los Sanmartín.

—¿Y no te pareció un tanto extraña esa pregunta?

—Bueno, después de lo que tuve que hacer con la pobre perra, que, de verdad, me supo muy mal, lo pasé francamente mal, pues supuse que a lo mejor entrarían en casa para dejar algún mensaje, ya que no querían que el profesor Sanmartín siguiera ayudándoles para resolver el caso.

—Ya. ¿Y nada más?

—No. Le juro que el tema del secuestro y dejarme atada a la silla, no tenía ni idea, ¡creí que iban a matarme! ¡Pasé un miedo horrible tantas horas allí atada, sin poder avisar a nadie!

—Bueno, Berta, y la pregunta es: ¿por qué?

—¿Por qué? Las Consagradas no preguntamos por qué, es una elección personal, sin ningún tipo de coacción. Nuestra misión consiste en entregar nuestra vida a la oración y a la actividad apostólica, según las reglas del Regnum Christi, como rama laica de los Legionarios de Cristo, los verdaderos defensores de la fe cristiana en todo el mundo.

—¿Pretendes hacernos creer que no sabes nada más? Venga, hombre. Óscar, vámonos que estamos perdiendo el tiempo —dice Candela mientras se levanta de la silla.

—¡No! ¡No! ¡Esperen! Solo es una suposición mía, pero fueron unos rumores que oí en una de las reuniones que hacemos cada semana en la parroquia.

Candela vuelve a sentarse.

—¿Quieres un café con leche, Berta? Mi compañero puede ir a buscar uno.

—Pues se lo agradecería, gracias. Aquí dentro una se destempla enseguida —responde Berta con mirada de arrepentimiento.

—Voy, marchando uno con leche —responde Óscar mientras sale y cierra la puerta.

—Bien, Berta, te escucho. Piensa que todo lo que me digas puede ser tenido en cuenta a tu favor cuando estés ante el juez.

—Bueno, pues es que a mediados de mes, cuando ya salió en la prensa y en televisión todo lo de los sacerdotes que habían asesinado, la verdad es que había mucha indignación entre la congregación, pero en una visita que tuvimos de una de la Consagradas de Madrid…

—¿Te acuerdas de su nombre?

—No… lo siento…

—Bien, sigue.

En ese momento vuelve Óscar con un café con leche y un par de sobrecitos de azúcar.

—Venga, para entrar de nuevo en calor. Te he traído un par de sobres azúcar, por si te gusta más dulce —dice mientras le deja el vaso de plástico en la mesa.

—Muchas gracias —responde Berta mientras vacía uno de los sobrecitos en el vaso y con las manos temblando empieza a remover el contenido antes de dar un primer sorbo al café con leche—. Bien, el hecho es que oí a esta compañera decir a otra mujer mayor que esto venía de mucho más arriba y que no debíamos preocuparnos, porque, al fin y al cabo, habían traicionado no solo a la orden, sino a los evangelios y a la palabra de Dios, Nuestro Señor. Que aunque nos pareciera un final horrendo, que la condena estaba al nivel de sus pecados.

—¿Nos estás diciendo que oíste eso y no fuiste a la policía?

—¿Con qué? ¿Solo por una charla oída entre dos compañeras? No quería meterme en líos, y menos traicionando el secreto de obediencia y silencio de la orden, no, no…

—¿Y ya está? ¿Nada más?

—Nada más, se lo juro por mis votos. Yo solo expliqué a aquel hombre mí día a día y después fue cuando la policía me encontró.

—Por cierto —interviene Óscar—, ¿puedes decirnos cómo era ese hombre?

—Sí… bueno, un chico joven, parecía extranjero, porque no hablaba muy bien español, yo diría que con acento italiano, pero muy normal y muy amable.

—Muy bien, pues para tu información —explica Candela— fue el mismo que te siguió hasta tu casa, entró sin que te dieras cuenta y te amordazó en la silla. Después de eso fue hasta la casa de los Sanmartín, y vestido como tú, entró y estuvo a punto de matar a Andrea. Si no fuera porque el agente que estaba en aquel momento en la casa se dio cuenta de que algo no iba bien, hubiera conseguido su objetivo y ahora serías culpable de encubrimiento de homicidio con agravante de indefensión por parte de la víctima.

—Madre mía, madre mía… —murmura Berta llevándose las manos a la cabeza.

—Ahora, con un poco de suerte, el juez tendrá en cuenta tu declaración y seguramente podrá rebajar la pena. Por ser la primera vez que delinques, seguramente estarás en prisión preventiva solo unos meses, o incluso te soltará bajo fianza, aunque eso ya no depende de nosotros.

—Lo siento mucho, de verdad, si pudiera ir hacia atrás… lo haría, estoy muy avergonzada y arrepentida por todo lo que ha pasado —dice Berta cruzando las manos.

—Eso guárdalo para contárselo al juez. Te hará falta.

VIII

Porque para este propósito habéis sido llamados,
pues también Cristo sufrió por vosotros, dejándoos ejemplo
para que sigáis sus pasos.
1 Pedro 2, 21

Martes, 3 de noviembre. 3 de la madrugada. Residencia Nuestra Sra. de la Antigua. Villaviciosa de Odón, Madrid

Las instalaciones del edificio de la residencia están en silencio. Solo las luces de emergencia permiten vislumbrar los amplios pasillos en color ocre, con barandillas a lo largo de todas las paredes para que las personas mayores que la habitan puedan agarrarse mientras dan un paseo.

Todas las puertas están cerradas. El silencio absoluto en toda la planta de habitaciones solo se ve interrumpido cuando alguno de sus moradores tose o se escapa algún ronquido de las gargantas secas y viejas, algunas de ellas sin saber si será su último aliento.

La puerta de madera de la habitación número 6 se abre mientras una mujer muy mayor, Teresa Martínez, duerme plácidamente en su cama, sola en su habitación, pues la cama de al lado está vacía.

En ese instante, algo perturba su frágil sueño, cuando una mano masculina al descubierto roza la piel de la mano de Teresa, quien intenta abrir los ojos, medio adormilada.

—Marcus, ¿eres tú? —pregunta Teresa mientras sonríe ante la visita.

7 horas y 30 minutos de la mañana. Apartamento de Candela, Madrid

Candela acaba de levantarse y está aprovechando para darse una ducha caliente, agradeciendo el chorro de agua que en forma de lluvia transcurre libremente por su cara y el resto de su cuerpo en uno de los pocos momentos de total relajación que puede tener en su día a día.

Una vez que ha terminado, resguarda su cuerpo en el albornoz color crema que tiene colgado justo al lado del cristal de la ducha y acaba envolviéndose la negra melena en una toalla del mismo color para tomarse un momento más de relax mientras se prepara el desayuno.

La joven inspectora no es mujer de ver la televisión, ni siquiera tiene una en su apartamento de 70 metros cuadrados. Para información ya le sobra toda la que recibe al cabo del día. Le encanta disfrutar del silencio y, sobre todo, de unos minutos de música clásica antes de irse a dormir.

Mientras se prepara un café con leche, un par de rebanadas de pan integral de molde acaban de salir del tostador. Se trata del segundo mejor momento del día, después del de irse a la cama, por supuesto. Poder levantarse, darse una buena ducha y desayunar sus tostadas con margarina y mermelada de fresa, acompañadas por un buen tazón de café con leche recién hecho, es la mejor manera de empezar un día duro, hasta que en el segundo bocado recibe una llamada a su teléfono móvil personal.

—Sí, ¿dígame?

—¿Inspectora Santos?

—Yo misma.

—Mire, soy la responsable de turno de la residencia Nuestra Señora de la Antigua, donde está ingresada su madre.

—Sí… ¿Qué ocurre? ¿Le ha pasado algo? —pregunta Candela agitada.

—Mire, es que no sé cómo explicárselo, seguro que tiene una explicación, pero es que cuando ha ido la enfermera a darle la primera medicación del día y despertarla para el desayuno, se ha dado cuenta de que no estaba.

—¿Cómo que no estaba en la habitación? ¿Y dónde está?

—Es que la estamos buscando por todo el edificio y no está, o al menos, no aparece.

—Hostia puta, hostia puta —murmura Candela poniéndose una mano en la frente—. ¿Cómo es posible que hayan perdido a una mujer que casi no puede valerse por sí sola?

—Lo siento mucho, pero queríamos avisarla enseguida, antes de llamar a la policía.

—Sí, claro… ahora mismo voy para allá, que no salga ni entre nadie en el edificio, ¿me oye? Si me entero de que no han precintado la salida les caerá el puro de su vida, ¿me oye? ¡Voy para allá enseguida! —exclama Candela antes de colgar el teléfono.

«Joder, joder, hostia puta, me cago en todo. ¿Cómo no habré caído? ¡Joder, joder, joder!», dice en voz alta mientras intenta vestirse corriendo con lo primero que encuentra en el armario.

Una vez en el coche, con la luz giratoria sobre el capó y la sirena encendidas, va a toda prisa hacia la residencia, que está a unos treinta minutos desde su apartamento, aunque el tráfico que ya inunda las entradas y salidas de la capital madrileña dificulta que pueda avanzar todo lo rápido que quisiera. Mientras tanto, llama al móvil de su compañero.

—Sííí —responde Óscar con voz de ultratumba.

—¡Óscar! Escúchame bien, voy a toda pastilla a la residencia de mi madre, sabes dónde está, ¿verdad?

—Sí, sí, claro. ¿Le ha ocurrido algo?

—Eso intento averiguar. Han ido a despertarla esta mañana y no estaba en su habitación. ¡Aparta, gilipollas! —exclama Candela, que circula en zigzag.

—A ver, Candela, pues habrá ido a dar un paseo, o estará visitando a una amiga… o a un amigo, ¿no? —responde aún con la voz un poco tomada.

—¡Y una mierda! Eso no lo ha hecho nunca. Además, antes de llamarme ya la han buscado por todo el edificio y no aparece. Óscar, me temo lo peor, por favor, llama de inmediato a la Científica y nos vemos allí en treinta minutos, ¿de acuerdo?

—¿Treinta minutos? Joder, vale, vale. Los envío para allá de inmediato. Y Candela…

—¿Qué?

—Tranquila, no te pongas en lo peor, que seguro que acaba apareciendo, ¿vale?

—Sí, claro, con el historial que llevamos. ¡Venga! ¡Te quiero ver allí ya! —exclama antes de colgar la llamada.

Pasados unos veinte minutos detiene el automóvil, lo aparca de forma cruzada ante la puerta de la residencia, baja a toda prisa y entra hasta la recepción.

—Buenos días… aún no es hora de visitas —comenta una joven auxiliar que atiende el mostrador de la residencia.

—¿Que no es hora de visitas? —exclama Candela muy cabreada—. ¡Haz el favor de llamar a la supervisora! ¡Pero ya!

—Disculpe, ¿quién la llama? —pregunta la auxiliar algo intimidada.

—La inspectora Santos, de la Policía Judicial de Madrid —responde sacando su placa e incrustándola en el cristal de la recepción mientras la joven, asustada, llama por teléfono a la supervisora.

En un par de minutos llega corriendo la supervisora de la residencia.

—Candela… madre mía, de verdad, no entiendo qué ha podido pasar.

—¿Cómo que no lo entiendes? ¿Pero cómo puede ser que desaparezca una residente sin que nadie se dé cuenta? ¡Coño, ni que pudieran correr o descolgarse por una ventana!

—No, no, si lo sabemos. Es que, además, ya sabes que antes de las nueve de la noche cerramos con llave la entrada y hacemos la última ronda para comprobar que todo el mundo ya está en su habitación.

—¿Y bien? ¿Mi madre estaba en su habitación?

—Por supuesto, la enfermera del turno de noche, que aún está aquí, puede corroborarlo, porque fue a llevarle la última medicación y un vaso de leche calentita, como todas las noches.

—Bueno, vamos a ver, desde que me habéis llamado, no ha entrado ni salido nadie del edificio, ¿verdad?

—No, siguiendo tus instrucciones, así ha sido.

—¿Quién ha abierto esta mañana la puerta de entrada?

—Una de las auxiliares de noche, que fue la misma que cerró ayer por la noche. Si quieres, le digo que venga.

—Sí, por favor —Candela está fuera de sí, echándose el pelo aún húmedo hacia atrás mientras la supervisora llama por los altavoces a la auxiliar.

—Ahora mismo viene, Candela. Tranquila, que acabará apareciendo. Es la primera vez que nos pasa.

—¡No tienes ni idea! ¡No tenéis ni idea! Joder, joder —dice Candela mientras piensa que la desaparición de su madre puede tener algo que ver con el caso en el que está trabajando.

—Ahí viene… Te presento a Verónica, una de las auxiliares del turno de noche.

—Hola, Verónica, soy la inspectora Santos, mi madre es Teresa Martínez, la residente que ha desaparecido.

—Sí, sí, dígame —responde la auxiliar bastante preocupada.

—Bien, según la supervisora, aquí presente, tú fuiste la persona encargada de cerrar con llave la puerta de entrada y de abrirla esta misma mañana, ¿correcto?

—Sí, sí, es correcto.

—¿Estás segura de que ayer cerraste bien la puerta con llave?, ¿de que por un despiste, que a todos nos puede pasar, no la dejaste sin cerrar con llave?

—No, no, imposible, me acuerdo perfectamente, porque siempre lo compruebo.

—Bien, ¿y esta mañana? Cuando has ido a abrir la puerta de entrada, ¿has encontrado algo extraño? ¿Has notado la cerradura diferente al abrir?

—Pues no, la verdad. He metido la llave, le he dado el par de vueltas como cada día y se ha abierto perfectamente.

—¿Seguro?

—Seguro, sí, no he notado nada en especial ¿Por qué? ¿He hecho algo mal?

—Tranquila, Verónica —responde la supervisora—. Todo correcto. Era solo para comprobar que la puerta había quedado totalmente cerrada. Muchas gracias.

—De nada.

—Gracias —dice también Candela mientras la auxiliar se marcha para terminar su turno. Y dirigiéndose a la supervisora, añade—: No puede ser. ¿Tenéis alguna otra entrada al edificio?

—Bueno, tenemos la salida de incendios justo al otro lado del edificio, pero de haberse abierto, se hubiera disparado la alarma que tenemos aquí, y no consta ninguna incidencia de este tipo.

En ese momento se escuchan unas sirenas acercándose a la residencia.

—Vale, vamos a ver… Deben de ser mis compañeros de la Científica, por lo que necesito que reúnas a todos los residentes y a todo el personal del edificio en el comedor, así podrán entretener a los abuelos sin que se pongan nerviosos, ¿de acuerdo?

—Sí, sí, lo que tú mandes, aviso enseguida y en cinco minutos los tenemos aquí abajo.

—Gracias —dice Candela mientras sale para esperar a sus compañeros.

El primero en llegar a las puertas de la residencia es Óscar, y tras él, la furgoneta de la Científica. Se bajan todos de los vehículos y se agrupan alrededor de la inspectora, en la entrada de la calle.

—Buenos días, chicos, y gracias por la rapidez. Bueno, supongo que mi compañero ya os habrá explicado la situación. Acabo de hablar con la auxiliar que ayer fue la última en cerrar la puerta de entrada y la primera en abrirla hoy, y según ella, no ha detectado ninguna anomalía en la cerradura. Al otro lado del edificio también tienen una salida de incendios, que de haberse abierto habría hecho saltar la alarma, cosa que, según la supervisora, no sucedió.

»Por tanto, necesito que reviséis todas las huellas en la puerta de entrada, así como en la puerta de emergencia y en la habitación número 6 de la primera planta, que es en la que estaba mi madre ayer por la noche y de la que esta mañana ha desaparecido. Por favor, revisadlo todo a fondo.

—Muy bien, chicos ¡al lío! —exclama Óscar a los compañeros de la Científica, dando una palmada para que se pongan en marcha.

—Joder, Óscar, como le haya pasado algo a mi madre por toda esta mierda, no me lo perdono en mi vida —dice Candela, visiblemente emocionada, a su compañero.

—Venga, no te preocupes ahora —le responde tomándola por la espalda—. Tu madre aparecerá y todo habrá sido un susto, ¿vale? Haz una cosa: no quiero que estés por ahora dentro del edificio, necesitas tranquilizarte, si no quieres irte a casa o a la *comi*, siéntate en uno de los bancos de aquí afuera y esperas a que acabemos, ¿de acuerdo? Candela, ¿me has entendido?

—Sí, sí, te he entendido, prefiero esperar aquí, a ver si puedo respirar un poco y tranquilizarme.

—Buena chica. Ahora voy dentro a vigilar a estos, que no me la líen.

—Óscar… gracias —dice Candela mientras le coge de una mano.

—¡Para eso estamos, compañera! —responde Óscar guiñándole un ojo mientras entra en el edificio.

Al cabo de unos minutos, Candela, que está sentada en los escalones de entrada a la residencia, recibe una llamada en su móvil de servicio.

—Inspectora Santos… —responde con tono de cansancio.

—¿Candela? ¿Qué ha ocurrido? —pregunta el comisario.

—Hola, jefe… Pues la verdad, aún no lo sabemos… bueno, sí, lo que sabemos es que mi madre se ha esfumado de la residencia donde estaba. Ayer por la noche estaba en su cama y esta mañana, cuando han ido a despertarla, ya no estaba.

—Por lo que sé, Óscar ya se ha llevado para allá a los de Científica, ¿verdad?

—Sí, han venido enseguida, ya lo están revisando todo.

—Bien… Candela, no voy a ser de esos que te digan lo que te gustaría escuchar, lo sabes, ¿verdad?

—Sí, comisario —responde tapándose los ojos y a punto de llorar.

—Pero lo que sí voy a decirte es que vamos a remover cielo y tierra para encontrarla, ¿me oyes?

—Sí, jefe.

—Mientras tanto, tengo dos buenas noticias para ti. Por una parte, el juez Moreno ha accedido a dictaminar la orden para que de forma inmediata, desde el episcopado, se entreguen las listas de los seminaristas que pediste, y por otra, como te dije, hablé con uno de mis contactos en el Estado Mayor y quieren ayudar en lo posible para esclarecer el caso del capellán, así que nos traspasan a nosotros la resolución del caso, de forma excepcional, al entender que todos son el mismo, además de que ya nos están enviando la información que me pediste sobre todos los reclutas que pasaron por el colegio sacerdotal castrense. ¿Qué te parece?

—Bueno, me parece que por fin alguien se digna en ayudarnos, ¿no?

—No solo eso, sino que el intento de homicidio por parte de un ciudadano italiano ya está trayendo cola entre el Ministerio de

Exteriores y el embajador español en la Santa Sede, que quiere colgarse una medalla, sea como sea, con esta visita.

—¿Y eso? —responde prestando la máxima atención.

—Bueno... imagínate que a menos de una semana de que el papa Benedicto XVI visite España resulta que a sus espaldas, desde dentro del propio servicio secreto del Vaticano, el IGESVA, se da orden a uno de sus llamados «informantes» para que elimine a un familiar de alguien que colabora con la policía como medida coercitiva para retrasar en lo posible el esclarecimiento de los casos de asesinatos de sacerdotes acusados, pero no condenados, de abusos sexuales durante décadas en los centros donde impartían clases, ¿qué te parece?

—Pero... no lo entiendo. ¿Así que el individuo que intentó asesinar a la hija del profesor Sanmartín no era de los Legionarios de Cristo?

—Nada más lejos. Los propios legionarios de los cojones se salvarían entre ellos aunque hubieran sido los instigadores del puto holocausto. Según mi contacto del Estado Mayor, los del servicio secreto del Vaticano, que nunca han dudado en llevarse por delante al que no les interesa, no se quedaron cortos cuando ayudaron a evadirse a cientos de criminales nazis tras la segunda guerra mundial.

»Mira, es una relación amor-odio entre los legionarios, al igual que el Opus con el Vaticano, donde dependiendo del papa que toque se les sube a pedestales o se llevan a matar, como ya le ha pasado a algún que otro papa que ha terminado su misión de forma abrupta, ya me entiendes.

—¿Y cómo se supo que era del servicio secreto del Vaticano?

—Cuando en nuestro sistema nos pusimos a buscar las huellas dactilares del italiano, saltó una alarma en los sistemas de vigilancia del CNI, quienes tienen controlados a la mayoría de informantes que hay en España. Es evidente que ese tío se movía en España con un pasaporte falso, pero en el CNI ya lo tenían fichado por sus diversos alias, así que entre las agencias se llamaron mutuamente para saber qué coño estaba pasando y pillaron a los italianos con los calzones bajados. Además, todo acabó de cuadrar con el uso de una de las consagradas para llegar a la hija del profesor Sanmartín.

—Y entonces, ¿seguimos con la teoría de que se trata de un exalumno que debió de ser víctima de esos abusos y ahora ha despertado para vengarse?

—Eso parece, y de paso, a los del IGESVA les ha salido mal la jugada para hacer que todo este asunto acabe salpicando de mierda al actual papa, que parece no ser santo de su devoción. Por cierto, un gran trabajo el del sargento Giralt de los Mossos, ¿no?

—En efecto, jefe, ya hemos cursado orden de inspección de todo vehículo que se corresponda con la misma marca, modelo y color. Estoy segura de que el cerco se está estrechando, aunque eso seguramente haya provocado la desaparición de mi madre.

—Bueno, Candela, no te pongas en lo peor, ya estamos más cerca de pillar a este cabrón, así que el hecho de que haya cambiado su *modus operandi* de esta forma significa que ve próximo el final.

—Así lo espero, jefe, así lo espero. Gracias de todas formas.

—Venga, os espero en comisaría, que a mediodía ya tendremos las listas para ir cruzando los datos, ¡hasta luego!

—Hasta luego, jefe, ¡y gracias! —finaliza la llamada y Candela sonríe levemente.

Unos minutos después, harta de esperar sentada en la escalera de acceso al edificio, decide devolver la llamada a su jefe.

—¿Novedades, Candela?

—Hola, jefe, no, disculpe, es para ir adelantando pesquisas. Como telefónicamente no puedo hacerlo, ¿puede pedir que contacten con Tráfico y revisen todas las cámaras de la M-501 a su paso por Villaviciosa de Odón, durante las últimas veinticuatro horas, para ver si identifican el vehículo que estamos buscando?

—No te preocupes, Candela, me ocupo yo mismo. En cuanto sepa algo, te llamo.

—¡Gracias, jefe! ¡Hasta luego!

Candela, ya recuperada del disgusto, aunque igualmente preocupada por su madre, decide volver a recuperar el mando de la investigación, por lo que se levanta y entra en la residencia, donde puede comprobar que un agente sigue custodiando la salida del comedor, mientras las auxiliares y enfermeras tratan de mantener ocupados a los residentes.

Al oír hablar a su compañero al final del edificio, donde se encuentra la salida de emergencia, se acerca hasta ellos para saber de primera mano si hay alguna novedad.

—Hola, chicos, ¿qué tal? —pregunta al llegar.

—Adivina por dónde entraron y salieron —responde Óscar mientras observa la salida de emergencia.

—Pero… no es posible, la supervisora me dijo que en ese caso habría saltado la alarma de incendios —responde Candela contrariada.

—Cierto, habría saltado si el sensor de la puerta no hubiera estado jodido —le responde su compañero mientras le enseña la pieza del sensor seriamente dañada por el paso del tiempo—. Vamos, que no se le hace una revisión desde hace años. En el resto del edificio no ha sido forzada ninguna puerta o ventana, fue algo limpio. Esperó a que todo el mundo estuviera durmiendo, y el mínimo personal en activo, para entrar, subir las escaleras y entrar en la habitación de tu madre. Seguramente la sedó y se la llevó cargada a la espalda. Supongo que la mujer no debe de pesar mucho, ¿no?

—No, qué va, si está hecha un fideo —responde Candela mientras revisa la puerta de emergencia.

—Pues eso… Se la cargó a la espalda mientras tu madre seguía durmiendo tan plácidamente, bajó por las escaleras y volvió a salir por la puerta de emergencia, usando el viejo truco del cable para cerrarla del todo y que no quedase abierta. Y ojo, que el cabrón pensó en todo. Como la salida de emergencia da al jardín y hay tierra, al entrar se puso unos protectores para el calzado, para no dejar ningún tipo de huella, por lo que no podemos saber siquiera qué pie calza este cabrón.

—Joder, ok… en el resto, ¿han acabado?

—Sí, ya han terminado, acaban de rellenar el informe con los últimos datos y nos marchamos.

—Bien, pero espérame, que antes de irme tengo pendiente una conversación con la supervisora —dice mientras se dirige a paso rápido hacia el comedor.

Óscar, que se da cuenta del enfado que lleva Candela, hace el gesto de cuello cortado a sus compañeros, ante el que estos ponen cara de circunstancias.

—¿Beatriz, ¿puedes venir un momento, por favor? —pregunta Candela junto a la puerta del comedor.

La supervisora, que estaba sentada con un residente, se levanta y acude al punto en donde se encuentra la inspectora.

—¿Qué ocurre? ¿Han encontrado algo? —pregunta.

—Haz el favor de acompañarme afuera a tomar el aire —le pide de forma educada mientras le enseña la salida.

Candela insiste en ir hasta la calle, fuera del recinto, a lo que la supervisora accede un tanto contrariada.

—¿Y bien, Candela? ¿Estamos bien aquí? —vuelve a preguntar.

—¿Puedes decirme qué es esto? —pregunta Candela enseñándole el sensor de apertura de puerta, visiblemente dañado.

Beatriz, la supervisora, poniendo cara de sorpresa, acerca la vista a la pieza, de la que no conoce su utilidad.

—Pues la verdad, no. ¿Debería saberlo?

—¡Por supuesto! ¡Porque si esta pieza estuviera en perfecto estado, el hijo de la gran puta que se ha llevado a mi madre no hubiera podido entrar por la puerta de emergencia sin que saltara la alarma de incendios! ¡Ahora ya sabes por qué no te suena esta pieza! —exclama Candela muy cabreada.

—No lo entiendo… Que yo sepa, cada año se pasan todos los controles, tanto de sanidad como de seguridad —responde la supervisora bastante asustada.

—¿Quién es el o la responsable de que así se haga?

—Bueno, la dirección del centro, pero acostumbro a ser yo quien firma las actas de revisión de todo lo que se hace durante mi estancia.

—Mira, Beatriz, por culpa de una negligencia, que ya nos ocuparemos de averiguar, una residente ha podido ser secuestrada en este centro, ¡en vuestras propias narices! ¡Y todo por culpa de un puto sensor que me importa una mierda lo que vale cuando toca cambiarlo! ¿Crees que la vida de una persona vale menos que esta puta pieza? ¡Dime! —exclama Candela acercando la pieza a los ojos de Beatriz, que solo se atreve a negar con la cabeza.

—Por… por supuesto que no, de verdad, Candela…

—¡Inspectora Santos!

—Inspectora Santos… Si yo misma me hubiera dado cuenta de la irregularidad, te aseguro que esta pieza estaría cambiada y funcionando, porque no solo nos jugamos la vida de su madre, sino la de todos los residentes y la del resto del personal —argumenta la supervisora.

—Ahora tengo que irme, todos nosotros nos vamos y ya podéis volver a la normalidad del día a día, pero te aseguro una cosa —dice Candela mientras se le acerca a la cara—: Te juro por mi vida que si a mi madre le pasa algo voy a por vosotros, ¿he sido lo suficientemente clara?

—Sí, sí, por supuesto.

Los compañeros de la Científica salen del edificio y también lo hace Óscar, que al pasar junto a Candela la mira y le dice:

—Ya hemos terminado, ¿nos vamos?

—Sí, por el momento sí, volvemos a la *comi...* Ahora te explico.

Cuando están entrando cada uno en su coche, Óscar se acerca a Candela.

—Creo que a esta señora le van a hacer falta los pañales que usan para los abuelos, al menos durante unos días.

—Eso espero, y por su bien, que solo le llegue ahí. Vámonos de una puta vez —responde la inspectora mientras entra en su coche y Óscar va a buscar el suyo.

Treinta minutos después. Sala de operaciones de la Comisaría General de la Policía Nacional de Madrid

Óscar y Candela entran a toda prisa en la sala, donde les están esperando Gonzalo y Juan Miguel, que siguen deliberando sobre las características del asesino y su *modus operandi*.

—¡Ostras, Candela! —exclama Juan Miguel al verla entrar—. ¿Cómo estás?

—Bueno, para qué os voy a mentir... Realmente acojonada, mi madre es lo único que me queda de familia, así que...

—¿Quieres que te sea sincero? —le pregunta Juan Miguel.

—Por supuesto.

—Como psiquiatra, te diría que debes centrar tus energías en visualizar que tu madre, libre de peligro, va a aparecer en poco tiempo y todo habrá sido un susto, y como tu compañero y amigo —expone Garmendia apoyando una mano en su hombro—, te digo que, pase lo que pase, estamos contigo para ayudarte a encontrarla sea como sea, y que no vamos a descansar hasta conseguirlo.

Candela no puede contener las lágrimas y acaba abrazada a Juan Miguel durante unos segundos.

—Bueno, ya está, ya me habéis visto llorar, le cortaré los huevos a quien lo vaya contando por ahí, ¿de acuerdo? —dice la inspectora mientras se quita la chaqueta y vuelve a sentarse ante el ordenador—. Venga, chicos. Antes me ha llamado el comisario para decirme que deberíamos tener ya las listas de seminaristas de los Legionarios de Cristo que pedimos y la de los reclutas que pasaron por el colegio sacerdotal castrense Juan Pablo II, del Ejército de Tierra, entre 1984 y 1994. Además, el jefe ha pedido a Tráfico que revisen las cámaras de la M-501, hasta Villaviciosa de Odón, donde está la residencia de mi madre, para comprobar si el puto camión pasó por ahí, lo cual querría decir... —Candela detiene su explicación para respirar hondo.

—Tranquila, Cande. Aparecerá, por mis huevos que aparecerá —le dice Óscar mientras la coge por el hombro.

—¡Aquí están! —exclama la inspectora—. Ya tenemos los archivos en el repositorio. Joder, ¿más de tres mil nombres? Bueno, tranquilidad, vamos a extraerlos y empezar a cruzar datos, ¿de acuerdo?

»¡Ah! Óscar, *please*, entra en Tráfico y saca también un listado de todos los actuales propietarios de un camión de esas características. Igual muchos están a nombre de empresas, pero hay que usar todos los datos que tenemos.

—Venga, vamos a ello, nos espera un buen tute —comenta Gonzalo mientras empiezan a imprimir varias copias de los ficheros para poder ir descartando nombres.

Dos horas después, Óscar empieza a recibir las primeras imágenes de la DGT.

—¡Eh, chicos! Los de la DGT acaban de enviarnos unos cuantos vídeos. Vamos a ver —dice mientras sus compañeros se sientan junto a él—, el primero es de las dos de la madrugada, justo en punto kilométrico 7.4D, que es lo más próximo a la salida de Villaviciosa de Odón. Ahí está... —comenta señalando la pantalla con el dedo—. No es muy claro y además lo cogemos de culo.

»Este es del punto kilométrico 5.5C, dos minutos antes —explica al abrir el siguiente vídeo—. No es que se vea más claro, sigue siendo de culo, pero puede verse bastante bien el tipo de camión de 3500 kilos, sin marcas comerciales y de tipo frigorífico, pero joder, no hay imágenes de los primeros puntos kilométricos… pudo incorporarse a la M-501 después.

—¿Después? ¿Qué salidas hay en esa zona? —pregunta Candela.

—Vamos a consultar el doctor Google Maps… Según esto, la anterior salida es para enlazar la autovía de circunvalación, la M-50, en dirección norte o en dirección sur. Espera, que aquí hay más imágenes… En efecto, vamos a ver… ¡Ah! Son de los mismos puntos kilométricos, pero en dirección contraria. El primero a las tres y media, el segundo, dos minutos después, y el tercero, cuatro minutos más tarde. Este es del punto kilométrico 0.5C, cuatro minutos antes del anterior, bufff… la imagen es desde bastante lejos, pero con el poco tráfico que hay parece ser el mismo vehículo. ¿Qué te parece? —pregunta a Candela.

—Pues que aunque no tuviera trucada la matrícula, no lo hubiéramos podido identificar, porque son imágenes poco definidas y de lejos.

—Bueno, chicos —expone Garmendia—, creo que con esto podemos tener fundadas sospechas de que, por las horas y el tipo de vehículo, sobre todo por el trayecto que hace de ida y vuelta, podría tratarse del sospechoso, ¿no? Recordad dónde fue el último cadáver, en Valladolid hace solo veinticuatro horas, ¿verdad? Pues bien, la M-50 sería la conexión perfecta y más rápida para ir desde Valladolid hasta Villaviciosa de Odón. Óscar, ¿puedes hacernos el favor de ver si con el Google Maps se puede calcular esto?

—Por supuesto —responde el inspector mientras introduce los inicios y destinos en el buscador.

—Desgraciadamente, sí —comenta Candela mientras se levanta y va hacia el mural donde se encuentra el puzle del antiguo mapa del país, con todas las líneas rojas punteadas y seguidas con el cordón rojo.

—Tienes razón, doctor —dice Óscar—. La ruta más rápida desde Valladolid es a través de la N-601, la AP-6 y la M-50, para después incorporarse a la M-501.

—Pero ¿dónde coño ha ido después? —murmura Candela mirando el mapa—. Porque es en dirección a Madrid... A ver, Gonzalo, necesito de tu destreza en historia —le dice al profesor, que se levanta y va hacia el mapa—. Vamos por fechas: Sevilla... Barcelona... Santiago de Compostela... Murcia...

—En efecto —interrumpe Gonzalo—, pero para llegar a dibujar la estrella de cinco puntas, el siguiente objetivo, según las sedes del Santo Oficio, debería haber sido Logroño.

—Y en lugar de eso —dice Candela—, hace un salto hacia atrás, y siguiendo la misma línea que une Murcia con Santiago de Compostela, ataca Toledo, y después vuelve a hacer otro salto de línea, y siguiendo la línea entre Santiago de Compostela y Barcelona, ataca Zaragoza y Valladolid.

—Viendo esto —argumenta Gonzalo— es como si estuviera creando un pentagrama nuevo, porque si te fijas, las sedes que podrían llegar a dibujar este pentagrama interior son las ya utilizadas, Toledo, Valladolid, y después Cuenca, Zaragoza y finalmente Logroño, que no quisiera equivocarme, pero Logroño sería el final de los dos pentagramas, o puede que tuviera que cambiar de estrategia por un problema inesperado y no pudiera llevar a cabo lo que quería hacer allí.

—Joder, la madre que lo parió —espeta Candela—. Vale, vamos a pedir una orden para que pongan vigilancia en las principales vías de acceso a Cuenca y Logroño, teniendo en cuenta este orden, ¿te parece?

—No quiero equivocarme, la verdad.

—Tranquilo, Gonzalo, bastante nos has ayudado y has sacrificado tu vida personal por este caso. Yo soy la inspectora jefe de este equipo, y por tanto, yo asumo la responsabilidad.

—Venga pues —añade Óscar mientras marca el teléfono de sobremesa—, llamo al comisario para que dicten las órdenes para los controles.

—Bien hecho. Mientras tanto, sigamos con las listas de nombres, que esto es interminable ¿Hemos recibido de la DGT los nombres de los propietarios de estos modelos de camiones?

Óscar niega con el gesto de una mano mientras habla con el comisario para dar las nuevas indicaciones.

—Joder... bueno, vamos a seguir, creo que vamos a necesitar más litros de café.

IX

Hemos pecado y hecho lo malo; hemos sido malvados y rebeldes; nos hemos apartado de tus mandamientos y de tus leyes.

Daniel 9, 5

Miércoles, 3 de noviembre. 20 horas y 15 minutos. Iglesia de San Bartolomé, Logroño

La última misa del día está menos concurrida que de costumbre. Tal vez el frío ya incipiente en la capital de La Rioja provoca que los pocos feligreses y devotos que quedan ya no se atrevan a salir a esas horas a la calle, no por un problema de seguridad, sino para salvaguardarse de la llovizna, que lo deja todo húmedo y con el suelo resbaladizo.

El párroco de la iglesia, que está a mitad del oficio, pese a su avanzada edad, arremete contra el Ayuntamiento de Logroño por haber publicado un calendario, según él, «poco cristiano».

—Hermanos, hermanas, no quiero acabar la misa de hoy sin hacer mención al poco tacto, por decirlo así, de la actual alcaldía de nuestra ciudad. Como todos sabéis, en el calendario que ha publicado, aunque se recuerda que el 24 de febrero nació Mahoma, ni siquiera se cita que el 25 de diciembre nació nuestro Señor. Señala, además, que el próximo 17 de noviembre es la fiesta musulmana del cordero, pero en cambio obvia la celebración de Reyes. ¿Qué nos está pasando? Los cristianos no estamos en contra de que cada uno celebre las festividades con las que más se sienta identificado, pero no entendemos este menosprecio que parece haber surgido contra las festividades cristianas. Oremos...

Al final de la misa, y mientras el párroco se dispone a repartir la comunión, entre las primeras filas vuelve a aparecer un hombre de mediana edad, abrigado con una chaqueta oscura, aguardando arrodillado y cabizbajo en uno de los bancos situados más cercanos al sacerdote. El individuo murmura las mismas frases que el párroco, pero lo hace en latín, mientras comulgan los feligreses congregados.

Finalizada la liturgia, como cada día, el sacerdote se retira a un viejo confesionario situado en uno de los laterales, por si alguno de sus feligreses necesita su consejo.

Esta vez no hay nadie para confesarse, pues los contados asistentes a la misa han ido abandonado la iglesia en silencio, excepto el individuo que está arrodillado, que al comprobar que no queda nadie, se levanta y se dirige con determinación hacia el confesionario para situarse donde los feligreses deben confesarse.

El individuo, una vez arrodillado, hace la señal de la cruz.

—Ave María Purísima… —dice el padre.

—Sin pecado concebida… —responde el individuo.

—Perdóneme, padre, porque he pecado.

—¿Cuándo fue la última vez que te confesaste?

—Hace demasiado, padre, ya he perdido la noción del tiempo…

—¿Y bien? Si has decidido que es el momento, aquí estoy para escucharte.

—Padre, cuando era muy joven traje el deshonor a mi familia, a mi comunidad y a la Santa Madre Iglesia.

—¿Puedes ser más explícito?

—Algunas noches tuve encuentros de tipo sexual con mis orientadores, que venían hasta mi habitación, y poniendo la mano bajo la manta y la sábana me hacían tocamientos. Yo sabía que estaba mal, pero me decían que era mejor así, porque no era bueno mantener la pulsión sexual dentro y que había que expulsarla, y que era mejor que te lo hiciera tu propio orientador.

El sacerdote, que hasta entonces mantenía una posición de escucha con los ojos cerrados, los abre de repente, y sin mover la cabeza, intenta averiguar quién se encuentra al otro lado de la rejilla que les separa.

—¿Y qué más?

—Mi orientador me acariciaba mi sexo y me lo cogía, primero suavemente y después más fuerte, masturbándome, hasta que al final, salía toda mi pulsión sexual.

—¿Y eso te hizo sentir mal?

—Al principio, las primeras veces, sí, pero después de hacerlo me quedaba más tranquilo y me quedaba dormido enseguida.

—¿Te pasó muchas veces?

—Bastantes, durante tres años seguidos.

—¿Hiciste algo más?

—Sí, después de las primeras veces, uno de mis compañeros me llamó una noche para decirme que tenía que acompañarle, que era muy urgente. Me levanté y me llevó hasta la habitación del director. Allí vi que estaba sufriendo convulsiones y temblores, mientras se quejaba de dolor.

—¿Y qué ocurrió?

—El orientador que estaba allí con el director me dijo que, para que se le pasase, tenía que hacerle lo mismo que él había hecho conmigo. Yo primero le dije que no podía hacerlo, porque era pecado, pero me dijo que no, que para estos casos el papa daba permiso para poder socorrer a cualquier hermano que necesitase nuestra ayuda. Mi orientador me dijo que hasta entonces me había ayudado a mí para evitar que tuviera esos dolores, y que ahora me tocaba a mí hacerle el mismo favor.

—¿Y lo hiciste?

—Sí… Me dieron un ungüento para las manos y tuve que empezar a masajear al director, que no paraba de moverse, arqueando la espalda y quejándose a gritos. Entonces el orientador me dijo que le cogiera el sexo más fuerte y lo masajease como él hacía conmigo y así lo hice. El orientador me dijo que para evitar que el mal se quedara en mí, él mientras tanto tenía que hacerme lo mismo, así que mientras yo masajeaba al director, el orientador me masajeaba a mí, lo que hacía que yo me sintiera mejor y con más ganas de masajearle.

—¿Y después?

—Al final, el director acabó expulsando la pulsión sexual, manchando todas las sábanas y mi mano, y a la vez, yo también me deshice de la mía, gracias a mi orientador.

—¿Eso pasó más veces?

—Sí, hasta ocho veces.

—¿Y se lo dijiste a alguien? ¿A tus padres?

—¡No! No podía, teníamos prohibido contar fuera de la comunidad cualquier cosa que pasase entre nosotros.

—Ya. ¿Y después?

—Cuando acabé mis estudios entré en otra comunidad, lejos de mi pueblo, donde había crecido y había realizado mis primeros estudios.

—¿Era una comunidad como la anterior?

—Sí, pero más grande. Allí también estuve tres años, hasta que acabé mis estudios. Pero allí me pasó casi lo mismo. Nos juntaban a varios alumnos en la misma cama de uno de los orientadores, y hacía que cada uno masajease al que tenía al lado, y el primero que sacase toda su pulsión sexual, debía…

—Te escucho.

—Debía succionar el sexo del compañero que le había sacado la pulsión hasta que este también expulsase la suya. El orientador nos dijo que era muy bueno para purificar nuestro cuerpo. Pero después de todo eso, supe que me habían estado mintiendo y que solo se habían aprovechado de mí.

—Ya… ¿Y después?

—Cuando salí de mi comunidad, entré para estudiar en el Ejército, y cuando me gradué, estuve unos cuantos años en misiones en el extranjero, en zonas de guerra.

—Debió de ser muy duro para ti.

—Sí. Vi escenas muy crueles, con mucha sangre por todos los lados y cuerpos despedazados por las bombas y la metralla.

—¿Y después?

—Cuando salí del Ejército, supe que si hubiera tenido los conocimientos adecuados hubiera podido salvar a alguno de mis compañeros caídos, así que empecé la carrera de medicina.

—Muy bien. ¿Y qué tal te fue?

—No pude acabar.

—¿Por qué? ¿No era lo que ibas buscando?

—Sí, pero tuve un problema con un compañero. Vi que estaba haciendo con otro compañero lo mismo que me habían hecho a mí cuando era un niño.

—¿Y qué ocurrió?

—Este compañero no quería entender que lo que estaba haciendo estaba mal, que era un gran pecado, y tuve que evitar que lo volviera a hacer.

—¿Qué le hiciste?

—Cogí un bisturí de las prácticas y le corté su miembro mientras dormía.

—¿Le provocaste la muerte?

—No, sabía que si el miembro no estaba lleno de sangre, las probabilidades de morir eran pocas. Yo no quería matarlo, sino impartir la justicia de Dios, castigando al pecador.

—Pero sabes que Nuestro Señor no aprueba el castigo con la muerte de nuestro prójimo, ¿no?

—No, padre, no se equivoque, eso es lo que dicen hoy para que los pecadores salgan impunes. Recuerde las palabras del Levítico 5, 17: «Si alguien peca inadvertidamente e incurre en algo que los mandamientos del Señor prohíben, es culpable y sufrirá las consecuencias de su pecado».

—Pero para eso mismo están las leyes de hoy en día, para que los pecadores paguen sus penas según la ley de los hombres.

—Padre, no podemos dejar que la inmoralidad reine sobre los hombres, solo nosotros podemos impartir la justicia de las Sagradas Escrituras.

—Ya... ¿Algo más?

—Sí, padre, he cometido pecado mortal.

—Debes considerar las implicaciones de lo que has hecho. Debes tomar todos los pasos posibles para deshacer lo que se ha hecho y corregir lo que has hecho mal.

—Lo hecho, hecho está, padre, ya no puede deshacerse. Las almas de lobo vestidas de cordero de Dios ya han sido sacrificadas.

—¿Cómo? ¿Qué has hecho, hijo? —dice el padre muy nervioso.

—¿Es usted el padre Rafael Sanz Nieto?

—Hijo... han pasado muchos años, cualquier pecado puede ser corregido y perdonado por Nuestro Señor.

—Conteste, padre, le he hecho una pregunta. ¿Es usted el padre Rafael Sanz Nieto?

—Sí, hijo, y si soy culpable de alguno de estos pecados, sé que me llevaré conmigo este peso sobre mi conciencia, por siempre jamás, hasta el día de mi muerte.

El individuo se levanta del asiento de madera, descorre las cortinas que le separan del padre Sanz y por fin puede ver la cara del aterrado sacerdote.

—El 10 de julio del año 2007 —dice el individuo— el Tribunal Supremo confirmó la sentencia de la Audiencia Provincial de Madrid firmada en noviembre de 2006, que te condenó a dos años de cárcel por abusar sexualmente de un menor entre los años 1999 y 2001, y declaró responsable civil subsidiario al arzobispado de Madrid. No cumpliste la pena por tener más de setenta años, ¿no es cierto? —el padre, aterrorizado levanta las manos y no se atreve a mirar al individuo—. ¡Te he hecho una pregunta! ¿Es cierto? —exclama con una voz que retumba por todos los rincones de la vieja iglesia.

Xavier Cruzado

—Sí… cierto… —admite el padre con un hilo de voz.

—*Ego te absolvo a peccatis tuis in nomine Patris et Filli et Spiritus Sancti…* —recita el individuo al tiempo que saca un arma automática de uno de los bolsillos de su chaqueta y le incorpora un silenciador, mientras el padre solloza de miedo—. Que la Pasión de Nuestro Señor Jesucristo, los méritos de la Santísima Virgen María y de todos los Santos, qué bien has hecho o qué mal has sufrido sea para ti la remisión de tus pecados, el crecimiento en la gracia y la recompensa de Vida Eterna. Amén.

El hombre le apunta con el arma a la cabeza y dispara dos veces. A pesar del silenciador, el hueco sonido de las detonaciones puede oírse en toda la iglesia, aunque no lo suficiente como para que desde fuera pueda haberse escuchado.

El individuo desmonta el arma, la guarda en un bolsillo de su chaqueta y atraviesa la iglesia para salir. Justo en ese momento se cruza con la misma mujer que la última vez fue a buscar al padre para llevarle a casa.

—Buenas noches —saluda la mujer casi sin fijarse en el desconocido, que no le responde y se pierde por el final de la calle.

La mujer, un tanto extrañada, pues no recuerda haber visto nunca a aquel hombre, aumenta el ritmo de paso al entrar en la iglesia, percatándose de que parece no quedar nadie.

—¿Padre? ¿Está por aquí? —pregunta sin recibir respuesta.

Al creer que está aún en el confesionario, se acerca sin hacer demasiado ruido hasta que se da cuenta de que las cortinas que debían tapar el acceso donde él se sienta para escuchar las confesiones están abiertas.

Al fijarse dentro del habitáculo, encuentra con horror el cuerpo sin vida del padre, al que han destrozado los ojos, de los que sale abundante sangre. Fuera lo que fuere, acababa de ocurrir hacía solo unos minutos, pues el cuerpo aún parece estar caliente.

La mujer, totalmente en *shock* ante la cruel y sangrienta escena, solo puede empezar a gritar y salir corriendo de la iglesia para pedir ayuda a los vecinos.

21 horas y 10 minutos. Sala de operaciones de la Comisaría General de la Policía Nacional de Madrid

El equipo de Candela está acabando de cruzar los innumerables nombres de las listas, intentando hacerlos coincidir en fechas y revisando a su vez los propietarios de los camiones que coinciden con el del sospechoso. En ese momento reciben una llamada en el teléfono de sobremesa, a la que responde Candela.

—Inspectora Santos… sí… ¿Qué? ¿Cómo ha sido? ¿Cuándo lo han encontrado?… Ya… Ok, que sigan el procedimiento, gracias.

Óscar, Gonzalo y Juan Miguel se quedan mirando a Candela, absorta por lo que le acaban de decir.

—Candela, suéltalo ya. ¿Qué ha pasado? —pregunta Óscar.

—Otro cadáver, en la iglesia de San Bartolomé de Logroño. El sacerdote, esta vez en activo, acababa de oficiar la misa. Parece que la mujer que cuida de él, cuando ha llegado a la iglesia a última hora del día, se lo ha encontrado con un tiro en cada ojo. El cabronazo este no se ha dignado ni a recoger los casquillos.

—Logroño, la punta de la estrella que nos faltaba —comenta Gonzalo—. Candela, creo que se trata de la última víctima, se le debió de escapar cuando fue a secuestrarlo y ha decidido ejecutarlo allí mismo, tal vez aprovechando una confesión.

—Hijo de puta —murmura Óscar—. Creo que o sabe que vamos a por él, o ha terminado su particular justicia.

—No ha terminado, él es el último —dice Garmendia—. Él mismo tiene que asumir todos los pecados cometidos, y con ello, cerrar el círculo. Solo nos queda encontrarlo antes de que acabe con su propia vida.

Xavier Cruzado

—Coño, ¿y mi madre? —exclama Candela—. ¿Qué coño tiene que ver mi madre en todo esto?

—Aunque resulte duro decirlo, tu madre es un efecto colateral para demostrarte que él ha seguido su misión manteniendo siempre el control de la situación. Y, desde luego, la ha mantenido —expone el doctor.

—¡Se acabó! —exclama Candela—. De aquí no salimos hasta que tengamos el jodido nombre de este hijo de la gran puta, venga.

Después de unos cuantos cafés, y al cabo de dos horas, a Óscar le cambia la expresión de la cara y pone los ojos como platos.

—¡A ver, chicos! ¡Atención! Vamos a ver, esperad que tenga los datos bien cuadrados, que si la jodo, la liamos.

—¡Dispara ya, joder! —exclama la inspectora.

—Vale, a ver qué os parece.

—Tengo a un individuo, Alfredo Losada Alsaga, nacido en 1964 en Ontaneda. Realizó sus estudios básicos en el colegio de los Legionarios de Cristo de la misma localidad, a ver… sí… Al terminar sus estudios a los 17 años, en 1981, ingresa en el noviciado de los Legionarios de Cristo en Salamanca, para realizar los de capellán. Tres años después, a finales de 1984, ingresa en el colegio sacerdotal castrense Juan Pablo II, del Ejército de Tierra, con sede en Madrid, donde obtiene el rango de alférez. Pero en cuanto al tema del camión… ah, joder, tienen el mismo segundo apellido, Alsaga. ¡Sí! Joaquina Alsaga, que debe de ser su madre o su tía, residente en Ontaneda, y es o era la propietaria de un camión de la marca Nissan, modelo Cabstar 35.11, frigorífico con puerta lateral, que fue adquirido en mayo de 2008. El único domicilio conocido que tenemos es el de sus padres, en las inmediaciones de Ontaneda, ya que aparece en alguna notificación oficial recibida durante los últimos meses.

—¿Alguna otra coincidencia que tengamos con algún otro individuo?

—Ninguna. Este es el individuo que estamos buscando, por huevos, ¡y por datos, claro! —responde Óscar.

—Joder, ¡lo hemos tenido allí desde un principio! —exclama Candela—. Óscar, hay que sacar todo lo que tengamos de este tío, cualquier información nos será de utilidad. Yo, mientras tanto, llamo al comisario para que ponga en marcha una operación de captura. Intentar saber dónde se encuentra ahora mismo sería perder el tiempo. Lo mejor es preparar la operación con los GEO e ir directamente al domicilio familiar. Espero no equivocarnos y poder dar con él de una puta vez.

Mientras Óscar está buscando toda la información disponible sobre el sospechoso, Candela está al teléfono con el comisario, visiblemente emocionada. En solo treinta minutos ya tienen la unidad de los GEO preparada y un helicóptero que los llevará hasta el aeropuerto de Santander en una hora. Saben que no pueden aparecer con el helicóptero en la zona, ya que podría alertar al sospechoso y provocar su fuga.

Candela se dirige entonces a Gonzalo y Juan Miguel.

—Chicos, no sabéis cuánto os agradezco vuestra ayuda para llegar hasta aquí, quiero que sepáis que sin vosotros solo hubiéramos dado palos de ciego.

—Tranquila, Candela, sabemos que no podemos ir —responde Gonzalo.

—Correcto. Además, una vez sacado el historial de este individuo, igual desde aquí os podemos proporcionar más datos —comenta Garmendia.

—Bien pensado. Y gracias por entenderlo —dice Candela mientras se funde en un cálido abrazo con los dos.

—Estoy seguro de que vas a encontrar a tu madre sana y salva —le dice Juan Miguel—. Recuerda que solo quiere que sepas que él ha mantenido el control desde el principio.

—Eso espero. Hablamos luego.

—¡Suerte, chicos! —exclaman Gonzalo y Juan Miguel a la vez mientras Candela y Óscar salen a toda prisa para recoger el resto de material que necesitan, como chalecos antibalas y munición para sus armas reglamentarias.

Una vez que salen del edificio central y llegan al helipuerto de la comisaría, les está esperando también el comisario, ataviado con las debidas protecciones, igual que ellos.

—¡Vaya, jefe! ¡Yo creía que no le gustaba volar! — exclama Óscar.

—¡Esta vez me aguantaré y haré una excepción! ¡Quiero estar allí cuando lo cojamos! ¡Vamos! ¡Cuanto antes salgamos, antes llegaremos!

Finalmente suben los tres al helicóptero. Ya en vuelo en dirección a Santander, el comisario les explica el operativo.

—Bien, mientras hacía las llamadas para pedir el permiso al juez y acabar de atar todas las piezas, me ha llegado un informe del Estado Mayor con un pequeño historial del sospechoso —comenta el jefe mientras les entrega impreso un *e-mail* recibido.

Candela y Óscar leen con atención:

«... a finales de 1984 ingresa en el colegio sacerdotal castrense Juan Pablo II, del Ejército de Tierra, con sede en Madrid, donde obtiene el rango de alférez.

»En 1987 empieza a ejercer como capellán castrense en el Regimiento de Infantería Ligera Tercio Viejo de Sicilia n.º 67, en el cuartel de Loyola de San Sebastián. Durante su estancia, y para tratarle como uno más, los reclutas le ponen el sobre nombre de Carlos, en lugar de llamarle capellán Losada. Por ser una de las épocas más duras y sangrientas de la banda terrorista ETA, vive bajo la presión de un atentado inminente junto a sus compañeros de cuartel. Durante ese tiempo, confesó a un cabo que acabaría suicidándose pegándose un tiro en la boca. Oficialmente, el cabo murió accidentalmente limpiando su arma. Él mismo ofició la misa por el difunto.

»A finales de abril de 1991, con 27 años, se presta voluntario para participar en la primera misión en la guerra del Golfo, con la agrupación Alcalá, en el despliegue de tropas en las localidades de Zajo y Shiladiza, en el marco de la operación Provide Confort, hasta finales del mismo año, cuando vuelve a la península.

»Tras haber obtenido varias condecoraciones por parte de sus superiores, ya con el rango de teniente, a principios de noviembre de 1992 se incorpora a la UNPROFOR como parte de la misión humanitaria de los cascos azules en la guerra de Bosnia-Herzegovina. Tras participar en tres misiones de un año de duración, con algunas semanas de descanso en la península por la muerte de su padre, a finales de 1995 vuelve a España y deja el Ejército con 31 años».

—¡Hijo de puta! —espeta Candela.

—¿Qué ocurre? —pregunta el comisario.

—Cuando el profesor Sanmartín y yo estuvimos de visita en el seminario de Ontaneda, al salir fuimos a un mesón cercano a comer algo, y allí se nos presentó un tal Carlos Vélez, quien dijo que era periodista y que conocía de primera mano todo el tema de los abusos en los seminarios de los Legionarios de Cristo porque él lo había sido ¡durante seis años!

—¿Crees que se trata del mismo? —le pregunta Óscar.

—¡El cabrón estaba allí para vigilar si habíamos ido al seminario a husmear y aprovechó para saber si teníamos más información, incluso nos dio varios detalles, como que él también fue víctima de los abusos! ¡Qué hijo de puta!

—¡Tranquila, Candela! —exclama el comisario—. ¡Lo importante es que ahora vamos a por él y que, además, vamos a encontrar a tu madre sana y salva! Todo el personal del cuartel de la Guardia Civil de Ontaneda ya está preparado para darnos cobertura. Tienen vigilada la casa a una distancia de unos 150 metros, y por el momento, no tienen constancia de haber visto ningún camión de estas características. Ya tienen orden de no acercarse más para no ponerle en alerta, aunque hay agentes de paisano en todas las entradas al pueblo, para avisarnos en cuanto llegue.

—Comisario —interrumpe Óscar—, este cabrón ha estado el tiempo suficiente en el Ejército, y en primera línea de combate, como para conocer el manejo de armas automáticas y de guerra. Cuando estuve en las COES, entre otras cosas nos enseñaron el manejo de explosivos, así que habrá que extremar las precauciones. Es posible que si, tal y como creemos, sabe que vamos a por él, nos tenga preparada alguna sorpresa, ya me entiende.

—Bueno, no adelantemos acontecimientos. A partir de ahora el mando de la operación lo tienen los GEO, que tienen orden de usar el mínimo de violencia necesaria para su detención, pero vosotros dos los acompañaréis para tratar de encontrar a tu madre, ¿de acuerdo?

—Sí, señor —coinciden Óscar y Candela.

—Bien, vamos a tener el puesto de mando en el mismo cuartel de la Guardia Civil, y desde allí se dirigirán todas las operaciones —explica el comisario.

1 hora y 30 minutos después. Helipuerto del aeropuerto de Santander

Cae la lluvia de forma insistente en Santander. Mientras el helicóptero de la policía está aterrizando, un coche patrulla de la Guardia Civil ya está a la espera a unas decenas de metros. El comisario y los dos inspectores bajan de la aeronave y se dirigen toda prisa al vehículo que les está esperando.

—¡Buenas noches, señores! ¡Vaya, la que está cayendo! —exclama el agente de la Benemérita que les aguarda en el coche, mientras Óscar y Candela se sientan en la parte de atrás y el comisario lo hace junto al conductor.

—¡Hombre, cabo Rebollo! —exclama Candela—. ¡Usted otra vez!

—¡Vaya, inspectora! ¡Un placer tenerla por aquí de nuevo!

—Buenas noches, cabo. Veo que se conocen. Soy el comisario Redondo. Le presento al inspector Sánchez.

—Buenas noches, comisario, inspector… —se presenta el cabo con un saludo marcial—. Parece que tengo que llevarlos hasta el cuartel que tenemos en Ontaneda y permanecer allí a sus órdenes, así que cuanto antes nos marchemos, antes llegaremos, ¿de acuerdo?

—Adelante, cabo —responde el comisario.

—Perfecto entonces. Si les parece bien, prefiero coger la autovía, que aunque supone unos kilómetros de más, con la que está cayendo es menos peligrosa que la carretera vieja, que acostumbra a dar algún susto con corrimientos de tierras cuando cae tanta lluvia.

—Cabo —dice Candela poniéndole una mano sobre su hombro—, sabemos que con usted vamos a llegar seguro.

El cabo la mira por el retrovisor con una sonrisa, y Óscar, que se da cuenta del «peloteo», empieza a gesticular junto a Candela, a lo que ella responde con un codazo.

Una hora después, y bajo una lluvia intensa, el todoterreno llega a la casa cuartel de la Guardia Civil en Ontaneda, un edificio de tres plantas, en una zona tranquila, tras el edificio del seminario de los Legionarios de Cristo. Tras atravesar la verja que da paso al aparcamiento semicubierto, entran a toda prisa en las oficinas del edificio. Allí les esperan los mandos del cuartel.

—¡Buenas noches, señores! —se presenta el oficial al mando del puesto—. Soy el teniente Baños.

—Teniente Baños, soy el comisario Redondo. Le presento a los inspectores que han llevado el peso de la investigación, la inspectora Santos, responsable del grupo, y el inspector Sánchez.

—Un placer conocerlos, aunque sea en estas circunstancias —dice el teniente—. La verdad es que siempre ha sido un pueblo y una zona en general muy tranquilos, solo con algunas incautaciones de plantaciones de hachís, pero bueno, supongo que esto ya debe de ser normal en todos lados.

—Desgraciadamente sí, teniente, y cosas peores —responde el comisario—. ¿Y bien? ¿Tienen la casa localizada?

—En efecto, miren —responde el teniente mientras les enseña una gran foto aérea del municipio y alrededores colgada en la pared—. La casa de los Losada está a un par de kilómetros del centro urbano, en una zona totalmente rural, solo con algunas granjas de ganado.

El teniente les muestra una casa apartada del pueblo, por la que se llega a través de un camino de tierra. Se trata de la penúltima casa, antes de llegar al final del sendero.

—Como ven, la casa se compone de la vivienda principal, de dos plantas y unos doscientos metros cuadrados entre las dos. En una de las esquinas tiene un pequeño garaje adosado, en donde hace unos treinta minutos ya han visto entrar al camión sospechoso, con la misma matrícula que nos indicaron, y por el momento, nadie más ha entrado ni salido de la finca. En otra esquina tienen una especie de añadido, que antes lo usaban para el ganado, aunque actualmente desconocemos si siguen manteniendo la explotación.

—¿Sabemos la cantidad de personas que viven en esa casa? —pregunta Candela.

—Por lo que sabemos, el hijo volvió tras varias misiones con el Ejército en el extranjero, a finales de 1995, concretamente en noviembre, tras enterarse de que su padre, Francisco Losada, carpintero y cerrajero del pueblo, había fallecido de un ataque el corazón, por lo que el hijo se quedó con su madre.

—¿Siguió con la profesión del padre o cuidando el ganado? —pregunta Óscar.

—De eso ni idea, la verdad. Siempre fueron una familia muy reservada, ¿sabe?, y la mujer solo bajaba al pueblo de cuando en cuando para comprar, mientras el padre hacía arreglos por toda la comarca. Cuando el chico volvió, creemos que se dedicó a cuidar de su madre y del ganado que les quedaba, y entonces fue él mismo el que bajaba siempre al pueblo para comprar, pero ya sabe, la gente de los pueblos acostumbra a ser muy cerrada.

—Ya. ¿De cuánto personal dispone en activo, teniente? —pregunta el comisario.

—Aquí, en la casa cuartel, somos veinte, contando a un servidor. Actualmente tengo diez agentes vigilando tanto el camino de acceso a la casa como a la misma vivienda, tal y como ustedes mandaron, a un mínimo de 150 metros de distancia, que si me lo permiten, con la noche cerrada y con la que está cayendo, poco ayuda para poder hacer como nos gustaría la tarea de vigilancia.

—Lo sé, lo sé, teniente, y gracias —responde el comisario—, pero teniendo en cuenta el historial que tenemos del sospechoso en solo tres semanas, más su historial militar, nos hemos visto obligados a ser cautelosos. Necesitamos que sea una operación limpia, y a ser posible sin bajas, ¿lo entiende?

—Por supuesto, comisario. Aquí estamos para ayudar en lo que podamos a coger a este cabrón.

—Bien, además de eso —interviene Candela—, sabemos, o creemos, que puede mantener a una rehén de avanzada edad y con alzhéimer, por lo que habrá que extremar las precauciones para evitar que pueda hacerle daño, ya que pensamos que su objetivo, tal vez, sea usarla como moneda de cambio.

—Joder, un cabrón lo es hasta el final, ¿no? —responde el teniente.

—En efecto, y este es un cabrón muy especial que debemos intentar capturar con vida, ¿de acuerdo? —añade el comisario.

—Por supuesto, lo que usted diga. Comisario, ¿para cuándo está prevista la llegada de los GEO?

—Según lo programado, en unas dos horas, más o menos. Vienen dos vehículos desde Guadalajara con todo el material y con el capitán Cortés al mando. Además, usarán el helicóptero con el que hemos llegado a Santander como apoyo en el último momento, por si hay que abordar la vivienda desde el aire o hay que rastrear la zona, en caso de que el sospechoso pueda evadirse. Por cierto, ¿qué hay en las proximidades de la vivienda?

—Como verá, todo es zona rural —responde el teniente—, parcialmente despejada en cien metros a la redonda, con poca inclinación, pero es una de las pocas casas que tienen un grupo de árboles alrededor. Al oeste tenemos el arroyo del Cuadro, que hace de barrera natural, por decirlo así, con una pequeña zona boscosa, y a partir de ahí la cosa se complicaría en caso de una huida a pie.

—Bueno, no adelantemos acontecimientos. Ahora mismo tenemos la zona rodeada. En cuanto llegue la unidad operativa de los GEO, todos sus agentes se irán replegando hasta tener la finca rodeada a un mínimo de cincuenta metros.

Óscar ve a Candela algo ausente y con la mirada en una de las ventanas que dan al exterior, mientras mantiene entre sus dedos el colgante que heredó de sus padres biológicos, único testigo material de su procedencia.

—¿Cómo lo llevas? —le pregunta Óscar.

—¿Cómo lo llevarías tú si supieras que tu madre está en manos de un asesino que se ha dedicado a desmembrar a sus víctimas? —le responde con cierto resquemor—. Lo siento, Óscar, tú no tienes la culpa, solo este cabrón…

—Ya sabes que el comisario se arriesga al dejar que participes en la operación dada tu vinculación personal, ¿no?

—Sí, lo sé, tranquilo, estaré a la altura. No voy a dejar que esto influya en mis decisiones.

—Bien, me quedo más tranquilo, pero sobre todo quien tiene que verte serena y dispuesta es el jefe.

Candela le responde asintiendo con la cabeza y el inspector se dirige al mando de la Guardia Civil.

—Disculpe, teniente, ¿tiene idea de la previsión meteorológica para las próximas horas?

—Bueno, por experiencia yo diría que no va a dejar de llover hasta bien entrada la madrugada, así que creo que nos va a tocar mojarnos.

—Bien, ¡qué remedio! Gracias —responde Óscar con una sonrisa.

—Bueno, señores —comenta el teniente dirigiéndose a todos—, como aún vamos a tardar un rato en ponernos en marcha hasta que llegue la caballería, ¿qué tal si les invito a unos cafés? Además, tenemos aquí mismo unos de los mejores sobaos de la comarca.

—Pues no estará nada mal, gracias —responde el comisario mientras le acompañan a la cocina.

X

Lo he perdido todo a fin de conocer a Cristo, experimentar el poder que se manifestó en su resurrección, participar en sus sufrimientos y llegar a ser semejante a él en su muerte.
Filipenses 3, 8-10

Jueves, 4 de noviembre. 2 de la madrugada. Cuartel de la Guardia Civil de Ontaneda

La radio portátil del teniente de la Benemérita, que se encuentra en la sala de la planta baja del cuartel, junto al resto del equipo, rompe el silencio de una espera interminable.

—Puesto 1 a central... acaban de entrar en el municipio, por la carretera de San Vicente de Toranzo, dos vehículos todoterreno Toyota Land Cruiser J9, color negro, a gran velocidad... cambio.

—Central a puesto 1 —responde el teniente de la Guardia Civil—. Recibido... Atención a todos los puestos de acceso al municipio, excepto los del camino al objetivo, repito, excepto los del camino al objetivo, vuelvan al cuartel para recibir instrucciones... cambio —el teniente corta la comunicación, y dirigiéndose al grupo, añade—: Señores, ya tenemos aquí a la caballería.

—¡Óscar! —advierte Candela a su compañero, que se ha quedado adormilado en una butaca—. ¡Espabila! ¡Que ya están aquí!

—¿Ya? Joder, qué rápidos, ¿no?

—¿Rápidos? Rápido tú en quedarte *sobao* en la butaca durante una hora. Venga, chaval, espabila.

En solo cinco minutos llegan al cuartel los dos vehículos todoterreno, de los que se bajan a toda prisa diez miembros de los GEO, con armas automáticas y uniformes de color negro, y entran en el recinto del cuartel de la Guardia Civil hasta la sala donde se encuentra todo el equipo reunido. Un hombre de unos cuarenta años, alto y bastante fornido, como el resto de sus compañeros, parece el responsable del grupo.

—Buenas noches, soy el capitán Román Cortés, del Grupo Alfa de Operaciones Especiales. ¿Quién está al mando?

—Capitán, un placer. Soy el comisario jefe Redondo, de la Comisaría General de la Policía Nacional de Madrid. Le presento al teniente Baños, al mando del cuartel de la Guardia Civil de Ontaneda —ambos se saludan—, y a los inspectores que están a la cabeza de la investigación, la inspectora Candela Santos y el inspector Óscar Sánchez, también de la Comisaría General.

—Señora, señores, un placer —dice el capitán—. Bien, vaya nochecita de lluvia, que aunque eso nos da una cierta ventaja, siempre lo hace todo un poco más complicado. Teniente, ¿de cuántos hombres dispone?

—Somos veinte agentes. Cinco de ellos están ahora mismo apostados a 150 metros de la finca, vigilando los posibles movimientos.

—Muy bien. Vamos a ver… Según lo acordado, el mando de la operación lo tenemos nosotros, comisario, y aunque nuestro trabajo estará centrado en asegurar una entrada con el mínimo de incidentes y hacer fuego únicamente en caso de peligro extremo para mis hombres, dejo a su criterio cómo quiere proceder para la detención del sospechoso.

—Gracias, capitán. En este caso, como la inspectora Santos es la jefa de equipo y quien tiene mayor información sobre el individuo, es importante que sea ella quien tenga el poder de decisión dentro de la casa, con apoyo del inspector Sánchez.

—Perfecto. ¿Y bien, inspectora? ¿Tenemos alguna idea de cómo es la casa por dentro?

—Los únicos datos que tenemos del terreno es esta foto —expone Candela mientras le indica la foto del municipio colgada en la pared, marcando en ella la zona—. Se trata de esta finca. Sabemos que es una casa antigua de dos plantas, con los dos anexos que puede ver, uno usado como garaje para el camión que ha estado usando para secuestrar y presuntamente torturar a sus víctimas, además de llevar el material necesario para montar sus… particulares escenas.

—Sí, ya he tenido acceso a todos los informes. Realmente muy completos, les felicito.

—Gracias.

—¿Y bien? ¿Cómo quieren proceder? —pregunta el capitán.

—Tenemos que aprovechar las condiciones meteorológicas, además de la oscuridad de la noche, para realizar la entrada por la puerta principal, ya que, por la información suministrada por los agentes que vigilan la casa, los ventanales están lo suficientemente elevados como para no poder asaltarlos directamente desde el suelo.

»La idea es rodear la casa con los agentes que tenemos disponibles, y tras cortar el acceso de energía y teléfono a la finca, que sus hombres entren por la puerta principal. El inspector Sánchez y yo entraremos detrás de ustedes. Mientras tanto, un equipo reducido de agentes de la Guardia Civil, con material de asalto, entrarán y asegurarán los anexos, sobre todo el del garaje, para cortar cualquier posibilidad de huida.

»Como sabe, es más que probable que tenga un rehén en esa finca, no sabemos dónde, ni siquiera si está con él o si lo puede tener escondido en cualquier otro sitio, por lo que es imprescindible poder capturar al objetivo con vida. ¿Me ha entendido?

—Perfectamente. El rehén, ¿sabemos de quién se trata?

—Sí —interviene Óscar—. Se trata de Teresa Martínez, una mujer anciana, de 75 años. Sufre alzhéimer y fue secuestrada hace cuarenta y ocho horas en la residencia de ancianos en la que vive.

—Gracias, inspector —responde el capitán—. Es curioso… Por lo que sé, todas sus víctimas han sido hombres, octogenarios, relacionados de la Iglesia católica. ¿Saben qué puede tener que ver esta mujer con el caso?

—Capitán Cortés —responde el comisario—, quiero que lo sepa desde un principio. La mujer que mantiene secuestrada es la madre de la inspectora Santos. Parece que se trata de una demostración de fuerza, así que suponemos que la podría usar como moneda de cambio.

Al teniente le cambia la expresión de la cara al entender que se trata de una operación en la que hay vinculaciones afectivas y decide llevarse fuera de la sala al comisario.

—Comisario, con todos los respetos, sabe que mantener a la inspectora Santos al mando de la operación, aparte de infringir las normas, puede llegar a ser un peligro para ella misma y para el éxito del operativo, ¿no es cierto?

—Lo sé perfectamente, capitán —responde mirándole a los ojos—, pero la conozco desde que entró en la academia y puedo decirle que es la agente mejor preparada para afrontar la resolución de este caso. Yo pongo la mano en el fuego por ella.

—Eso no lo pongo en duda, comisario, pero debe saber que si algo sale mal porque la inspectora pone su vínculo personal por delante de la operación, no solo va a tener que poner la mano en el fuego, ¿verdad?

—Lo sé, y me ratifico en mi decisión. Es mi responsabilidad.

—Espero que no tenga que pesar sobre su responsabilidad la vida de ninguno de mis hombres —advierte el capitán.

—Le aseguro que por ella no será. Se lo garantizo.

El capitán llama a sus hombres y salen del edificio para tener una conversación en privado. Candela sabe que el comisario ha tenido que contarle al capitán su vinculación con la rehén, por lo que queda a la espera, junto a Óscar, de que no se pida su relevo por incompatibilidad con el reglamento.

Al cabo de cinco minutos los diez hombres entran en la sala y el capitán Cortés toma la palabra.

—Señores, vamos a por él.

A Candela le explota por dentro una mezcla de felicidad, alivio, responsabilidad y miedo, pues no hallar con vida a su madre está dentro de las probabilidades.

—Bien, si nos ponemos todos alrededor del mapa, intentaré explicarles cómo vamos a proceder.

En ese momento, tanto el equipo de operaciones especiales como Candela, Óscar, el comisario, el teniente y el resto de los agentes de la Benemérita prestan total atención a las explicaciones del capitán Cortés.

2 horas, 50 minutos de la madrugada. Finca del sospechoso en las afueras de Ontaneda

Sigue siendo una fría y lluviosa noche de otoño. Un viejo caserón en la Cantabria rural. La entrada está flanqueada por un muro y dos farolillos, uno de ellos roto, y el otro, con una vieja bombilla incandescente con numerosas mariposas nocturnas muertas en su interior. En una esquina del límite de la propiedad hay un viejo poste de madera del que pende el cable que da electricidad a la casa. Unas manos enguantadas y con una pequeña herramienta de corte realizan dos incisiones en cada lado del cable doble que ha sido desprotegido de su funda. En ellas se conectan dos bornes a una pequeña caja adosada al poste. Una vez finalizada la operación, y con unos pequeños alicates, hace un corte limpio del cable de tensión, aunque a la casa le sigue llegando energía eléctrica.

A unos metros de la entrada a la finca, una decena de hombres de los GEO permanecen agazapados, bajo la intensa lluvia, donde apenas pueden ser vistos gracias a la oscuridad, a sus negros uniformes, a los guantes y al pasamontañas que llevan bajo el casco táctico. En unos segundos reciben la señal de radio por parte del hombre aún subido al poste, que baja inmediatamente en un rápel perfecto hasta aterrizar suavemente en el suelo.

El capitán Cortés, jefe de equipo, mira su reloj hasta que marca las tres en punto. En ese momento pulsa el interruptor de un pequeño mando a distancia provocando el apagado simultáneo de la luz del farolillo y la lámpara que iluminaba la puerta de entrada al caserón. En un par de segundos el comando se sitúa flanqueando el único acceso que atraviesa el muro que rodea la finca, a la espera de que uno de los hombres corte silenciosa y firmemente la cadena que cierra la verja de entrada.

Con el corte de la cadena, cae al vacío el candado que sellaba la entrada, que súbitamente es recogido al vuelo por el capitán antes de que caiga al suelo, para entregárselo al hombre que ha abierto el paso. Inmediatamente, y de forma sincronizada, rápida y sigilosa, el comando accede al patio de entrada a la casa. Pero no todo es perfecto; pese al uso de cámaras de visión nocturna y visores láser de última tecnología, el primer hombre que llega al porche pisa un fino hilo de pescar que cruza el primer escalón de la entrada.

Nadie se percata del detalle, excepto el hombre que habita la casa visiblemente abandonada, oscura y tenebrosa. Sus ojos negros y vidriosos se abren con el sobresalto provocado por una pequeña campanilla que suena desde una esquina. Es la señal de aviso de que unos grandes bidones llenos de queroseno, que antiguamente se usaba para la calefacción, y que ocupan parte de las buhardillas de la casa, se están vaciando lentamente y empapando paredes, techos y suelos de madera.

La casa está repleta de velas encendidas y repartidas por todos los pasillos y rincones. El humo que desprenden ha ennegrecido muebles, paredes y techos, y la basura amontonada se ha convertido en el nido perfecto para toda clase de alimañas que reinan apoderándose del caos.

El resto del grupo se dirige a la entrada del caserón, donde queda agazapado a la espera de órdenes. Óscar y Candela se quedan detrás, ya que entrarán los últimos, solo protegidos con sus chalecos antibalas.

En la puerta de entrada, dos hombres llevan consigo un ariete. Todos están preparados con sus armas automáticas para entrar al asalto. El capitán Cortés, jefe del equipo, hace una señal con la mano golpeando el hombro de uno de ellos, y los dos hombres consiguen resquebrajar al segundo intento la vieja puerta de madera, sellada con tres cerraduras. Un par de segundos después, cinco agentes de la Guardia Civil, fuertemente armados, abren la puerta del cobertizo donde está aparcado el camión que habían estado buscando, pero dentro no hay nada; todo está inmaculado.

Dentro del caserón todo está sumido en una oscuridad cambiante debido al movimiento de las pequeñas llamas que desprenden las velas y los cirios repartidos por todos los rincones. El equipo de asalto, con las linternas montadas en sus armas automáticas, empieza a recorrer pasillos y estancias de la lúgubre casa, llena de basura, donde ratas e insectos campan a sus anchas. Aunque las paredes aún conservan el viejo papel con el que hace muchos años estuvieron empapeladas, el dibujo que las adornaba ya es casi un recuerdo. Los techos y suelos son de madera, en su mayoría bastante podrida, y los agentes deben extremar las precauciones, ya que un mal paso puede hacer que el piso se abra bajo sus pies.

En una de las estancias uno de los agentes encuentra a alguien sentado de espaldas en una mecedora, que aún parece moverse levemente sobre una alfombra circular frente a las brasas de una chimenea, cuya combustión está a punto de finalizar.

El agente se acerca lentamente apuntando su arma con firmeza mientras ilumina la mecedora con su linterna.

—¡Policía! ¡Levántese despacio con las manos en la cabeza!

El agente no obtiene respuesta, por lo que insiste alzando la voz.

—Joder, qué mal huele. ¿Me oye? ¡Si no puede moverse, levante las manos!

Otro agente se añade a la inspección de la sala, quedándose en la puerta y cubriendo a su compañero.

Tras la evidente falta de respuesta, el agente rodea despacio y a distancia la mecedora, hasta que descubre el cadáver momificado de una mujer mayor, impasible ante el calor de la chimenea.

—¡Joder! ¡Está muerta! —exclama al agente.

El mismo policía se gira hacia la chimenea, donde encuentra, aún humeantes, jirones de ropa que alguien ha intentado hacer desaparecer con el resto de ceniza. Los aparta como puede con una barra de hierro que tiene a escasa distancia. El agente que lo acompaña se queda impresionado por la espeluznante visión del cadáver momificado.

Candela, que oye el descubrimiento del cadáver, corre inmediatamente hasta la estancia, pues se teme lo peor. Cuando mira el rostro del cadáver se da cuenta de que, por fortuna, no se trata de su madre, pues se evidencia que el cadáver lleva meses momificado.

En ese momento, además del desagradable olor a basura en estado de putrefacción, le llega un olor conocido a sus papilas olfativas. Al instante, a su cabeza regresan unos oscuros y fugaces recuerdos de los que tan solo puede oír gritos, sentir un movimiento de balanceo que hace que todo le dé vueltas, tener presente ese olor tan característico que ha quedado en su memoria olfativa hasta que, de pronto, visualiza de nuevo los ojos blancos brillantes.

—¿Candela? ¿Estás bien? —exclama Óscar mientras la ayuda a levantarse del suelo, donde ha quedado tras un aparente desmayo.

—¿Qué? ¿Qué pasa? —pregunta la inspectora.

—¿Que qué pasa? ¡Que voy a sacarte de aquí de inmediato!

—¡Y una mierda! ¡Antes tengo que encontrar a mi madre!

—¡No estás en condiciones, Candela! ¡Sabes perfectamente que si no estás en condiciones, debes retirarte!

—¡Pues estoy en condiciones! ¡Solo me he resbalado, coño! ¿No te das cuenta de que no se ve una mierda? —exclama Candela mientras se levanta ayudada por su compañero.

—Salgamos de aquí, tenemos que encontrar a ese cabrón y a mi madre, ¿de acuerdo?

—¡Bien, bien! Pero solo si me aseguras que estás en condiciones de poder continuar.

—¿No me ves? ¡Ahora no me voy a arrugar! ¡Salgamos de aquí! —espeta Candela mientras sale de la habitación.

Ante la chimenea sigue impasible el cuerpo momificado de la mujer sentada en la mecedora.

—Joder, qué asco —comenta Óscar mientras sigue a Candela.

Uno de los agentes, que recorre un largo y estrecho pasillo, llega a unos metros del final y da el aviso de «¡despejado!» para dar por asegurado el espacio. El mismo policía, que se ha dado la vuelta hacia sus compañeros, da un paso en falso hacia atrás, donde hay una alfombra que cubre todo el pasillo, y sin poder reaccionar, es engullido de inmediato bajo el suelo. Un instante después empiezan a oírse gritos de auxilio y dolor desde el fondo del agujero.

Cuando dos agentes más iluminan el agujero en el que ha caído su compañero, se dan cuenta de que bajo la alfombra había un ancho y profundo pozo, con estacas clavadas en el suelo con las puntas hacia arriba, donde yace el policía entre gritos de dolor y sin poder moverse.

—¡Agente herido! ¡Agente herido! —avisa uno de los compañeros por la radio.

En un gesto desesperado, y ayudado por el otro agente, intenta por todos los medios alcanzar a su compañero, pero sin éxito, ya que les separa más de un metro de distancia, mientras observa cómo el caído se desangra y agoniza por la multitud de estacas que han atravesado su cuerpo.

Mediante una cuerda asegurada a varios policías, el capitán baja hasta el fondo del agujero, pero es demasiado tarde, pues solo le queda certificar la muerte de un compañero bajo su responsabilidad, aún con la penetrante mirada de horror y dolor en sus ojos abiertos.

Mientras tanto, el resto de policías van ocupando las estancias a la voz de «¡despejado!» cuando las consideran aseguradas.

—¡Aquí Cortés! —exclama el capitán por la radio—. ¡Extremad las precauciones por trampas! ¡Repito! ¡Extremad las precauciones por trampas! ¡Mirad bien bajo vuestros pies!

El capitán, junto con otro agente, encuentra el acceso cerrado sobre una vieja y estrecha escalera de madera. Intentan abrirla hasta que, pistola reglamentaria en mano, disparan dos veces al agujero de una antigua cerradura metálica. De inmediato aparecen Candela y Óscar bajo la escalera.

—¡Capitán! —exclama Candela—, excepto el cadáver de una mujer que ya lleva bastante tiempo muerta, un montón de basura y ratas, parece que no hay nada más aquí abajo, ¿no?

—¡Eso creo, así que si queda algo o alguien, debe de estar arriba! ¡Apártese! ¡Dos disparos! —grita el capitán avisando al resto de agentes.

Tras las dos detonaciones, con la ayuda del otro agente abre la portezuela e ilumina con su linterna todos los rincones de un pequeño pasillo de madera que les espera. A su vez, los demás policías están empezando el registro del resto de la casa mientras se oye el incesante ir y venir del rotor del helicóptero policial, que ha llegado a tiempo para dar soporte al operativo incluso bajo la lluvia que no cesa.

Desde el aire, a unas decenas de metros del caserón, el helicóptero da vueltas a la finca, escudriñando con un potente foco todos los rincones del exterior para evitar que el fugitivo pueda escapar. A su vez, la luz del helicóptero atraviesa las ventanas hasta su interior, creando una atmósfera aún más terrorífica del estado en el que se encuentra la casa.

El capitán sube lentamente las escaleras hasta llegar a un pequeño espacio recubierto de madera, a modo de descansillo, mientras el compañero le cubre por detrás. A tan solo un par de metros hay una puerta, también de madera y asegurada con una cerradura como la que ha tenido que volar de un disparo. En ese momento, Candela pide reemplazar al agente que cubre al capitán y sube las escaleras, mientras ese olor característico que le llegaba a sus papilas olfativas cada vez se hace más presente. El capitán está a punto de volver a usar su arma para abrir la antigua cerradura con protección de cobre.

—¡Capitán! ¡Espere! —exclama la inspectora.

—¿Qué ocurre?

—¿No huele a nada? —le pregunta Candela.

—¿Oler? Huelo a mierda putrefacta, la verdad.

—¡No, no! ¡Ya lo he olido antes! ¡Quítese el casco y el pasamontañas!

—Joder, venga —el capitán hace caso a la inspectora y añade—: Hostias, esto es algún tipo de combustible, joder, es queroseno, ¿desde cuándo lo lleva oliendo?

—Lo he empezado a oler desde que hemos encontrado el cadáver momificado de esa mujer, pero allí solo lo olía levemente, aquí es más fuerte.

—Vale. Yo creo que puede tratarse de la calefacción de la casa, que viendo su estado, no me extrañaría que hubiera algún escape y con la casa cerrada se hubiera dispersado el olor. No obstante, vamos a ser cautos, abriendo la puerta sin provocar una chispa, ¿de acuerdo?

—Adelante —responde Candela.

—Vamos allá.

El capitán, apoyando sus manos en las paredes, da un primer golpe con el pie, pero sin éxito. Se prepara y le da un segundo golpe, pero sigue sin poder abrir la puerta.

—¿Y si probamos los dos con todo el cuerpo? —pregunta Candela.

—Por probar, que no quede —responde el capitán un tanto escéptico—. A la de tres… una, dos… ¡tres!

Los dos se abalanzan sobre la puerta de madera, que cede rota en pedazos, y ellos caen suelo. Tras el golpe que les ha dejado un poco aturdidos, intentan levantar la mirada hacia el fondo de lo que parece un espacio diáfano de unos cincuenta metros cuadrados. Se dan cuenta de que el suelo de madera está totalmente empapado.

Con las pasadas que va realizando el helicóptero alrededor de la casa puede comprobarse la naturaleza de la estancia, seguramente usada años antes para secar embutidos, ya que las paredes están hechas a base de celosías para que el aire traspase de lado a lado.

Pero eso no es todo. Ante ellos pueden entrever dos velas encendidas sobre un madero a algo más de dos metros de altura del suelo. Al madero está sujeto un individuo de unos 45 años de edad mediante unas asas metálicas en las muñecas, atravesando su espalda, totalmente desnudo y con una soga al cuello colgada de una de las vigas del techo. A lo largo del madero, por la parte de abajo, aparecen clavadas las siete lenguas que el asesino seccionó a siete de sus víctimas.

El helicóptero vuelve a realizar otra pasada por el otro lado de la casa. Las luces y las sombras se entrecruzan, creando la escena en blanco y negro que tienen ante ellos.

El individuo, visiblemente cansado, está subido encima de un taburete, tal vez a la espera de que su última puesta en escena sea contemplada en directo. En otra pasada del helicóptero por el otro lado puede llegar a verse la cara del individuo, hasta que Candela por fin puede darse cuenta de su identidad. El capitán empuña su arma contra el desconocido, mientras se mantienen a unos cinco metros de distancia.

—¿Carlos? ¿Eres tú?

—Muy bien, inspectora Santos… felicidades.

—Alfredo Losada Alsaga, lo sabemos todo sobre ti —dice Candela mientras el capitán y ella se acercan lentamente.

—Yo de vosotros no daría ni un paso más ¿Veis estas velas? Tenéis que saber que en cuanto habéis puesto un pie en ¡mi casa!, dos depósitos de queroseno de quinientos litros cada uno, que hay al otro lado de las buhardillas, han empezado a vaciarse, empapando paredes, techos y suelos, ¿sabéis lo que quiere decir?

—¿Estás seguro de que quieres morir así, Carlos?

—Por cierto, ¿cómo está el profesor Sanmartín? Es un hombre instruido, me cae bien.

El capitán sigue acercándose por el lado izquierdo.

—Inspectora, por favor, dígale a su amigo que si da un paso más, me descolgaré de este taburete y moriremos todos, yo ahorcado, pero vosotros abrasados, incluido el resto de agentes que están violando ¡mi intimidad!

—¡Ok! —exclama el capitán alzando una mano—. Vale, no me acerco más, ¿de acuerdo?

—No. Quiero que se vaya —murmura Carlos.

—¿Qué? Lo tienes claro —responde el capitán.

En ese momento, Carlos se balancea levemente sobre el taburete, haciendo que las velas estén a punto de precipitarse contra el suelo de madera, totalmente empapado en el queroseno que se ha ido filtrando por toda la casa.

—¡Vale, vale! ¡Ok! —exclama el capitán algo asustado ante las intenciones del individuo—. Candela, este cabrón solo quiere público para su épico suicidio, dejémosle aquí y que se queme en el infierno, si es lo que prefiere.

—Seguro que la inspectora no quiere irse aún, ¿verdad, Candela? —pregunta Carlos.

Candela sabe que está jugando con ella, pero necesita saber si su madre sigue con vida y solo él puede decirle dónde encontrarla.

—¿Ahora nos tuteamos? —pregunta Candela en voz baja al capitán—. No puedo, sabes que necesito saber dónde está mi madre. El cuerpo de allí abajo no es el de ella, así que necesito que me lo diga. Por favor, vete y despeja la casa.

—¿Qué? ¡Sabes que no puedo dejarte aquí!

—¡Venga, por favor! —exclama Carlos mientras los dos policías le miran—. ¡Menos cuchicheos, que me estoy cansando de este madero de treinta kilos a la espalda!

—Y tú sabes que yo estoy al mando —argumenta Candela—. Román, por favor, abandona la casa y pon a salvo a tus hombres, ¡ya!

—Muy bien, como quieras, pero si esas velas caen al suelo, corre cuanto puedas para salir, ¿me oyes?

—Tranquilo, así lo haré si llega el momento —responde Candela con una sonrisa—. Por cierto, Román… muchas gracias por todo.

—Dámelas cuando salgas de aquí, ¿vale?

—No te preocupes y vete de una vez.

Román pone una mano sobre el hombro de Candela y decide abandonar la estancia.

—¿Y bien? ¿Todo esto para qué, Carlos? —pregunta la inspectora.

—Lo he perdido todo a fin de conocer a Cristo, experimentar el poder que se manifestó en su resurrección, participar en sus sufrimientos y llegar a ser semejante a él en su muerte.

—¿Semejante a él? ¿Me estás diciendo que Cristo hubiera mutilado y torturado salvajemente a esos ancianos hasta la muerte?

—El prudente ve el peligro y lo evita; el inexperto sigue adelante y sufre las consecuencias.

—¿En serio crees lo que estás diciendo? Entonces, por todo lo que has hecho, ¿también te atañes a las consecuencias de tus actos?

¿Muriendo ahorcado y desapareciendo en una montaña de escombros y cenizas?

—Quien encubre su pecado jamás prospera; quien lo confiesa y lo deja, halla perdón.

—¿Esto es para ti el perdón? —pregunta Candela gesticulando con las manos y señalando todo lo que tiene a su alrededor.

—No, Candela, a mí ya me perdonarán mis pecados cuando llegue a la derecha de Nuestro Señor. Cometí mi último pecado mortal en la iglesia de San Bartolomé de Logroño.

—En efecto, tomándote la justicia por tu mano, ¿verdad? Qué fácil lo tenéis los católicos, ¿eh? Podéis hacer cualquier cosa, por monstruosa o inmoral que sea, sabiendo que después hallareis el perdón de Dios en boca de uno de sus representantes en la tierra, ¿verdad?

—Él es el sacrificio por el perdón de nuestros pecados, y no solo por los nuestros, sino por los de todo el mundo.

—Carlos, sé perfectamente lo que llegaste a pasar en esos seminarios.

—¡Cállate! ¡No tienes ni puta idea de lo que yo pasé! ¡No estabas allí para verlo!

—Cierto, no estuve allí, pero muchos pederastas como los que tuviste que sufrir lo han confesado todo.

—Sí, ¿y cuál fue su castigo? ¡Vamos! ¡Dime cual fue su puto castigo!

—Sé que los de tu época no han ido a prisión porque la ley dice que esos delitos han prescrito.

—¡Exacto! Prescrito, joder. Unas decenas, centenares o tal vez miles de curas, violan a niños y niñas en todo el mundo, y claro, arrebatar la inocencia a un niño prescribe, no vale nada, ¿verdad? Por eso precisamente he escogido la justicia de Dios frente a la de los hombres. Porque el Señor ama la justicia y no abandona a quienes le son fieles. El Señor los protegerá para siempre, pero acabará con la descendencia de los malvados.

—Carlos, creo que has escogido tu propio final, pero yo no me voy a quedar aquí para contemplarlo.

—¿A qué has venido, Candela?

—He venido a salvar vidas, no a ver cómo alguien se arrebata a sí mismo la suya. No creo que en el reino de Dios esté muy bien visto el suicidio. ¿No decían las Sagradas Escrituras que practicar la justicia y el derecho lo prefiere el Señor a los sacrificios?

—El que encuentre su vida, la perderá, y el que la pierda por mi causa, la encontrará. Candela, sé perfectamente que bajo la ley de los hombres he cometido pecado capital, pero bajo la ley de Dios he apartado del mal camino a ocho lobos que decían ser corderos de Dios.

»Cierto es que no he acabado con todo el mal, pero sé que cientos de personas como yo hallarán la paz tras saber que los que bajo el miedo, la humillación y la violación les robaron su infancia, al final han encontrado su recompensa, no por manos de la ley de los hombres, hecha a su incumbencia para tapar sus pecados, sino por la ley de Dios, aquella de la que ningún mortal escapa.

»Estoy muy cansado, inspectora… No sé cuánto tiempo más voy a aguantar este peso que llevo en mis espaldas durante más de treinta años. Creo que ya llegó mi hora de librarme de él y dejar en manos de Nuestro Señor si me quiere a su lado o bajo los infiernos, porque sea cual sea mi destino, lo aceptaré para toda la eternidad.

—Carlos, necesito saber…

—Lo que necesitas saber está en una tarjeta sobre el taburete en el que sigo de pie, aunque solo durante unos instantes más. Así que si quieres saberlo, tendrás que venir hasta mí y extraer el mensaje que hay bajo mis pies.

Candela tiene claro que en el momento en que extraiga la nota bajo sus pies, él dejará de luchar y se dejará caer, haciendo que la soga estreche su garganta hasta su último aliento, que las velas caigan sobre el suelo empapado y que un reguero de fuego empiece a recorrer toda la casa hasta sumirla en cenizas. Si coge la tarjeta, solo le dará tiempo a sujetar una de las velas encendidas para evitar que caiga al suelo, pero no podrá llegar a la segunda.

—¿Y bien, inspectora? ¿Qué has decidido?

—Sé que tarde o temprano perderé a mi madre, pero hoy no, por lo que voy a coger esa tarjeta, ¿de acuerdo?

—Haces bien. Honra a tu padre y a tu madre y el reino de Dios será tuyo.

Candela se acerca poco a poco hasta el taburete mientras el helicóptero no deja de dar vueltas a la casa, iluminándola de lado a lado, y Carlos la observa desde arriba con una sonrisa.

—Carlos, voy a cogerla. Quiero que sepas que pese a todo lo que has hecho en contra de los que te robaron tu infancia, entiendo por todo lo que has pasado y ojalá ningún niño tenga que volver a pasar jamás por ello.

—Adelante, inspectora. Coge la tarjeta y sal corriendo, que no es mi intención llevarte conmigo.

Candela finalmente se decide, y en el mismo momento en que toca la tarjeta, Carlos finalmente deja caer el taburete. En solo dos segundos, las velas caen irremediablemente sin que a ella le dé tiempo siquiera a coger una, por lo que una lámina de fuego empieza a extenderse a gran velocidad por el viejo suelo de madera empapado del líquido inflamable.

Candela echa a correr, y tras bajar los primeros escalones, contempla solo durante unos segundos el cuerpo sin vida de Carlos, que yace ahorcado en forma de cruz. Inmediatamente después vuelve a cerrar la trampilla que tiene tras ella y corre mientras intenta leer el mensaje con la linterna que lleva consigo que le ha dejado Carlos. Se trata de la misma tarjeta que ella le entregó en el mesón, por lo que mira lo que hay escrito por detrás.

«A veces sientes que el mundo entero te ha abandonado, pero siempre hay una persona que sigue en pie confiando en ti, y es tu madre».

—¡Joder! ¿Qué quiere decir con eso?

Candela corre por toda la casa mientras las llamas van apoderándose de todo lo que encuentran.

«... hay una persona que sigue en pie... confiando... es tu madre».

Su madre... ¡Claro! ¡Su madre! Candela corre hasta el pequeño salón donde los agentes descubrieron el cadáver momificado de aquella mujer, seguramente su madre, que mantenía allí por amor, porque no podía separarse de ella.

—¡Mierda! Vale... su madre... sigue en pie... confiando...

De pronto, observa cómo la mecedora está encima de una alfombra redonda, la única en toda la estancia, por lo que decide retirar la mecedora hacia un lado y levantar la alfombra mientras las llamas se acercan peligrosamente.

—¡Por fin! ¡Sí!

Candela descubre una trampilla bajo la alfombra con la esperanza de encontrar a su madre con vida. La abre y con la linterna echa un primer vistazo. En efecto, allí se encuentra su madre, sentada en una butaca.

—¡Mamá! ¿Me oyes? ¡Mamá! —exclama Candela a todo pulmón, aunque no obtiene respuesta.

Ante el avance de las llamas, que ya le impiden salir por la puerta, decide bajar por la trampilla y la cierra tras ella.

Cuando cae al suelo, vuelve a iluminar a su madre a la cara y al resto de su cuerpo para observar si tiene alguna herida, aunque parece estar bien.

La mujer, al recibir el foco de la linterna en la cara, despierta de un letargo, entreabriendo los ojos.

—¡Marcus! ¿Eres tú? —pregunta la mujer apenas con un hilo de voz.

—¡Mamá! ¡Soy yo! ¡Candela! ¡Tranquila, que voy a sacarte de aquí!

Candela intenta iluminar cualquier rincón del sótano buscando una salida, hasta que a unos pocos metros encuentra una ventana alargada que parece dar salida a ras de suelo. Coge a su madre en sus brazos y la lleva a toda prisa hasta el ventanuco.

—¡Mamá! ¡No te asustes! Voy a romper la ventana, ¿de acuerdo? ¡Tápate la cara!

Candela busca cualquier objeto mientras ve que la lengua de fuego se acerca hacia ellas atravesando el techo de madera.

Por fin, encuentra una barra de hierro, que usa para romper el cristal, y se sube a unas cajas para poder asomar la cabeza.

—¡Ayuda! ¡Estamos aquí! —grita mientras oye las sirenas del equipo de bomberos que está intentando extinguir el fuego desde fuera.

Al creer que nadie la ha oído, decide hacer dos disparos al aire, fuera de la ventana.

—¡Estamos aquí! ¡Necesitamos ayuda!

Las dos detonaciones, sumadas a los gritos de ayuda, surten efecto y dos bomberos acuden a toda prisa. Uno de ellos entra por el ventanuco.

—¡Tranquilas! ¡Vamos a sacarlas de aquí! —exclama el bombero para tratar de tranquilizarlas—. ¡Vamos a sacar primero a su madre! ¿de acuerdo?

—¡Claro! ¡Por supuesto!

Con la ayuda del bombero que permanece fuera pueden sacar sana y salva a la madre, que es atendida de inmediato por los servicios de emergencia.

—¡Ahora usted! ¡Salga ya! —exclama el bombero cuando ya tienen las llamas encima de sus cabezas.

Finalmente, los dos pueden salir ilesos mientras se acerca corriendo Óscar, con quien se da un fuerte abrazo.

—¡Joder, Candela! ¡Qué susto nos has dado! —exclama Óscar abrazándola muy emocionado, mientras Candela llora de felicidad.

Tras salir de las inmediaciones de la casa, y con su madre debidamente atendida en la ambulancia, por fin parece que empieza a dejar de llover, mientras comienza a clarear con la salida del sol.

A pesar de la insistencia de los bomberos en apagar el incendio, la acumulación de combustible se ha ocupado de forma implacable de destruir la casa hasta sus cenizas.

Candela está con su madre junto a la ambulancia, donde está siendo atendida, momento en que se acerca el capitán Cortés.

—Sabía que podías hacerlo. He encontrado pocos hombres con el valor que tú has tenido. Me alegro mucho de que todo haya salido bien para tu madre.

—Gracias, Román, pero creo que cualquiera haría lo mismo por su madre, ¿o no?

Román sonríe mientras Candela sube a la ambulancia junto al médico de emergencias, y tras cerrar las puertas, se marchan a toda prisa por el camino de tierra.

Mientras empieza a despuntar el sol y alejarse la tormenta, entre tanto campo verde, solo queda un solar lleno de cenizas humeantes con algunas paredes de piedra todavía en pie. Es todo lo que queda de la familia Losada Alsaga y del Inquisidor.

Dos meses después. Sábado por la mañana. Residencia del profesor Sanmartín, San Sebastián

La casa huele a tostadas y café con leche recién hechos.

Alguien llama a la puerta de entrada. Carmen y el profesor Sanmartín están desayunando en el salón.

—¡Vaya! ¡Es que ni desayunar puede una! ¿Esperas a alguien? —pregunta Carmen.

—Pues no, la verdad —responde Gonzalo extrañado mientras se limpia con la servilleta.

—Bueno, pues nada, tú tranquilo, no te levantes, que ya voy yo —refunfuña mientras va a abrir la puerta.

Tras unos segundos de espera, Gonzalo se impacienta ante la tardanza y el silencio.

—¡Carmen! ¿Ocurre algo? ¿Quién es? —pregunta mientras se levanta de la silla.

Carmen entra en el salón con una sonrisa de oreja a oreja y lágrimas en los ojos.

—Creo que tienes visita…

—¿Quién? Pero ¿qué te ocurre?

Carmen se aparta, y tras ella, entra Candela con un precioso cachorro de rottweiler entre sus brazos y una gran sonrisa en la cara.

—Hola, Gonzalo.

—Hola, Candela —dice sin poder contener la emoción.

—Sé que este cachorro no os va a quitar el recuerdo de vuestra querida Inca, pero permíteme que te pida perdón por todo lo que os he hecho pasar durante esas semanas, y reparar mínimamente, aunque sea de forma emocional, el daño que habéis sufrido.

—No hacía falta, Candela —responde Gonzalo entre lágrimas.

—Sí hacía falta, y vuestras lágrimas así me lo confirman. Toma, cógela, tiene dos meses y aún no tiene nombre, así que es toda vuestra. Me enteré de que nació el mismo día en que Inca murió —responde Candela visiblemente emocionada.

Gonzalo coge a la perrita, que parece estar muy a gusto con su nuevo dueño. Tras hacerle unas caricias, deja al cachorro encima de la butaca para acercarse a Candela y fundirse en un cálido y afectuoso abrazo.

—Muchas gracias, Candela. Hemos sufrido, y mucho, pero al final hemos vencido —dice casi sin poder hablar por la emoción.

Gonzalo vuelve a coger al cachorro entre sus brazos, mientras Candela se abraza también a Carmen mientras esta le dice:

—Te vas a quedar a desayunar.

—¿Yo? No, no hace falta, de verdad.

—No era una pregunta, muchacha, ¡que estás demasiado delgada! ¡Venga! ¡A la mesa! —exclama Carmen mientras sirve café y tostadas.

Candela se quita la chaqueta, se sienta a la mesa con los Sanmartín y por fin puede compartir un desayuno en familia, entre risas y charlando de cosas banales, como acostumbra a hacer la gente corriente, aunque de vez en cuando tenga que librar las más cruentas batallas fuera de todo sentido común.

Donosti despierta con un día sin nubes y con la brillante y cálida luz del sol atravesando los grandes ventanales que dan al salón, mientras ellos contemplan la preciosa bahía de la Concha.

Epílogo

Los días 6 y 7 de noviembre de 2010 Benedicto XVI viajó a España como peregrino de la fe.

La primera etapa del viaje papal fue Santiago de Compostela, que visitó con motivo de la celebración del Año Santo Compostelano.

En Santiago fue recibido por los príncipes de Asturias, y en la catedral, vestido como peregrino, entró por el Pórtico de la Gloria, se dirigió a la cripta, rezó ante la tumba del apóstol y abrazó su imagen.

En la plaza del Obradoiro, y ante unas siete mil personas, presidió la misa con motivo del Año Jubilar, en la que al igual que su predecesor, Juan Pablo II, cuando visitó la ciudad gallega en 1982, pronunció un discurso con marcado acento europeísta. Barcelona fue la segunda etapa del viaje pontificio, donde el día 7 se reunió con los reyes de España y mantuvo un encuentro privado con el presidente del Gobierno, José Luis Rodríguez Zapatero.

En Barcelona consagró el templo de la Sagrada Familia, rezó el ángelus en el atrio de la fachada del Nacimiento y, como último acto de su viaje, visitó la Fundació Nen Déu, que asiste a niños y jóvenes discapacitados.

De esa visita quedó también el discurso que el pontífice pronunció en el avión, antes de aterrizar en Santiago, en el que advirtió de que «en España ha nacido una laicidad, un anticlericalismo, un secularismo fuerte y agresivo como se dio en la década de los años treinta. Y ese enfrentamiento, disputa entre fe y modernidad, ocurre también hoy de manera muy vivaz».

Según Juan José Tamayo, teólogo y secretario general de la Asociación Juan XXIII, «el papa vive encerrado en una burbuja dentro del Vaticano, instalado en el pasado, dando respuestas de otros tiempos a preguntas del presente. Debería dimitir».

Mientras tanto, un 9 por ciento de los casos de abusos sexuales a niños varones en España son obra de religiosos, frente al 1 por ciento en las niñas, según un estudio hecho por el catedrático de Sexología de Salamanca Félix López.

Novecientos curas han sido apartados del sacerdocio desde 2003 por la Congregación para la Doctrina de la Fe, el tribunal del Vaticano encargado de estos casos, que estudió 3400 denuncias.

Hoy en día, cientos o miles de inocentes que perdieron su infancia y dignidad a manos de clérigos pederastas, siguen aguardando justicia desde el silencio de su vergüenza. El asesino de esta historia de ficción bien podría haber sido uno de esos niños a los que arrebataron su infancia y su inocencia.

Sobre el autor

Xavier Cruzado
Nacido en Barcelona, el 15 de junio de 1968

Escritor, guionista, productor y director de cine.
Curso de Dirección Cinematográfica en la Universidad Camilo José Cela.

Participa en:

Dirección de cine:
— Idea original y director del formato publicitario *VisitMeTrailer*. Ámbito turístico (2017).
— Idea original y guionista de la serie para televisión *Big Game*, en proceso de guion (2014).
— Idea original y director de la serie documental *QR Histories*. Ámbito turístico (2014).
— Idea original, director y coproductor ejecutivo del largometraje *Al Sur de Guernica*, en preproducción (2014).
— Director, guionista y productor del cortometraje *Ad Eternum* (2014), con Ane Guisasola y Víctor Martínez.
— Idea original y director de la serie documental para televisión *dRural*. Ámbito turístico (2013).
— Correalizador del videoclip *No more crimes*, de Aby Jackley & Lexter (2012).
— Director, guionista y productor del cortometraje *El Límite* (2012), con Toni Sevilla y Francesc Pagès.
— Director y coproductor del cortometraje *Ficción Real* (2011), con Marian Aguilera y Roger Pera
— Director y productor del cortometraje *Invisibles* (2010-2011), con Montse Alcalà, Sergi Albert y Fran Urtiaga.

Agradecimientos

Mi más sincero agradecimiento a los profesionales que me prestaron su ayuda desinteresadamente para poder construir esta historia, a la que aportaron la máxima veracidad científica de los hechos que se presentan.

Dr. D. Vicente Garrido Genovés
Profesor Titular de la Universidad de Valencia
Doctor en Psicología y Diplomado en Criminología

Dña. Elisabet Rodríguez Camón
Psicóloga y Psicopedagoga en el Centre d'Atenció
Psicopedagógica ESTUDI de Sant Celoni, Barcelona